姜育發茶書文庫 26

點茶學2023 -개정증보판4-

지은이/ 짱유화
펴낸이/ 짱유화

펴낸곳/ 도서출판 **삼녕당**
www. chinatea. re. kr

1판 3쇄 발행일/ 2023년 02월 25일

등록/ 2011년 01월 25일 (제2011-11호)

주소/ 서울시 금천구 가산동 가산디지털 1로 2 301호(우림라이온스밸리 2차)

전화/ 02-2027-2988, 팩스/ 02-2027-2989

표지디자인/illustration 짱유화
문서디자인/indesign 짱유화
문서편집/indesign 짱유화
문서교열/PDF 짱유화
사진/photoshop 짱유화
그림/삽화/photoshop/illustration 짱유화

인쇄/ 계림종합출판사

값/ 39,000

點茶學

2023

新解

짱유화

들어가는 말

고전 작품은 시공간을 초월한 생명력을 지니고 있다. 차문화茶文化 고전도 예외는 아니다. 시대를 뛰어넘는 가치를 함축하고 있는 고전의 내용을 제대로 해석하는 일이란 그리 쉬운 일이 아니다. 고전 해석의 근간은 번역에 있다. 번역이란 둘 이상의 서로 다른 문화가 만나는 과정에서 발생하는 모든 상호이해 방식에 따른 총칭이다. 일원론적 작문이 아니라 두 가지 구조의 상호소통을 통한 집성체다. 따라서 원작이 가진 의미로써의 내용이나 형식에 따른 외형도 중요하지만 번역하는 언어와 밀접한 관계를 지닌 특성의 전체적인 체계도 중요하다.

원문에 충실하면서도 이해도가 높은 번역이 가장 이상적인 번역이라고 한다. 번역을 잘하기 위해서는 몇 가지 조건이 뒤따라야 한다. 먼저 해당 외국어를 잘해야 하고, 해당분야에 대한 풍부한 지식이 있어야 한다. 뿐만 아니라 원활한 표현방법으로 그 내용을 담아낼 수 있어야 한다.

나라마다 언어가 서로 다르고 역사와 관습도 다르다. 그 나라의 역사와 관습을 이해하는 것은 완성된 번역을 위한 필수조건이자 절대조건이다. 특히 중국 차문화 고전의 번역은 중국의 차역사와 문화 그리고 언어에 대한 폭넓은 안목과 깊은 지식뿐만 아니라 한국어의 표현력 또한 뛰어나야만 비로소 다양하고 풍성한 내용들을 담아낼 수 있다. 물론 직역과 의역을 적절히 조화시키는 기술 또한 번역에서는 꼭 필요한 역량일 것이다.

점차點茶란 가루차를 풀어 유화乳花를 생성시켜 마시는 방법을 말한다. 점차문화는 1000여 년 전부터 행해졌던 음차飮茶방법 중의 하나며, 오늘날 나라에 따라 '말차末茶', '말차抹茶' 또는 '말차沫茶'라고도 부른다. 중국의 송宋나라 때 출현되어 한국의 고려高麗시대, 일본의 가마쿠라[鎌倉]시대로 전파되어 반세기 동안 동북아시아를 풍미 했던 차문화다. 중국은 송宋나라의 말차문화가 명明나라에 들어오면서 명태조明太祖 주원장朱元璋의 '단차폐지령團茶廢止令'에 따라 음차방법이 강남 절강浙江 · 강소江蘇지방의 산차散茶 즉 잎차로 가루를 내어 거품을 내어 마시는 '초차草茶'와, 찻잎의 원형을 그대로 우려 마시는 포차법泡茶法을 권장하였다. 그러나 근세기에 들어와 일본의 점차문화에 영향을 받아 말차법末茶法이 다시 부흥되어 행차문화行茶文化뿐만 아니라 우리 차생활의 일상에까지 커다란 영향을 미치고 있다.

고전의 생명력은 현대를 살아가는 우리에게 과거를 이해하고 미래를 전망하게 하는 지혜와 품위를 준다. 따라서 점차문화에 있었어도 먼저 점차의 고전을 이해하고 그 바탕에서 진행되는 올바른 가르침이 무엇보다도 중요할 것이다. 그럼에도 불구하고 우리의 현실은 점차고전에 대한 이해는 편차가 심한 오역들로 점철되어 있고 올바른 점차문학을 정착하지 못한 상태에서 말차末茶행위를 하고 있는 것이 작금昨今의 현실이다.

그 예의 답은 송휘종宋徽宗의 『대관다론大觀茶論』에서 찾아 볼 수 있다. 『대관다론』은 점차법의 고전이다. 이 작품의 한 소절에서 가루차를 잘못 다루어 유화가 제대로 생성되지 못한 예를 두 가지로 들어 설명하고 있다. '일발점一發點'과 '정면점靜面點'이다. 그러나 차계茶界의 일부 차인茶人들이 이러한 잘못된 유화의 생성 원인을 마치 하나의 올바른 행차법行茶法으로 여겨, 지금도 진행형으로 계속 연출하고 있는 것이 현실이다.

또 하나는 근래 중국에서 유행하고 있는 이른바 '차백회茶百戲'에 관한 점차點茶다. 이 문헌은 송나라 초기 도곡陶穀이 지은 『명천록茗荈錄』에 나온다. 그러나 번역본의 이해 부족과 해석상의 오류를 전혀 거르지 않고 그대로 차인들에게 유론謬論을 심어주어 점차의 행위가 왜곡된 상태로 노출되고 있다. 그 이유는 이들의 '차백회'는 찻가루 또는 대용차 가루를 휘저어 만들어낸 포말泡沫 위에 마치 커피 · 말차라테의 거품처럼 다양한 기구로 도안 또는 글자를 그려 점차하고 있다는 것이다. 원문의 해석은 "차시茶匙로 격불하여 나타난 포말 (점도가 낮아) 그 물줄기 즉 수흔水痕이 (다양한 형상) 나타나나 곧 바로 소멸된다"고 적시하고 있다. 이와는 달리 오늘날의 '차백회'는 인위적으로 포말 위에 그린 문양은 긴 시간이 지나도 사라지지 않는 것이 원전原典과는 전혀 다르다.

학설에서 보여지는 견해의 차이와 잘못된 번역에서 나타나는 오류는 분명히 다르다. 그럼에도 불구하고 일부 차인들이 번역의 오류를 마치 학설의 견해차로 치부하고 있다. 이러한 현상은 차문화의 질적 향상에 결코 도움이 되지 못할 뿐만 아니라 차문화의 현실 문제를 외면한 태도라고도 보아야 할 것이다.

따라서 필자는 이 기회에 점차문화를 고전에 부합한 원형의 해석과 일반 눈높이에 맞는 번역에 초점에 두고, 우리의 행차문화行茶文化 발전에 밑거름이 될 수 있도록 이 책을 내놓았다. 그리고 무엇보다도 우리 차문화계에서의 차고전茶古典은 단순히 작품으로 만나는 것이 아니라 우리 삶의 질에 있어 행복의 척도를 높여주는 지표로도 작용되고 있다는 것을 말하고 싶다. 이는 곧 차문화 고전의 정확한 읽기를 통해서야만 올바른 차지혜茶知慧를 얻을 수 있다는 논지며, 이에 부끄러움을 무릅쓰고 몇 자를 적어 서문을 대신하고자 한다.

2022년 국내 여러 고전번역원古典翻譯院에서 필자의 고전서적을 소장하고자 하는 요청이 들어왔다. 또는 원문의 이해도를 높이기 위해 『점다학』 각 단락 국문 풀이에 작은 글씨체로 원문을 달아 내용의 이해도를 높혀 주는 작업도 아울러 부탁했다. 예를 들어 『십륙탕품十六湯品』 중 "탕湯은湯者, 차의 모든 운명을 좌우한다茶之司命. 아무리 이름을 떨친 명차일지라도 탕을 함부로 다루게 되면若名茶而濫湯, 곧 평범한 가루차와 같게 된다則與凡末同調矣"와 같이 가독성을 높이기 위해 각 마디의 풀이 끝에 해당되는 원문을 작게 실었다.

이 책을 읽는 방법은 원문에 해당되는 독음을 먼저 파악하고 국역의 각 단락에서 풀이를 헤아린 후 부족한 부분은 주석에서 그 뜻을 찾으면 해독이 빠르다.

『점다학 2023』도 역시 필자가 디자인을 구상하고 지난 판본의 문서를 첨삭添削 · 교열校閱 · 증보增補하면서 1인 6역으로 만든 증보판增補版이다. 1인이란 필자를 말하며, 6역이란 글 · 그림 삽화 · 사진 · 편집디자인 · 표지디자인 · 출판 등 역할을 말한다. 즉 필자가 이 책의 모든 부분을 관여해서 직접 만들었다는 것을 뜻한다.

이 책을 내는데, 작업에 참여한 중국 호남농업대학湖南農業大學 교수이자 중국공정원中國工程院 원사院士인 류중화劉仲華(유중화)와 산동대학山東大學 교수 자오아이궈趙愛國(조애국) 그리고 중국 베이징北京의 유이추인喩義群(유의군) 선생과 내 책을 항상 실비로 인쇄해주신 계림종합출판사 이강혁 사장님에게도 감사의 말씀을 드린다. 끝으로 코로나 창궐 때 작고하신 한국 차계茶界의 큰 어른이신 고 고숙정 회장님과 고 신운학 회장님에게 이 책을 바치고자 한다.

2023년 3월 삼녕당三寧堂에서 불기不器 운천雲荈

이 책은 아래와 같은 요령으로 엮었다

1. 이 책의 국역 대본은 주자진朱自振의 『중국역대다서회편교주본中國歷代茶書匯編校注本』(상무인서관商務印書館, 2007)과 짱유화姜育發가 편저한 『중국고대다서정화中國古代茶書精華』(남탑산방, 2000)·『차과학개론茶科學概論』(짱유화姜育發, 보이세계, 2010)·『차과학길라잡이 2015』(짱유화姜育發, 삼녕당, 2015)·『다경강설茶經講說 2023』(삼녕당, 2023)을 저본底本으로 하였다.
2. 이 책의 체제는 표점標點을 찍어 먼저 원문을 싣고 국역 하였다.
3. 번역의 원칙은 원문에 충실한 직역을 위주로 하였다. 의미가 다소 불분명한 부분에서는 의역을 곁들여 독자의 이해를 도왔다.
4. 번역의 형식은 원문의 구점句點에 따라 국역을 하였다. 내용이 불충분할 때에는 문장 사이에 괄호를 달아 내용을 보충하였다.
5. 맞춤법과 띄어쓰기는 한글 맞춤법 통일안을 따르는 것을 원칙으로 하였다.
6. 조선과 청나라의 의례儀禮적인 조공관계가 만들어 낸 기록 문학에는 한글로 만든 『병인연행가丙寅燕行歌』가 있다. 조선 후기 문신 홍순학洪淳學(1842~?)이 지은 것이다. 그는 연경燕京(베이징) 상가에 진열된 상

품 부분을 아래와 같이 적었다. "ᄎᆞ푸리를 볼작시면 갑의 너흔 황다봉과 향편다와 작셜다와 고아 민든 향다고며…몽치몽치 보이다며 동골동골 만보다오". 한글로 만든 이 책에서 ᄎᆞ茶푸리(풀이)의 소리는 '차茶'로, 황다봉黃茶封 · 향편다香片茶 · 작설다雀舌茶 · 향다고香茶膏 · 보이다普洱茶 · 만보다萬寶茶 등의 소리는 '다茶'로 쓴 것으로 보아 당시 한자 '茶'의 소리는 한국어로 '차'와 '다'를 혼용했다는 것을 알 수가 있다. 이 책에서는 필자가 석 · 박사 논문 심사할 때 적용한 형식에 따라 서적 · 시詩 등의 제목 그리고 원문 한자의 '茶'의 독음은 '다'로, 그 밖의 모든 표기는 '차'로 통일하였다. 예를 들어 서명書名일 경우 『다경茶經』 · 『점다학點茶學』 그리고 원문 "차다지변야此茶之變也, 시인위지다백희時人謂之茶百戲"에서는 '다'로 하고, 일반용어 '다기茶器' · '음다飮茶' · '다도茶道'를 '차기' · '음차' · '차도'와 같이 모두 '차'로 통일하였다.

7. '물'에 대한 용어는 다음과 같이 정리하였다.
   1) 끓이지 않는 물을 '물'
   2) 끓인 물을 '끓는 물' 또는 '탕수'
   3) 찻가루 또는 차의 성분이 용해되어 있는 물을 '차탕'
8. 이 책에 쓰인 부호는 다음과 같다.
   1) (　) : 원문에는 없으나 이해를 돕기위하여 번역자가 보충한 부분
   2) "　" : 대화 등의 인용문을 묶을 때
   3) '　' : 재인용이나 강조 부분을 묶을 때
   4) 『　』 : 서명을 표시할 때
   5) 「　」 : 시명을 표시할 때, 작품명과 편명을 표시할 때
   6) [　] : 음은 다르나 뜻이 같은 한자를 묶을 때

목 차

04	들어가는 말
08	일러두기
10	목차
12	중국 역대 점차학 차서
18	오대십국 역사 이해
22	오대십국 차문화
24	다경 자차법
30	소이 십륙탕품
54	십륙탕품 원문
66	송나라 역사 이해
70	송나라 차문화
76	원나라 역사 이해
78	원나라 차문화
84	도곡 명천록
102	정위 북원다록
114	채양 다록
146	다록 원문
158	구양수 용다록후서

166 황유 품다요록
202 품다요록 원문
218 송휘종 대관다론
272 대관다론 원문
284 웅번 선화북원공다록
330 선화북원공다록 원문
348 조여려 북원별록
388 북원별록 원문
406 심안노인 다구도찬
436 다구도찬 원문
466 당대 법문사 황실차기
470 명나라 역사 이해
474 명나라 차문화
476 주권 다보
506 명대차기도
516 참고문헌

중국 역대 점차학에 관한 저술과 저작 연대

時代	帝王	年號	年代	著述	著者	備考	
唐 618-907				十六湯品	蘇廙	당나라 말기와 오대 사이에 만든 작품으로 추정되며, 沃茶法에 관한 내용이다.	●
五代十國 907-960							
北宋 960-1127	宋太祖	建隆	960-962				
		乾德	963-968				
		開寶	968-976	茗荈錄	陶穀	963-970년 사이에 만든 작품이다.	●
	宋太宗	太平興國	976-984				
		雍熙	984-987				
		端拱	988-989				
		淳化	990-994				
		至道	995-997				

時代	帝王	年號	年代	著述	著者	備考	
北宋 960-1127	宋眞宗	咸平	998-1003	北苑茶錄	丁謂	丁謂는 至道 연간에 福建路 轉運使로 재직하였으며, 그 후의 작품으로 추정된다. 원본은 유실되었고 조각글만 보인다.	▲
		景德	1004-1007	補茶經	周絳	景德 연간에 만든 작품으로 추정되며, 조각글만 보인다.	▲
		大中祥符	1008-1016				
		天禧	1017-1021				
		乾興	1022				
	宋仁宗	天聖	1023-1032				
		明道	1032-1033				
		景祐	1034-1037				
		寶元	1038-1039				
		康定	1040-1041				
		慶曆	1041-1048	北苑拾遺	劉異	慶曆 원년에 만든 작품으로 추정되며 조각글만 보인다.	▲
				大明水記	歐陽修	1048년 만든 작품이며 물의 등급에 관한 이야기다.	●
		皇祐	1049-1054	述煮茶泉品	葉淸臣	저술 연대는 정확치 않으며 이 시대에 만든 작품으로 추정된다.	●
				茶錄	蔡襄	1051년 만든 작품이며, 點茶와 擊拂이란 용어가 최초로 언급한 茶書다.	●
		至和	1054-1056				
		嘉祐	1056-1063	東溪試茶錄	宋子安	治平 원년(1064) 전후에 만든 작품으로 추정된다.	●
	宋英宗	治平	1064-1067				

時代	帝王	年號	年代	著述	著者	備考	
北宋 960-1127	宋神宗	熙寧	1068-1077	品茶要錄	黃儒	1075년 전후에 만든 작품으로 추정되며, 차의 품질평가 관능검사에 대한 내용이다.	●
		元豊	1078-1085	茶論	沈括	沈括의 『本朝茶法』 내용 중 언급되어 있으며, 조각글만 보인다.	▲
				本朝茶法	沈括	沈括의 『夢溪筆談』 권12에 수록되어있으며, 차의 專賣法과 茶利에 관한 내용이다.	●
	宋哲宗	元祐	1086-1094				
		紹聖	1094-1098				
		元符	1098-1100				
	宋徽宗	建中靖國	1101	龍焙美成茶錄	范逵	『宣和北苑貢茶錄』의 내용 중에서 언급된 茶書이며, 원문은 유실되었다.	×
		崇寧	1102-1106				
		大觀	1107-1110	大觀茶論	趙佶	大觀 연간에 황제 宋徽宗이 만든 작품이며, 點茶의 방법에 대해 구체적으로 언급한 茶書다.	●
		政和	1111-1117	鬪茶記	唐庚	政和2년(1112) 때 만든 작품이다.	●
		重和	1118-1119				
		宣和	1119-1125	宣和北苑貢茶錄	熊蕃撰 熊克 增補	熊蕃이 宣和7년(1125)에 만들었으며, 아들인 熊克이 紹興28년(1158)에 증보하였다. 당시 貢茶의 형태를 그림으로 전하는 유일한 茶書다.	●
	宋欽宗		1126-1127				
南宋 1127-1279	宋高宗	建炎	1127-1130	茹芝續茶譜	桑莊	남송 초년 때의 작품으로 추정되며 원본은 유실되었고, 지금은 조각글만 보인다.	▲
		紹興	1131-1162	茶苑總錄	曾伉	1150년 전후에 만든 작품으로 추정되며 원문은 유실되었고, 지금은 조각글만 보인다.	▲
				茶錄	曾慥	紹興6년(1136)에 曾慥이 만든 『類說』에서의 일부 내용이다.	●

時代	帝王	年號	年代	著述	著者	備考	
南宋 1127-1279	宋孝宗	隆興	1163-1164				
		乾道	1165-1173				
		淳熙	1174-1189	北苑別錄	趙汝礪	淳熙13년(1186)에 만든 작품이다. 원래는 『宣和北苑貢茶錄』의 내용을 보완하는 문장으로 만들어졌으나, 지금은 독립된 茶書로 존재하고 있다.	●
	宋光宗	紹熙	1190-1194				
	宋寧宗	慶元	1195-1200				
		嘉泰	1201-1204				
		開禧	1205-1207				
		嘉定	1208-1224	邛州先茶記	魏了翁	宋理宗 초년(1225) 전후에 만든 작품으로 추정된다.	●
	宋理宗	寶慶	1225-1227				
		紹定	1228-1233				
		端平	1234-1236	建茶論	羅大經	羅大經의 『鶴林玉露』에서 언급되었으며, 대략 1226년 이후의 작품으로 추정된다. 지금은 조각글만 보이고 있다.	▲
		嘉熙	1237-1240				
		純祐	1241-1252				
		寶祐	1253-1258				
		開慶	1259				
		景定	1260-1264				
	宋度宗	咸淳	1265-1274	茶具圖贊	審安老人	咸淳5년(1269)에 만들었으며, 송나라 때 茶具의 형태를 그림으로 전한 유일한 작품이다.	●
	宋恭帝	德祐	1275-1276				
	宋端宗	景炎	1276-1278				

時代	帝王	年號	年代	著述	著者	備考	
南宋 1127-1279		祥興	1278-1279				
이외 『北苑雜述』과 『論茶』 등 2편의 송나라 차서가 있으나 모두 유실되어 지금은 존재하지 않는다. 『論茶』의 저자는 謝宗으로 밝혀져 있으나 『北苑雜述』의 저자는 알 수 없다.							
元 1271-1368	元世祖	中統	1260-1264	煮茶夢記	楊維楨	저자 楊維楨(1296-1370)이 만든 작품이며 저작 연대는 알 수가 없다. 원나라 때 유일한 茶書이나 일부의 내용만 전하고 있다.	▲
		至元	1264-1294				
	元成宗	元貞	1295-1297				
		大德	1297-1307				
	元武宗	至大	1308-1311				
	元仁宗	皇慶	1312-1313				
		延佑	1314-1320				
	元英宗	至治	1322-1323				
	元泰定帝	泰定	1324-1328				
		致和	1328				
	元天順帝	天順	1328				
	元文宗	天曆	1328-1330				
		至順	1330-1332				
	元明宗	天曆2年	1329				

時代	帝王	年號	年代	著述	著者	備考	
元 1271-1368	元寧宗	至順3年	1332				
		至順4年	1333				
	元惠宗	元統	1333-1335				
		至元	1335-1340				
		至正	1341-1370				
明 1368-1644	明太祖	洪武	1368-1398				
	明惠帝	建文	1399-1402				
	明成祖	洪武35年	1402				
		永樂	1403-1424				
	明仁宗	洪熙	1425				
	明宣宗	宣德	1426-1435	茶譜	朱權	宣德5년(1430)과 正統13년(1448) 사이에 만든 작품으로 추정되며, 명나라 때 최초의 茶書이자 유일하게 末茶에 관한 내용을 담고 있다.	●
	明英宗	正統	1436-1449				
	明代宗	景泰	1450-1464				

기호 '●'은 원본, '▲'은 조각글, '×'은 유실

5대五代 10국十國의 역사 이해

당唐(618~907)나라가 망한 뒤 송宋(960~1279)나라가 중국을 통일하기까지 약 반세기 동안 중국 중원中原지역에서는 다섯 개의 왕조와 열 개의 나라가 치열한 다툼을 벌인 시대이었다.

당나라 현종玄宗(재위 712~756) 말기에 '안사安史의 난(755~763)'이 일어났는데, 이 사건은 중앙정부의 통치력을 매우 약화시키는 계기가 되었다. 또한 소금 밀매업자인 황소黃巢(?~884)가 농민을 이끌어 일으킨 '황소의 난(875~884)'은 당나라의 정국을 걷잡을 수 없을 정도로 혼란으로 몰아 놓았다. 당시 황소 진영에 있다가 황소의 난을 평정하는 데에 공을 세운 주전충朱全忠(재위 907~912)이 당나라를 멸망시키고 후량後粱(907~923)을 세웠으나, 나라를 통일하지 못하고 중국은 또 다시 사분오열이 되었다.

중국사에서 당나라가 해체됨으로써 개막된 5대 10국 시대(907~960)는 대표적인 혼란기로 꼽힌다. 907년에서 960년까지 중국 황하 유역을 중심으로 화북華北에는 후량後粱(907~923)·후당後唐(923~936)·후진後晋(936~947)·후한後漢(947~950)·후주後周(951~960) 등 다섯 왕조가 차례로 등장했다. 역사에서는 이를 '5대五代'라고 한다.

이와 동시에 남방 양자강 중하류지역인 화남華南에는 절도사節度使 무관武官 출신들이 앞 다투어 전촉前蜀(907~925)·오吳(907~937)·민閩(909~945)·오월吳越(907~978)·초楚(907~951)·남한南漢(917~971)·남평南平(924~963)·후촉後蜀(934~965)·남당南唐(937~975) 등 아홉 개의 나라를 세웠으며, 이와 함께 산서山西지역의 북한北漢(951~979)과 합쳐 이를 '10국十國'이라 부른다.

5대 10국은 중국이 위진남북조魏晉南北朝時代(220~589) 이후 다시 분열과 혼란에 빠진 시대였으나 한족과 변방민족들이 결합되어 중국을 다원화多元化민족으로 발전시키는데 계기가 되었다.

武州
燕
雲州
幽州
朔州
燕雲十六州
莫州
易州
代州
瀛州
太原
靈州
山西
河北
後晉(後漢)
青州
齊州
晉州
潞州
山東
陝西
東京
開封
西京
洛陽
秦州
雍州
梁州
河南
安徽
江都
光州
江寧
後蜀
南平
湖北
(荊州)
江陵
南
唐
杭州
四川
成都
渝州
黔州
江州
吳越
南昌
(洪州)
長沙
(潭州)
奬州
江西
楚
湖南
貴州
福建
福州
泉州
漳州
宜州
廣西
廣東
潮州
興王
(廣州)
安
南
邕州
南漢
欽州
大羅
南
海
瓊州

五代十國疆域

唐宋時代 湯甁 湯提點

5대五代 10국十國의 차문화

역사적으로 차의 음용방법에 대해 지금까지 발견된 문헌 중에 삼국三國(220~265)시대의 장읍張揖이 만든 『광아廣雅』에서 처음으로 볼 수 있다. 후세에 '모차법芼茶法'으로도 불리는 그 당시의 음차법飮茶法은 병차를 붉게 구워서 찧어 가루를 낸 후 자기 속에 넣어 끓는 물을 부어 파 · 생강 · 귤 등을 섞어 끓여 마시는 것이었다. 이 방법은 후일 당唐(618~907)나라까지 이어져, 육우陸羽가 저술한 『다경茶經』에서도 언급되고 있다. 그러나 육우는 예로부터 전해온 '모차법'에 대해 심한 거부감을 갖고 있었으며, 이를 '암차痷茶' 즉 '온전치 못한 반쪽의 차'라 하며 마땅치 않음을 표시했다. 그는 자신이 고안한 '삼비법三沸法'을 통해 만든 차 즉 아무 양념도 첨가하지 않는 '견진차見眞茶'를 『다경』에 실어 제창하였는데, 훗날 사람들이 이를 '자차법煮茶法'이라 불렀다.

'자차법'이란 병차를 가루를 내어 솥에 넣어 끓인 후 올라오는 포말 즉 말발沫餑을 나누어 마시는 것을 말한다. 자차법이 진화되어 발전된 음차법이 당나라 말기와 5대 사이에 저술된 소이蘇廙의 『십륙탕품十六湯品』에서 보인다. 이 음차법은 찻가루를 솥에 넣지 않고 찻잔에 넣어 풀어 마시는 것이 송宋(960~1279)나라의 '점차법點茶法'과 같으나, 차솔인 차선茶筅을 통해 풀어 마시지 않고, 오직 탕병의 주구注口에서 흘러나오는 물줄기의 강약과 완급을 팔의 힘으로 조절해가며 풀어 마시는 방법으로 후세 사람들이 이를 '옥차법沃茶法'이라 불렀다. 송나라에 들어와 '옥차법'에서 더 진화된 음차법이 '점차법'이다.

『다경』에서 언급한 자차법을 재현하기 위해 2012년 4월 21일 (사) 한국중국차문화연구원 짱유화보이차연구소에서 필자와 김공녀, 김미자, 김영희, 김대영, 이유랑, 유동훈, 주세영, 황순향, 친첑밍 연구원 등이 이 작업에 동참하였다

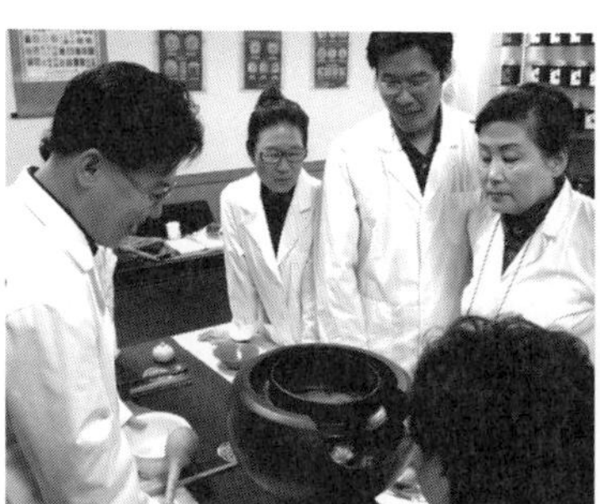

이 연구는 『다경』 내용을 의거하여 자차법의 원형을 재현하는데 목적을 두었다

이 작업에서 김영희 선생은 육우의 고향 고저자순 찻잎을 당나라 증청법으로 재현한 병차, 황순향 선생은 풍로와 솥, 김대영 선생은 손수 만든 나무 연과 대나무 체를 준비하여 『다경』 자차법 재현의 완성도를 높여주었다

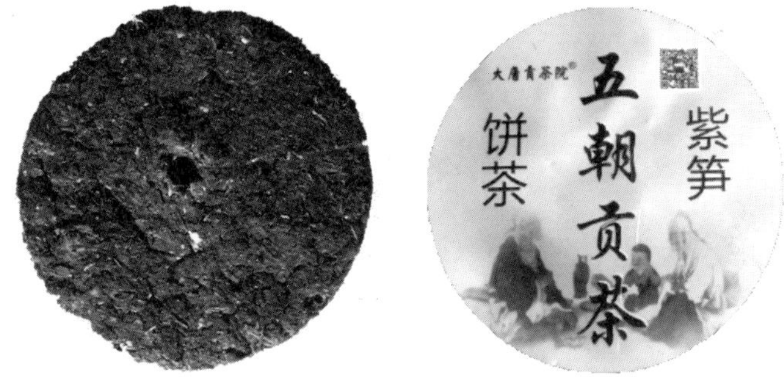

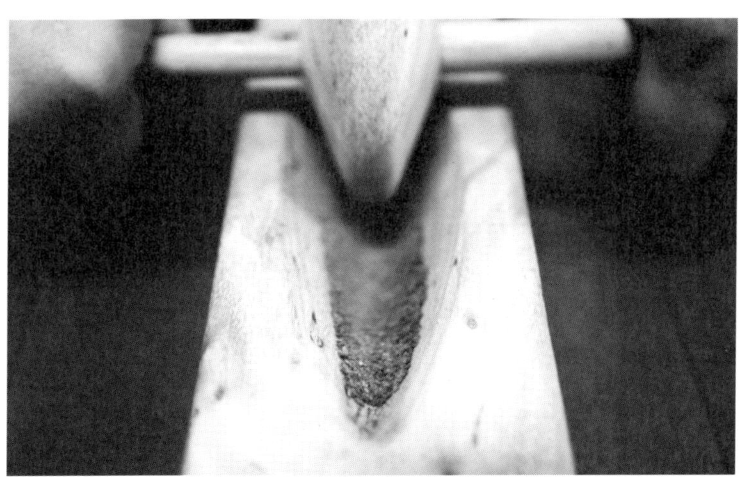

땔감은 숯이 으뜸이며, 그 다음은 경신勁薪이다

집게에 병차를 끼워 불에 가까이 대고 자주 뒤집어가면서 굽는다

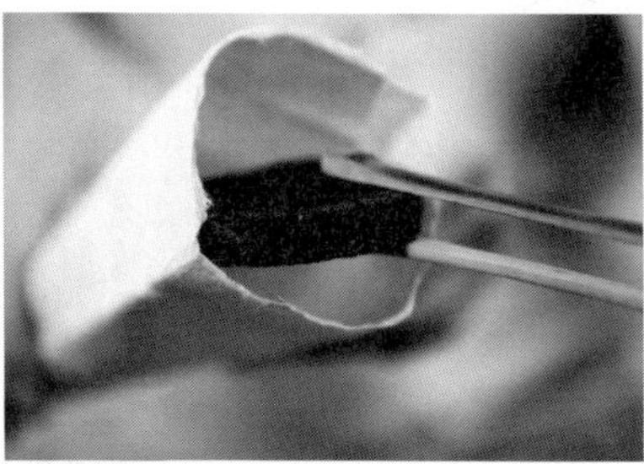

구워진 병차는 뜨거울 때 종이주머니에 넣어 저장한다

식을 때까지 기다렸다가 가루를 낸다

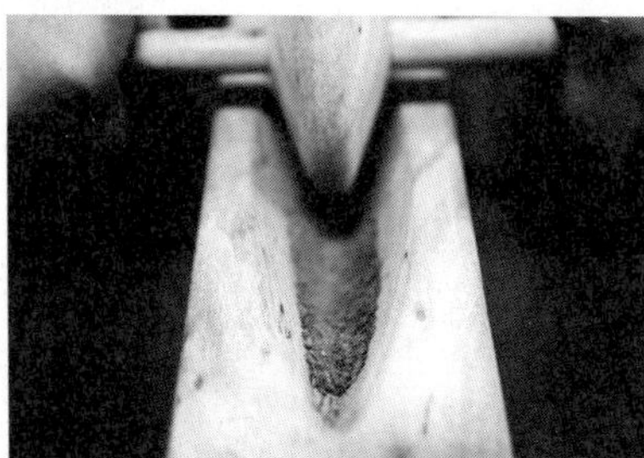

차맷돌은 나무 재질로 만든 것을 사용한다

다양한 입자의 알갱이를 얻기 위함이다

체는 대나무를 쪼개어 둥글게 굽혀서 만들고 사견으로 옷을 입힌다

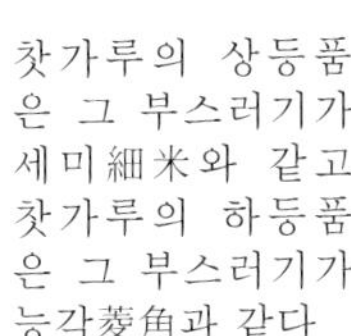

찻가루의 상등품은 그 부스러기가 세미細米와 같고 찻가루의 하등품은 그 부스러기가 능각菱角과 같다

소금과 찻가루를 준비한다

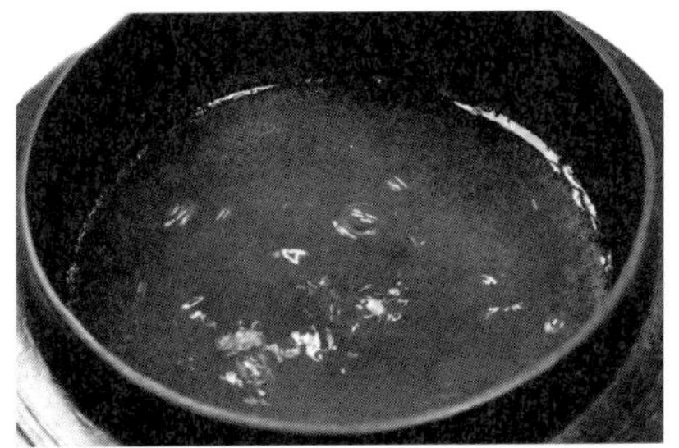

1비一沸:
어목魚目
어목 같은 물기포가 일어난다
'흑운모黑雲母'가 생기면 걷어낸다

1비一沸:
소금을 넣어 간을 맞추어 2비 되기를 기다린다

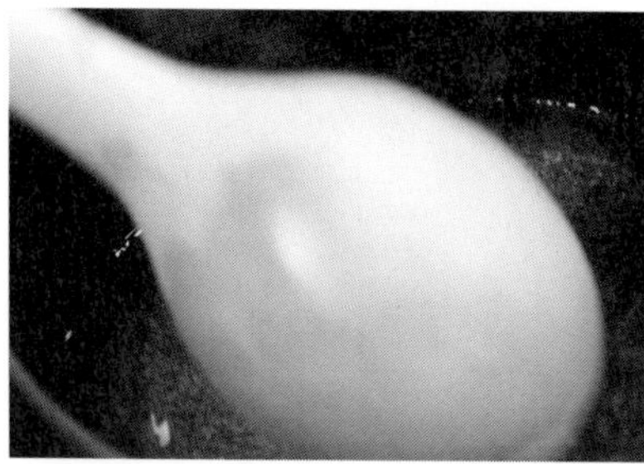

2비二沸:
용천연주湧泉連珠 끓인 물을 한 표주박 떠내어 숙우熟盂에 담는다

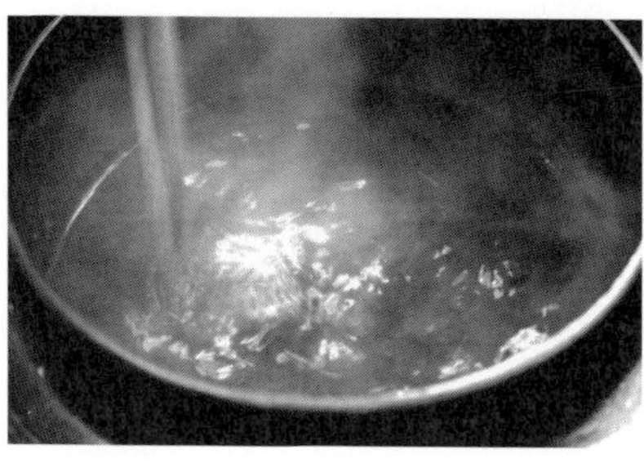

2비二沸:
대젓가락으로 끓인 물의 중심을 휘저은 후 찻가루의 양을 헤아려 솥 한가운데에 넣는다

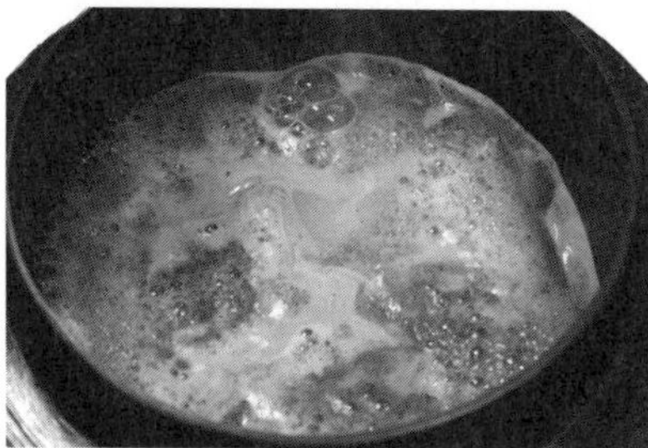

3비三沸:
등파고랑騰波鼓浪 끓인 물의 기세가 마치 성난 물결처럼 거품이 일어난다

3비三沸:
2비 때 떠낸 물을 솥에 부어 탕수를 식힌다

이는 차탕의 정화를 기르기 위함이다

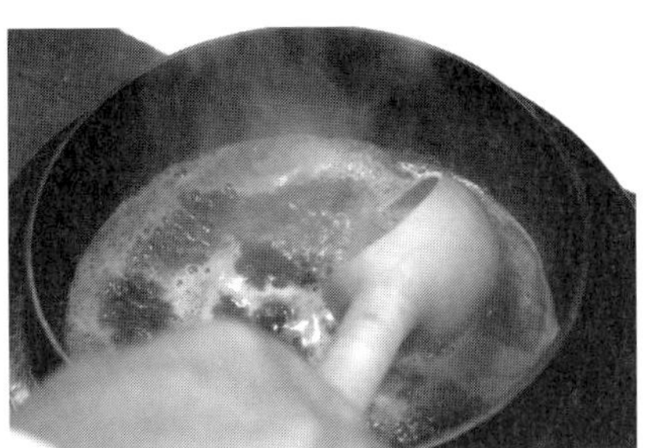

자차법에서 마실거리인 거품을 '말발沫餑'이라 한다
말발은 차의 정화다

표주박으로 차탕을 떠내어 숙우에 담는다

이 차탕을 가리켜 '준영雋永'이라 한다

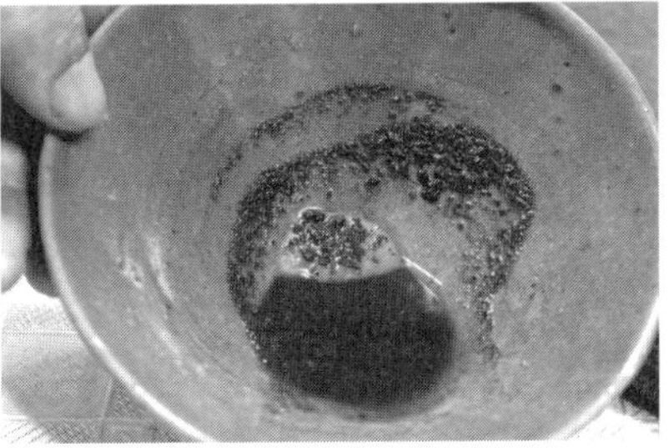

대저 진귀하고 맛있는 차는 세 번째 사발까지다
차탕의 품질은 말발의 함유량에 따라 결정된다
찻잔에 남은 말발의 찌꺼기는 가루의 입자에 따라 다르다

十六湯品

[唐-五代] 蘇廙 撰

해제

저자 소이蘇廙[1]에 대해 『십륙탕품十六湯品[2]』 함분루涵芬樓 간본에서 소우蘇虞라고 부르는 것 이외 그의 생애에 대해 아직까지 발견된 기록은 없다. 소이가 세상에 알려진 것은 자신이 저술한 『선아전仙芽傳』이어서다. 『십륙탕품』은 『선아전』 제 9권에 수록되어 있으며 원제목은 「작탕십륙법作湯十六法」이다. 『선아전』은 유실되었으나, 훗날 송나라 도곡陶穀이 지은 『청이록淸異錄』 권 4 「명천문茗荈門」에 수록되어 오늘날까지 전해지고 있다.

『청이록』의 작가 도곡은 오대五代(907~960)와 송宋(960~1279)나라 초기의 인물이다. 이러한 연유로 『십륙탕품』의 저작 연대를 당唐(618~907)나라 말기와 오대五代 사이에 저술된 것으로 학계에서 보고 있다. 만국정萬國鼎은 『다서총목제요茶書總目提要』에서 대략 900년 경에 편찬되었던 책이라고 언급하고 있다.

---

1) 廙: 『완위산당설부본宛委山堂說郛本』에는 '우虞'자로 되어 있다.

2) 十六湯品: 『함분루설부본涵芬樓說郛本』에만 '십륙탕十六湯'으로 되어 있고, 기타의 간본들은 모두 '십륙탕품十六湯品' 혹은 '탕품湯品'으로 되어 있다.

편찬 연대에 대해 주목해야 할 또 다른 이유는『십육탕품』에서 말하고 있는 '옥차법沃茶法' 때문이다. '옥차법'이란 역대의 음차飮茶 변천사에 있어 당나라 육우陸羽의『다경茶經』에서 언급한 찻가루를 솥에 끓여 마시는 자차법煮茶法과 송나라에 들어와 찻가루를 찻잔에 넣어 차솔인 차선茶筅을 통해 풀어 마시는 점차법點茶法과는 확연히 다른 방법이며, 당·송 사이의 음차법飮茶法으로써 의미가 있기 때문이다. '옥차沃茶'라는 단어는『십육탕품』제12탕 '법률탕法律湯'에 "오직 옥차의 경우에는 숯이 아니면 안 된다"[1]라는 구절에서 후세 사람들이 차용한 것으로 보인다.

옥차법과 점차법의 가장 큰 차이는 차선茶筅과 탕병湯甁에 있다. 점차법은 찻가루를 찻잔에 담은 후 차선을 통해 풀어 마신다면, 옥차법은 차선을 사용하지 않고 오직 탕병의 주구注口에서 흘러나오는 물줄기의 강약强弱과 완급을 팔의 힘으로 조절해가며 풀어 마시는 것이다.

옥차법은 당·송시대의 과도기적 음차법으로써 비록 짧은 기간 동안 존재하였으나 독립된 차법의 하나로 학문적 가치가 매우 크다. 후일 송나라 점차법의 모태가 되는『십육탕품』은 많은 후학들이 필사하여 자신의 저술에 삽입함으로써 당시의 차문화를 이해하는데 도움을 주었다.

1) "惟沃茶之湯, 非炭不可."

[원문]

湯[1]者，茶之司命[2]. 若名茶而濫湯，則與凡末[3]同調矣. 煎以老嫩言

탕자, 다지사명. 약명다이람탕, 즉여범말동조의. 전이노눈언

者凡三品，自第一至第三. 注[4]以緩急言者凡三品，自第四至第六. 以器[5]

자범삼품, 자제일지제삼. **주이완급언자범삼품,** 자제사지제륙. **이기**

標者共五品，自第七至第十一. 以薪[6]論者共五品，自十二至十六[7].

표자공오품, 자제칠지제십일. **이신논자공오품,** 자십이지십륙.

[국역]

탕湯은湯者, 차의 모든 운명을 좌우한다茶之司命. 아무리 이름을 떨친 명차일지라도 탕을 함부로 다루게 되면若名茶而濫湯, 곧 평범한 가루차와 같게 된다則與凡末同調矣. (따라서 좋은 차를 만들고자 한다면 열여섯 가지의 기준법을 알아야 한다.) 끓는 물의 정도인 노눈老嫩에 따라 (탕수는) 무릇 3종류로 나뉘고煎以老嫩言者凡三品, 제1부터 제3까지自第一至第三 (이러한 탕수를) 따르는 완급緩急에 따라 무릇 3종류로 나뉘

---

1) 湯: 『강희대옥편康熙大玉篇』에 탕의 해석은 두 가지로, 물 모양인 '상像'과 물이 끓은 정도인 '탕湯'으로 나온다. 본문에서의 '탕'은 좁은 의미로는 끓인 물을, 넓은 의미로는 십륙탕품을 말한다.

2) 司命: 운명을 좌우하는 신을 말한다.

3) 末: 『당인설회본唐人說薈本』에는 '수水'자로 되어 있다.

4) 注: 수주의 물을 따르며 가루차를 푸는 것을 말한다. 『당인설회본唐人說薈本』, 『경명이문광독본景明夷門廣牘本』에만 '주注'자를 달고 있다.

5) 器: 『당인설회본唐人說薈本』, 『경명이문광독본景明夷門廣牘本』 이외 모든 간본에 '기器'자 뒤에 '류類'자가 붙어 있다.

6) 薪: 『당인설회본唐人說薈本』, 『경명이문광독본景明夷門廣牘本』, 『함분루설부본涵芬樓說郛本』, 『고금도서집성본古今圖書集成本』 이외 모든 간본에 '신薪'자 뒤에 '화火'자가 붙어 있다.

7) 自第一至第三 .... 自十二至十六: 『함분루설부본涵芬樓說郛本』, 『경명이문광독본景明夷門廣牘本』에만 이와 같은 작은 주해를 달고 있다.

고注以緩急言者凡三品, 제4부터 제6까지自第四至第六 차기茶器를 나누는 기준에는 5종류가 있고以器標者共五品, 제7부터 제11까지自第七至第十一 땔감을 논함에 있어서도 5종류가 있다.以薪論者共五品. 제12부터 제16까지自十二至十六.

[원문]

第一品[1] 得一湯

제일품 득일탕

火績已儲[2], 水性乃盡, 如[3]斗中米, 如稱上魚, 高低適平, 無過不及

화적이저, 수성내진, 여두중미, 여칭상어, 고저적평, 무과불급

爲度[4], 蓋一而不偏雜者也. 天得一以淸, 地得一以寧[5], 湯得一可建

위도, 개일이불편잡자야. 천득일이청, 지득일이녕, 탕득일가건

湯勳.

탕훈.

[국역]

제일품第一品 득일탕得一湯

불기운이 충분히 모이고火績已儲, 끓는 물의 성품이 완전히 발현되어水性乃盡, 마치 말[斗] 속에 정확히 담긴 쌀알이나如斗中米, 저울질이

1) 第一品:『경명이문광독본景明夷門廣牘本』에만 '제일품第一品'으로 되어 있고, 아래의 '제이第二', '제삼第三' …… '제십륙第十六'까지의 소제목도 이와 같다.

2) 儲:『함분루설부본涵芬樓說郛本』에는 '암諳'자로 되어 있다.

3) 如:『경명이문광독본景明夷門廣牘本』에는 '여如'자가 빠져 있다.

4) 如斗中米 .... 無過不及爲度:『함분루설부본涵芬樓說郛本』에는 이 구절이 빠져 있다.

5) 天得一以淸, 地得一以寧: 원문은 노자『도덕경』제39장에서 보인다.『함분루설부본涵芬樓說郛本』에서의 '천득일이청天得一以淸'은 '천득이이청天得而以淸'으로 되어 있고, '지득일이녕地得一以寧' 구절은 빠져 있다.

잘된 생선과도 같으며如稱上魚, (이는 저울과 말 속의 쌀알이) 높낮이가 알맞게 잡힌 것과 같아高低適平, 부족하거나 넘치지 않는 이치와도 같은데無過不及爲度, 무릇 하나라는 '일一'자는 어느 한쪽에 치우치거나 (다른 숫자와) 섞이지 않은 것을 의미한다蓋一而不偏雜者也. (노자老子가 이른) 하늘은 하나를 얻음으로써 맑아지고天得一以淸, 땅은 하나를 얻음으로써 편안하다(는 말과 같이)地得一以寧, 끓인 물에 하나라는 '일一'자가 지닌 가치를 부여함으로써 그의 공을 세울 수 있다는 것이다湯得一可建湯勳. (따라서 알맞게 끓인 물의 이름을 득일탕得一湯이라 지었다.)

[원문]

第二品 嬰[1]湯

제이품 영탕

薪火方交，水釜纔熾，急取[2]旋傾，若嬰兒之未孩[3]，欲責[4]以壯夫之

신화방교, 수부재치, 급취선경, 약영아지미해, 욕책이장부지

事，難矣哉!

사, 난의재!

1) 嬰: 『함분루설부본涵芬樓說郛本』에는 '영아嬰兒'로 되어 있다.

2) 取: 『함분루설부본涵芬樓說郛本』에 '취取'자 뒤에 '명茗'자가 붙어 있다.

3) 若嬰兒之未孩: 원문은 노자 『도덕경』 제20장에서 보인다. '해孩'자와 '해咳'자는 통하며, 아직 웃을 줄 모르는 어린아이와 같다는 의미다.

4) 責: 『완위산당설부본宛委山堂說郛本』에는 '귀貴'자로 되어 있다.

[국역]

제이품第二品 영탕嬰湯

땔감이 불에 타기 시작하고薪火方交, 솥의 물이 막 끓기 시작할 무렵水釜纔熾, (익지 않은 물을) 급히 떠서 (찻그릇에) 따르는 것은急取旋傾, 마치 미숙한 갓난아이가若嬰兒之未孩, 어른의 일거리를 맡은 것처럼欲責以壯夫之事, 실로 (감당하기) 어려운 노릇이다難矣哉!

[원문]

第三品 百壽湯 一名白髮湯

제삼품 백수탕 일명백발탕[1]

人過百息[2], 水逾十沸, 或以話阻[3], 或以事廢, 始取用之, 湯已失性

인과백식, 수유십비, 혹이화조, 혹이사폐, 시취용지, 탕이실성

矣. 敢問皤鬢[4]蒼顔之大老, 還可執弓搖[5]矢以取中乎? 還可雄登闊步

의. 감문파빈창안지대로, 환가집궁요시이취중호? 환가웅등활보

以邁遠乎?

이매원호?

---

1) 白髮湯:『경명이문광독본景明夷門廣牘本』,『함분루설부본涵芬樓說郛本』에만 '일명백발탕一名白髮湯'으로 되어 있다.

2) 百息: 긴 시간을 말한다. 일호일흡一呼一吸을 '일식一息'이라 한다.

3) 話阻: 말을 가로 막는다는 뜻이 있으나 여기서는 잡담을 뜻한다.

4) 鬢:『경명이문광독본景明夷門廣牘本』,『당인설회본唐人說薈本』에는 '빈髩'자로 되어 있다.

5) 搖:『경명이문광독본景明夷門廣牘本』에는 '요搖'자로 되어 있으나,『함분루설부본涵芬樓說郛本』,『당인설회본唐人說薈本』에는 '협挾'자,『宛委山堂說郛本』에는 '말抹'자로 되어 있다.

[국역]

제삼품第三品 백수탕百壽湯 일명백발탕一名白髮湯

사람이 백 번 숨 쉴 정도의 긴 시간이 지나人過百息, 또는 물이 열 번 이상 끓었다는 것은水逾十沸, 혹은 말(잡담)로 인해 방해가 되어或以話阻 (물의 끓는 적정기適定期를 놓쳤다는 것이고), 혹은 다른 일거리 때문에 그르쳐或以事廢 (물을 지나치게 끓였다는 것으로), 만일 이러한 탕수를 사용한다면始取用之, 탕수의 본성은 이미 소멸되었다湯已失性矣. (적당하지 않은 탕수다) 감히 묻나니 머리털이 하얗게 세고 얼굴이 창백한 늙은이가敢問皤鬢蒼顔之大老, 활을 잡고 화살을 쏘면 아직도 과녁을 명중할 수 있겠는가還可執弓搖矢以取中乎? 아직도 씩씩하게 활보하며 먼 길을 갈 수 있겠는가還可雄登闊步以邁遠乎?

[원문]

第四品 中湯

제사품 중탕

亦見乎[1]鼓琴者也, 聲合中[2]則意妙[3]; 亦見乎[4]磨墨者也, 力合中[5]則矢

역견호고금자야, 성합중즉의묘; 역견호마묵자야, 역합중즉시

---

1) 乎: 『고금도서집성본古今圖書集成本』, 『완위산당설부본宛委山堂說郛本』, 『당인설회본唐人說薈本』, 『함분루설부본涵芬樓說郛本』에는 '부夫'자로 되어 있다.

2) 中: 중화中和의 뜻으로 쓰인다.

3) 聲合中則意妙: 『경명이문광독본景明夷門廣牘本』에는 '성합중즉의묘聲合中則意妙'로 되어 있으나, 『고금도서집성본古今圖書集成本』, 『완위산당설부본宛委山堂說郛本』에는 '성합중즉실묘聲合中則失妙', 『당인설회본唐人說薈本』에는 '성실중즉실묘聲失中則失妙'로 되어 있다.

4) 乎: 『고금도서집성본古今圖書集成本』, 『완위산당설부본宛委山堂說郛本』, 『당인설회본唐人說薈本』, 『함분루설부본涵芬樓說郛本』에는 '부夫'자로 되어 있다.

5) 中: 중화의 뜻도 있으나, 집중의 뜻으로 풀이 한다.

濃[1]. 聲有緩急[2]則琴亡, 力有緩急則墨喪, 注湯有緩急[3]則茶敗. 欲湯
농. 성유완급즉금망, 역유완급즉묵상, 주탕유완급즉다패. 욕탕
之中[4], 臂任其責.
지중, 비임기책.

[국역]

제사품第四品 중탕中湯

거문고 타는 사람을 보자亦見乎鼓琴者也, 중화를 이루어 낸 소리는 곧 음이 살아나 현묘하게 들리고聲合中則意妙, 먹 가는 사람을 보자亦見乎磨墨者也, 힘을 한가운데로 모아 (집중하여 갈기 때문에) 곧 먹물이 진해진다力合中則矢濃. (거문고를 탈 때) 소리의 강약을 조절하지 못하면[有緩急] 곧 거문고 가락은 망치게 되고聲有緩急則琴亡, (먹을 갈 때) 힘을 집중하지 못하면[有緩急] 곧 먹을 버리게 되고力有緩急則墨喪, (이와 같은 이치로) 탕수를 따를 때도 절도있게 하지 못하면 곧 차는 실패하게 된다注湯有緩急則茶敗. (따라서) 탕수를 따를 때 중정中正을 얻기 위해서는欲湯之中, 팔에 그 중책이 있다고 할 수 있다臂任其責.

1) 力合中則矢濃: 『경명이문광독본景明夷門廣牘本』에는 '역합중즉시농力合中則矢濃'으로 되어 있으나, 『고금도서집성본古今圖書集成本』, 『완위산당설부본宛委山堂說郛本』에는 '역합중즉실농力合中則失濃', 『당인설회본唐人說薈本』에는 '역실중즉실농力失中則失濃'으로 되어 있다.

2) 緩急: 가락의 리듬을 지키지 않는 부조화의 소리를 뜻한다.

3) 則墨喪, 注湯有緩急: 『경명이문광독본景明夷門廣牘本』에는 이 구절이 빠져 있다.

4) 中: 중화中和 또는 중정中正을 의미한다.

[원문]

第五品 斷脈湯

제오품 단맥탕

茶已就膏[1], 宜以造化成其形. 若手顫臂軃[2], 惟恐其深[3], 瓶嘴之端,

다이취고, 의이조화성기형. 약수전비타, 유공기심, 병취지단,

若存若亡[4], 湯不順通, 故茶不匀粹. 是猶人之百脈氣血斷續, 欲壽

약존약망, 탕불순통, 고다불균수. 시유인지백맥기혈단속, 욕수

奚獲[5]? 苟[6]惡斃宜逃[7].

해획? 구악폐의도.

[국역]

제오품第五品 단맥탕斷脈湯

차가 차고茶膏가 된 상태라면茶已就膏, 마땅히 (탕수를 잘 따라 차의) 형태를 조화롭게 이루어야 한다宜以造化成其形. 만약 손이 떨리고 팔에 잔뜩 힘이 들어가若手顫臂軃, (물을 조절하지 못하고) 오직 지나치게 따르지 않을까 (걱정)하는 마음 때문에惟恐其深, 탕병湯瓶 부리 끝에瓶嘴之端, (물이) 흐르는 것 같기도 하고 멈추는 것 같기도 하여若存若亡, 탕수를 원활하게 따르지 못하면湯不順通, 고로 차는 고루 풀리지

1) 茶已就膏: 찻가루를 차고茶膏로 만든 상태를 말한다.

2) 軃: 축 늘어지다는 뜻이다.

3) 深: 깊이의 뜻이 있으나 여기에서는 지나치게 많음을 뜻한다.

4) 亡: 『완위산당설부본宛委山堂說郛本』, 『경명이문광독본景明夷門廣牘本』, 『당인설회본唐人說薈本』에는 '망忘'자로 되어 있다.

5) 奚獲: 『경명이문광독본景明夷門廣牘本』에는 '해획奚獲'으로 되어 있다.

6) 苟: 『고금도서집성본古今圖書集成本』에는 '가可'자로 되어 있다.

7) 逃: 『경명이문광독본景明夷門廣牘本』에는 '둔遁'자로 되어 있다.

않는다故茶不匀粹. (이러한 탕수 따르는 자세는) 마치 사람의 모든 맥(혈관) 속에 기혈氣血의 흐름이 (고르지 못해) 끊어졌다 이어졌다 하는 것과 같아是猶人之百脈氣血斷續, 오래 살기를 바라나 어찌 (기혈을) 얻을 수가 있단 말인가欲壽奚獲? 죽음(실패)을 두려워한다면 이것으로부터 달아나는 것이 마땅하다苟惡斃宜逃.

[원문]

第六品 大壯湯[1]

제륙품 대장탕

力士之把針，耕夫之握管[2]，所以不能成功者，傷於麤[3]也．且一甌之

역사지파침, 경부지악관, 소이불능성공자, 상어추야. 차일구지

茗[4]，多不二錢，茗盞量合宜，下湯不過六分．萬一快瀉而深積之，

명, 다불이전, 명잔량합의, 하탕불과육분. 만일쾌사이심적지,

茶安在哉!

다안재재!

[국역]

제륙품第六品 대장탕大壯湯

장사[力士]가 바느질을 하는 것과力士之把針, 농부가 붓을 잡고 글을 쓰는 것이耕夫之握管, 잘하지 못하는 까닭은所以不能成功者, (그들이) 거

1) 大壯: 역易에서 나온 대장괘大壯卦의 이름이다. 강강强剛을 표시하는 순양의 건괘乾卦와 진동을 상징하는 우뢰 곧 진괘震卦로 이루어졌으므로, 강강剛强하면서 크게 활동한다고 설명되고 있다.

2) 管: 붓을 가리킨다.

3) 麤: 거칠다는 '조粗'의 고자古字이다.

4) 茗: 『완위산당설부본宛委山堂說郛本』에는 '약若'자로 되어 있다.

칠고 그 일에 익숙하지 못하기 때문이다傷於麤也. 하물며 한 사발 찻가루의 양은且一甌之茗, 2돈이 넘지 않으며多不二錢, 찻잔에 찻가루의 양이 알맞으면茗盞量合宜, 따르는 탕수가 찻잔의 6부 정도를 넘기지 않는다下湯不過六分. 만일 탕수를 급하게 따르거나 지나치게 많이 따른다면萬一快瀉而深積之, 차가 어찌 온전할 수 있겠는가茶安在哉!

[원문]

第七品 富貴湯

제칠품 부귀탕

以金銀爲湯器, 惟富貴者具焉. 所以策[1]功建湯業[2], 貧賤者有不能遂

이금은위탕기, 유부귀자구언. 소이책공건탕업, 빈천자유불능수

也. 湯器之不可捨金銀, 猶琴之不可捨桐, 墨之不可捨膠.

야. 탕기지불가사금은, 유금지불가사동, 묵지불가사교.

[국역]

제칠품第七品 부귀탕富貴湯

금 · 은과 같은 고급 탕기湯器는以金銀爲湯器, 오직 부귀한 자만이 갖출 수 있다惟富貴者具焉. 따라서 (차문화의) 공을 이루고 (차의) 업적을 세우는 일은所以策功建湯業, 가난한 자가 이루어내기에는 불가능하다貧賤者有不能遂也. 탕기가 금이나 은의 재질을 외면하지 못하는 것은湯器之不可捨金銀, 마치 거문고가 오동나무를 외면하지 못하고猶琴之不可捨桐, 먹墨이 아교阿膠를 외면하지 못하는 이치와 같다墨之不可捨膠.

---

1) 策: 『고금도서집성본古今圖書集成本』, 『완위산당설부본宛委山堂說郛本』에는 '영榮'자로 되어 있다.

2) 湯業: 차탕의 업적, 곧 오늘날의 차문화 업적을 뜻한다.

[원문]

第八品 秀碧湯

제팔품 수벽탕

石，凝結天地秀氣而賦形者也，琢以爲器，秀猶在焉．其湯[1]不良，

석, 응결천지수기이부형자야, 탁이위기, 수유재언. 기탕불량,

未之有也．

미지유야.

[국역]

제팔품第八品 수벽탕秀碧湯

돌은石, 천지의 빼어난 기운이 응결되어 그 형상이 이루어진 것이므로凝結天地秀氣而賦形者也, (이것을) 다듬어 만든 기물(찻그릇)은琢以爲器, 뛰어난 기운이 배어 있다秀猶在焉. 이러한 찻그릇이 좋지 않다는 것은其湯不良, 있을 수 없는 일이다未之有也.

[원문]

第九品 壓一湯[2]

제구품 압일탕

貴厭[3]金銀，賤惡銅鐵，則瓷瓶有足取焉．幽士逸夫，品色尤宜．豈

귀염금은, 천악동철, 즉자병유족취언. 유사일부, 품색우의. 기

1) 湯: 두 가지 해석이 가능한데 하나는 옥 재질의 '차기', 다른 하나는 옥 재질의 차기에 담는 '차탕'을 뜻한다.

2) 壓一: 모든 것을 압도한다는 뜻을 지니고 있다.

3) 厭:『고금도서집성본古今圖書集成本』,『완위산당설부본宛委山堂說郛本』에는 '흠欠'자로 되어 있다.

不爲甁中之壓一乎? 然勿與誇珍衒豪[1]臭公子[2]道.

불위병중지압일호? 연물여과진현호취공자도.

[국역]

제구품第九品 압일탕壓一湯

금 · 은 재질은 귀하고 좋으나 갖추기가 어렵고貴厭金銀, 구리 · 쇠 재질은 저렴하나 품질이 좋지 않으며賤惡銅鐵, (이에) 곧 자기병이 족히 취할 만하다則瓷甁有足取焉. 숨어 사는 선비[幽士]나 은둔자[逸夫]들에게는幽士逸夫, 이런 자기류의 품색品色이 더욱 알맞다品色尤宜. 어찌 (자기병이) 찻병 중에서도 압도할 만한 것이(가치) 있다고 말하지 않을 수 있겠는가豈不爲甁中之壓一乎? 그러나 사치하고 돈 냄새를 뽐내는 사람들[臭公子]과는 이러한 도리를 논할 수는 없을 것이다然勿與誇珍衒豪臭公子道.

[원문]

第十品 纏口湯

제십품 전구탕

猥人俗輩, 煉水之器, 豈暇深擇, 銅鐵鉛錫[3], 取熱而已[4]. 夫[5]是湯

외인속배, 연수지기, 기가심택, 동철연석, 취열이이. 부시탕

1) 誇珍衒豪: 진귀한 것과 부를 뽐낸다는 뜻이다.

2) 臭公子: 머리가 비어 있고 무식하며 냄새가 진동하는 자를 말한다.

3) 銅鐵鉛錫: 『함분루설부본涵芬樓說郛本』에는 이 문구가 빠져 있다.

4) 取熱而已: 『당인설회본唐人說薈本』, 『고금도서집성본古今圖書集成本』에 '열熱'자가 '숙熟'자로 되어 있다.

5) 夫: 『당인설회본唐人說薈本』, 『고금도서집성본古今圖書集成本』, 『완위산당설부본宛委山堂說郛本』, 『경명이문광독본景明夷門廣牘本』에는 '부夫'자로 되어 있다.

也, 腥苦且澁. 飮之逾時, 惡氣纏口[1]而不得去.

야, 성고차삽. 음지유시, 악기전구이부득거.

[국역]

제십품第十品 전구탕纏口湯

세간의 백성들이猥人俗輩, 물 끓이는 그릇에 있어煉水之器, 어찌 한가롭게 신중히 고를 수가 있으며豈暇深擇, 구리 · 쇠 · 백랍 · 주석 등과 같은 재질(탕기)은銅鐵鉛錫, 단지 물을 끓이는 (그릇일) 뿐이다取熱而已. 이 그릇으로 끓여진 물은夫是湯也, 비린내나 잡냄새가 난다腥苦且澁. (이를) 마시고 나면 한참 지난 후에도飮之逾時, 역겨운 냄새가 입에 배어 사라지지 않는다惡氣纏口而不得去.

[원문]

第十一品 減價湯

제십일품 감가탕

無油之瓦, 滲水而有土[2]氣. 雖御胯宸緘[3], 且將敗德銷聲[4]. 諺曰 "茶

무유지와, 삼수이유토기. 수어과신함, 차장패덕소성. 언왈 "다

甁用瓦, 如乘折脚駿登高." 好事者幸誌之.

병용와, 여승절각준등고." 호사자행지지.

---

1) 纏口: '전纏'은 얽힌다는 뜻으로, 냄새가 입에 배어 오랫동안 가시지 않는 것을 의미한다.

2) 土:『고금도서집성본古今圖書集成本』,『완위산당설부본宛委山堂說郛本』에는 '왕王'자로 되어 있다.

3) 御胯宸緘: 왕실에서 사용한 어용御用의 차를 뜻한다. '과胯'는 고대에서 차의 수량 단위이며, '차과茶胯'는 병차餠茶를 말한다. '신宸'은 북극성의 자리를 뜻하나 훗날 제왕의 거소 또는 왕위, 제왕의 대칭對稱으로 사용하기도 한다.

4) 敗德銷聲: 사라져가는 패장敗將의 명성을 뜻한다.

[국역]

제십일품第十一品 감가탕減價湯

유약을 바르지 않은 질그릇은無油之瓦, 물이 스며들어 흙냄새가 난다滲水而有土氣. (이러한 재질로 물을 끓인다면) 비록 임금이 마시는 명차名茶일지라도雖御胯宸緘, 마치 패장의 명성이 점차 흩어지듯이 손상을 입히게 된다且將敗德銷聲. 속담에 이르기를諺曰 "질그릇으로 만든 찻병을 쓰는 것은茶甁用瓦, 마치 다리가 부러진 준마駿馬를 타고 높은 곳에 오르는 것과 같다如乘折脚駿登高"고 했다. 호사가들은 기억해 두기 바란다好事者幸誌之.

[원문]

第十二品 法律湯

제십이품 법률탕

凡木可以煮湯, 不獨炭也. 惟沃茶[1]之湯, 非炭[2]不可. 在茶家亦有法
범목가이자탕, 부독탄야. 유옥다지탕, 비탄불가. 재다가역유법
律, 水忌停, 薪忌熏. 犯律逾法, 湯乖[3], 則茶殆矣.
률, 수기정, 신기훈. 범률유법, 탕괴, 즉다태의.

---

1) 沃茶: 점차법點茶法과는 달리 차선茶筅없이 오직 팔 힘의 강약에 의해 수주의 물줄기로 가루차를 풀어 마시는 법을 말한다.

2) 炭: 아래 일면탕一面湯에서 언급된 허탄虛炭과는 대비되는 숯, 곧 실탄實炭을 말한다.

3) 乖: 어그러지다, 일치하지 않다, 배반하다의 뜻이 있으나, 여기서는 가치가 떨어진다는 것을 의미 한다.

[국역]

제십이품第十二品 법률탕法律湯

무릇 모든 나무의 종류는 물을 끓일 수 있는 땔감이 될 수 있으며凡木可以煮湯, 숯에만 국한된 것은 아니다不獨炭也. (생각거늘) 오직 (찻가루에 끓인 물을 부어 마시는) 옥차沃茶의 차탕일 경우惟沃茶之湯, 땔감은 숯이 아니면 안 된다非炭不可. 차를 마시는 사람들에게도 법도가 있는데在茶家亦有法律, 물을 끓일 때는 멈추어서는 안되며水忌停, 연기가 나는 땔감은 피해야 한다薪忌熏. 이 법도를 어기면犯律逾法, 끓인 물의 가치는 떨어지고湯乖, 곧 마시는 차도 위태롭게 된다則茶殆矣.

[원문]

第十三品 一面湯

제십삼품 일면탕

或柴中之麩火, 或焚餘之虛炭, 木[1]體雖盡而性且浮, 性浮則湯有終

혹시중지부화, 혹분여지허탄, 목체수진이성차부, 성부즉탕유종

嫩之嫌. 炭則不然, 實湯之友.

눈지혐. 탄즉불연, 실탕지우.

[국역]

제십삼품第十三品 일면탕一面湯

혹은 땔감 속의 밀기울[麥麩]과 같은 잔불或柴中之麩火, 혹은 타다 남은 숯[虛炭]들은或焚餘之虛炭, 이미 나무의 본질을 잃어버렸기에 성미가 가벼우며 (효율성이 없다)木體雖盡而性且浮, 성미가 가벼우면 곧 끓

1) 木:『경명이문광독본景明夷門廣牘本』에는 '본本'자로 되어 있다.

여진 탕수는 (순숙純熟이 되지 못해) 덜 끓인 것과 같이 모자람이 있다性浮則湯有終嫩之嫌. 숯만은 곧 그렇지 않으므로炭則不然, 참다운 탕수를 끓이는 데에 진정한 벗이라 하겠다實湯之友.

[원문]

第十四品 宵人湯

제십사품 소인탕

茶本靈草，觸之則敗．糞火[1]雖熱，惡性未盡．作湯泛茶，減耗[2]香味．

다본영초, 촉지즉패. 분화수열, 악성미진. 작탕범다, 감모향미.

[국역]

제십사품第十四品 소인탕宵人湯

차란 본래 신령스러운 풀이므로茶本靈草, (나쁜 기운이) 닿으면 곧 그 가치가 소멸된다觸之則敗. 짐승의 배설물을 (땔감으로 쓸 때) 비록 화력은 좋으나糞火雖熱, 나쁜 기미가 남아 있다惡性未盡. (이러한 땔감으로) 끓인 탕수를 찻가루에 부으면作湯泛茶, (차의) 향과 맛이 손상될 것이다減耗香味.

1) 火:『경명이문광독본景明夷門廣牘本』에는 '토土'자로 되어 있다.

2) 耗:『경명이문광독본景明夷門廣牘本』에는 '호好'자로 되어 있다.

[원문]

第十五品 賊湯 一名[1]賤湯

제십오품 적탕 일명천탕

竹篠樹梢，風日乾之，燃鼎附甁，頗甚快意．然體性虛薄，無中和

죽소수초, 풍일건지, 연정부병, 파심쾌의. 연체성허박, 무중화

之氣，爲茶之殘賊也．

지기, 위다지잔적야.

[국역]

제십오품第十五品 적탕賊湯 일명천탕一名賤湯

대나무나 가는 나뭇가지는竹篠樹梢, 바람과 햇볕에 건조되었기에風日乾之, 솥을 사르고 찻병의 물을 끓이는데燃鼎附甁, (땔감으로서) 아주 잘 탄다頗甚快意. 그러나 바탕의 성미가 허하고 가벼워然體性虛薄, 중화中和의 기운이 전혀 없어無中和之氣, 차를 해치는 잔적殘賊이라 여겨진다爲茶之殘賊也.

[원문]

第十六品 大魔湯[2]

제십륙품 대마탕

調茶在湯之淑慝[3]，而湯最惡烟．燃柴一枝，濃烟蔽室，又安有湯耶?

조다재탕지숙특, 이탕최악연. 연시일지, 농연폐실, 우안유탕야?

1) 一名:『함분루설부본涵芬樓說郛本』에는 '일운一云'으로 되어 있다.

2) 大魔湯:『완위산당설부본宛委山堂說郛本』,『경명이문광독본景明夷門廣牘本』,『고금도서집성본古今圖書集成本』,『당인설회본唐人說薈本』에는 '대大'자가 빠져 있다.

3) 淑慝: '숙淑'은 정숙하다는 뜻으로 좋다는 의미이며, '특慝'은 사악하다는 뜻으로 나쁜 것을 의미 한다.

苟用此湯[1], 又安有茶耶? 所以爲大魔.

구용차탕, 우안유다야? 소이위대마.

[국역]

제십륙품第十六品 대마탕大魔湯

차를 만들어 마시는 일의 관건은 끓인 물의 좋고 나쁨에 있는데調茶在湯之淑慝, 끓는 물은 연기의 그을음을 가장 싫어한다而湯最惡烟. 한 개의 나뭇가지를 태워도燃柴一枝, 짙은 연기와 그을음이 온 방을 뒤덮는데濃烟蔽室, 하물며 끓는 물이 어찌 온전할 수 있겠는가又安有湯耶? 진정 이러한 물을 쓴다면苟用此湯, 또한 차가 어찌 온전하겠는가又安有茶耶? (그을음을) 대마大魔라고 부르는 이유도 여기에 있다所以爲大魔.

1) 苟用此湯: 『경명이문광독본景明夷門廣牘本』에는 이 구절이 빠져 있다.

당唐 염립본閻立本 '소익잠난정도蕭翼賺蘭亭圖' 석다연石茶碾

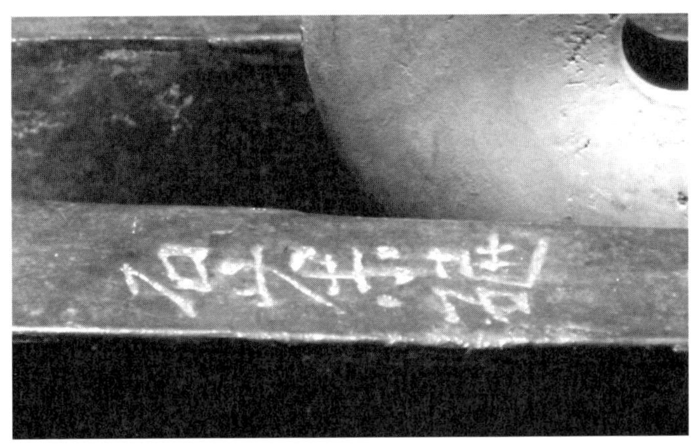

송宋 석다연石茶碾

第八品秀碧湯

第九品壓一湯

第十品纏口湯

第十一品減價湯

第十二品法律湯

第十三品一面湯

第十四品宵人湯

第十五品賊湯

第十六品魔湯

湯品目錄

十六湯品

第一品得一湯

第二品嬰湯

第三品百壽湯

第四品中湯

第五品斷脉湯

第六品大壯湯

第七品富貴湯

平無過不及爲度盖一而不偏雜者也天得一以清地得一以寧湯得一可建湯勲

第二品嬰湯

薪火方交水釜纔熾急取旋傾若嬰兒之未孩欲責以壯夫之事難矣哉

第三品百壽湯 一名白髮湯

人過百息水踰十沸或以話阻或以事廢始取用之湯已失性矣敢問皤鬢蒼顔之大老還可執弓搖矢以取中乎還可雄登闊步以邁遠乎

十六湯品

蘇廙仙芽傳載作湯十六品以爲湯者茶之司命若名茶而濫湯則與凡末同調矣煎以老嫩言者凡三品注以緩急言者凡三品以器標者共五品以薪論者共五品

第一品得一湯

火績已儲水性乃盡如斗中米稱上魚高低適

第六品大壯湯

力士之把針耕夫之握管所以不能成功者傷於麄也且一甌之茗多不二錢茗盞量合宜下湯不過六分萬一快瀉而深積之茶安在哉

第七品富貴湯

以金銀為湯器惟富貴者具焉所以策功建湯業貧賤者有不能遂也湯器之不可捨金銀猶琴之不可捨桐墨之不可捨膠

第八品秀碧湯

第四品中湯

亦見夫鼓琴者也聲合中則意妙亦見夫磨墨者也力合中則矢濃聲有緩急則琴亾力有緩急則茶敗欲湯之中臂任其責

第五品斷脉湯

茶已就膏宜以造化成其形若手顫臂嚲惟恐其深餅觜之端若存若忘湯不順通故茶不匀粹是猶人之百脉氣血斷續欲壽奚獲苟惡斃宜逃

而不得去

第十一品減價湯

無油之瓦滲水而有土氣雖御胯宸緘且將敗德銷聲諺曰茶瓶用瓦如乘折脚駿登高好事者幸誌之

第十二品法律湯

凡木可以煑湯不獨炭也惟沃茶之湯非炭不可在茶家亦有法律水忌停薪忌薫犯律踰法湯乖則茶殆矣

石凝結天地秀氣而賦形者也琢以爲器秀猶在焉其湯不良未之有也

第九品壓一湯

貴欠金銀賤惡銅鐵則甆瓶有足取焉幽士逸夫品色尤宜豈不爲瓶中之壓一乎然勿與誇珍衒豪臭公子道

第十品纏口湯

猥人俗輩煉水之器豈暇深擇銅鐵鉛錫取熱而已夫是湯也腥苦且澁飲之逾時惡氣纏口

第十六品魔湯

調茶在湯之淑慝而湯最惡烟燃柴一枝濃烟蔽室又安有湯耶又安有茶耶所以爲大魔

湯品終

第十三品一面湯

或柴中之麸火或焚餘之虛炭本体雖盡而性且浮性浮則有終嫩之嫌炭則不然實湯之友

第十四品宵人湯

茶本靈草觸之則敗糞土雖熱惡性未盡作湯泛茶減好香味

第十五品賊湯 一名賤湯

竹篠樹梢風日乹之燃鼎附瓶頗甚快意然体性虛薄無中和之氣爲湯之殘賊也

湯者茶之司命若名茶而濫湯則與凡末同調矣

煎以老嫩言者凡三品注以緩急言者凡三品以

器標者共五品以薪論者共五品

송宋나라의 역사 이해

5대 10국 가운데 후주後周(951~960)의 세종世宗(재위 954~959)이 죽자, 송주宋州지역의 무관 귀덕군절도사歸德軍節度使 조광윤趙匡胤(재위 960~976)이 쿠데타를 일으켜 960년에 '송宋'나라를 세운다.

송나라 건국 초기에는 여전히 6국六國이 각 지역을 점거하고 있었다. 남쪽 일대 강남지방은 남당南唐(937~975)의 후주後主 이욱李煜(재위 961~975)이 오늘날의 남경南京(난징)인 금릉金陵을 근거지로 두고 있었고, 북한北漢(951~979)은 요遼(907~1125)나라의 지원을 받아 강력한 군사력을 보유하고 있었다. 송은 태종太宗(재위 976~997) 때 마지막으로 남아있던 북한을 물리치므로 써 혼란했던 5대 10국 시대를 마감하고, 지금 하남성河南省의 개봉開封(카이펑)을 수도로 삼고 통일국가를 이룬다.

송나라를 건국한 조광윤은 절도사節度使로 있을 때 절도사인 무장武將들의 횡포에 대해 극히 혐오감을 느껴, 그가 제위帝位에 오르자 무장을 배척하고 문관을 우대하는 이른바 문치주의文治主義를 채택하게 된다. 그러나 문치주의로 국력이 약해지자 국경 북쪽 만주지역의 요遼(907~1125)나라와 서북쪽지역의 서하西夏(1038~1227)가 송나라를 계속 위협하는 형국이 되었다.

송나라는 두 나라와의 강화와 전쟁을 거듭하였는데, 휘종徽宗(재위 1100~1125) 때 만주지역의 여진족女眞族인 아골타阿骨打(1068~1123)가 세운 금金(1115~1234)나라와 연합하여 요나라를 멸망시켰다. 그러나 1127년 금나라는 송과의 타협을 파기하고 군대를 이끌어 송나라의 수도 개봉開封을 함락시키고, 휘종과 그의 아들 흠종欽宗(재위 1125~1127)을 포로로 잡아 만주로 이송하자 송나라는 멸망하게 된다. 훗날 역사에서 이 사건을 당시 송나라 흠종의 '정강靖康' 연호를 따 '정강의 변變'이라 하고, 이때까지의 송을 '북송北宋(960~1127)'이라 불렀다. 같은 해 흠종의 이복동생인 고종高宗(재위 1127~1162)은 강남으로 피신하여 지금의 항주杭州(항저우)인 임안臨安에 도읍을 정하고 나라를 세웠는데, 이때부터의 송을 '남송南宋(1127~1279)'이라고 한다. 송나라 18명의 황제 가운데 북송과 남송이 가각 9명으로 나누어졌다.

남송은 1141년 금나라와 굴욕적인 강화를 맺어 잠시나마 평화를 찾았으나 화해한지 20년 후부터 두 나라는 끊임없이 전쟁을 치렀다. 결국 남송이 패배하여 거액의 공물을 바치고 나라를 유지하였으나 국력은 나날이 쇠퇴하게 된다. 한편 금나라가 남송을 위협하고 있을 때 북방에는 새로운 세력인 몽고족이 일어나 서북쪽의 서하西夏(1038~1227)를 정복하였다. 이후 남송은 몽고와 연합하여 120년 동안 송나라를 괴롭혀왔던 금金(1115~1234)나라를 멸망시키는데 성공하였으나 훗날 이것이 빌미가 되어 송나라는 몽고족으로부터 멸망하게 된다.

북송강역北宋疆域

송나라에서 960년부터 1127까지의 북송(집권 167년)은 여진족의 금나라에 의해 멸망하게 된다

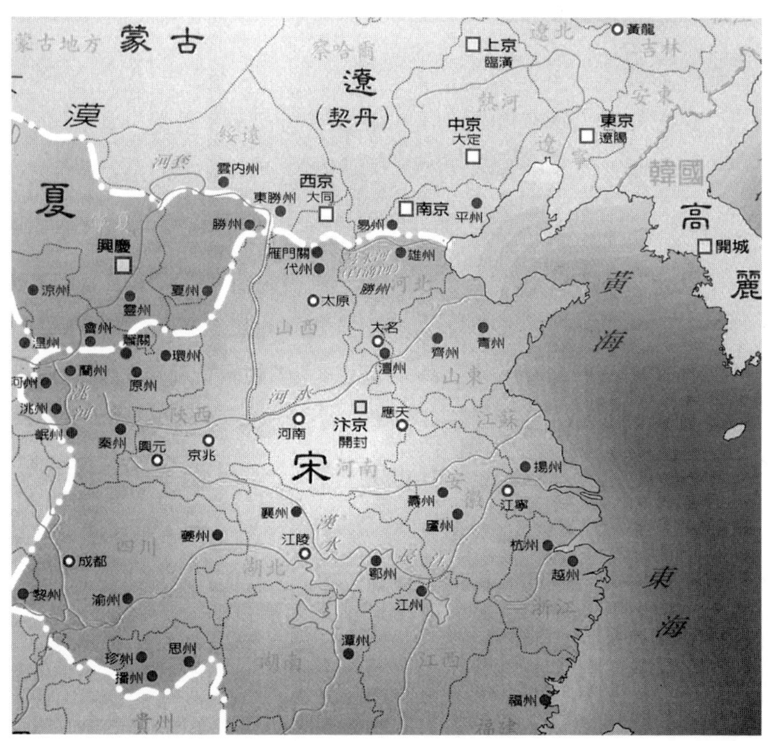

남송강역南宋疆域

송나라에서 북송의 마지막 황제 흠종의 이복동생 고종이 강남에서 1127년부터 1279년까지 세운 남송(집권 149년)은 몽고족에 의해 멸망하게 된다

송宋나라의 차문화

중국차문화 역사 가운데 긴압차의 시기를 나눌 때 당唐(618~907)나라 때는 병차餅茶, 송宋(960~1279)나라 때는 단병차團餅茶의 시대라고 한다. 여기서의 병차와 단병차의 차이는 글쓰기의 사람에 따라 내용이 다르나 대체로 작은 것은 병차 이보다 큰 것은 단병차 또는 정반대로 해석하는 이도 있다. 일부에서는 혼용하기도 한다.

당나라 때의 음차법飮茶法은 자차법煮茶法이다. 자차법은 찻잎을 쪄서 일단 고형차인 병차로 만들어 저장했다가 필요할 때마다 꺼내 갈아서 가루로 만든 뒤 솥에 끓여 품말인 말발沫餑을 마시는 것이 주된 요체다. 거품인 포말을 낼 때 송나라 초기에는 차시茶匙를 이용했으나 점차 개선된 도구인 차선茶筅으로 유화乳花를 냈던 것이 오늘날까지 이어졌다. 당나라 자차법에서는 차의 쓴맛을 상쇄하기 위해 소량의 소금을 넣어 맛을 돋우었다. 송나라에 들어와 자완磁碗에서 바로 풀어 마시는 찻가루의 품질이 고급화되자 점차법에서는 더 이상 소금을 넣지 않게 되었다.

송나라는 공차貢茶제도의 확립으로 차를 만든 기술이 급속도로 발전하였다. 일부에서는 당나라 때 병차餠茶에서 구멍을 뚫은 작업을 없애기도 했다. 또한 시루에 쪄낸 찻잎의 즙액인 고膏를 짜내어 만들었다고 하여 '압고차壓膏茶'라고 불렀다. 한편 이 찻잎을 갈고 또 갈아 고운 연고처럼 만들었기에 '연고차硏膏茶'라고도 불렀으며, 고형차의 표면에 밀랍처럼 빛이 나기에 '납면차臘面茶'라고 부르기도 했다.

한편 송나라 당시의 기온은 당나라보다 약간 낮았는데, 이로 인해 채엽 작업을 중부지방인 강남江南 즉 절강浙江 · 강소江蘇지방에서 기후가 따듯한 남부지방인 복건성福建省으로 이동하게 된다. 이는 송나라의 차서茶書에서 유난히 '건建'자가 많이 등장하는 이유이기도 하다. 송사宋史『식화지食貨誌』의 기록을 보면 "차의 형태는 두 가지로 나뉜다. 고형차固形茶는 '편차片茶'라 하고, 잎차는 '산차散茶'라 한다. 편차에는 용봉龍鳳 · 석유石乳 · 백유白乳 등 12 종류가 있고, 산차散茶는 회남淮南 · 귀주歸州 · 강남江南 · 형호荊湖 등지에서 생산되며, 용계龍溪 · 우전雨前 · 우후雨後 등 11 종류가 있다"고 했다.

송나라의 고형차固形茶인 '편차片茶'는 '건차建茶'라고도 하며, 주로 복건성에서 만들어 황실을 비롯해 상류층들이 마신 반면 잎차인 산차散茶는 찐차로서 '초차草茶'라 부르며 주로 강남의 절강 · 강소지방에서 만들어 이를 '강남차江南茶'라고도 부른다.

『식화지食貨誌』에서는 12 종류의 편차인 건차와 11 종류의 산차인 초차를 언급했다. 건차와 초차는 모두 가루로 포말을 내어 마시는 것이 같으나 가공방법이 다르고 만든 지역이 다르다. 특히 '강남차'인 '초차草茶'는 송나라 때 일본 유학승留學僧들이 일본으로 전해져 오늘날 가루차인 말차抹茶의 원형으로 이어지고 있다.

무이암차武夷岩茶는 정암正岩, 반암半岩, 주차洲茶 등으로 나눈다
무이구곡武夷九曲 절벽 아래의 차밭

송나라의 기온은 당나라보다 약간 낮아 차의 주산지는 강남에서 기후가 따듯한 남부지방 복건성 무이산武夷山쪽으로 이동하게 된다
지금도 살아 있는 무이암차 대홍포大紅袍 모수母樹

송나라는 당시의 건안建安 지금의 복건성 무이산 중심으로 차를 생산했다
원나라 때 조성된 어차원御茶院 유적지

무이산에는 36봉峰, 72동洞과 99암岩의 절벽이 있고, 무이구곡武夷九曲은 아홉 구비의 계곡으로 이루어졌다

주자朱子는 무이구곡가武夷九曲歌를 지은 바가 있고, 이에 영향을 받아 이황李滉은 도산십이곡陶山十二曲을, 이이李珥는 고산구곡가高山九曲歌를 지었다

무이암차武夷岩茶의 이명異名 만감후晩甘侯

무이산은 고대 남방 소수민족 월족越族의 풍속인 각학선관架壑船棺 즉 시신을 관에 넣고 깎아지른 절벽에 묻은 매장문화이므로, 지금도 그 유해들이 그대로 남아있다

무이구곡武夷九曲 물줄기의 구비마다 석각石刻으로 그 위치를 표시하고 있다

초의선사『동다송東茶頌』에서 언급한 '건양단산벽수향建陽丹山碧水鄕'이 바로 무이산武夷山 지역을 가리킨다

중국 암차의 중심지역인 무이산은 주자의 고향이기도 하다
조선의 근간으로 삼던 주자의 성리학도 이곳 무이산에서 집성·정립하였다

원元나라의 역사 이해

13세기 중반부터 14세기 중반에 이르는 1세기 동안, 중국 본토의 원나라는 동아시아 전역을 지배한 몽골족의 대제국이었다. 쿠빌라이 忽必烈(재위 1260~1294) 칸은 1260년 하얼빈哈爾賓에서 제위에 오른 후 나라의 이름을 '대원大元'이라 하고, 수도를 연경燕京, 지금의 베이징으로 옮겨 '대도大都'라 하였다.

쿠빌라이가 세운 원元(1271~1368)나라가 중국을 통치하는 98년 동안은 정치 경험의 미숙과 한족을 탄압하는 정책으로 국력은 나날이 허약해졌다. 예를 들어 원나라는 백성을 크게 네 개의 신분으로 나누어 나라를 다스렸는데, 최고의 신분은 집권자인 몽골인, 제2의 신분은 서역西域 계통의 색목인色目人, 제3의 신분은 화북인華北人이라 일컫는 한족 그리고 최하의 신분은 남인南人으로 구별하였다. '남인'이란 남송南宋시대 강남지역에서 살았던 한족과 중국의 타민족을 일컫는다.

1368년 '한족왕조부활운동'의 기치를 내세운 주원장朱元璋(재위 1368~1398)에 의해 몽골족이 북쪽으로 축출되면서 원나라는 멸망하게 된다.

역사학자들 사이에 일부는 몽골제국을 건설한 테뮈진鐵木眞 즉 칭키스칸(1162~1227) 때부터 '원元(1206~1368)' 왕조로 봐야 한다는 주장이 있다. 그러나 정사正史 사료史料에 따르면 남송을 멸망시킨 쿠빌라이가 제왕에 오른 후 비로소 나라를 '대원大元'이라 했고, 수도도 '대도大都'라 불리는 지금의 베이징으로 옮겼다. 따라서 원元(1271~1368)나라는 쿠빌라이가 세운 제국이며, 15명의 황제를 배출했다.

한편 명나라를 세운 주원장은 북경에 입성한 후, 싸우지 않고 떠난 원의 마지막 황제에게 '순제順帝(재위 1333~1368)'라는 칭호를 주었다. 고려의 궁녀로 원나라의 황후까지 올랐던 기황후奇皇后가 바로 순제의 부인이다.

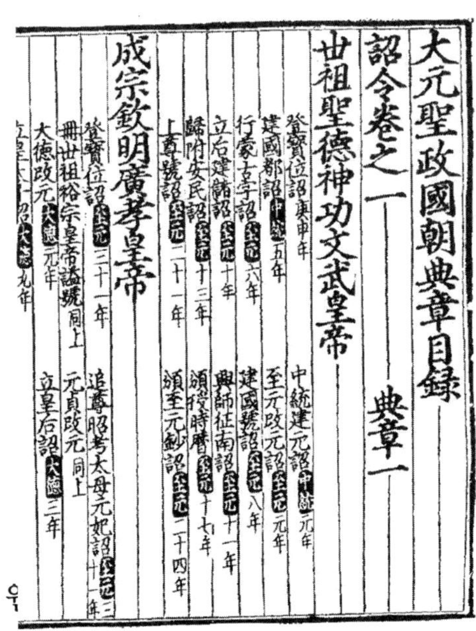
大元聖政國朝典章目錄
詔令卷之一 —— 典章一
世祖聖德神功文武皇帝
登寶位詔 庚申年 中統建元詔 中統元年
建國都詔 中統五年 至元改元詔 至元元年
行蒙古字詔 至元六年 建國號詔 至元八年
立后建儲詔 至元十年 興師征南詔 至元十一年
歸附安民詔 至元十三年 頒授時曆 至元十七年
上尊號詔 至元二十一年 頒至元鈔詔 至元二十四年
成宗欽明廣孝皇帝
登寶位詔 至元三十一年 追尊昭考太母元妃詔 至元三十一年
冊世祖裕宗皇帝謚號 同上 元貞改元 同上
大德改元 大德元年 立皇后詔 大德三年
立皇太子詔 大德九年

정사 사료에 따르면 원나라의 초대 황제는 쿠빌라이인 원세조元世祖(1215~1294)로 기재되고 있다

원元나라의 차문화

1271년 몽고족이 세운 원元(1271~1368)나라는 중국 역사상 변방 타민족이 중원中原의 한족을 지배한 최초의 왕조이며, 약 1세기동안 중국을 통치하였다. 소박하고 호쾌한 유목민족인 몽고족은 번거로운 것을 싫어해 주로 간단히 마실 수 있는 잎차 형태의 말차 또는 어린 잎의 산차散茶를 즐겼다. 따라서 원나라 때는 상류사회에서 주로 즐겼던 단차團茶는 점차 도태되고 산차가 빠른 속도로 유행하게 된다. 이것이 훗날 포차법泡茶法이 명나라에서 정착하게 된 계기가 되었다.

원나라 1313년 경 왕정王楨이 만든 『농서農書 · 권십卷十 · 백곡보百谷譜』에 "차는 세 가지 형태가 있다. 하나는 명차茗茶, 하나는 납차臘茶, 하나는 말차末茶다"라고 했다. '명차'란 오늘날 우려 마시는 잎차와 매우 유사하며, 다만 찻물을 마신 후 우린 잎마저 먹는 것이 다르다. '납차'란 송나라 때 크게 유행했던 덩어리 단차團茶 즉 건차建茶를 가리킨다. 주로 공차貢茶를 말하며 조정에서 즐긴 것으로 제한된 양만이 제작되었다. '말차'란 송나라 때의 초차草茶를 말하며 오늘날 가루차인 말차抹茶의 전신이기도하다.

중국 역사상 가장 넓은 영토를 차지했던 몽고제국을 이끈 테무진, 그가 칭기즈칸에 추대되었을 때의 나이가 51세이었다. 몽고제국 제5대 칸이자 칭기즈칸의 손자인 원나라의 초대 황제 쿠빌라이 원세조元世祖(1215~1294)

원나라(1271~1368)의 점차문화에 대해 이해할 수 있는 '동자시다도童子侍茶圖'는 지원至元 2년(1265) 때의 그림이다. 이 그림에서 '차말茶末'이라는 두 글자와 차선茶筅이 두렷이 보이고, 큰 찻잔, 나눔 찻잔과 차탁 등 '분차分茶'에 필요한 차기들이 그려져 있다

茶筅　茶盞　茶合(茶末)　茶托

[元] 童子侍茶圖

요遼(916~1125)는 거란족이 세운 나라로 지금의 내몽고자치구內蒙古自治區 중심으로 송(960~1279)나라 때 중국 북쪽을 지배했던 왕조다. 938년에 수도를 지금의 북경에 세웠다. 1972년 북경 교외 묘지에서 요나라 때 다수의 벽화壁畵(2-3-4)가 발견되었다. 이 가운데 점차點茶에 관한 그림들이 많이 보였는데, 벽화 속에는 '비다도備茶圖', '자다도煮茶圖', '송다도送茶圖', '다도도茶道圖' 등이 있다

1982년 내몽고 고적봉古赤峰 원보산元寶山에 원나라 때 묘지의 벽화(1)에서도 점차에 관한 그림들이 다량으로 발견되었다

1	2
3	4

점차點茶의 방법은 두 가지 형태로 존재했다. 하나는 큰 찻잔에서 유화乳花를 만들어 나눔 찻잔에 나누어 마시는 방법과 오늘날과 같이 말차 잔에 직접 유화를 만들어 마시는 방법이다

내몽고 고적봉古赤峰 원보산元寶山의 원나라 묘지 벽화 중 '연다도研茶圖'에서는 연차하는 모습과 차선이 두렷이 보이며, '점다도點茶圖'에서는 큰 찻잔에서 직접 유화를 만드는 모습과 나눔 찻잔이 보인다. 송나라 소한신蘇漢臣의 '나한도羅漢圖' 그림에서는 차선뿐만 아니라 차 빗자루, 차 맷돌, 탕병과 차합茶合도 보인다

古赤峰元墓壁畫 點茶圖

北京石景山金趙勵墓壁畫 點茶圖

찻잔에서 직접 유화를 만들어 마시는 말차는 주로 사찰에서 이루어지며, 일반적으로는 큰 찻잔에서 유화를 만들어 작은 찻잔에 나누어 마신다

송나라의 말차 가운데 찻잔에서 직접 유화를 만들어 마시는 방법은 일본으로 전해져 오늘날 일본의 교토京都 일부 사찰 행사에서 원형을 그대로 재현하고 있다

(南宋) 五百羅漢圖 - 吃茶圖 局部

茗荈錄

[宋] 陶穀 撰

해제

중국 고대 사회 생활에 관련된 세부 사항을 기록한 『청이록淸異錄』은 북송北宋 사람 도곡陶穀이 964~965년 경에 쓴 책으로, 모두 6권卷 37조條로 이루어졌다. 6권 중에 차에 관한 부분 제1조는 소이蘇廙의 『십륙탕품十六湯品』이며, 이 가운데 「명천茗荈」 조항도 있다. 훗날 명나라의 유정喩政이 이 「명천茗荈」 조항만 따로 뽑아 차서茶書의 이름을 『명천록茗荈錄』이라 지었다. 그러나 일부 책에서는 『천명록荈茗錄』으로 기재된 곳도 있다.

『명천록茗荈錄』 제1항 '용파산자차龍坡山子茶'에서 "개보開寶(968~976) 연간에, 두의竇儀(914~966)가 나에게 햇차를 주어 마셨다"는 내용이 있다. 두의竇儀는 건덕乾德(963~968) 4년인 966년에, 도곡陶穀은 개보開寶(968~976) 3년인 970년에 사망한 것으로 보아, 이 책은 건덕乾德 초년인 963년부터 970년 사이에 저술한 것으로 추정된다.

저자 도곡陶穀(903~970)의 자는 수실秀實, 지금의 섬서성陝西省 서빈현西彬縣 사람이다. 원래의 성은 당唐씨이었으나 5대10국 가운데 후진後晉 고조高祖 석경당石敬唐의 이름과 같은 음의 글자 즉 휘諱를 피하기 위해 당唐자를 도陶씨로 성을 바꿨다.

『천명록荈茗錄』은 당나라 말기 송나라 초기의 글이며 차 수저인 차시茶匙를 이용해 가루차의 포말을 내는 최초의 기록이므로 그 의미가 크다. 송나라 채양蔡襄이 치평治平 원년(1064)에 각석刻石한 『다록茶錄』에 "차시茶匙는 무거워야 하는데茶匙要重, 이는 격불擊拂할 때 힘을 받쳐주기 위함이며擊拂有力, 황금 재질이 가장 좋다黃金爲上."라는 기록보다 무려 100년 정도 앞선 내용이다.

차문화 음차법飮茶法 변천사의 최초는 떡차餠茶를 가루 내어 솥에 넣은 다음 풀어서 끓여 마시는 '자차법煮茶法'이었다. 당나라唐(618~907) 때 성행했던 이 자차법이 진화되어 발전된 음차법이 당나라 말기와 5대 사이에 저술된 소이蘇廙의 『십륙탕품十六湯品』이다. 이 음차법은 찻가루를 솥에 넣지 않고 찻잔에 넣어 풀어 마시는 것이 송宋(960~1279)나라의 '점차법點茶法'과 같으나, 차솔인 차선茶筅을 통해 풀어 마시지 않고, 오직 탕병의 주구注口에서 흘러나오는 물줄기의 강약과 완급을 팔의 힘으로 조절해가며 풀어 마시는 방법으로 후세 사람들이 이를 '옥차법沃茶法'이라 불렀다.

송나라에 들어와 '옥차법'에서 한 걸음 더 진화된 음차법이 '점차법點茶法'이다. 초기의 점차법은 단병차團餠茶로 낸 찻가루를 찻사발에 직접 넣어 적당한 양의 끓는 물을 부어 차 수저인 차시茶匙라는 기구로 찻가루를 풀었다. 이렇게 만든 유화는 드문드문 밖에 피어나지 않는 엷은 포말만이 일어나 이른바 물줄기 문양湯紋水脈이 보이게 된다. 당시의 사람들은 이 물줄기의 무늬에 따라 형성 또는 연출된 다양한 문양을 가리켜 '차백희茶百戱'라 했다.

근래 중국에서 유행하고 있는 이른바 '차백회'에 관한 점차는 송나라 도곡陶穀이 지은 『명천록茗荈錄』을 근거로 두고 있다. 그러나 그 누군가 커피 · 말차라떼에서 만들어진 다양한 거품 문양을 차용해, 찻가루 또는 대용차 가루를 휘저어 만든 포말 위에 기구로 도안 또는 글자를 그려 점차하고 있는 것이다. 문제는 이렇게 희화화戱畵化로 연출된 거품 기법을 마치 문헌의 근거가 있는 것처럼 사람들을 오도하고 있다는 것이다. 『명천록』에는 "차시茶匙로 격불하여 나타난 포말 (점도가 낮아) 그 물줄기 즉 수흔水痕이 (형상) 나타나나 곧 바로 소멸된다"고 적시하고 있다. 이는 곧 지금의 '차백회'로 만든 포말 문양은 라데의 거품처럼 긴 시간이 지나도 사라지지 않는 것과는 다른 것이다.

학설에서 보여지는 견해의 차이와 잘못된 번역에서 나타나는 오류는 분명히 다르다. 그럼에도 일부 차인들이 번역의 오류를 마치 학설의 견해차로 치부하고 있다. 이러한 현상은 차문화의 질적 향상에 결코 도움이 되지 못할 뿐만 아니라 차문화의 현실을 외면한 태도이기에 모든 차인들이 깊이 생각해야 할 문제다.

[원문]

龍坡山子茶용파산자다

開寶中, 竇儀以新茶飮予, 味極美. 奩[1]面標云'龍坡山子茶'. 龍坡是顧

개보중, 두의이신차음여, 미극미. 염면표운'용파산자차'. 용파시고

渚之別境.

저지별경.

[국역]

용파산자차龍坡山子茶

개보開寶(968~976) 연간에開寶中, 두의竇儀[2]가 (도곡陶穀) 나에게 햇차를 주어 마셨는데竇儀以新茶飮予, 맛이 아주 좋았다味極美. 상자표면에 이르길 '용파산자차龍坡山子茶'라는 글귀가 표기되어 있다奩面標云龍坡山子茶. 용파龍坡는 고저顧渚[3]의 별경이다龍坡是顧渚之別境.

[원문]

聖楊花성양화

吳[4]僧梵川, 誓願燃頂[5]供養雙林傅大士. 自往蒙頂[6]結庵種茶. 凡三年,

오승범천, 서원연정공양쌍림부대사. 자왕몽정결암종차. 범삼년,

---

1) 奩: 원래는 여성 화장품을 담는 궤작을 가리키나, 여기에서는 차 상자를 말한다.

2) 竇儀: 두의竇儀(914~966), 자는 가상可象, 소주蘇州 어양漁陽 사람이다. 현덕顯德 연간(954~960)에 端明殿學士를 역임했고, 송나라 들어와 工部尙書, 翰林學士 등 관직을 맡았다.

3) 顧渚: 고저산顧渚山을 말하며, 지금의 절강성浙江省 장흥長興에 있다. 당나라 때의 공품貢品이므로, 오늘날 고저자순顧渚紫筍으로 유명하다.

4) 吳: 5대10국五代十國 시대의 10국 가운데 하나인 오吳나라.

5) 燃頂: 불교에서 몸의 수련 방법인 '수진법修眞法' 가운데의 하나.

6) 蒙頂: 몽산蒙山 꼭대기.

味方全美. 得絕佳者'聖楊花'、'吉祥蕊', 共不踰五斤, 持歸供獻.

미방전미. 득절가자'성양화'、'길상예', 공불유오근, 지귀공헌.

[국역]

성양화聖楊花

(오대십국五代十國) 오吳나라의 화상和尙 범천梵川은吳僧梵川, 수신修身하고자 경건한 마음으로 쌍림雙林의 부대사傅大士를 공양供養하기를 서원했다誓願燃頂供養雙林傅大士. 그는 스스로 몽산蒙山 맨 꼭대기에 암자를 지어 차를 심었다自往蒙頂結庵種茶. 3년이 되어凡三年, 차맛이 온전히 좋았다味方全美. (이 가운데) 질이 가장 좋은 것을 '성양화聖楊花', '길상예吉祥蕊'라 했으며得絕佳者聖楊花吉祥蕊, 도합 5근을 넘지 않았는데共不踰五斤, 이를 지니고 (부대사에게) 돌아가 공양으로 바쳤다持歸供獻.

[원문]

湯社탕사

和凝在朝, 率同列遞日以茶相飮, 味劣者有罰, 號爲'湯社'.

화응재조, 솔동렬체일이다상음, 미열자유벌, 호위'탕사'.

[국역]

탕사湯社

화응和凝[1]이 조정에서和凝在朝, 동료를 거닐고 번갈아 차를 마셨는데率同列遞日以茶相飮, 좋지 않은 차맛을 낸 자는 벌칙을 주었다味劣者有罰, 이 모임을 '탕사湯社[2]'라 불렀다號爲湯社.

---

1) 和凝: 화응(898~955) 자는 성적成績, 오대 때 지금의 산동성山東省 동평東平 사람이다. 관직은 左僕射, 太子太傅을 역임했고, '노국공魯國公'으로 봉했다.

2) 湯社: 이 문구의 내용으로 '탕사'는 훗날 차모임의 대칭代稱으로 쓰게 되었다.

[원문]

縷金耐重兒누금내중아

有得建州茶膏, 取作耐重兒八枚, 膠以金縷, 獻於閩王曦. 遇通文之禍,

유득건주다고, 취작내중아팔매, 교이금루, 헌어민왕희. 우통문지화,

爲內侍所盜, 轉遣貴臣.

위내시소도, 전견귀신.

[국역]

누금내중아縷金耐重兒

(복건성) 건주建州의 차고茶膏[1])를 얻었는데有得建州茶膏, 8개의 '내중아耐重兒[2])'를 취해取作耐重兒八枚, (이 병차에) 아교阿膠로 금실을 붙여膠以金縷, 민왕閩王 왕희王曦[3])에게 바쳤다獻於閩王曦. 통문通文[4])의 화禍를 만나遇通文之禍, 내시內侍가 이를 훔쳤으나爲內侍所盜, 나중에 나에게 전달되었다轉遣貴臣.

[원문]

乳妖유요

吳僧文了善烹茶. 遊荊南, 高保勉白於季興, 延置紫雲庵, 日試其藝. 保

오승문료선팽다. 유형남, 고보면백어계흥, 연치자운암, 일시기예. 보

勉父子呼爲'湯神', 奏授華定水大師上人[5]), 目曰'乳妖'.

면부자호위'탕신', 주수화정수대사상인, 목왈'유요'.

1) 茶膏: 여기서의 차고茶膏는 덩어리 차인 '연고차研膏茶'를 가리킨다.

2) 耐重兒: 吳任臣 『十國春秋』에 "貢建州茶膏, 膠以金縷, 名曰耐重兒, 凡八枚" 기록이 있다.

3) 王曦: 왕희王曦는 5대10국 시대의 10국 가운데 하나인 민閩나라의 5대 황제이며, 939~944년까지 5년을 집권했다.

4) 通文: 통문通文은 민閩나라의 4대 황제 강종康宗 왕계붕王繼鵬의 연호다. 강종은 936~939년까지 4년을 집권했으며, 그는 다음 황제인 왕희王曦의 숙부다.

5) 上人: 화상和尙의 존칭.

[국역]

유요乳妖

오吳지의 스님 문료文了는 차를 잘 끓였다吳僧文了善烹茶. 형남荊南[1)]을 유람할 때遊荊南, 고보면高保勉이 아버지인 계흥季興[2)]에게 알려줬는데高保勉白於季興, (계흥이) 그를 자운암紫雲庵에 안치했으며延置紫雲庵, (문료는) 매일 (차 끓이는) 기예를 그들에게 보여주었다日試其藝. 고보면 부자는 그를 '탕신湯神'이라 불렀으며保勉父子呼爲湯神, 화정수대사 상인上人으로 봉[奏授]하였고奏授華定水大師上人, (유화) 눈으로 보고 이르길 "'유요乳妖'다"라고 했다目曰乳妖.

[원문]

清人樹청인수

僞閩甘露堂前兩株茶, 鬱茂婆娑, 宮人呼爲'清人樹'. 每春初, 嬪嬙戲摘

위민감로당전양주다, 울무파사, 궁인호위'청인수'. 매춘초, 빈장희적

新芽, 堂中設'傾筐會'.

신아, 당중설'경광회'.

[국역]

청인수清人樹

위민僞閩[3)] (정권) 감로당甘露堂 앞에 두 그루의 차나무가 있는데僞閩甘露堂前兩株茶, 울창하고 무성하며 나부끼어 흔들어鬱茂婆娑, 궁안에 사람들은

---

1) 荊南: 5대10국 시대의 10국 가운데 하나인 '형남국荊南國'을 말한다. 지금의 호북성湖北省 강릉江陵, 공안公安 일대를 통치했다.

2) 季興: 고계흥高季興(858~928)을 말하며, 고계창高季昌이라고도 한다. 5대10국인 형남국荊南國을 건국한 사람이므로 재위 기간은 924~928년까지 4년이다. 고보면高保勉은 고계흥의 아들이다.

3) 僞閩: 위민僞閩은 5대10국 가운데 복건성福建省 중심으로 통치한 지방 정권인 민閩나라를 말한다. 정통을 이은 송왕조는 민閩 정권을 '위僞'자를 붙여 부르고 있다.

그를 '청인수清人樹'라 불렀다宮人呼爲清人樹. 매년 봄이 되면每春初, 궁녀[嬪嬙[1]]들이 찻잎 새싹을 따며 놀았고嬪嬙戱摘新芽, 감로당 안에는 '경광회傾筐會' 즉 광주리를 기울려 차싹을 쏟는다의 모임을 만들었다堂中設傾筐會.

[원문]

玉蟬膏옥선고

顯德初, 大理徐恪見貽卿信鋌子茶, 茶面印文曰'玉蟬膏', 一種曰'清風
현덕초, 대리서각견이경신정자다, 다면인문왈'옥선고', 일종왈'청풍
使'. 恪, 建人也.
사'. 각, 건인야.

[국역]

옥선고玉蟬膏

현덕顯德(954~960년) 초년顯德初, 대리大理[2] 서각徐恪이 경을 만나 정자차鋌子茶[3]를 남겨 주었는데大理徐恪見貽卿信鋌子茶, (덩어리) 차 표면에는 '옥선고玉蟬膏'라는 글자가 새겨져 있고茶面印文曰玉蟬膏, 또 한 가지는 '청풍사清風使'라고 한다一種曰清風使. 격은恪, 건주建州 사람이다建人也.

[원문]

森伯삼백

湯悅有『森伯頌』, 蓋茶也. 方飮而森然嚴於齒牙, 既久, 四肢森然. 二
탕열유『삼백송』, 개다야. 방음이삼연엄어치아, 기구, 사지삼연. 이
義一名, 非熟夫湯甌境界者, 誰能目之.

1) 嬪嬙: 궁녀을 말한다.

2) 大理: 형옥刑獄을 담당하는 관직, 구경九卿 중의 하나다.

3) 鋌子茶: 정鋌은 덩어리 모양의 금과 은을 가리키며, 여기에서는 단병차團餠茶를 말한다.

의일명, 비숙부탕구경계자, 수능목지.

[국역]

삼백森伯

탕열湯悅[1] 『삼백송森伯頌』에 (삼백) 있는데, 이는 차를 가리킨 것이다蓋茶也. 이를 마시고 나면 치아 (입) 안에 두툼함이 차면서 삼연하고方飮而森然嚴於齒牙, 한참 뒤에는既久, 온몸 사지마저 삼연하기도 하다四肢森然. 이는 두 가지 뜻을 하나로 표현한 것으로二義一名, 이러한 경지의 차탕을 잘 아는 사람이 아니면非熟夫湯甌境界者, 눈으로 이를 (뜻을) 그 누가 헤아릴 수 있겠는가誰能目之.

[원문]

水豹囊수표낭

豹革爲囊, 風神呼吸之具也. 煮茶啜之, 可以滌滯思而起清風. 每引此
표혁위낭, 풍신호흡지구야. 자다철지, 가이척체사이기청풍. 매인차
義, 稱茶'水豹囊'.
의, 칭다'수표낭'.

[국역]

수표낭水豹囊

물범 가죽으로 만든 주머니豹革爲囊, 풍신風神은 이를 호흡의 도구로 삼는다風神呼吸之具也. 차를 끓여 마시게 되면煮茶啜之, 묵은 때를 씻어내어 깨끗한 청풍을 일으킨다可以滌滯思而起清風. 매번 이 뜻을 헤아려每引此義, 차를

1) 湯悅: 은숭의殷崇義(912~984)를 말하며 지금의 안휘安徽 사람이다. 오대 남당南唐 보대保大 13년(955)에 진사進士되었으며 재상까지 지냈다. 남당의 대표적 학자다. 송나라 송태종宋太宗(재위 976~997) 조광의趙光義의 이름에서 '의義'자를 피하기 위해 '탕열湯悅'로 개명했다.

물범 주머니 즉 '수표낭水豹囊'이라고 한다稱茶水豹囊.

[원문]

不夜侯불야후

胡嶠『飛龍澗飮茶詩』曰 "沾牙舊姓'餘甘氏', 破睡當封'不夜侯'." 新奇

호교『비룡간음다시』왈 "첨아구성'여감씨', 파수당봉'불야후'." 신기

哉! 嶠宿學雄才未達, 爲耶律德光所虜北去, 後間道復歸.

재! 교숙학웅재미달, 위야율덕광소로북거, 후간도복귀.

[국역]

불야후不夜侯

호교胡嶠[1]의『비룡간음다시飛龍澗飮茶詩』에 이르길曰 "이에 뭔가 묻으면沾牙 옛사람들은 이를 '여감씨餘甘[2]氏'라 했다舊姓餘甘氏. 잠을 오지 않게 하면 응당 이를 '불야후不夜侯'라 불러야 할 것이다破睡當封不夜侯." 실로 신기하다新奇哉! 호교가 밤새 학문을 매진했지만 큰 뜻을 이루지 못하고嶠宿學雄才未達, (요遼나라의 제2대 황제(902~947) 요태종遼太宗) 야율덕광耶律德光의 포로가 되어 북쪽으로 잡혀갔으며爲耶律德光所虜北去, 훗날에 비로소 돌아왔다後間道復歸.

[원문]

雞蘇佛계소불

猶子彝, 年十二歲. 予讀胡嶠詩, 因令效法之, 近晩成篇. 有云 "生涼

유자이, 연십이세. 여독호교시, 인령효법지, 근만성편. 유운 "생량

---

1) 胡嶠: 오대 때의 사람이며, 거란족에 잡혀가 요나라에서 7년을 살았다. 오대 주周나라 광순廣順(951~953) 3년(953)에 귀국했다.

2) 餘甘: '유감油柑' 또는 '유감자油柑子'라는 식물이다. 한국에서는 '여우구슬', '구슬풀'이라 부르며, 약재명은 '진주초'다.

好喚‘雞蘇佛’, 回味宜稱‘橄欖仙’.” 然彝亦文詞之有基址者也.

호환‘계소불’, 회미의칭‘감람선’.” 연이역문사지유기지자야.

[국역]

계소불雞蘇佛

내 조카 이彝가猶子彝[1], 12살 때다年十二歲. 나는 그에게 호교시胡嶠詩를 읽고予讀胡嶠詩, 이를 모방하라고 했는데因令效法之, 근래에 이르러 비로소 늦게나마 이를 이루어냈다近晩成篇. 어떤 이가 이르길有云 “상쾌하고 시원한 맛에는 ‘계소불雞蘇佛[2]’을 소환하고生凉好喚雞蘇佛, 긴 여운의 맛에는 ‘감람선橄欖仙’이 어울린다回味宜稱橄欖仙.”고 했는데, 이러한 문사文詞는 조카 이彝의 글에 디딤돌이 되었다然彝亦文詞之有基址者也.

[원문]

冷面草**냉면초**

符昭遠不喜茶, 曰 “此物面目嚴冷, 了無和美之態, 可謂‘冷面草’也.”

부소원불희다, 왈 “차물면목엄랭, 료무화미지태, 가위‘냉면초’야.”

飯餘嚼佛眼芎以甘菊湯送之, 亦可爽神.

반여작불안궁이감국탕송지, 역가상신.

[국역]

냉면초冷面草

부소符昭는 예로부터 차를 좋아하지 않았는데符昭遠不喜茶, 이르기를曰 “이 물건의 얼굴은 매우 차갑기에此物面目嚴冷, 아름다운 자태를 전혀 이룰

1) 猶子彝: ‘유자猶子’는 조카를 뜻하며, ‘이彝’는 이름이다.

2) 雞蘇佛: 일명 ‘용뇌향소龍腦香蘇’라고 한다. 명나라 이일화李日華『자도헌잡철紫桃軒雜綴』 권이卷二에 “계소불은 박하薄荷다”라고 기록되어 있다. “雞蘇佛即薄荷, 上口芳辣, 橺欖久咀, 回甘不盡, 合此二者, 庶得茶蘊.”

수가 없어了無和美之態, 가히 '냉면초冷面草'라고 할 수 있다可謂冷面草也." **식후에 불안**佛眼 · **천궁**川芎**을 씹어 감국탕**甘菊湯**으로 마시면**飯餘嚼佛眼芎以甘菊湯送之, **이 또한 정신을 맑게 한다**亦可爽神.

[원문]

晩甘侯만감후

孫樵「送茶與焦刑部書」云 "'晩甘侯'十五人遣侍齋閣. 此徒皆請雷而摘,
손초「송다여초형부서」운 "'만감후'십오인견시재각. 차도개청뢰이적,
拜水而和. 蓋建陽丹山碧水之鄕, 月澗雲龕之品, 愼勿賤用之."
배수이화. 개건양단산벽수지향, 월간운감지품, 신물천용지."

[국역]

만감후晩甘侯

손초孫樵[1]의 「송다여초형부서送茶與焦刑部書」에 이르기를云 "'만감후晩甘侯' 15명이 시재각侍齋閣을 파견했다晩甘侯十五人遣侍齋閣. 이 사람들은 모두 우렛소리를 빌어 (찻잎을) 따고此徒皆請雷而摘, 물에 절을 올리고 차를 만들었다拜水而和. 이것은 건양建陽[2] 단산벽수丹山碧水의 고향이자蓋建陽丹山碧水之鄕, 월간운감月澗雲龕의 품질이므로月澗雲龕之品, 함부로 (차를) 다뤄서는 안될 것이다愼勿賤用之."

[원문]

生成盞생성잔

饌茶而幻出物象於湯面者, 茶匠通神之藝也. 沙門福全生於金鄕, 長於茶

1) 孫樵: 당나라 관동關東 사람. 자는 가지可之 또는 은지隱之다. 한유韓愈와 교유했고, 고문古文에 뛰어났다. 선종宣宗 대중大中 9년(855) 진사進士가 되고, 중서사인中書舍人을 지냈다.

2) 建陽: 복건성福建省 서남부의 도시, 송나라 때 공차貢茶의 산지다.

찬다이환출물상어탕면자, 다장통신지예야. 사문복전생어금향, 장어다

海[1], 能注湯幻茶, 成一句詩, 並點四甌, 共一絕句, 泛乎湯表. 小小物

해, 능주탕환다, 성일구시, 병점사구, 공일절구, 범호탕표. 소소물

類, 唾手辦耳. 檀越日造門求觀湯戲, 全自詠曰 "'生成盞'裏'水丹青', 巧

류, 타수판이. 단월일조문구관탕희, 전자영왈 "'생성잔'리'수단청', 교

畫工夫學不成. 欲笑當時陸鴻漸, 煎茶贏得好名聲."

화공부학불성. 욕소당시육홍점, 전다영득호명성."

[국역]

생성잔生成盞

가루차를 풀어다 보면 어떠한 형상들이 차탕 위에 나타나는데饌茶而幻出物象於湯面者, 이는 장인들의 신통한 (차) 기예에 의해 비롯된 것이다茶匠通神之藝也. 화상和尙 복전福全은 금향金鄕에서 태어나沙門福全生於金鄕, 차가 많은 곳에서 자라長於茶海, 탕수를 따라 능숙하게 신비스런 차탕으로能注湯幻茶, 시 한 수를 (형상) 만드는데成一句詩, 자완 4 그릇에 점다點茶하여並點四甌, 도합 한 수의 시 절구를共一絕句, 차탕 표면에 (그 형상) 나타나게 한다泛乎湯表. (이러한) 작은 물류에小小物類, 손바닥에 침을 뱉듯 쉽사리 판별할 수 있는 것이다唾手辦耳. 하루 시월檀越[2]이 차탕의 기예를 보고자 집으로 찾아왔는데檀越日造門求觀湯戲, 혼잣말로全自詠曰 "찻잔 속에 (포말泡沫) 무늬 그림을 만든다는 것은生成盞裏水丹青, 정교한 그림 공부일지라도 배울 수는 없을 것이다巧畫工夫學不成. 웃는 말로 옛날 그 당시 육홍점陸鴻漸[3]도欲笑當時陸鴻漸, 차를 (이렇게) 끓이면 보다 좋은 명성을 얻을 것이다煎茶贏得好名聲."라고 했다.

1) 茶海: 차나무 많은 곳을 뜻한다.

2) 檀越: 불교에서 말하는 시주施主. 단월시주檀越施主, 단월주檀越主, 단나주檀那主, 단주檀主 등으로도 말한다.

3) 陸鴻漸: 당나라 육우陸羽를 말하며, 육우의 자字가 홍점이다.

[원문]

茶百戱다백희

茶至唐始盛. 近世有下湯運匕, 別施妙訣, 使湯紋水脈成物象者, 禽獸蟲魚花草之屬, 纖巧如畫. 但須臾即就散滅. 此茶之變也, 時人謂之‘茶百戱’.

다지당시성. 근세유하탕운비, 별시묘결, 사탕문수맥성물상자, 금수충어화초지속, 섬교여화. 단수유즉취산멸. 차다지변야, 시인위지‘다백희’.

[국역]

차백희茶百戱

차는 당나라에 이르러 성행하기 시작했다茶至唐始盛. 근대에는 (가루차에) 탕수를 내려 차 숟가락을 운용하여近世有下湯運匕[1], 특별한 묘법을 뿌려別施妙訣, 차탕 (포말泡沫) 물줄기의 무늬에 따라 다양한 형상을 만드는데使湯紋水脈[2]成物象者, 새 · 짐승 · 벌레 · 물고기 · 화초와 같은 것들이며禽獸蟲魚花草之屬, 섬세한 형상이 마치 그림과도 같다纖巧如畫. 그러나 순식간에 흩어져 바로 소멸하게 된다但須臾[3]即就散滅. 이러한 차의 형상 변화를此茶之變也, 당시의 사람들은 ‘차백희茶百戱’라 한다時人謂之茶百戱.

1) 匕: 차 수저인 차시茶匙를 말한다. 송나라 채양蔡襄이 치평治平 원년(1064)에 만든 『다록茶錄』에 “차시는 무거워야 하는데, 이는 격불할 때 힘을 받쳐주기 위함이며, 황금 재질이 가장 좋다茶匙要重, 擊拂有力, 黃金爲上,”고 기록되어 있다.

2) 湯紋水脈: 송나라 초창기 덩어리차의 질이 많이 떨어졌으며 또한 말차는 차시로 포말을 만들어 오늘날처럼 유화가 풍성하지 않고 주로 물줄기水脈 형태로 나타난다. 호사가好事家들은 이 물줄기의 무늬湯紋에 따라 다양한 형상들을 연출하는 것을 ‘차백희茶百戱’라 한다.

3) 須臾: 불교에서의 시간 단위. 원어는 순간, 잠시, 매우 짧은 시간을 뜻하며, 찰나刹那와 같은 뜻으로 자주 사용한다.

[원문]

漏影春누영춘

'漏影春'法, 用鏤紙貼盞, 糝茶而去紙, 僞爲花身. 別以荔肉爲葉, 松實、
'누영춘'법, 용루지첩잔, 삼다이거지, 위위화신. 별이여육위엽, 송실、
鴨脚之類珍物爲蕊, 沸湯點攪.
압각지류진물위예, 비탕점교.

[국역]

누영춘漏影春

'누영춘법'이란漏影春法, 여러 가지 형상이나 모양을 만드는 공예 종이 즉 누지鏤紙를 오려 새겨서 찻잔에 붙이고用鏤紙貼盞, 되직하게 차를 게어 잔에 붓고 누지를 떼어糝茶而去紙, 꽃모양 이른바 화신花身을 만들어 위장한다僞爲花身. 별도로 여지荔枝 열매로 잎을 만들고荔肉爲葉, 잣 · 은행[鴨脚][1]과 같은 진귀한 것들을 꽃술로 만들어別以松實鴨脚之類珍物爲蕊, 끓는 탕수를 부어 이를 섞는다沸湯點攪.

[원문]

甘草癖감초벽

宣城何子華邀客於剖金堂, 慶新橙. 酒半, 出嘉陽嚴峻畫陸鴻漸像. 子華
선성하자화요객어부금당, 경신등. 주반, 출가양엄준화육홍점상. 자화
因言 "前世惑駿逸者爲'馬癖', 泥貫索者爲'錢癖', 耽於子息者爲'譽兒癖',
인언 "전세혹준일자위'마벽', 이관삭자위'전벽', 탐어자식자위'예아벽',
耽於褒貶者爲'左傳癖'. 若此叟者, 溺於茗事, 將何以名其癖?" 楊粹仲

1) 鴨脚: 은행銀杏의 별명이다. 잎이 오리 발바닥을 닮아 얻은 이름이다. 『本草綱目 · 果品二』 "銀杏原生江南, 葉似鴨掌, 因名鴨脚"

탐어포폄자위'좌전벽'. 약차수자, 약어명사, 장하이명기벽?" 양수중

曰 "茶至珍, 蓋未離乎草也. 草中之甘, 無出茶上者. 迨追目陸氏爲'甘草

왈 "다지진, 개미리호초야. 초중지감, 무출다상자. 태추목육씨위'감초

癖'." 坐客曰 "允矣哉!"

벽'." 좌객왈 "윤의재!"

[국역]

감초벽甘草癖

선성宣城 하자화何子華는 손님을 부금당剖金堂 경신등慶新橙에 초청했다宣城何子華邀客於剖金堂慶新橙. (그런데 그는) 술을 절반만 마시고酒半, 가양嘉陽에 가서 엄숙하게 육홍점陸鴻漸의 초상을 그렸다出嘉陽嚴峻畫陸鴻漸像. 자화가 말하기를子華因言 "전생에서 말馬에 현혹되어 소일한 자는 '마벽馬癖'이라 했으며前世惑駿逸者爲馬癖, 진흙으로 엽전을 꿰어 사는 자는 '전벽錢癖'泥貫索者爲錢癖, 자식을 과잉보호한 자는 '예아벽譽兒癖'耽於子息者爲譽兒癖, 시시비비에 평정評定을 탐닉한 자는 '좌전벽左傳[1]癖'이라 했다耽於褒貶者爲左傳癖. 만약 어떤 노인이若此叟者, 차에 관한 일에 빠진다면溺於茗事, 무슨 벽으로 이름을 붙이는가將何以名其癖?"하자 양수중이 말했다楊粹仲曰 "차는 매우 진귀한 것이나茶至珍, 풀에서 벗어난 적은 없다蓋未離乎草也. 풀 가운데 단맛을 내는데草中之甘, 차보다 더 좋은 것은 없다無出茶上者. 오늘에 이르러 눈여겨 보면 육우를 '감초벽甘草癖'이라 해야 맞다迨追目陸氏爲甘草癖."고 하자, 좌중의 손님들이 이르길坐客曰 "알맞는 말이다允矣哉!"라고 했다.

1) 左傳: 공자孔子의 『춘추春秋』를 해설한 주석서다. 『좌씨전左氏傳』, 『좌씨춘추左氏春秋』, 『좌전左傳』이라고도 한다. 중국 최초의 편년체編年體 역사책으로 춘추시대春秋時代(B.C. 770~476)에 일어난 사건들이 기록되어 있다.

[원문]

苦口師고구사

皮光業最耽茗事. 一日, 中表請嘗新柑, 筵具殊豊, 簪紱叢集. 纔至, 未
피광업최탐명사. 일일, 중표청상신감, 연구수풍, 잠불총집. 재지, 미
顧尊罍而呼茶甚急. 徑進一巨甌, 題詩曰 "未見'甘心氏', 先迎'苦口師'."
고존뢰이호다심급. 경진일거구, 제시왈 "미견'감심씨', 선영'고구사'."
衆噱曰 "此師固清高, 而難以療饑也."
중갹왈 "차사고청고, 이난이료기야."

[국역]

고구사苦口師

피광업皮光業[1]은 차에 대해 깊이 빠져 있다皮光業耽茗事. 어느 날一日, 친척으로부터 갓 나온 감귤을 맛는 자리에 초대받아 갔다中表請嘗新柑. 잔칫상에는 훌륭한 먹을 거리가 가득하고筵具殊豊, 고관과 높은 나리들이 모두 모여 있는데簪紱[2]叢集, 그는 도착하자마자纔至, 안주와 술은 거들떠보지도 않고 다급하게 차부터 내오라고 했다未顧尊罍而呼茶甚急. (시중이) 큰 대야에 차를 담아 내오자徑進一巨甌, (피광업이) 시 한수 지어 이르길題詩曰 "단맛 나는 '감심씨甘心氏' (감귤)는 보이지 않고未見甘心氏, 먼저 마중한 것이 '고구사苦口師' (차)로구다先迎苦口師"를 썼더니, 모두 말하기를 "(차라는) 선생이 비록 맑고 청렴하더라도此師固清高, 배고픔을 이기기가 어려워할 것이다而難以療饑也."라고 했다.

1) 皮光業: 피광업(877~943)은 오대십국 가운데 10국에 속한 오월국吳越國(907~978) 사람이며, 피일휴皮日休의 아들이다. 자는 문통文通, 오월국 승상까지 지냈다.

2) 簪紱: 관잠冠簪과 영대纓帶를 말하며, 고대의 관복을 지칭한다. 여기에서는 고관과 높은 지위에 있는 사람들을 말한다.

北苑茶錄

[宋] 丁謂 撰

해제

정위丁謂(966~1037)는 소주蘇州 장주長洲(지금의 江蘇 蘇州) 사람으로서 자는 위지謂之이며, 순화淳化 3년(992) 진사에 합격하였고, 지도至道(995~997) 연간 복건로福建路 전운사轉運使에 올라 북원北苑의 차사茶事에 관여하였다. 경덕景德 4년(1007)에 삼사사三司使 · 추밀직학사樞密直學士 · 소문관대학사昭文館大學士 등의 벼슬을 맡았고, 진국공晉國公으로 봉해졌으나 송인종宋仁宗(1023~1063) 즉위 후 파면되어 곤욕을 치르기도 했다.

정위의 저서로는 『북원다록』 이외에 차 따기와 차 만들기를 논한 『다도茶圖』 가 있으나 모두 유실되어 전하지 않는다. 『다도』 는 채양蔡襄의 『다록茶錄』 에 언급되어 세간에 알려졌다. 그러나 많은 학자들은 『군재독서지郡齋讀書志』 에 기록된 정위의 『건안다록建安茶錄』 을 『다도』 로 보고 있으나 아직까지 단정 지을 수는 없다.

『북원다록』의 제목에 대해 양억楊億의 『양문공담원楊文公談苑』「건주납차建州臘茶」, 북송北宋 구종석寇宗奭의 『본초연의本草衍義』 그리고 고승高承의 『사물기원事物紀原』에서는 『북원다록』으로 기록되어 있는 반면, 조공무晁公武의 『군재독서지郡齋讀書誌』와 마단림馬端臨의 『문헌통고文獻通考』「경적고經籍考」에서는 『건안다록建安茶錄』으로 쓰여 있다. 또한 송룡무宋龍袤의 『수초당서목遂初堂書目』에서는 『북원다경北苑茶經』이라 기재되어 있으나 '경經'을 '록錄'의 오자誤字로 보는 것이 일반적 견해다. 이외 그가 만든 「영차咏茶」라는 시 한 수가 전해진다.

이 책에 수록되어 있는 『북원다록』은 원본이 아니며 다만 지금까지 양억楊億의 『양문공담원楊文公談苑』, 심괄沈括의 『몽계필담夢溪筆談』, 송자안宋子安의 『동계시다록東溪試茶錄』, 웅번熊蕃의 『선화북원공다록宣和北苑貢茶錄』, 고승高承의 『사물기원事物紀原』에서 접할 수 있었던 조각 글들을 모아 편집한 것이다.

정위는 최초로 용봉단차를 만들어 진상한 단병차團餅茶의 선구자로서 훗날 채양蔡襄과 함께 일컬어진 '전정후채前丁後蔡'[1]라는 고사성어의 장본인이기도 하다. 송나라의 차사茶事를 논하는데 있어 정위의 존재는 매우 크다. 그의 글이 조각 글임에도 불구하고 차서에 소개하는 것은 의미 있는 일이다.

1) 蘇軾『荔枝嘆』"君不見, 武夷溪邊粟粒芽, 前丁後蔡寵相加. 自注 '大小龍茶始於丁晉公, 而成於蔡君謨.'"

[원문]

[蠟茶[1]] 創造之始, 莫有知者. 質之三館[2]檢討[3]杜鎬[4], 亦曰, 在江

[납다] 창조지시, 막유지자. 질지삼관검토두호, 역왈, 재강

左[5]日, 始記有研膏茶[6]. (此條見『楊文公談苑』)

좌일, 시기유연고다. (차조견『양문공담원』)

[국역]

'납차'가 최초로 만들어진 시기에 대해서는蠟茶創造之始, 아는 자가 없다莫有知者. 삼관三館 검토檢討인 두호杜鎬에게 물어보았더니質之三館檢討杜鎬, 그 역시 대답하기를亦曰, 양자강 하류에 있을 때在江左日, 비로소

---

1) 蠟茶: 송나라 때 정대창程大昌이 쓴『연번로演繁露』에는 "납차, 건차의 이름이 납차다. 이는 차탕 표면에 가득히 피어나는 유화의 모습이 마치 양초를 녹인 것과 비슷하기에 이름을 납면차라 불렀다(蠟茶, 建茶名蠟茶, 爲其乳泛湯面, 與溶蠟相似, 故名蠟面茶也.)"고 기록하고 있다. 양문공楊文公이 쓴『담원談苑』에서는 "강동지역에 납면이란 차 이름이 있던 것은 사실이다. 그러나 오늘날 많은 차서茶書에서 납면蠟面의 '납蠟'자를 '납臘'자로 써서, 이른 봄이란 뜻을 취하고 있으나 이는 원뜻을 잃어버린 것이다(江左方有蠟面之號, 是也. 今人多書蠟爲臘, 云取先春爲義, 失其本意.)"라고 기록하고 있다.

2) 三館: 문학을 편저하는 관소로『송사宋史』「직관지職官志」에서는 "나라 초기에 사관, 조문관, 집현전을 삼관이라 했다(國初以史館, 昭文館, 集賢殿爲三館.)"고 기록하고 있다. 또한 중앙교육기구로서 광문廣文, 태학太學, 율학律學을 가리켜 '삼관三館'이라고도 한다.

3) 檢討: 송나라 때 새로이 설치된 관직이며, 주로 국사를 편수編修하는 작업을 담당했다.

4) 杜鎬: 송나라 때 무석無錫이란 사람이며, 자는 문주文周다. 예부시랑禮部侍郎을 지냈다.

5) 江左: 양자강 하류지역을 가리키며, 강동江東이라고도 한다.

6) 研膏茶: 송나라 때의 차를 통칭하며 때로는 납면차蠟面茶와 같이 쓰이기도 하나 이는 찐 찻잎의 즙을 완전히 짠 후 다시 물을 약간 섞어 반고체 형태로 갈아 틀에 넣어 만들어진 단차이기에 붙여진 이름으로 주로 고급단차를 가리킨다.『북원별록北苑別錄』에는 "단차의 품목에 따라 물을 나누어 넣고 가는데, 따르는 물에도 모두 일정한 양이 있으며, 가장 좋은 승설勝雪과 백차白茶에 사용되는 물의 양은 16잔, 그 아래 등급인 간아揀芽는 6잔, 소룡小龍·소봉小鳳은 4잔, 대룡大龍·대봉大鳳은 2잔, 나머지 단차는 모두 12잔을 사용한다(分團酌水, 亦皆有數, 上而勝雪、白茶, 以十六水, 下而揀芽之水六, 小龍鳳四, 大龍鳳二, 其餘皆以十二焉.)"고 기록하고 있다.

연고차研膏茶가 있다는 것을 알았다고 한다始記有研膏茶. (이 조는 『양문공담원』 에서 보인다此條見楊文公談苑)

[원문]

北苑, 里名也, 今曰龍焙.

북원, 이명야, 금왈용배.

[국역]

북원北苑, 고을 이름이며里名也, 지금은 용배龍焙 곧 궁궐의 차밭이다今曰龍焙.

[원문]

苑者, 天子園囿之名, 此在列郡之東隅, 緣何卻名北苑?(以上二條見

원자, 천자원유지명, 차재열군지동우, 연하각명북원?(이상이조견

『夢溪補筆談』 卷上)

『몽계보필담』 권상)

[국역]

원苑이란苑者, 천자의 정원과 동산의 이름이며天子園囿之名, 이러한 곳은 각 지역의 동쪽 깊숙한 곳에 있는데此在列郡之東隅, 어찌하여 이름은 북원北苑이라 불리는 것일까緣何卻名北苑? (이상 2조는 『몽계보필담』 권상에서 보인다以上二條見夢溪補筆談卷上)

[원문]

鳳山高不百丈，無危峰絶巘，而岡阜環抱，氣勢柔秀，宜乎嘉植靈

봉산고불백장, 무위봉절엄, 이강부환포, 기세유수, 의호가식영

卉[1]之所發也.

훼지소발야.

[국역]

봉황산鳳凰山의 높이는 백장百丈을 넘지 않으며鳳山高不百丈, 위험한 봉우리나 절벽이 없고無危峰絶巘, 언덕과 산등성을 둘러 안은而岡阜環抱, 아름다운 기세는氣勢柔秀, 차나무의 신령스런 잎이 피어나는데 더없이 적합하다宜乎嘉植靈卉之所發也.

[원문]

建安茶品，甲於天下，疑山川至靈之卉，天地始和之氣，盡此茶矣.

건안다품, 갑어천하, 의산천지령지훼, 천지시화지기, 진차다의.

[국역]

건안의 차 제품은建安茶品, 천하제일이며甲於天下, 산천의 가장 신령한 풀에疑山川至靈之卉, 천지의 화합한 기운들이天地始和之氣, 모두 이 차에 (담겨져) 있기 때문이다盡此茶矣.

1) 靈卉: 신령스런 풀, 곧 찻잎을 말한다.

[원문]

石乳出壑嶺斷崖缺石之間, 蓋草木之仙骨[1].

석유출학령단애결석지간, 개초목지선골.

[국역]

석유石乳는 돌산 절벽 사이에서 나는 것이며石乳出壑嶺斷崖缺石之間, 이는 초목의 선골仙骨이다蓋草木之仙骨.

[원문]

[品載] 北苑壑源嶺.

[품재] 북원학원령.

[국역]

'좋은 제품으로 등재品載'된 것은 북원北苑의 학원壑源 산봉우리 것이다北苑壑源嶺.

[원문]

官私之焙[2], 千三百三十有六.(以上見『東溪試茶錄[3]』)

관사지배, 천삼백삼십유륙.(이상견『동계시다록』)

---

1) 仙骨: 정화精華를 뜻한다.

2) 焙: 차 만드는 곳을 말한다.

3) 東溪試茶錄: 송자안宋子安이 1064년 전후에 지은 책으로 건안建安의 차사를 논했다.

[국역]

관배官焙 및 사배私焙의官私之焙, 수는 1천336개소다千三百三十有六.

(이상은 『동계시다록』에서 보인다以上見東溪試茶錄)

[원문]

[龍茶] 太宗太平興國[1]二年, 遣使造之, 規取像類[2], 以別庶飮.

[용다] 태종태평흥국이년, 견사조지, 규취상류, 이별서음.

[국역]

'용차龍茶'는龍茶 태종太宗 태평흥국太平興國 2년(977)에太宗太平興國二年, 조정의 사신을 파견하여 (단차를) 만든 것이며遣使造之, 틀의 모양을 따로 제작해서規取像類, 백성들이 마시는 차와 구분을 지었다以別庶飮.

[원문]

[石乳] 石乳, 太宗皇帝至道[3]二年詔造也.(以上見北宋高承『事物記原』)

[석유] 석유, 태종황제지도이년조조야.(이상견북송고승『사물기원』)

[국역]

'석유石乳'는石乳, 태종황제 지도至道 2년(996)에 조서를 내려 만든 것이다太宗皇帝至道二年詔造也. (이상은 북송 고승의 『사물기원』에서 보인다以上見北宋高承事物記原)

---

1) 太平興國: 송나라 태종太宗 조광의趙匡義의 첫 번째 연호(976~983: 太平興國, 雍熙, 端拱, 淳化, 至道)

2) 規取像類: '규規'는 정원正圓에 있는 기구, 곧 단병차를 만드는 둥근 틀을 말하고, '상류像類'는 유사하다는 뜻을 지닌다.

3) 至道: 송나라 태종 조광의 마지막 연호(995~997: 太平興國, 雍熙, 端拱, 淳化, 至道)

[원문]

[京鋌] 的乳以降，以下品雜煉售之，唯京師去者至眞不雜，爲時所
[경정] 적유이강, 이하품잡련수지, 유경사거자지진부잡, 위시소

貴，意其名由此得也.
귀, 의기명유차득야.

[국역]

'경정京鋌'은京鋌 적유的乳가 만들어지자 격이 떨어져的乳以降, 하품으로 조잡하게 만들어 팔았으며以下品雜煉售之, 오직 서울로 간 물품만이 질이 좋고 조잡하지 않기에唯京師去者至眞不雜, 귀하게 여겼고爲時所貴, (경정京鋌이란) 이름은 이러한 연유로 얻어진 것이다意其名由此得也.

[원문]

或曰開寶[1]末方有此茶．當時識者云金陵僭國[2]，唯曰都下，而以朝廷
혹왈개보말방유차다. 당시식자운금릉참국, 유왈도하, 이이조정

爲京師，今忽有此名，其將歸[3]京師乎?
위경사, 금홀유차명, 기장귀경사호?

---

1) 開寶: 송나라의 개국황제인 태조 조광윤趙匡胤의 마지막 연호(968~975: 建隆, 乾德, 開寶)

2) 金陵僭國: '금릉金陵'은 남당南唐에 있는 수도로 지금의 남경南京을 말하며, '참국僭國'은 참호僭號를 뜻한다. 이는 남당을 건국한 제왕 이변李昪의 이름과 국호에 관한 이야기에서 비롯된 말이다. 이변의 아버지는 이 씨였으나 수양아버지 성을 따라 서지고徐知誥라 하였다. 937년 오예제吳睿帝를 폐하고 국호를 대제大齊라 하여 금릉金陵에 수도를 정했으나 939년 당나라의 정통성을 확보하기 위해 본래의 성을 되찾고 이름을 이변李昪, 국호는 남당南唐이라 불렀다. 이를 가리켜 참국僭國 또는 참호僭號라 한다.

3) 歸: 귀순이란 뜻으로, 남당이 송 왕조에 귀화한 것을 의미한다.

[국역]

혹은 사람들이 말하기를 개보開寶 말년에 비로소 이 차(경정京鋌)가 있었다고 한다或曰開寶末方有此茶. 당시 식견 있는 사람들은 (이변李昪이) 참호僭號하여 (왕이 되면서) 나라(남당南唐)의 수도를 금릉金陵으로 정했으나當時識者云金陵僭國, (금릉이라 부르지 않고) 오직 도하都下라고 불렀고唯曰都下, 또한 조정을 경사京師로 불렀는데而以朝廷爲京師, 갑자기 지금의 (경정京鋌이라는) 이름이 불쑥 나타난 것은今忽有此名, 혹시 (남당南唐이 송宋의 조정에) 귀순하고자 하는 뜻에 경사京師로 한 것이 아닌가其將歸京師乎?

[원문]

泉南老僧淸錫，年八十四，嘗示以所得李國主[1]書寄硏膏茶，隔兩歲
천남노승청석, 연팔십사, 상시이소득이국주서기연고다, 격양세
方得臘面.(此見『宣和北苑貢茶錄』[2])
방득납면.(차견『선화북원공다록』)

[국역]

천남泉南의 노승 청석淸錫이泉南老僧淸錫, 84세에年八十四, 일찍이 나에게 남당南唐의 국왕(이욱李煜)으로부터 받은 조서에서 연고차硏膏茶를 보냈다고 전하였으나嘗示以所得李國主書寄硏膏茶, 2년이 지난 후에야 비로소 (내가) 납면차臘面茶를 얻었다隔兩歲方得臘面. (이는『선화북원공다록』에 보인다.此見宣和北苑貢茶錄)

1) 李國主: 남당의 개국 제왕인 이변李昪의 장자이자 두 번째 제왕인 이경李璟을 말한다. 958년 남당이 후주後周의 신국臣國으로 전락하자 이경은 제왕의 칭호를 폐하고 국주國主라 부르게 되었다.

2) 宣和北苑貢茶錄: 송나라 웅번熊蕃이 선화(1119~1125) 연간에 북원에 있는 차밭 및 공차에 대해 서술한 책이다. 아들인 웅극熊克이 1158년에 증보하였다.

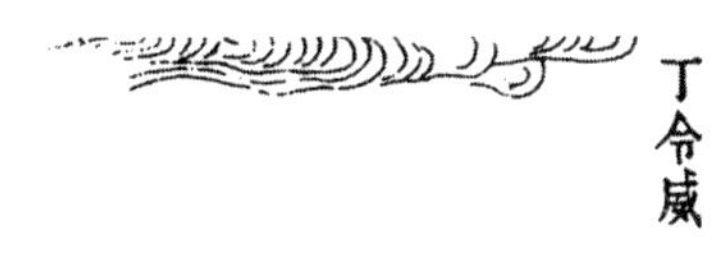

丁謂 肖像

茶 錄

[宋] 蔡襄 撰

해제

중국역사에서 수재로 기억되고 있는 채양蔡襄(1012~1067)은 복건성福建省 흥화興化 선유현仙遊縣에서 태어났다. 그는 천성天聖 8년(1030) 19세 때 진사에 합격한 이래, 수많은 고관 벼슬을 지냈다. 경력慶曆 3년(1043)에 지간원知諫院, 진직사관進直史館, 수기거주修起居注를 지냈으며 경력 4년(1044)에 복건로福建路 전운사轉運使, 황우皇祐 4년(1052)에 기거사인起居舍人, 지제고知制誥, 판류내전判流內銓, 지화至和 원년(1054)에 용도각직학사龍圖閣直學士, 삼사사三司使, 영종英宗(1064~1067) 때에는 단명전학사端明殿學士까지 지냈다.

'송사가宋四家' 곧 송나라 4대 서예가 중에 한사람이기도 한 채양은 차에도 능통하여 공차貢茶로 인해 인종仁宗(1023~1063)의 총애를 한 몸에 받고 군모君謨라는 자字까지 하사 받아 '채군모蔡君謨'라 불리기도 한다. 1067년 56세로 사망하자 남송南宋 효종孝宗은 그에게 '충혜忠惠'라는 시호를 내렸고, 후학들은 그의 문집을 편집하여『채충혜집蔡忠惠集』을 내기도 했다.

송나라 차의 중심지인 복건성에서 태어난 채양은 차사茶事에 대해 무척 밝은 인물이다. 『채양집蔡襄集』 권 31을 보면 『다록』 을 집필하게 된 경위에 대해 "경력 7년(1047) 복건로福建路 전운사轉運使의 벼슬을 맡아 재직할 때 소룡단차小龍團茶를 만들어 조공하였는데, 정위丁謂가 만들었던 용봉단차龍鳳團茶보다 정교하자 인종이 좋아하여 저술하게 되었다"라고 밝히고 있다. 또한 『다록』 서문에서는 "육우陸羽가 『다경茶經』 에서 복건성 건안차建安茶의 우수성을 언급하지 않았고, 정위丁謂는 『다도茶圖』 에서 채차採茶와 제차製茶하는 방법만 언급할 뿐 차 달이기, 시험하기 등에 관련된 지식에 대해서는 전혀 언급하지 않아 『다록』 을 짓게 되었다"고 또 다른 저술배경을 밝히고 있다. 채양은 황우皇祐 3년(1051)에 『다록』 을 지었으나 치평治平 원년(1064)에 비로소 각석刻石을 하게 되었으며, 석각본石刻本 이외에 묵본墨本과 견사본絹寫本도 대량으로 만들어 출간하였다.

『다록』 의 분량은 비록 많지 않지만 송나라 가루차에 관한 지식이 전반적으로 다뤄진 차서茶書라는 점에서 후세로부터 육우의 『다경』 을 잇는 차전茶典이라 칭송받고 있다.

『다록』 은 지금까지 발견된 송나라 최초의 차서다. 뿐만 아니라 '점차點茶'와 '격불擊拂'이라는 용어가 처음으로 등장하는 책이기도 하다. 다만 찻가루를 풀어내는 격불의 도구가 차선茶筅이 아닌 차 수저인 차시茶匙로 푸는 것이 훗날과 다르다. 특히 자연산화 과정 중 병차餠茶의 갈변 변화와 처리방법에 대한 서술부분은 지금도 가치 있는 자료로 활용되고 있다.

채양은 자신이 만든 『다록』 을 묵본墨本, 석각본石刻本, 견사본絹寫本으로 만들었다. 지금까지 전해진 간본은 송 치평治平 원년(1064)의 『석각탁본石刻拓本』, 『백천학해본百川學海本』, 『명화씨간본明華氏刊本』,

『완위산당설부본宛委山堂說郛本』, 『다서전집茶書全集』, 『오조소설본五朝小說本』, 『백명가서본百名家書本』, 『문방기서본文房奇書本』, 『청고금도서집성역대식화전본淸古今圖書集成歷代食貨典本』, 『민국총서집성본民國叢書集成本』, 『오조소설대관본五朝小說大觀本』, 『함분루설부본涵芬樓說郛本』, 『격치총서본格致叢書本』, 『사고전서단명집본四庫全書端明集本』, 『고향재보장채첩본古香齋寶藏蔡帖本』 등이다.

이 책의 내용은 『사고전서단명집본四庫全書端明集本』을 중심으로 편집하였고, 기타 간본을 참고 삼았다. 또한 육정찬陸廷燦 『속다경續茶經』의 인용문引用文도 아울러 참고하였다.

蔡襄 肖像

투차鬪茶 즉 차겨루기는 송나라 때 문헌에서 언급될 정도로 당시 유행했던 차 문화의 일환이었다. 이 그림은 투차에 관한 작품이며 많은 모작模作을 낼 정도로 유명한 '투다도鬪茶圖'다

복건성 건안建安지역에 위치한 봉황산鳳凰山

지금의 봉황산鳳凰山 차밭에는 대부분 무이수선武夷水仙을 심고 있다

이곳에서 생산된 차뿐만 아니라 도자기도 봉황산 앞 수로를 통해 경성으로 운반한다

건요建窯 유적지

일본학자가 발굴한 봉황산鳳凰山 마애석각摩崖石刻의 유적물

봉황산鳳凰山 마애석각摩崖石刻

문헌에 따르면 송나라 때 봉황산鳳凰山 북원北苑 차밭에서 난 찻잎은 이 용정龍井의 물로 갈아 단차를 만들었다고 한다

수길요水吉窯 유적지

송나라 때의 건양建陽 마을 이름은 지금도 그대로 사용하고 있다

지금도 봉황산에는 차에 관계되는 배전촌焙前村 마을이 있다

上篇상편 論茶논다

[원문]

序서[1)]

朝奉郎、右正言、同修起居注臣蔡襄上進.

조봉랑、우정언、동수기거주신채양상진.

臣前因奏事[2)], 伏蒙陛下[3)]諭, 臣先任福建轉運使[4)]日, 所進上品龍茶,

신전인주사, 복몽폐하유, 신선임복건전운사일, 소진상품용다,

最爲精好. 臣退念草木之微, 首辱陛下知[5)]鑒, 若處之得地, 則能盡

최위정호. 신퇴념초목지미, 수욕폐하지감, 약처지득지, 즉능진

其材. 昔陸羽『茶經』, 不第建安之品; 丁謂『茶圖』[6)], 獨論採造

기재. 석육우『다경』, 부제건안지품; 정위『다도』, 독론채조

之本. 至於烹試[7)], 曾未有聞. 臣輒條數事, 簡而易明, 勒成二篇,

---

1) 序:『사고전서본四庫全書本』,『고향재보장채첩본古香齋寶藏蔡帖本』,『함분루설부본涵芬樓說郛本』,『총서집성본叢書集成本』에는 '병서並序'로 되어 있고,『고금도서집성본古今圖書集成本』,『완위산당설부본宛委山堂說郛本』,『오조소설대관본五朝小說大觀本』 등의 간본에는 '서序' 자체가 빠져 있다.

2) 臣前因奏事:『고향재보장채첩본古香齋寶藏蔡帖本』,『총서집성본叢書集成本』에는 '신전인주사臣前因奏事' 앞에 '조봉랑우정언동수기거주신채양상진朝奉郎右正言同修起居注臣蔡襄上進'이란 구절이 있다.

3) 陛下: 송나라 4대 인종仁宗(1023~1063)을 가리키며, 이름은 조진趙禎이다.

4) 轉運使: 각로各路 곧 각도各道의 재무, 세무를 담당하는 관리이자 지방관리의 직권을 감찰하고 관리의 위법사항 및 민생고를 상소하는 관직으로 이후에는 치안, 순찰, 출입, 화폐까지도 관장하는 부주府州의 최고 행정장관으로 직무가 강화되었다.

5) 知:『함분루설부본涵芬樓說郛本』에는 '지之'자로 되어 있다.

6) 丁謂『茶圖』: 정위丁謂는 복건로福建路 전운사轉運使로 재직(998~1003)했으며, 이때 북원北苑의 차사茶事에 관여했다.『다도茶圖』에 관한 문헌은 지금 없으며, 다만『군재독서지郡齋讀書志』에서 언급한 정위의『건안다록建安茶錄』이란 문헌이 여기에서 말하는『다도茶圖』인지는 확실하지 않다.

7) 烹試: 점차點茶를 뜻한다.『속다경續茶經』에는 '지팽전지법至烹煎之法'으로 되어 있다.

지본. 지어팽시, 증미유문. 신첩조수사, 간이이명, 륵성이편,

名曰『茶錄』. 伏惟淸閒[1]之宴, 或賜觀采, 臣不勝惶懼[2]榮幸之至.

명왈『다록』. 복유청한지연, 혹사관채, 신불승황구영행지지.

謹敍[3].

근서.

상편上篇[4] – 논다論茶

[국역]

서序

조봉랑朝奉郞, 우정언右正言, 동수기거주同修起居注인 신臣 채양蔡襄이 진상 올립니다上進.

신은 전에 업무를 보고드릴 때臣前因奏事, 황공하옵게도 폐하로부터 유시를 받았사온데伏蒙陛下諭, 신이 복건福建 전운사轉運使로 부임했던 시절臣先任福建轉運使日, 진상했던 상품용차上品龍茶의 (질이)所進上品龍茶, 가장 정교하다는 것이었습니다最爲精好. 신이 어전에서 물러나 생

---

1) 閒:『백천학해본百川學海本』에는 '간間'자로 되어 있고,『함분루설부본涵芬樓說郛本』에는 '한閒'자가 빠져 있다.

2) 懼:『사고전서본四庫全書本』에는 '공恐'자로 되어 있다.

3) 敍:『고향재보장채첩본古香齋寶藏蔡帖本』,『단명집端明集』,『충혜집忠惠集』에는 '서叙'자로 되어 있고,『사고전서본四庫全書本』,『총서집성본叢書集成本』,『함분루설부본涵芬樓說郛本』에는 '서序'자로 되어 있다.

4) 上篇:『고금도서집성본古今圖書集成本』,『완위산당설부본宛委山堂說郛本』,『오조소설대관본五朝小說大觀本』에는 '상편上篇' 2자가 빠져 있다.

각하오니 차와 같은 미미한 초목이臣退念草木之微, 폐하로부터 인정을 받은 것은 폐하의 높은 식견과首辱陛下知鑒, 더불어 좋은 땅(환경, 곧 태평성세)을 얻음으로써若處之得地, 곧 그 재능을 발휘할 수 있었기 때문이라고 사료되옵니다則能盡其材. 그옛날 육우陸羽는 『다경茶經』에서昔陸羽茶經, 건안차建安茶에 등급을 매기지 않았으며不第建安之品, 정위丁謂는 『다도茶圖』에서丁謂茶圖, 오직 차를 따고 만드는 방법만을 논하였습니다獨論採造之本. 그러나 팽시烹試에 대해서는至於烹試, 언급하였다는 말을 들어보지 못했나이다曾未有聞. (따라서) 신이 차에 관한 몇 가지 사항에 대해 조목을 세워臣輒條數事, 간단명료하게 (기록하여)簡而易明, 2편으로 묶어서勒成二篇, 『다록茶錄』이라 이름 지었나이다名曰茶錄. 폐하께서 한가로이 쉬실 때伏惟淸閒之宴, 읽어주신다면或賜觀采, 신은 지극히 황공하옵고 영광스럽게 생각하겠나이다臣不勝惶懼榮幸之至. 삼가 이를 서문으로 하옵니다謹序.

[원문]

色색

茶色貴白[1], 而餠茶多以珍膏油[2]去聲[3]其面, 故有靑黃紫黑[4]之異. 善
다색귀백, 이병다다이진고유거성기면, 고유청황자흑지이. 선
別茶者, 正如相工之視人氣色也, 隱然察之於內, 以肉理潤者爲

1) 茶色貴白: 차의 빛깔로는 흰색을 가장 귀하게 여긴다는 뜻으로 송나라 때 모든 차의 좋고 나쁨을 판단하는 기준이자 추구하고자 하는 가치이기도 하다.

2) 膏油: 『다록茶錄』에서 고유에 대한 용어가 여러 곳에서 나오는데 그 해석이 또한 다르다. 잘 만들어진 병차餠茶의 표면은 자연스런 광택이 나는데, 여기에서의 고유는 그러지 못한 병차의 광택을 높이기 위해 바르는 투명한 액체를 말한다.

3) 去聲: 『충혜집忠惠集』에는 '거성去聲'이 빠져 있다.

4) 靑黃紫黑: 자연산화 갈변의 정도에 따라 병차餠茶 표면에 나타나는 색상의 변화를 단계적으로 청靑→황黃→자紫→흑黑으로 표현했다.

별다자, 정여상공지시인기색야, 은연찰지어내, 이육리윤자위

上. 旣已末之[1], 黃白[2]者受水昏重, 靑白[3]者受水鮮明[4], 故建安人

상. 기이말지, 황백자수수혼중, 청백자수수선명, 고건안인

鬪[5]試, 以靑白勝黃白[6].

투시, 이청백승황백.

[국역]

차색色

차의 빛깔은 흰색을 가장 귀하게 여기는데茶色貴白, (상품上品이 아닌 일반) 병차餠茶는 (윤기를 돋우기 위해) 진귀한 투명액체[膏油]를 표면에 입히기에以餠茶多以珍膏油其面, 고로 (산화 갈변의 진행에 따라) 푸른[靑]·노랑[黃]·자주[紫]·검정[黑] 등의 (색깔로 점차 어둡게 갈변되어) 차이가 난다故有靑黃紫黑之異. 따라서 차를 잘 감별하는 사람은善別茶者, 마치 관상가가 사람의 기색을 살펴보는 것과 같아正如相工之視人氣色也, (외형으로 드러나는 윤기보다는) 내면의 은은한 빛을 잘 관찰할 줄 알아야 하며隱然察之於內, 속살에서 윤기가 나는 것을 최고로 삼는다는 것이다以肉理潤者爲上. (따라서 병차를) 가루차로 만들었을

---

1) 旣已末之: 『사고전서본四庫全書本』에는 '안색차지顔色次之'로 되어 있다.

2) 黃白: '황黃'은 약하게 산화 갈변된 것을 표현한 것이며, '백白'은 당시 '차색귀백茶色貴白'을 추구하고자 했던 가치에 대한 개념의 표현이다.

3) 靑白: '청靑'은 산화 갈변되지 않은 차를 표현한 것이다.
'백白'은 p 124의 주1 내용 참조.

4) 鮮明: 『사고전서본四庫全書本』, 『총서집성본叢書集成本』, 『고금도서집성본古今圖書集成本』, 『완위산당설부본宛委山堂說郛本』, 『오조소설대관본五朝小說大觀本』에는 '상명詳明'으로 되어 있다.

5) 鬪: 『사고전서본四庫全書本』, 『총서집성본叢書集成本』에는 '개開'자로 되어 있다.

6) 靑白勝黃白: 산화 갈변되지 않은 청백색 가루가 산화된 황백색 가루를 누른다는 의미다. 『함분루설부본涵芬樓說郛本』에 '청백靑白'의 '백白'자가 빠져 있다.

때既已末之, 황백색 가루는 물기를 받으면 어둡고 무거운 빛깔이 되고黃白者受水昏重, 청백색 가루는 물기를 받으면 밝고 선명한 빛깔로 나타난다青白者受水鮮明. 이러한 연유로 건안建安 사람들은 차겨루기[鬪茶]를 할 때故建安人鬪試, (가루 색상의 산화 갈변 정도만 보아도) 청백색(가루)이 황백색(가루)을 누른다고 한다以青白勝黃白.

[원문]

香향

茶有眞香, 而入貢者微以龍腦[1]和膏, 欲助其香. 建安民間試茶, 皆
다유진향, 이입공자미이용뇌화고, 욕조기향. 건안민간시다, 개
不入香, 恐奪其眞[2]. 若烹點之際, 又雜珍果香草, 其奪益甚, 正當
불입향, 공탈기진. 약팽점지제, 우잡진과향초, 기탈익심, 정당
不用.
불용.

[국역]

차향香

차에는 고유의 향기 즉 진향眞香이 있으며茶有眞香, 그러나 조공하는 차에는 용뇌龍腦를 약간 섞어而入貢者微以龍腦和膏, 차의 향기를 돋운다欲助其香. (하지만) 건안建安의 일반 사람들은 차를 시음할 때建安民間試茶, 모두 향을 넣지 않는데皆不入香, (이는) 차의 진향이 훼손될 것을 염려하기 때문이다恐奪其眞. 만일 점차[烹點]를 할 때若烹點之際, 또 잡

1) 龍腦: 보르네오, 수마트라 원산의 용뇌수의 수액에서 채취한 판상결정의 향료를 말한다.

2) 恐奪其眞: 『속다경續茶經』에 '공탈기진恐奪其眞' 뒤에 '야也'자가 붙어 있다.

다한 건과나 향내 나는 풀들을 (차에) 섞는다면又雜珍果香草, 이는 (차의 진향을) 한층 심하게 빼앗기에其奪益甚, 응당히 해서는 안된다正當不用.

[원문]

味미

茶味主於甘滑, 唯北苑鳳凰山[1]連屬諸焙所產者味佳. 隔谿諸山, 雖
다미주어감활, 유북원봉황산연속제배소산자미가. 격계제산, 수
及時加意製作, 色味皆重, 莫能及也. 又有水泉不甘, 能損茶味,
급시가의제작, 색미개중, 막능급야. 우유수천불감, 능손다미,
前世之論水品者以此.
전세지론수품자이차.

[국역]

차맛[味]

차의 맛에 주된 것이 감미롭고 부드러운 것인데茶味主於甘滑, 오직 북원北苑의 봉황산鳳凰山 아래로 이어지는 곳에서 만든 차맛이 가장 좋다惟北苑鳳凰山連屬諸焙所產者味佳. (봉황산) 개울 건너 여러 산에서 만든 것은隔溪諸山, 비록 때를 맞춰 각별히 신경을 써서 만든 것일지라도雖及時加意製作, 차의 빛깔과 맛이 모두 탁해色味皆重, (봉황산 것에는) 미치지 못한다莫能及也. 또한 샘물의 수질이 달지 않아又有水泉不甘, 능히 차의 맛을 손상시킬 수 있기에能損茶味, 옛 선인들이 물에 대해 논하고 품평한 연유가 여기에 있다前世之論水品者以此.

1) 鳳凰山: 『사고전서본四庫全書本』에는 '봉황산鳳皇山'으로 되어 있다.

[원문]

藏茶장다

茶宜蒻葉[1]而畏香藥，喜溫燥而忌濕冷. 故收藏之家，以蒻葉封裹入

다의약엽이외향약, 희온조이기습랭. 고수장지가, 이약엽봉과입

焙[2]中，兩三日一次，用火常如人體溫溫，以[3]禦濕潤. 若火多，則茶

배중, 양삼일일차, 용화상여인체온온, 이어습윤. 약화다, 즉다

焦不可食.

초불가식.

[국역]

차의 저장藏茶

차는 부들잎과 궁합이 맞으며 향초香草나 약재의 냄새를 싫어하고 茶宜蒻葉而畏香藥, 따뜻하고 건조한 것을 좋아하며 습하고 차가운 것은 싫어한다喜溫燥而忌濕冷. 따라서 차를 소장하는 사람들은故收藏之家, 부들잎으로 차를 싸서 봉한 후 차배茶焙에 넣어以蒻葉封裹入焙中, 2~3일에 한 차례씩兩三日一次, 사람의 체온과 같은 은은한 불기운으로用火常如人體溫溫, 차의 습기를 제거하도록 한다以禦濕潤. 그러나 만약 화력이 지나치면若火多, 곧 차가 그을려서 먹을 수가 없다則茶焦不可食.

---

1) 蒻葉: 여린 부들잎을 가리키나, 간본에 따라 대껍질인 '약箬'으로 표기한 곳도 있다.

2) 焙: 차를 건조하는데 쓰이는 대나무 재질의 기구인 차배茶焙를 말한다.

3) 以: 『고향재보장채첩본古香齋寶藏蔡帖本』, 『단명집端明集』, 『충혜집忠惠集』에는 '즉則'자로 되어 있다.

[원문]

炙茶적다

茶或經年，則香、色、味皆陳．於淨器中以沸湯漬之，刮去膏油[1]一[2]
다혹경년, 즉향、색、미개진. 어정기중이비탕지지, 괄거고유일

兩重乃止，以鈐箝之，微火炙乾[3]，然後碎碾．若當年新茶，則不用
량중내지, 이검겸지, 미화적건, 연후쇄년. 약당년신다, 즉불용

此說．
차설.

[국역]

차 굽기炙茶

병차餠茶는 해를 넘기면茶或經年, 곧 색 · 향 · 미에서 모두 묵은 냄새가 난다則香色味皆陳. (산화 갈변된 부위를 제거하려면) 먼저 깨끗한 그릇 속에 넣고 끓는 물을 부어 (차를) 불리도록 하고於淨器中以沸湯漬之, (차 표면의 상태에 따라) 약 1~2냥 정도의 묵은 기름인 고유膏油(산화 갈변된 부위)를 벗겨내면 멈추고刮去膏油一兩重乃止, 차 집게[茶鈐]로 집어以鈐箝之, 약한 불에 바싹 말리고微火炙乾, 연후에 부수어 맷돌에 간다然後碎碾. 만약 그 해에 만들어진 새로운 병차라면若當年新茶, (산화 갈변되지 않았기에) 이와 같은 방법은 필요하지 않다則不用此說.

---

1) 膏油:『다록茶錄』에는 고유에 대한 용어가 여러 곳에 나오는데, 그 해석이 서로 다르다. 여기에서는 시간이 오래 경과된 병차餠茶 표면에 보이는 산화 갈변된 부분을 말한다.

2) 一:『단명집端明集』에는 '일壹'자로 되어 있다.

3) 於淨器中 .... 以鈐箝之 .... 微火炙乾:『속다경續茶經』에 '어정기중於淨器中' 앞에 '자시선煮時先'이 있으며, '이검겸지以鈐箝之' 앞에 '선先'자가 있고, '미화적건微火炙乾' 앞에 '용用'자가 붙어 있다.

[원문]

碾茶연다

碾茶, 先以淨紙密裹椎碎, 然後熟碾. 其大[1]要, 旋碾則色白, 或經
연다, 선이정지밀과추쇄, 연후숙년. 기대요, 선년즉색백, 혹경
宿, 則色已昏矣.
숙, 즉색이혼의.

[국역]

차 갈기碾茶

(병차를) 차연茶碾에 갈 때는碾茶, 먼저 깨끗한 종이로 촘촘히 싸서 망치로 부수고先以淨紙密裹槌碎, 연후에 충분히 간다然後熟碾. 여기에서의 요지는其大要, 속히 갈면 곧 그 빛이 희게 되고旋碾則色白, 혹 밤을 지나면或經宿, 곧 찻가루는 갈변(산화)되어 빛깔이 어두워진다則色已昏矣.

[원문]

羅茶나다

羅細則茶浮[2], 麤則水浮[3].
나세즉다부, 추즉수부.

---

1) 大:『오조소설대관본五朝小說大觀本』에는 '화火'자로 되어 있다.

2) 茶浮: 여기에서 차茶는 유화乳花를 가리키며, 차부茶浮는 차에 뜨는 하얀 포말을 말한다. 곧 유화가 피어난다는 뜻이다.

3) 水浮: 물이 뜬다는 뜻으로 곧 찻가루가 가라앉는다는 다른 표현이다.『고금도서집성본古今圖書集成本』,『완위산당설부본宛委山堂說郛本』,『오조소설대관본五朝小說大觀本』에 '수水'자는 '말沫'자로 되어 있다.

[국역]

차 체치기羅茶

섬세하고 곱게 체질을 하면 (찻가루를 풀었을 때) 곧 차[乳花]가 뜨고羅細則茶浮, 거칠게 체질을 하면 (찻가루가 가라앉기에) 곧 물이 뜬다(유화가 일어나지 않는다)麤則水浮.

[원문]

候湯후탕

候湯最難, 未熟則沫浮[1], 過熟則茶沈[2]. 前世謂之"蟹眼[3]"者, 過[4]熟

후탕최난, 미숙즉말부, 과숙즉다침. 전세위지"해안"자, 과숙

湯也. 況[5]甁中煮之, 不可辨, 故曰候湯最難.

탕야. 황병중자지, 불가변, 고왈후탕최난.

[국역]

끓는 물 살피기候湯

물 끓는 상태를 살피는 것이 가장 어려우며候湯最難, 물을 덜 끓이면 곧 찻가루가 뜨고 (찻가루가 풀어지지 않고 뜨며)未熟則沫浮, 지나치게 끓으면 곧 찻가루가 가라앉는다(유화가 생기지 않는다)過熟則茶沈. 옛사람들이 일컫는 '게눈[蟹眼]'이란 (물기포도)前世謂之蟹眼者, 지

1) 沫浮: '말沫'은 찻가루를 뜻하며 곧 찻가루가 뜬다는 것을 의미한다.

2) 茶沈: 찻가루가 가라앉는다는 의미다.

3) 蟹眼: 끓인 물의 기포를 표현한 것인데, 어목魚目보다 작고 하안蝦眼보다 큰 기포를 말한다.

4) 過:『고금도서집성본古今圖書集成本』,『오조소설대관본五朝小說大觀本』에는 '고故'자로 되어 있다.

5) 況:『단명집端明集』,『충혜집忠惠集』에는 '침沉'자로 되어 있다.

나치게 끓은 물이다過熟湯也. 하물며 탕병 속에 끓는 물을況瓶中煮之, 판별하기란 여간 쉽지 않기에不可辯, 고로 끓는 물을 살피는 것이 가장 어렵다고 한다故曰候湯最難.

[원문]

熁盞협잔

凡欲點茶，先須熁盞[1]令熱，冷則茶不浮.

범욕점다, 선수협잔영열, 냉즉다불부.

[국역]

잔 데우기熁盞

무릇 점차點茶를 할 때는凡欲點茶, 먼저 찻잔을 따뜻하게 데워야 하는데先須熁盞令熱, (이는 찻잔이) 차가우면 곧 차[乳花]가 일어나지 않기 때문이다冷則茶不浮.

[원문]

點茶점다

茶少湯多，則雲脚散[2]；湯少茶多，則粥面聚[3]. 建人謂之雲脚粥面[4]. 鈔

다소탕다, 즉운각산; 탕소다다, 즉죽면취. 건인위지운각죽면. 초

---

1) 熁盞: '협熁'은 불로 지진다는 뜻을 가지고 있다. 그러나 여기에서의 협잔熁盞은 뜨거운 물로 잔을 데운다는 뜻으로 오늘날의 온배溫杯와 같은 의미를 지닌다.

2) 雲脚散: 유화乳花의 농도를 표현하는 두 가지의 형용사 중에 하나로 엷은 유화가 마치 구름의 발과 같은 것을 '운각雲脚'이라 한다.

3) 粥面聚: 유화乳花의 농도를 표현하는 두 가지 형용사 중에 하나로 걸쭉한 유화가 마치 죽의 표면과 같은 것을 '죽면粥面'이라 한다.

4) 建人謂之雲脚粥面: 『함분루설부본涵芬樓說郛本』에는 이 주가 빠져 있다.

茶一錢匕[1]，先注湯，調令極勻[2]，又添注之[3]，環回擊拂[4]．湯上盞，

다일전비, 선주탕, 조령극균, 우첨주지, 환회격불. 탕상잔,

可四分則止，視[5]其面色鮮明，著盞無水痕[6]爲絶佳．建安鬪[7]試以水

가사분즉지, 시기면색선명, 저잔무수흔위절가. 건안투시이수

痕先者爲負，耐久者爲勝；故較勝負之說，曰相去一水、兩水．

흔선자위부, 내구자위승; 고교승부지설, 왈상거일수、양수.

[국역]

점차법點茶

찻가루가 적고 탕수가 많으면茶少湯多, 곧 엷은 포말인 운각雲脚이 쉽게 흩어지고則雲脚散, 물이 적고 찻가루가 많으면湯少茶多, 곧 걸쭉한 포말인 죽면粥面이 뭉쳐버린다則粥面聚. 건안 사람들은 포말(유화)를 가리켜 운각雲脚, 죽면粥面이라 한다建人謂之雲脚粥面. 1돈의 찻가루를 숟가락[茶匙]으로 鈔茶一錢匕, (떠내어 찻잔에 넣고) 먼저 탕수를 붓고先注湯, 잘 섞은 후 調令極勻, 재차 탕수를 부어又添注之, (숟가락으로) 돌려가면서 휘젓는다環廻擊拂. (이때 다시) 붓는 탕수가 찻잔의湯上盞, 4부쯤 차면 곧 멈

1) 匕: 숟가락인 '시匙'자와 의미가 같다.『고금도서집성본古今圖書集成本』,『완위산당설부본宛委山堂說郛本』,『오조소설대관본五朝小說大觀本』,『총서집성본叢書集成本』,『백천학해본百川學海本』에는 '칠七'자로 되어 있다.

2) 勻:『총서집성본叢書集成本』과『백천학해본百川學海本』에는 '작勺'자로 되어 있다.

3) 之:『고금도서집성본古今圖書集成本』,『완위산당설부본宛委山堂說郛本』,『함분루설부본涵芬樓說郛本』,『사고전서본四庫全書本』에는 '입入'자로 되어 있다.

4) 擊拂: 유화乳花를 내기 위해 기구를 사용하여 차탕을 돌려가면서 휘젓는 행위를 말한다.

5) 視:『총서집성본叢書集成本』,『단명집端明集』에는 '시眎'자로 되어 있다.

6) 水痕: 유화가 꺼진 후 갈라진 포말에서 보이는 물줄기를 말한다.

7) 鬪:『사고전서본四庫全書本』,『총서집성본叢書集成本』,『백천학해본百川學海本』에는 '개開'자로 되어 있다.

추도록 하며可四分則止, (차탕) 표면의 빛깔이 선명하게 보이고視其面色鮮明, (유화 포말은) 잔에 달라붙고[著盞] 차탕 표면에 갈라진 물줄기 자욱 이른바 수흔水痕이 없는 것을 제일로 여긴다著盞無水痕爲絶佳. 건안建安의 차 겨루기[鬪茶]는 갈라진 차탕의 물줄기 곧 유화가 꺼진 후 보이는 물줄기인 수흔水痕에 따라 먼저 나타나면 지는 것이고建安鬪試以水痕先者爲負, 오랫동안 나타나지 않으면 이기는 것이다耐久者爲勝. 고로 차 겨루기에 있어 승패의 차이는故較勝負之說, 차탕의 한 두 줄기 유화의 갈라짐 즉 수흔水痕에 달려 있다고 말할 수 있다曰相去一水兩水.

하편下篇 – 논다기論茶器[1]

[원문]

茶焙다배

茶焙, 編竹爲之, 裹以蒻[2]葉. 蓋其上, 以收火也; 隔其中, 以有容

다배, 편죽위지, 과이약엽. 개기상, 이수화야; 격기중, 이유용

也. 納火其下, 去茶[3]尺許, 常溫溫然, 所以養茶[4]色香味也.

야. 납화기하, 거다척허, 상온온연, 소이양다색향미야.

1) 下篇論茶器: 『완위산당설부본宛委山堂說郛本』, 『고금도서집성본古今圖書集成本』, 『오조소설대관본五朝小說大觀本』에는 '기론器論'으로 되어 있다.

2) 蒻: 『오조소설대관본五朝小說大觀本』 간본에 모든 '약蒻'자는 '약篛'자로 되어 있다.

3) 茶: 『단명집端明集』, 『충혜집忠惠集』에는 '엽葉'자로 되어 있다.

4) 茶: 『함분루설부본涵芬樓說郛本』에는 '차茶'자가 빠져 있다.

[국역]

차의 건조 기구茶焙

차의 건조 기구인 차배는茶焙, 대로 엮어서 만들고編竹爲之, 부들잎으로 감싼다裹以蒻葉. (차배) 위를 덮은 것은蓋其上, 불기운을 받도록 하는 것이고以收火也, 중간에 칸을 둔 것은隔其中, (상단에 병차를) 담을 수 있도록 하기 위함이다以有容也. (차배) 밑에는 불을 들여놓아納火其下, (차배의) 차와 한 자쯤 간격을 두고去茶尺許, 늘 따뜻하게 해두는데常溫溫然, 이는 차의 색·향·미를 기르기 위한 것이다所以養茶色香味也.

[원문]

茶籠다롱

茶不入焙者, 宜密封, 裹以蒻, 籠盛之, 置高處, 不近濕氣.

다불입배자, 의밀봉, 과이약, 농성지, 치고처, 불근습기.

[국역]

차 바구니茶籠

차배에 넣지 않은 병차는茶不入焙者, 마땅히 밀봉을 하여야 하며宜密封, 부들잎으로 싸서裹以蒻, 차 바구니[茶籠]에 담아籠盛之, 높은 곳에 두어置高處, 습기를 가까이 하지 않도록 한다不近濕氣.

[원문]

砧椎침추

砧椎, 蓋以碎[1]茶. 砧以木爲之, 椎或金或鐵, 取於便用.

침추, 개이쇄다. 침이목위지, 추혹금혹철, 취어편용.

[국역]

다듬잇돌砧, 방망이椎

다듬잇돌과 방망이는砧椎, 모두 병차를 부술 때 쓰인다蓋以碎茶. 다듬잇돌은 나무로 만들고砧以木爲之, 방망이는 금이나 쇠로 만드는데椎或金或鐵, 쓰기에 편리한 것이면 된다取於便用.

[원문]

茶鈐다검

茶鈐, 屈金鐵爲之[2], 用以炙茶.

다검, 굴금철위지, 용이적다.

[국역]

차 집게茶鈐

차 집게는茶鈐, 금이나 쇠를 구부려 만들며屈金鐵爲之, 병차를 굽는데 사용한다用以炙茶.

---

1) 碎: 『완위산당설부본宛委山堂說郛本』, 『고금도서집성본古今圖書集成本』, 『오조소설대관본五朝小說大觀本』, 『총서집성본叢書集成本』, 『백천학해본百川學海本』, 『사고전서본四庫全書本』, 『함분루설부본涵芬樓說郛本』에는 '침砧'자로 되어 있다.

2) 之: 『완위산당설부본宛委山堂說郛本』, 『고금도서집성본古今圖書集成本』, 『오조소설대관본五朝小說大觀本』에는 '지之'자가 빠져 있다.

[원문]

茶碾다연

茶碾, 以銀或鐵爲之. 黃金性柔, 銅及鍮石[1]皆能生鉎[2], 不入用.

다연, 이은혹철위지. 황금성유, 동급유석개능생생, 불입용.

[국역]

차연茶碾

차연은茶碾, **은이나 쇠로 만든다**以銀或鐵爲之. **황금은 성질이 유연하고**黃金性柔, **구리와 유석**鍮石**은 모두 쇠 비린내가 나므로**銅及鍮石皆能生鉎, **사용하기에 적합하지 않다**不入用.

[원문]

茶羅다라

茶羅以絶細爲佳, 羅底用蜀東川鵝溪[3]畵絹之密者, 投湯中揉洗以冪之.

다라이절세위가, 나저용촉동천아계화견지밀자, 투탕중유세이멱지.

1) 鍮石: '유鍮'란 동銅과 노감석爐甘石 같이 정련하여 만들어낸 일종의 합성금속을 뜻한다. 여기서의 유석鍮石은 황동黃銅을 말한다

2) 鍮石 .... 生鉎:『완위산당설부본宛委山堂說郛本』,『고금도서집성본古今圖書集成本』,『총서집성본叢書集成本』,『고향재보장채첩본古香齋寶藏蔡帖本』,『함분루설부본涵芬樓說郛本』에 '유鍮'자는 '유鍮'자로 되어 있고,『고금도서집성본古今圖書集成本』에 '생鉎'자는 '침針'자로 되어 있다.

3) 鵝溪: 사천四川 염정현鹽亭縣 서북쪽에 위치한 지명이다. 당나라 때 이곳에서 생산된 견물絹物은 공물로 정할 정도로 유명하다.

[국역]

차체茶羅

차체는 아주 가는 것이 좋으며茶羅以絶細爲佳, 체의 바닥은 촉蜀(지금의 四川)지방의 동천東川 아계鵝溪에서 생산되는 고운 그림용 비단을 쓰며羅底用蜀東川鵝溪畵絹之密者, 끓는 물에 넣어 비벼 씻은 후 (체틀에) 덮어 씌운다投湯中揉洗以羃之.

[원문]

茶盞다잔

茶色白, 宜黑盞, 建安所[1]造者, 紺[2]黑, 紋如兎毫, 其坯[3]微厚, 熁
다색백, 의흑잔, 건안소조자, 감흑, 문여토호, 기배미후, 협
之久熱難冷, 最爲要用. 出他處者, 或薄, 或色紫, 皆不及也. 其
지구열난랭, 최위요용. 출타처자, 혹박, 혹색자, 개불급야. 기
青白盞, 鬪試家[4]自不用.
청백잔, 투시가자불용.

[국역]

찻잔茶盞

차탕의 색은 희기에茶色白, 검은색의 찻잔과 잘 어울리며宜黑盞, 건

1) 所: 『함분루설부본涵芬樓說郛本』에는 '신新'자로 되어 있다.

2) 紺: 하늘색 또는 짙은 남색에 붉은빛이 발하는 것을 말한다.

3) 坯: 『완위산당설부본宛委山堂說郛本』, 『고금도서집성본古今圖書集成本』, 『총서집성본叢書集成本』, 『오조소설대관본五朝小說大觀本』에는 '배柸'자로 되어 있고, 『사고전서본四庫全書本』에는 '배杯'자로 되어 있고, 『함분루설부본涵芬樓說郛本』에는 '배坏'자로 되어 있다.

4) 家: 『완위산당설부본宛委山堂說郛本』, 『고금도서집성본古今圖書集成本』, 『오조소설대관본五朝小說大觀本』에는 '가家'자가 빠져 있다.

안建安지역에서 만든 것은建安所造者, 빛깔은 짙은 남색에 검은색을 띠고紺黑, 무늬는 토끼털과 같고紋如兎毫, 잔의 두께가 약간 두꺼워其坯微厚, 데우면 오랫동안 열을 축적하여 쉽게 식지 않으므로熁之久熱難冷, 사용하기에 가장 알맞다最爲要用. 다른 곳에서 만든 것은出他處者, 혹은 얇거나或薄, 혹은 자주빛깔을 띠어 (잘못 나온 검은 빛깔)或色紫, 모두 (건안의 찻잔에) 미치지 못한다皆不及也. 청색과 백색의 찻잔은其靑白盞, 차 겨루기를 하는 사람들에게는 쓰이지 않는다鬪試家自不用.

[원문]

茶匙다시

茶匙要重, 擊拂有力, 黃金爲上, 人間以銀、鐵爲之. 竹者[1]輕, 建
다시요중, 격불유력, 황금위상, 인간이은、철위지. 죽자경, 건
茶不取.
다불취.

[국역]

차시茶匙

차시는 무거워야 하는데茶匙要重, 이는 격불擊拂할 때 힘을 받쳐주기 위함이며擊拂有力, 황금 재질이 으뜸이나黃金爲上, 일반 사람들은 은이나 쇠로 만든 것을 쓴다人間以銀鐵爲之. 대로 만든 것은 가볍기에竹者輕, 건안의 차에는 쓰이지 않는다建茶不取.

1) 竹者: 대나무로 만든 수저를 뜻한다.

[원문]

湯甁탕병

甁要小者, 易候湯, 又點茶, 注[1]湯有準. 黃金爲上, 人間以銀、鐵

병요소자, 이후탕, 우점다, 주탕유준. 황금위상, 인간이은、철

或瓷、石爲之.

혹자、석위지.

[국역]

탕병湯甁

탕병이 작아야 한다는 것은甁要小者, 끓는 물의 상태를 살피기가 쉽고易候湯, 또한 점차할 때又點茶, 원하는 양의 물을 정확하게 따를 수가 있다注湯有準. 황금으로 만든 것이 으뜸이나黃金爲上, 일반 사람들은 은 · 쇠 혹은 자기瓷器 · 돌 등의 재질로 쓴다人間以銀鐵或瓷石爲之,

[원문]

臣皇祐[2]中同修起居注[3], 奏事仁宗皇帝, 屢承天問以建安貢茶並所以

신황우중동수기거주, 주사인종황제, 누승천문이건안공다병소이

試茶之狀. 臣謂論茶雖禁中語, 無事於密, 造『茶錄』二篇上進. 後

시다지상. 신위논다수금중어, 무사어밀, 조『다록』이편상진. 후

知福州, 爲掌書記[4]竊去藏稿, 不復能記[5]. 知懷安縣樊紀購得之,

1) 注:『완위산당설부본宛委山堂說郛本』에는 '강江'자로 되어 있다.

2) 皇祐: 인종仁宗(1023~1063) 조진趙禎의 일곱 번째 연호(1049~1054: 天聖, 明道, 景佑, 寶元, 康定, 慶曆, 皇佑, 至和, 嘉佑)

3) 修起居注: 황제의 언행을 기록하는 관직을 말한다.

4) 掌書記: 상서 주찰을 담당하는 관리를 말한다.

5) 記:『함분루설부본涵芬樓說郛本』에 '기記'자 뒤에 '지之'자가 붙어 있다.

지복주, 위장서기절거장고, 불복능기. 지회안현번기구득지,

遂以刊勒, 行於好事者. 然多舛謬. 臣追念先帝顧遇之恩, 攬本流

수이간륵, 행어호사자. 연다천류. 신추념선제고우지은, 람본류

涕, 輒加正定, 書之於石, 以永其傳[1]. 治平[2]元年五[3]月二十六日,

체, 첩가정정, 서지어석, 이영기전. 치평원년오월이십륙일,

三司使[4]、給事中[5]臣蔡襄謹記.

삼사사、급사중신채양근기.

[국역]

후서後序[6]

신은 황우皇祐(1049~1054) 연간에 수기거주修起居注로서臣皇祐中同修起居注, 인종仁宗(1023~1063)황제께 업무를 보고 드릴 때奏事仁宗皇帝, 여러번 물음을 받았는데屢承天問, 건안建安의 공차貢茶 및 차 겨루기[試茶]의 상황에 대한 내용이었습니다以建安貢茶并所以試茶之狀. 신이 이르길 차를 논하는 것은 궁중의 일이긴 하나臣謂論茶雖禁中語, 그 자체가 비밀이 아니기에無事於密, 『다록』 2편을 만들어 진상하고자 했던 것입니다造茶錄二篇上進. 훗날 (신이) 복주福州지사로 있을 때後知福州, 간직하고 있던 원고를 장서기掌書記가 훔쳐간 것을 알았으나爲掌書記竊去藏

---

1) 於石, 以永其傳: 『단명집端明集』에 '어於'자는 '이以'자로 되어 있고, '이以'자는 '득得'자로 되어 있다.

2) 治平: 영종英宗(1064~1067) 조서趙曙의 유일한 연호.

3) 五: 『단명집端明集』에는 '오伍'자로 되어 있다.

4) 三司使: 조세 · 재정수지 · 염鹽 · 철鐵 등 전매사무를 담당하는 관직을 말한다.

5) 給事中: 평상시 조정 내에 머물며 임금과 정사를 논하며 조언해주는 고문顧問관직을 말한다.

6) 後序: 『완위산당설부본宛委山堂說郛本』, 『고금도서집성본古今圖書集成本』, 『오조소설대관본五朝小說大觀本』에 '후서後序'의 내용 전체가 빠져 있다.

稿, 이를 다시 쓰지는 못했나이다不復能記. (그러다가) 회안현懷安縣의 지사 번기樊紀가 그 원고를 구입하여知懷安縣樊紀購得之, 책으로 간행하게 되었고遂以刊勒, 비로소 호사가들에게 알려지게 되었습니다行於好事者. 그러나 내용이 틀린 곳이 많았습니다然多舛謬. (그리하여) 신이 선황先皇이신 인종의 두터운 신임과 은혜를 기리기 위해臣追念先帝顧遇之恩, 눈물을 흘리며 책을 잡고攬本流涕, 틀린 곳을 정정하여輒加正定, 돌에 새겨書之於石, 영원히 전하기로 하였나이다以永其傳. 치평治平 원년(1064) 5월 26일治平元年五月二十六日, 삼사사三司使 급사중給司中 신 채양이 삼가 적나이다三司使給事中臣蔡襄謹記.

채양蔡襄 묵적墨跡 '치통리당세둔전척독중차사致通理堂世屯田尺牘中茶事'

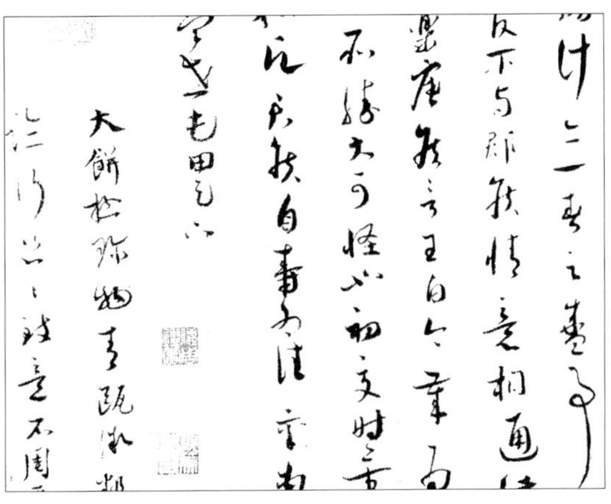

채양蔡襄 묵적墨跡 '단차일병서장團茶一餠書狀'

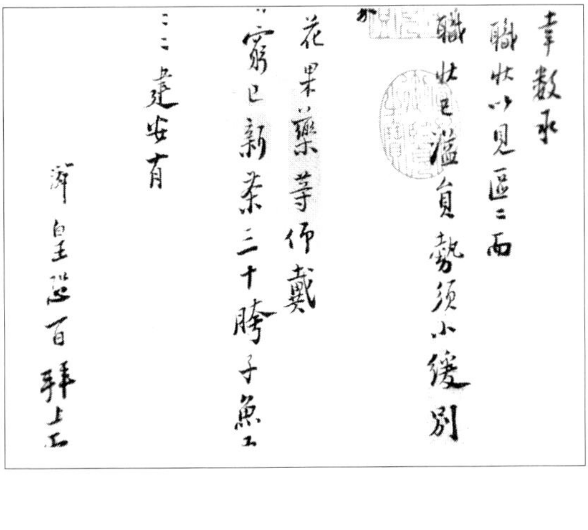

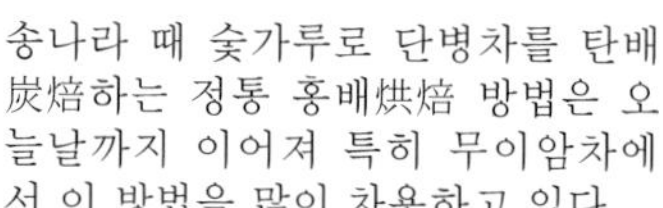

송나라 때 숯가루로 단병차를 탄배炭焙하는 정통 홍배烘焙 방법은 오늘날까지 이어져 특히 무이암차에서 이 방법을 많이 차용하고 있다

송나라 때부터 이어진 정통 숯가루로 탄배炭焙하는 홍배법은 진화가 되어 지금은 전기로 통제하는 홍배법이 일반화되었다

清閒之宴或賜觀采臣不勝惶懼榮幸之至謹序

上篇論茶

色

茶色貴白而餅茶多以珍膏油(去聲)其面故有青黄紫黑之異善別茶者正如相工之脈人氣色也隱然察之於内以肉理潤者為上顏色次之黄白者受水昏重青白者受水詳明故建安人開試以青白勝黄白

香

茶録

宋 蔡襄 撰

臣前因奏事伏蒙陛下諭臣先任福建轉運使日所進上品龍茶最為精好臣退念草木之微首辱陛下知鑒若處之得地則能盡其材昔陸羽茶經不第建安之品丁謂茶圖獨論採造之本至於烹試曾未有聞臣輒條數事簡而易明勒成二篇名曰茶録伏惟

茶宜蒻葉而畏香藥喜温燥而忌濕冷故收藏之家以蒻葉封裹入焙中兩三日一次用火常如人體温温則禦濕潤若火多則茶焦不可食

炙茶

茶或經年則香色味皆陳於淨器中以沸湯漬之刮去膏油一兩重乃止以鈐箝之微火炙乾然後碎碾若當年新茶則不用此說

碾茶

茶有真香而入貢者微以龍腦和膏欲助其香建安民間試茶皆不入香恐奪其真若烹點之際又雜珍果香草其奪益甚正當不用

味

茶味主於甘滑惟北苑鳳皇山連屬諸焙所產者味佳隔溪諸山雖及時加意製作色味皆重莫能及也又有水泉不甘能損茶味前世之論水品者以此

藏茶

凡欲點茶先須熁盞令熱冷則茶不浮

點茶

茶少湯多則雲脚散湯少茶多則粥面聚（建人謂之雲脚粥面）鈔茶一錢匕先注湯調令極勻又添注入環迴擊拂湯上盞可四分則止眡其面色鮮白著盞無水痕為絕佳建安開試以水痕先者為負耐久者為勝故較勝負之說曰相去一水兩水

下篇論茶器

碾茶先以淨紙密裹搥碎然後熟碾其大要旋碾則色白或經宿則色已昏矣

羅茶

羅細則茶浮麤則水浮

候湯

候湯最難未熟則沫浮過熟則茶沈前世謂之蟹眼者過熟湯也沈瓶中煮之不可辯故曰候湯最難

熁盞

茶鈐

茶鈐屈金鐵爲之用以炙茶

茶碾

茶碾以銀或鐵爲之黃金性柔銅及鍮石皆能生鉎音星不入用

茶羅

茶羅以絶細爲佳羅底用蜀東川鵝溪畫絹之密者投湯中揉洗以羃之

茶焙

茶焙編竹為之裹以蒻葉蓋其上以收火也隔其中以有容也納火其下去茶尺許常溫溫然所以養茶色香味也

茶籠

茶不入焙者宜密封裹以蒻籠盛之置高處不近濕氣

砧椎

砧椎蓋以砧茶砧以木為之椎或金或鐵取於便用

瓶要小者易候湯又點茶注湯有準黃金為上人間以銀鐵或瓷石為之

臣皇祐中脩起居注奏事仁宗皇帝屢承天問以建安貢茶并所以試茶之狀臣謂論茶雖禁中語無事於密造茶録二篇上進後知福州為掌書記竊去藏槀不復能記知懷安縣樊紀購得之遂以刊勒行於好事者然多舛謬臣追念先帝顧遇之恩攬本流涕輒加正定書之於石以永其傳治平元年五月二十

茶盞

茶色白宜黑盞建安所造者紺黑紋如兔毫其杯微厚熁之久熱難冷㝡為要用出他處者或薄或色紫皆不及也其青白盞鬬試家自不用

茶匙

茶匙要重擊拂有力黄金為上人間以銀鐵為之竹者輕建茶不取

湯瓶

欽定四庫全書

茶錄

六日三司使給事中臣蔡襄謹記

龍茶錄後序

[宋] 歐陽修 著

해제

중국 북송北宋 때의 시인이자 사학자, 정치가를 지낸 구양수歐陽修(1007~1072)의 자는 영숙永叔이며, 호는 취옹醉翁, 시호는 문충文忠이다. 3살 때 아버지를 여의고 어머니를 따라 숙부 집으로 옮겨 그곳에서 자란 구양수는 송대 문학에 고문古文을 다시 도입했고 유교원리를 통해 정계政界를 개혁하고자 노력했던 인물이다.

1030년 진사進士시험의 장원급제를 시작으로 1043년에 지간원정知諫院正, 1054년에는 한림원翰林院 학사學士가 되었다.

『신당서新唐書』가 완성된 1060년 그는 군정軍政을 담당하는 추밀부사樞密副使로 승진했고 그 다음 해에는 부재상副宰相에 해당하는 참지정사參知政事를 지낸 후 66세의 일기로 생을 마쳤다.

『용다록후서龍茶錄後序』는 채양蔡襄의 『다록茶錄』 부록에 실린 구양수의 '후서後序'이며, 『구양수전집歐陽修全集』 권 65에도 실려있다. 짤막한 서문임에도 불구하고 후학들이 채양의 『다록』에서 분리하여 독립된 문장으로 평가하고 있는 것은 송나라의 단병차에 대한 자료를 풍부하게 섭렵할 수 있기 때문이다.

그는 후서에서 당시 공차貢茶인 소단小團은 채양으로부터 만들어졌고 무척 귀했다는 것을 알려주기 위해 글을 썼다고 밝히고 있다. 금박으로 용 · 봉황 · 화초 등의 문양을 오려내어 병차 위에 붙인 소단의 다른 이름은 상품용차上品龍茶이며, 자신은 물론이고 재상일지라도 하사받은 일이 드물며 설사 받았다 할지라도 맛보지 않고 보물처럼 간직하였으며, 다만 귀한 손님이 방문을 했을 때 꺼내어 돌려가면서 감상할 뿐이라고 적고 있다.

채양蔡襄의『다록茶錄』에 관한 '서문序文', '발문跋文'에는 채양 자신이 만든 '자서自序'와 '후서後序(치평治平 원년)' 이외 구양수의 서문인 '용다록후서'와 송나라의 진동陳東 · 양시楊時 · 이광李光 · 유극장劉克莊 그리고 원나라의 예찬倪瓚 등이 쓴 '발문'이 전해지고 있다.

[원문]

茶爲物之至精，而小團又其精者，『錄』敍所謂上品龍茶者是也．蓋
다위물지지정, 이소단우기정자, 『록』 서소위상품용다자시야. 개
自君謨始造而歲貢焉．仁宗[1]尤所珍惜，雖輔相之臣未嘗輒賜．惟南
자군모시조이세공언. 인종우소진석, 수보상지신미상첩사. 유남
郊大禮[2]致齋之夕，中書[3]、樞密院[4]各四人共賜一餠，宮人剪金[5]爲龍
교대례치재지석, 중서、추밀원각사인공사일병, 궁인전금위용
鳳花草貼其上．兩府[6]八家分割以歸，不敢碾試，但家藏以爲寶，時
봉화초첩기상. 양부팔가분할이귀, 불감연시, 단가장이위보, 시
有佳客，出而傳翫[7]爾．
유가객, 출이전완이.

[국역]

차는 식물 중에 지극히 정교한 것이고茶爲物之至精, (그 중에서도) 소단小團이 또한 가장 정교한 제품이며而小團又其精者, 『다록茶錄』의 서문에서 언급한 소위 상품용차上品龍茶가 바로 그것이다錄敍所謂上品龍茶者是也. 무릇 채군모蔡君謨가 처음 만든 이래 해마다 공차貢茶로 바치게

---

1) 仁宗: 송나라 4대 황제 조진趙禎(1023~1063)을 말한다.

2) 南郊大禮: 송나라 때 길례吉禮 중의 하나며, 매년 동짓날에 임금이 친히 남교南郊의 환구圜丘에서 제천祭天을 하는 예의禮儀이다.

3) 中書: 나라의 군정軍政을 추밀원樞密院과 함께 관장하는 최고의 국무기관으로서 추밀원과 함께 '2부[二府]'라고도 일컫는다. 나라의 국무, 병력, 방위, 군수, 출납 및 기밀명령을 다루는 최고기관이다.

4) 樞密院: 중서성中書省와 같이 나라의 최고 국무기관을 말한다.

5) 金: 금지金紙인 금박지를 뜻한다

6) 兩府: 중서성中書省와 추밀원樞密院을 가리킨다.

7) 翫: 가지고 논다는 뜻으로, '완玩'의 고자古字이다.

되었다蓋自君謨始造而歲貢焉. 인종仁宗이 특히 더없이 귀하게 여겨仁宗尤所珍惜, 비록 보정재상輔政宰相의 벼슬일지라도 아직까지 하사된 일이 없었다雖輔相之臣未嘗輒賜. 오직 남교南郊에서 대례大禮의 재齋를 올리던 날 저녁惟南郊大禮致齋之夕, 중서성中書省과 추밀원樞密院 각 부서의 4명 신하들에게 합하여 병차餅茶 한 개를 하사할 뿐中書樞密院各四人共賜一餅, 궁궐의 사람들은 금박으로 용 · 봉황 · 화초 등의 문양을 오려내어 (병차) 위에 붙였다宮人剪金爲龍鳳花草貼其上. 2부[兩府, 中書省 · 樞密院]의 8명이 이를 나누어 가지고 돌아가兩府八家分割以歸, 감히 갈아서 맛보지도 못한 채不敢碾試, 그저 가문의 보물처럼 간직하였으며但家藏以爲寶, (다만) 귀한 손님이 방문을 했을 때時有佳客, 꺼내어 돌려가면서 감상했을 뿐이다出而傳翫爾.

[원문]

至嘉祐[1]七年，親享明堂，齋夕，始人賜一餅．余亦忝預，至今藏
지가우칠년, 친향명당, 재석, 시인사일병. 여역첨예, 지금장
之．余自以諫官[2]供奉[3]仗內，至登二府，二十餘年，纔一獲賜．而丹
지. 여자이간관공봉장내, 지등이부, 이십여년, 재일획사. 이단
成龍駕，舐鼎[4]莫及，每一捧翫，淸血交零而已．因君謨著『錄』，
성용가, 지정막급, 매일봉완, 청혈교령이이. 인군모저『록』,

1) 嘉祐: 송나라 인종仁宗 조진趙禎의 마지막 연호(1056~1063: 天聖, 明道, 景佑, 寶元, 康定, 慶曆, 皇佑, 至和, 嘉佑)

2) 諫官: 조정의 실정을 비롯하여 인사 및 정부 각 부처의 행정에 대해 의견을 개진하고 비평을 내리는 관직으로 간원諫院에 속해 있으며 탄핵彈劾관리인 어사대御史台와 함께 태간台諫이라 일컫는다.

3) 供奉: 임금을 좌우에서 보필하는 무관직武官職을 말하며, 송나라 때 이르러 동 · 서로 나뉘었다.

4) 舐鼎: 솥을 핥다는 뜻을 지니고 있으나 여기에서는 최고로 맛있는 음식을 의미한다.

輒附於後，庶知小團自君謨始，而可貴如此．治平[1]甲辰七月丁丑，
첩부어후, 서지소단자군모시, 이가귀여차. 치평갑진칠월정축,
盧陵歐陽修書還公期書室.
여릉구양수서환공기서실.

[국역]

가우嘉祐 7년(1062)에 이르러至嘉祐七年, (선제先帝가) 친히 명당에親享明堂, 제사를 올리던 날 저녁致齋夕, 비로소 사람(대관)들에게 병차餅茶 한 개씩을 하사하였다始人賜一餅. 나 또한 은혜를 입어 그 하나를 하사받아余亦忝預, 지금까지 간직하고 있다至今藏之. 내가 간관諫官으로부터 시작하여余自以諫官, 공봉供奉으로서 왕실을 호위하며供奉仗內, 2부[二府]에 오르기까지至登二府, 20여 년 동안二十餘年, 하사받은 일은 겨우 한 번뿐이었다纔一獲賜. 백 번의 제련을 거친 선단을 얻는 것이나[丹成] 전하의 수레를 얻어 타는 것而丹成龍駕, (혹은) 가장 맛있는 음식을 먹는 것도[舐鼎] 이에 (용차龍茶를 얻는 기쁨에) 미치지 못하며舐鼎莫及, 나는 매번 (전하께서 하사한 용차를) 받들고 감상할 때每一捧翫, 기혈이 맑아지며 만감이 교차할 따름이다清血交零而已. 채군모가 『다록茶錄』을 저술하였기에因君謨著錄輒附於後, 이를 책 뒷머리에 붙였으며, 소단小團이란 군모로부터 시작되었고庶知小團自君謨始, 이와 같이 귀했다는 것을 알려주기 위함이다而可貴如此. 치평治平 갑진甲辰(1064) 7월 정축丁丑, 여릉盧陵의 구양수歐陽修가 공기서실公期書室에 돌아와서 적다治平甲辰七月丁丑盧陵歐陽修書還公期書室.

1) 治平: 영종英宗(1064~1067) 조서趙曙의 유일한 연호.

歐陽文忠公

歐陽修 肖像

品茶要錄

[宋] 黃儒 撰

해제

황유黃儒의 자는 도보道輔이며, 북송北宋 건안建安(지금의 建甌) 사람이다. 희녕熙寧 6년(1073)에 진사進士에 합격했다는 것 외에 어떠한 자료도 발견된 것이 없다.

『사고전서총목제四庫全書總目提要』에 의하면『품다요록』은 1075년 경에 편찬된 것이라 기술되어 있으며 "차를 따고, 만들고, 마시는 일들이 각기 법도에 따라 득실이 있는데, 섬세하게 판별하여 평가를 했다.... 특히 다른 차서茶書들은 산지의 품목 및 팽차烹茶의 기구에 대해 설명했던 것에 비해 이 책은 다른 관점에서 차별성을 두고 만들었다"고 평가하고 있다.

여기서 차별성이란 오늘날 시각으로 볼 때 차의 품질평가 관능품평 부분을 말한다. 차의 품질을 평가하는 기능적 학문의 일종인 품평에 대해 일찍이 육우陸羽의『다경茶經』「삼지조三之造」장에서 여덟 가지를 언급한 바가 있으나 단편적인 것에 불과하였다.

차의 품평은 찻잎의 원료에서부터 가공공정, 완제품에 대해 관능적인 평가로써 종합적인 지식을 요구하는 학문이다.『품다요록』은 이러한 내용을 갖춘 당시의 품평에 관한 교재이자 지침서로서의 역할을 하였고, 역대 차서 중에 가장 완벽한 품평서品評書로 칭송을 받고 있다.

특히 후론後論 부분에서 최초로 언급된 '초차草茶'는 당시 고형차固形茶인 '건차建茶'와 대비되는 '강남차江南茶'를 말하는 것으로 중국 중부 절강浙江 · 강소江蘇지방의 찻잎으로 만든 가루차를 말한 것이다.

건차와 초차는 모두 가루로 포말을 내어 마시는 것이 같으나 초차는 찻잎을 덩어리를 만들지 않고 오늘날의 말차와 같이 찻잎을 찐 후 가루로 갈아 풀어 마시는 것이다. '강남차江南茶'인 '초차草茶'는 송나라 때 일본 유학승留學僧들이 일본으로 전해져 오늘날 가루차인 말차抹茶의 원형으로 그대로 남아 있어, 점차법點茶法을 연구하는데 귀중한 자료로 삼고 있다.

권말卷末에는 소식蘇軾이 지은 서황도보書黃道輔 『품다요록品茶要錄』「후後」한 편이 수록되어 있다. 많은 학자들이 이를 진본이 아니라고 주장하고 있음에도 불구하고 함께 엮은 것은 차의 정신인 형이상학적 내용들이 많이 포함되어 있어 함께 수록한 것이다.

지금까지 전해진 『품다요록』의 간본은 『정씨총각본程氏叢刻本』, 『완위산당설부본宛委山堂說郛本』, 『고금도서집성본古今圖書集成本』, 『함분루설부본涵芬樓說郛本』, 『사고전서본四庫全書本』, 『이문광독본夷門廣牘本』, 『오조소설본五朝小說本』, 『오조소설대관본五朝小說大觀本』, 『다서전집본茶書全集本』 등이다.

이 책의 『품다요록品茶要錄』[1]은 『정씨총각본』을 중심으로 편집하였고, 기타 간본을 참고로 하였다.

1) 品茶要錄: 『품다요록』 책 이름은 『이문광독본夷門廣牘本』에서 지은 것이다.

총론總論[1]

[원문]

說者嘗怪陸羽『茶經』不第建安之品，蓋前此茶事未甚興，靈芽眞
설자상괴육우 『다경』 부제건안지품, 개전차다사미심흥, 영아진
筍，往往委翳消腐[2]，而人不知惜．自國初以來，士大夫沐浴膏澤[3]，
순, 왕왕위예소부, 이인부지석. 자국초이래, 사대부목욕고택,
詠歌昇平之日久矣．夫體勢灑落[4]，神觀沖淡，惟茲茗飮爲可喜．
영가승평지일구의. 부체세쇄락, 신관충담, 유자명음위가희.
園林亦相與摘英夸異，製棬[5]鬻新而趨[6]時之好，故殊絶之品始得自
원림역상여적영과이, 제권죽신이추시지호, 고수절지품시득자
出於蓁[7]莽之間，而其名遂冠天下．借使陸羽復起，閱其金餠，味其
출어진망지간, 이기명수관천하. 차사육우복기, 열기금병, 미기

---

1) 總論:『완위산당설부본宛委山堂說郛本』,『함분루설부본涵芬樓說郛本』에는 '총론總論' 두 글자가 없으며,『고금도서집성본古今圖書集成本』에는 '서序'자로 되어 있다.

2) 委翳消腐: '위委'는 쇠퇴, '예翳'는 가려지다, '소부消腐'는 소멸되어 썩어간다는 뜻을 지니고 있다.

3) 沐浴膏澤: '목욕沐浴'은 듬뿍 젖는다는 뜻이며, '고택膏澤'은 최고의 은혜를 뜻한다.

4) 體勢灑:『완위산당설부본宛委山堂說郛本』,『고금도서집성본古今圖書集成本』에 '체세體勢'는 '신세身世'로 되어 있고,『이문광독본夷門廣牘本』에는 '속세俗世'로 되어 있다. 그리고『완위산당설부본宛委山堂說郛本』,『오조소설대관본五朝小說大觀本』에 '쇄灑'자는 '설泄'자로 되어 있다.

5) 棬: 틀을 말한다. 어원은『다경茶經』「이지구二之具」에서 보인다. "규라고 하는 틀은 모·권이라고도 한다. 쇠로 만들며 형태는 둥근 모양·네모진 모양·꽃 모양 등이 있다(規, 一曰模, 一曰棬, 以鐵製之, 或圓, 或方, 或花.)"

6) 趨:『이문광독본夷門廣牘本』에는 '이移'자로 되어 있다.

7) 絶之品始得自出於蓁:『고금도서집성본古今圖書集成本』,『함분루설부본涵芬樓說郛本』,『사고전서본四庫全書本』에 '절絶'자는 '이異'자로 되어 있다. 그리고『함분루설부본涵芬樓說郛本』에 '진蓁'자는 '진榛'자로 되어 있고,『이문광독본夷門廣牘本』에 '진蓁'자는 '진秦'자로 되어 있다.

雲腴[1], 當爽然自失矣.

운유, 당상연자실의.

[국역]

사람들은 육우陸羽가 『다경茶經』에서 건안차建安茶를 논하지 않았던 것을 항시 이상하게 여겨왔는데說者常怪陸羽茶經不第建安之品, 이는 그 당시 (건안에서) 차사茶事가 흥하지 않았던 탓에蓋前此茶事未甚興, 영아靈芽 진순眞笋들이靈芽眞笋, 왕왕 시들어 썩어가도往往委翳消腐, 애석하게 여기는 자가 없었기 때문이다而人不知惜. (송왕조) 건국 이래自國初已來, 사대부들은 나라의 은혜를 입고士大夫沐浴膏澤, 이미 오랫동안 시가를 읊을 수 있는 날 (태평세월) 속에 살고 있다詠歌昇平之日久矣. (사람들의) 몸은 씻은 듯 가뿐하며夫體勢灑落, 사유의 폭은 넓어지고 마음의 여유도 생겨神觀冲淡, 오직 차 마시는 일을 즐거움으로 삼았다惟茲茗飮爲可喜. 무성한 차나무 숲에서 서로 딴 찻잎의 우수함을 자랑하였고園林亦相與摘英誇異, 시대의 기호에 따라 새로운 모양의 틀(병차)들이 만들어졌으며製棬鬻新而趨時之好, 고로 차밭에서 최고의 제품이 출현되어故殊絶之品始得自出於蓁莽之間, 그 명성을 천하에 떨치게 되었다而其名遂冠天下. 만약 육우가 다시 살아나借使陸羽復起, 이러한 금병金餠을 보고閱其金餠, 운유雲腴와 같은 차맛을 본다면味其雲腴, 아마 아연실색할 것이다當爽然自失矣.

1) 雲腴: '운雲'은 지고脂膏, 곧 도가에서의 선약仙藥을 지칭한다. '유腴'는 비옥한 땅, 살찌다는 의미가 있으나, 여기에서 '운유雲腴'는 구름과도 같이 잘 만들어진 유화乳花를 뜻한다.

[원문]

因念草木之材，一有負瑰偉絶[1]特者，未嘗不遇時而後興，況於人乎!

인념초목지재, 일유부괴위절특자, 미상불우시이후흥, 황어인호!

然士大夫間爲珍藏精試之具，非會[2]雅好眞，未嘗輒出．其好事者，

연사대부간위진장정시지구, 비회아호진, 미상첩출. 기호사자,

又嘗[3]論其採製之出入，器用之宜否，較試之湯火，圖於縑素，傳翫

우상논기채제지출입, 기용지의부, 교시지탕화, 도어겸소, 전완

於時，獨未有補於賞鑒之明爾[4]．蓋園民射利[5]，膏油其面[6]，色品味

어시, 독미유보어상감지명이. 개원민사리, 고유기면, 색품미

易辨而難評[7]．予因收閱之暇，爲原採造之得失，較試之低昂，次爲

이변이난평. 여인수열지가, 위원채조지득실, 교시지저앙, 차위

十說，以中其病，題曰『品茶要錄』云．

십설, 이중기병, 제왈 『품다요록』 운.

---

1) 瑰偉絶: 『이문광독본夷門廣牘本』에 '괴瑰'자는 '환環'자로 되어 있고, 『고금도서집성본古今圖書集成本』에 '절絶'자는 '궤詭'자로 되어 있다.

2) 會: 『고금도서집성본古今圖書集成本』, 『오조소설대관본五朝小說大觀本』에는 '상尙'자로 되어 있다.

3) 嘗: 『고금도서집성본古今圖書集成本』, 『오조소설대관본五朝小說大觀本』, 『완위산당설부본宛委山堂說郛本』에는 '상常'자로 되어 있다.

4) 爾: 『고금도서집성본古今圖書集成本』, 『오조소설대관본五朝小說大觀本』, 『함분루설부본涵芬樓說郛本』, 『완위산당설부본宛委山堂說郛本』에는 '이耳'자로 되어 있다.

5) 射利: 이득을 취할 수 있다면 곧바로 활을 당긴다는 뜻을 지니고 있다. 어원은 『당서唐書』「식화지食貨志」에서 보인다. "강남의 상인들이 이득만 취할 수 있다면…(江淮豪賈射利…)"

6) 膏油其面: '고유膏油'란 광택을 높이기 위해 바르는 투명한 액체. 곧 등급이 낮은 병차 표면에 투명한 고유를 발라 품질을 높이는 것을 말한다.

7) 評: 『고금도서집성본古今圖書集成本』, 『완위산당설부본宛委山堂說郛本』에는 '상詳'자로 되어 있다.

[국역]

생각건대 초목에 불과한 것이 (차)因念草木之材, 특별한 존재로 자리매김된 것은一有負瑰偉絶特者, 때를 잘 만나 비로소 빛을 발할 수 있었기 때문인데未嘗不遇時而後興, 하물며 사람은 더욱 그러하지 아니한가況於人乎! 이에 사대부들 사이에서는 (그들이) 정성스레 다루고 아끼는 차구茶具들을然士大夫間爲珍藏精試之具, 진정한 찻자리가 아닐 경우에는非會雅好眞, 절대로 내놓는 법이 없다未嘗輒出. 그 호사가들이其好事者, 또한 논했던 채차採茶나 제차製茶에 관한 사항又嘗論其採製之出入, 차기茶器 사용의 적부器用之宜否, 물과 불에 대한 비교시험較試之湯火, (모두) 비단에 적어圖於縑素, 세상에 전하고 있으나傳翫於時, 유독 감별에 대한 명확한 설명만이 빠져 있다獨未有補於賞鑒之明爾. 무릇 차농[園民]들은 이익을 쫓아蓋園民射利, (병차) 표면에 고유膏油를 입히는데膏油其面, (이러한 차에서 나타나는) 색과 맛에 대한 판별은 쉬우나 진정한 평가를 하기는 어렵다色品味易辨而難評. 나는 독서하는 여가에予因閱收之暇, 차의 채조採造에 대한 득실爲原採造之得失, 비교시험에서 나타난 우열較試之低昻, 차례대로 열 가지의 설명을 통해次爲十說, 그 병폐를 논하여以中其病, 제목을 『품다요록』이라 이른다題曰品茶要錄云.

[원문]

一、採造過時

일、채조과시

茶事起於驚蟄前，其採芽如鷹爪，初造曰試焙，又曰一火[1]，其次

1) 一火: 일화차一火茶는 '투鬪'라고도 하며, '시배試焙'라고도 한다. 『완위산당설부본宛委山堂說郛本』, 『오조소설대관본五朝小說大觀本』에 '일一'자가 '이以'자로 되어 있다.

다사기어경칩전, 기채아여응조, 초조왈시배, 우왈일화, 기차

曰二火[1]. 二火之茶, 已次一火矣. 故市[2]茶芽者, 惟同出於三火[3]前

왈이화. 이화지다, 이차일화의. 고시다아자, 유동출어삼화전

者爲最佳. 尤喜[4]薄寒氣候, 陰不至於[5]涷, 芽茶[6]尤畏霜, 有造於一火二火

자위최가. 우희박한기후, 음부지어동, 아다우외상, 유조어일화이화

皆遇霜, 而三火霜霽[7], 則三火之茶勝[8]矣. 晴[9]不至於暄, 則穀芽含養約勒而

개우상, 이삼화상제, 즉삼화지다승의. 청부지어훤, 즉곡아함양약륵이

滋長有漸, 採工亦優爲矣. 凡試時泛色鮮白, 隱於薄霧者, 得於佳

자장유점, 채공역우위의. 범시시범색선백, 은어박무자, 득어가

時而然也; 有造於積雨者, 其色昏黃[10]; 或氣候暴暄, 茶芽蒸發, 採

시이연야; 유조어적우자, 기색혼황; 혹기후폭훤, 다아증발, 채

工汗[11]手熏漬, 揀摘不給[12], 則製造雖多, 皆爲常品矣. 試時色非鮮白

공한수훈지, 간적불급, 즉제조수다, 개위상품의. 시시색비선백

---

1) 二火: 이화차二火茶는 '아투亞鬪'라고도 하며, 일화차一火茶와 함께 모두 차의 정품精品이다.

2) 市: 취하다는 뜻이다.

3) 三火: 삼화차三火茶는 '간아揀芽'라고도 하며, 일화, 이화차 보다는 못하나 좋은 제품에 속한다.

4) 喜: 『고금도서집성본古今圖書集成本』에는 '선善'자로 되어 있다.

5) 於: 『고금도서집성본古今圖書集成本』, 『완위산당설부본宛委山堂說郛本』에는 '어於'자가 빠져 있다.

6) 芽茶: 『함분루설부본涵芬樓說郛本』, 『고금도서집성본古今圖書集成本』, 『완위산당설부본宛委山堂說郛本』에는 '아발시芽發時'로 되어 있다.

7) 霜霽: '제霽'는 그치다의 뜻이며, 곧 서리霜가 그친다는 의미이다.

8) 勝: 『함분루설부본涵芬樓說郛本』에 '승勝'자 앞에 '이已'자가 있다.

9) 晴: 『함분루설부본涵芬樓說郛本』에는 '시時'자로 되어 있다.

10) 黃: 『고금도서집성본古今圖書集成本』, 『오조소설대관본五朝小說大觀本』, 『완위산당설부본宛委山堂說郛本』에는 '황黃'자가 빠졌다.

11) 汗: 『오조소설대관본五朝小說大觀本』에는 '오汙'자로 되어 있다.

12) 不給: 제때에 공급하지 못한다는 의미다.

水脚[1]微紅者，過時之病也.

수각미홍자, 과시지병야.

[국역]

하나一、찻잎의 채취 및 선별의 적기를 놓칠 때採造過時

차를 만드는 일은 경칩 전에 시작되며茶事起於驚蟄前, 응조鷹爪 곧 매의 발톱과 같은 여린 싹으로 따서其採芽如鷹爪, 처음 만든 것을 '시배試焙'初造曰試焙, 또는 '일화一火'라 하며又曰一火, 그 다음을 '이화二火'라고 한다次曰二火. 이화의 차싹은二火之茶, 이미 일화보다는 못하다已次一火矣. 고로 차싹을 얻음에 있어故市茶芽者, 같은 곳이라도 삼화三火 이전에 나온 것을 가장 좋은 것으로 여긴다惟同出於三火前者爲最佳. (차싹은) 특히 가벼운 추위는 좋아하나尤喜薄寒氣候, 그 한기는 얼지 않을 정도가 되어야 한다陰不至於凍. 차싹은 특히 서리를 두려워하며芽茶尤畏霜, (때로는) 일화와 이화 때에 만든 것이 모두 늦서리를 맞기도 하는데有造於一火二火皆遇霜, 삼화 때는 서리가 걷힐 때라而三火霜霽, 삼화의 (차싹) 품질이 (오히려) 좋은 경우도 있다則三火之茶勝矣. 날씨가 쾌청하되 더워서는 안 되며晴不至於暄, 이는 곧 차싹이 순리대로 영양을 흡수하고 천천히 자라야만則穀芽含養約勒而滋長有漸, 따는 일도 역시 좋은 여건에서 할 수 있기 때문이다採工亦優爲矣. 무릇 차를 시험할 때 차색이 선명하고 희며凡試時泛色鮮白, 은은한 안개처럼 (유화가) 나는 것은隱於薄霧者, 좋은 때를 만났기 때문에 비롯된 것이다得於佳時而然也. 비 맞은 것으로 만든 것은有造於積雨者, 그 색이 어두운 황색으로 나타난다其色昏黃. 혹 날씨가 너무 더워或氣候暴暄, 차싹 내의 진액이 증발되고茶芽蒸發, (차농) 손에 난 땀이 (찻잎에) 스며들어

1) 水脚: 차탕 표면의 유화가 사라지고 찻잔 둘레에 남은 유화의 물 자국을 말한다.

採工汗手熏漬, 따고 선별하는 작업이 원활하게 진행되지 못하면揀摘不給, 비록 많은 양의 차를 만들어도則製造雖多, 모두 평범한 제품으로 전락되고 만다皆爲常品矣. (차를) 시험을 할 때 (유화는) 선명하지도 희지도 않을뿐더러試時色非鮮白, 수각水脚이 약간 붉게 나오는 것은水脚微紅者, (가공공정) 시간이 초과되어 생기는 병폐다過時之病也.

[원문]

二、白合盜葉

이、백합도엽

茶之精絶者曰鬪，曰亞鬪，其次揀芽[1]．茶芽，鬪品雖最上，園戶或
다지정절자왈투, 왈아투, 기차간아. 다아, 투품수최상, 원호혹
止一株，蓋天材間有特異，非能皆然也．且物之變勢無窮[2]，而人之
지일주, 개천재간유특이, 비능개연야. 차물지변세무궁, 이인지
耳目[3]有盡，故造鬪品之家，有昔優而今劣、前負而後勝者．雖人[4]工
이목유진, 고조투품지가, 유석우이금열、전부이후승자. 수인공
有至有不至，亦造化推移[5]，不可得而擅也．其造，一火曰鬪，二火
유지유부지, 역조화추이, 불가득이천야. 기조, 일화왈투, 이화
曰亞鬪，不過十數銙[6]而已．揀芽則不然，遍園隴中擇其精英者爾[7]．

1) 揀芽: 일창일기一槍一旗 곧 한 싹에 한 잎의 찻잎을 말한다.

2) 無窮: 『고금도서집성본古今圖書集成本』, 『오조소설대관본五朝小說大觀本』, 『완위산당설부본宛委山堂說郛本』에는 '무상無常'으로 되어 있다.

3) 耳目: 사람의 시각 및 청각을 뜻하나 여기에서는 심사 또는 이해를 뜻한다.

4) 人: 『정씨총각본程氏叢刻本』, 『사고전서본四庫全書本』에는 '인人'자가 빠져 있다.

5) 造化推移: '조화造化'는 천지 또는 자연계를 의미하며, '추이推移'는 변화를 말한다.

6) 銙: 조공하는 고형차의 모양이 대체로 사각형으로 나타나는 것을 '과銙'라고 한다. 이와 달리 고형차의 모양이 둥근 것은 대체로 '단團'이라고 한다.

7) .... 擇其精英者爾 .... : 『함분루설부본涵芬樓說郛本』에는 '택거기정영자擇去其精英

왈아투, 불과십수과이이. 간아즉불연, 편원롱중택기정영자이.

其或貪多務得, 又滋色澤, 往往以白合盜葉間之. 試時色雖鮮白,

기혹탐다무득, 우자색택, 왕왕이백합도엽간지. 시시색수선백,

其味澀淡者, 間白合盜葉[1]之病也. 一鷹爪之芽, 有兩小葉抱而生者, 白合

기미삽담자, 간백합도엽지병야. 일응조지아, 유양소엽포이생자, 백합

也. 新條葉之抱生而色白者[2], 盜葉也. 造揀芽常剔取鷹爪, 而白合不用, 況盜葉乎.

야. 신조엽지포생이색백자, 도엽야. 조간아상척취응조, 이백합불용, 황도엽호.

[국역]

둘二、백합도엽白合盜葉

차(병차) 중에서 최고 정교한 것을 '투鬪'茶之精絶者曰鬪, 혹은 '아투亞鬪'라고 하며曰亞鬪, 그 다음은 '간아揀芽'라고 한다其次揀芽. 차싹은茶芽, 차겨루기 품목에서 비록 최고로 삼지만鬪品雖最上, 차농의 차밭에는 한 그루 정도뿐이며園戶或止一株, 무릇 하늘의 자질資質에는 특이한 것들이 있고蓋天材間有特異, 모두 두루 같지는 못하다非能皆然也. 더욱이 만물은 변화무쌍하고且物之變勢無窮, 사람들의 이목耳目 곧 능력은 한계가 있으니而人之耳目有盡, 이에 차겨루기 제품을 만드는 집은故造鬪品之家, 예전에 품질이 뛰어났어도 오늘날에는 처지는 것이 있고有昔優

者'로 되어 있다. 그리고『정씨총각본程氏叢刻本』,『사고전서본四庫全書本』에 '이爾'자는 '이耳'자로 되어 있다.

1) 白合盜葉: 본문인『품다요록品茶要錄』에서 백합白合과 도엽盜葉을 두 종류의 잎으로 설명하고 있으나, 진종무陳宗懋의『중국다엽대사전中國茶葉大辭典』(중국경공업출판사中國輕工業出版社, 2000) p. 367에 따르면 "백합이 곧 도엽이며 지금은 '포낭차抱娘茶'라고도 부른다. 학술용어로는 '인편鱗片' 또는 '아린芽鱗(Scale)'이다"라고 적고 있다.

2) .... 抱生而色白者 .... :『고금도서집성본古今圖書集成本』에 '포抱'자는 '초初'자로 되어 있다. 그리고『고금도서집성본古今圖書集成本』,『완위산당설부본宛委山堂說郛本』에는 '색色'자가 빠져 있다.

而今劣, 전에 승부에서 졌던 제품이 후일에는 이기는 경우도 있다前負而後勝者. 무릇 사람의 능력으로써 할 수 있는 것과 못하는 것이 있는데雖人工有至有不至, 이 모두 자연의 변화와 관련된 것이지 인력으로서 되는 것이 아니다亦造化推移不可得而擅也. 만드는데 있어其造, (차싹에서) 일화를 (만든 병차를) '투鬪'라 하고一火曰鬪, 이화는 '아투亞鬪'라고 하는데二火曰亞鬪, 불과 10여개 단차만이 만들어질 뿐이다不過十數銙而已. '간아揀芽'는 그렇지 않으며揀芽則不然, 두루 있는 차밭 속에서 정영精英한 차싹을 골라 만든 것이다遍園隴中擇其精英者爾. 혹여 더욱 많이 만들 욕심에其或貪多務得, 또는 좋은 색택을 내기 위해又滋色澤, 왕왕 백합白合 도엽盜葉을 섞기도 한다往往以白合盜葉間之. (차를) 시험할 때 차색이 비록 희더라도試時色雖鮮白, 그 맛이 떫고 옅게 느껴지는 것은其味澁淡者, (찻잎) 속에 백합 도엽을 섞었기 때문에 생기는 병폐다間白合盜葉之病也. 매의 발톱과 같은 여린 차싹에一鷹爪之芽, 두 잎사귀를 안고 자란 것이 있는데有兩小葉抱而生者, 이를 '백합'이라 한다白合也. 새로 올라온 새가지에 생긴 차싹의 밑동에 안고 자란 하얀 잎사귀를新條葉之抱生而色白者, '도엽'이라 한다盜葉也. '간아'를 만드는데 매의 발톱와 같은 싹도 자주 바르고造揀芽常剔取鷹爪, 백합도 쓰지 않는데而白合不用, 하물며 도엽은 더 말할 나위가 있겠는가況盜葉乎?

[원문]

三、入雜

삼、입잡

物固不可以容僞, 况飮食之物, 尤不可也. 故茶有入他葉[1]者, 建

물고불가이용위, 황음식지물, 우불가야. 고다유입타엽자, 건

1) 葉:『고금도서집성본古今圖書集成本』,『완위산당설부본宛委山堂說郛本』,『오조소설대관본五朝小說大觀本』에는 '초草'자로 되어 있다.

人號爲入雜．銙列[1]入柹葉，常品入桴檻葉．二葉易致，又滋色澤，

인호위입잡. 과렬입시엽, 상품입부람엽. 이엽이치, 우자색택,

園民欺售直而爲之[2]．試時無粟紋甘香，盞面浮散，隱如微毛，或星

원민기수직이위지. 시시무속문감향, 잔면부산, 은여미모, 혹성

星如纖絮者，入雜之病也．善茶品者，側盞視之，所入之多寡，從

성여섬서자, 입잡지병야. 선다품자, 측잔시지, 소입지다과, 종

可知矣．鄕上[3]下品有之，近雖銙列，亦或勾使[4]．

가지의. 향상하품유지, 근수과렬, 역혹구사.

[국역]

셋三、가짜를 섞을 때入雜

어떠한 물건도 가짜를 용납할 수 없는 법인데物固不可以容僞, 하물며 먹을거리에는況飮食之物, 더욱 그러하다尤不可也. 따라서 찻잎 속에 다른 잎이 섞인 것을故茶有入他葉者, 건안 사람들은 이를 '입잡入雜'이라고 한다建人號爲入雜. (그나마 품질 좋은) 과렬銙列에는 감잎을 섞고銙列入柹葉, 일반 제품에는 부람잎을 섞는다常品入桴檻葉. 이 두 잎사귀는 쉽게 구할 수 있고二葉易致, 또한 (병차의) 빛을 윤택하게 만들기 때문에又滋色澤, 차밭의 농민들은 이를 섞어서 속여 팔기도 한다園民欺售直而爲之. (차를) 시험할 때 좁쌀 같은 유화가 일어나지 않을뿐더러 달콤한 차향도 나지 않으며試時無粟紋甘香, 찻잔 위에 떠 있는盞面浮散, (유화의 표면에) 은은하게 보이는 솜털이나隱如微毛, 혹은 (솜털이) 뭉쳐져

1) 銙列: '열列'은 가지런하다는 뜻이며, '과銙'는 p 176 주 6의 내용을 참조.

2) 之:『함분루설부본涵芬樓說郛本』에 '지之'자 뒤에 '야也'자가 붙어 있다.

3) 鄕上: 지난날, 옛날을 뜻한다.

4) 勾使: 은밀히 결탁하여 사용되는 수단을 말한다.

점點처럼 나타나는 것은或星星如纖絮者, 입잡入雜으로 인해 생기는 병폐다入雜之病也. 차의 품질을 잘 감별하는 자는善茶品者, 찻그릇의 안쪽을 보면側盞視之, 얼마나 섞였는지所入之多寡, 그 양을 헤아릴 수 있다從可知矣. 지난날에는 하등품에만 (섞어) 있었으나嚮上下品有之, 근자에는 과렬 같은 (상등품의) 것도近雖銙列, 다른 잎사귀를 은밀하게 섞고 있다亦或勾使.

[원문]

四、蒸不熟

사、증불숙

轂芽初採，不過盈箱[1]而已，趣時爭新之勢[2]然也．旣採而蒸，旣蒸而

곡아초채, 불과영상이이, 취시쟁신지세연야. 기채이증, 기증이

研．蒸有不熟之病，有過熟之病．蒸不熟，則[3]雖精芽，所損已多．

연. 증유불숙지병, 유과숙지병. 증불숙, 즉수정아, 소손이다.

試時色靑易沉[4]，味爲桃仁[5]之氣者，不蒸熟之病也．唯正熟者，味

시시색청이침, 미위도인지기자, 부증숙지병야. 유정숙자, 미

甘香．

감향.

---

1) 箱:『고금도서집성본古今圖書集成本』,『오조소설대관본五朝小說大觀本』,『완위산당설부본宛委山堂說郛本』에는 '광筐'자로 되어 있다.

2) 勢:『정씨총각본程氏叢刻本』,『사고전서본四庫全書本』에는 '집執'자로 되어 있다.

3) 則:『고금도서집성본古今圖書集成本』,『완위산당설부본宛委山堂說郛本』에는 '자自'자로 되어 있다.

4) 色靑易沉: 차싹이 설익은 것은 색깔이 푸르며 이렇게 만든 차를 풀 때면 가루가 쉽게 가라앉는다. 곧 유화가 일어나지 않는다는 의미와 상통한다.

5) 桃仁:『정씨총각본程氏叢刻本』,『사고전서본四庫全書本』에는 '도입挑入'으로 되어 있다.

[국역]

넷四、설익게 찔 때蒸不熟

곡식 알갱이 같은 차싹[穀芽]을 처음 딸 때는穀芽初採, 한 바구니에 불과하며不過盈箱而已, (이는) 시대의 흐름에 따라 더욱 어린 것을 다투어 추구하기 때문에 비롯된 일이다趣時爭新之勢然也. 이미 딴 잎을 바로 찌고旣採而蒸, 찐 것은 바로 갈아야 한다旣蒸而研. 찔 때는 설익어서 생기는 병폐가 있고蒸有不熟之病, 지나치게 익어서 생기는 병폐가 있다有過熟之病. 설익으면蒸不熟, 비록 고운 차싹일지라도則雖精芽, 많은 손실이 온다所損已多. (차를) 시험할 때 색이 푸르고 쉽게 가라앉으며試時色青易沉, 맛이 복숭아씨와 같은 냄새가 나는 것은味爲桃仁之氣者, 설익어서 생기는 병폐다不蒸熟之病也. 오직 알맞게 익어야만唯正熟者, 그 맛이 감미롭고 향기롭다味甘香.

[원문]

五、過熟

오、과숙

茶芽方蒸，以氣爲候，視之不可以不謹也．試時色黃而粟紋大者，

다아방증, 이기위후, 시지불가이불근야. 시시색황이속문대자,

過熟之病也．然雖過熟，愈於不熟，甘香之味勝也．故君謨論色，

과숙지병야. 연수과숙, 유어불숙, 감향지미승야. 고군모논색,

則以青白勝黃白[1]．余論味，則以黃白勝青白．

1) 青白勝黃白: 원문은 채양蔡襄의『다록茶錄』에서 보인다. "병차를 가루차로 만들었을 때, 황백색 가루는 물기를 받으면 어둡고 무거운 빛깔이 되고, 청백색 가루는 물기를 받으면 밝고 선명한 빛깔로 나타난다. 이러한 연유로 건안 사람들은 차겨루기를 할 때, 청백색이 황백색을 누른다고 한다(既已末之, 黃白者受水昏重, 青白者受水鮮明, 故建安人鬪試, 以青白勝黃白.)"

즉이청백승황백. 여논미, 즉이황백승청백.

[국역]

다섯五、지나치게 찔 때過熟

차싹을 찌기 시작하면茶芽方蒸, 김을 보고 때를 판단하는데以氣爲候, (이를) 살피는데 있어 주의를 기울이지 않으면 안 된다視之不可以不謹也. (차를) 시험할 때 차색이 누렇고 좁쌀 같은 거품이 크게 보이면試時色黃而粟紋大者, 이는 차싹이 지나치게 익어서 생기는 병폐다過熟之病也. 그러나 지나치게 익은 것은然雖過熟, 설익은 것보다 나은데愈於不熟, (이는 지나치게 익은 것에서) 달고 향기로운 맛이 많이 나기 때문이다甘香之味勝也. 고로 채군모蔡君謨는 차의 색을 논할 때故君謨論色, 곧 청백색靑白色(가루)이 황백색黃白色(가루)을 누른다고 한 것이다則以靑白勝黃白. 나는 차맛을 논함에 있어서余論味, 곧 황백색이 청백색을 누른다고 본다則以黃白勝靑白.

[원문]

六、焦釜

육、초부

茶，蒸不可以逾久，久而過熟，又久則湯乾，而焦釜之氣上[1]．茶工

다, 증불가이유구, 구이과숙, 우구즉탕건, 이초부지기상. 다공

1) 上:『정씨총각본程氏叢刻本』,『함분루설부본涵芬樓說郛本』,『사고전서본四庫全書本』에만 '상上'자로 되어 있다.

有泛[1]新湯以益之，是致熏[2]損茶黃[3]．試時色多昏紅[4]，氣焦味惡者，

유범신탕이익지, 시치훈손다황. 시시색다혼홍, 기초미악자,

焦釜之病也[5]．建人號爲[6]熱鍋氣．

초부지병야. 건인호위열과기.

[국역]

여섯六、솥이 탈 때焦釜

찻잎은茶, 오래 쪄서는 안 되며蒸不可以逾久, 오래 찌면 지나치게 익고久而過熟, 더 오래 찌면 곧 솥 안의 물이 말라又久則湯乾, 솥이 타는 냄새가 올라온다而焦釜之氣出. (물이 말라 있기에) 차 만드는 사람이 재차 새로운 물을 부어 도우려하나茶工有泛新湯以益之, (새 물과 탄 냄새가 섞여) 그 김이 배어 익은 찻잎 곧 차황茶黃을 손상시킨다是致熏損茶黃. (차를) 시험할 때 차색이 대부분 붉고 혼탁하며試時色多昏紅, 나쁜 탄 냄새가 나는 것은氣焦味惡者, 솥이 타서 생기는 병폐다焦釜之病也. 건안 사람들은 이를 가리켜 '열과기熱鍋氣'라고 한다建人號爲熱鍋氣.

---

1) 泛:『함분루설부본涵芬樓說郛本』간본에만 '범泛'자로 되어 있고, 기타 간본들은 '핍乏'자로 되어 있다.

2) 熏:『고금도서집성본古今圖書集成本』,『오조소설대관본五朝小說大觀本』,『완위산당설부본宛委山堂說郛本』에는 '증蒸'자로 되어 있다.

3) 茶黃: 찌고 난 후의 익은 찻잎을 차황이라 한다.

4) 紅:『고금도서집성본古今圖書集成本』,『오조소설대관본五朝小說大觀本』,『완위산당설부본宛委山堂說郛本』에는 '암黯'자로 되어 있다.

5) 也:『고금도서집성본古今圖書集成本』,『완위산당설부본宛委山堂說郛本』에는 '야也'자가 빠져 있다.

6) 爲:『고금도서집성본古今圖書集成本』,『완위산당설부본宛委山堂說郛本』에는 '위爲'자가 빠져 있다.

[원문]

七、壓黃

칠、압황

茶已蒸者爲黃，黃細[1]，則已入棬模製之矣．蓋淸潔鮮明，則香色如

다이증자위황, 황세, 즉이입권모제지의. 개청결선명, 즉향색여

之．故採[2]佳品者，常於半曉間衝蒙雲霧，或以罐汲新泉懸胸間，得

지. 고채가품자, 상어반효간충몽운무, 혹이관급신천현흉간, 득

必投其中，蓋欲鮮也．其或日氣烘爍，茶芽暴長，工力不給，其採

필투기중, 개욕선야. 기혹일기홍삭, 다아폭장, 공력불급, 기채

芽已陳而不及蒸，蒸而不及研，研或出宿而後製，試時色不鮮明[3]，

아이진이불급증, 증이불급연, 연혹출숙이후제, 시시색불선명,

薄如壞卵氣者，壓黃[4]之病[5]也．

박여괴란기자, 압황지병야.

[국역]

일곱七、제 때에 만들지 않을 때壓黃

---

1) 黃細: 차황을 곱게 간 것을 말하며, 된 반고체와 같은 고膏를 말한다.

2) 採:『정씨총각본程氏叢刻本』,『사고전서본四庫全書本』에는 '채採'자가 빠져 있다.

3) 其採芽已陳而不及蒸, 蒸而不及研, 研或出宿而後製, 試時色不鮮明:『고금도서집성본古今圖書集成本』,『오조소설대관본五朝小說大觀本』,『완위산당설부본宛委山堂說郛本』에는 '기채아이색불선명其採芽已色不鮮明'으로 되어 있다.

4) 壓黃: 고대 차서茶書에 '압황壓黃'에 대한 해석은 두 가지로 나타나 있다.

㉠『품다요록品茶要錄』에서는 차를 제때에 만들지 못한 것에 대한 통칭이다.

㉡『대관다론大觀茶論』에서는 찌고 난 후의 차싹에 압착을 거쳐 차즙膏汁을 짜내는 공정을 말한다.

5) 之病:『함분루설부본涵芬樓說郛本』에는 '지위之謂'로 되어 있고,『정씨총각본程氏叢刻本』,『사고전서본四庫全書本』에는 '지병之病'이 빠져 있다.

찌고 난 후에 익은 찻잎을 가리켜 '차황茶黃'이라고 하며茶已蒸者爲黃, 차황을 곱게 갈아黃細, 틀에 넣어 (병차를) 만든다則已入棬模製之矣. 무릇 (찻잎은) 필히 청결하고 선명해야蓋淸潔鮮明, 곧 (차의) 색향이 살아난다則香色如之. 고로 좋은 것(찻잎)을 따려면故採佳品者, 항상 이른 새벽에 운무를 헤치고常於半曉間衝蒙雲霧, 새로 기른 샘물통을 가슴 앞쪽으로 걸고或以罐汲新泉懸胸間, (찻잎은) 따는 즉시 그 속에 넣어得必投其中, 신선함을 유지한다蓋欲鮮也. 혹여 날씨가 무더워져其或日氣烘爍, 차싹이 갑자기 자라게 되거나茶芽暴長, 인력이 제대로 공급되지 않아工力不給, 이미 딴 차싹을 묵히게 되어 제때에 찌지 못하고其採芽已陳而不及蒸, 찌더라도 제때에 갈지 못하고蒸而不及硏, 갈았더라도 다음날이 되어서야 만들게 되면硏或出宿而後製, (차를) 시험할 때 차색이 선명하지 못하고試時色不鮮明, 계란 썩는 냄새가 옅게 풍기는 것은薄如壞卵氣者, (차를) 제때에 만들지 못했기 때문에 생기는 병폐다壓黃之病也.

[원문]

八、漬[1]膏

팔、지고

茶餠光黃，又如蔭潤者，榨不乾也．榨欲盡去其膏[2]，膏盡則有如乾

---

1) 漬:『정씨총각본程氏叢刻本』,『사고전서본四庫全書本』에는 '청淸'자로 되어 있다.

2) 膏: 고대의 차서茶書에 고膏에 대한 해석은 여러 가지로 나타나 있다. 이 용어가 차서에서 다양하게 사용된 예를 보면 다음과 같다.

㉠ 익은 찻잎 속의 차즙:
(1)『품다요록品茶要錄』「지고漬膏」"榨欲盡去其膏."
(2)『대관다론大觀茶論』「색色」"壓膏不盡則色靑暗."
(3)『북원별록北苑別錄』「자차榨茶」"江茶畏流其膏, 建茶惟恐其膏之不盡, 膏不盡則色味重濁矣."
(4)『다경茶經』「이지구二之具・증甑」"散所蒸牙筍並葉, 畏流其膏."

다병광황, 우여음윤자, 자불건야. 자욕진거기고, 고진즉유여건

竹葉之色[1]. 唯[2]飾首面者[3], 故榨不欲乾, 以利易售. 試時色雖鮮白,

죽엽지색. 유식수면자, 고자불욕건, 이리이수. 시시색수선백,

其味帶苦者, 漬膏之病也.

기미대고자, 지고지병야.

[국역]

여덟八、차즙을 잘못 짤 때漬膏

병차의 빛이 누렇고茶餅光黃, 마치 그늘진 것처럼 어두워 보이는 것은又如蔭潤者, (차즙을) 완벽하게 짜내지 못했기 때문이다榨不乾也. (찻잎은) 짤 때 차즙인 고膏를 완전하게 제거해야 하며榨欲盡去其膏, 고를

㉡ 찻잎을 갈아 만든 된 반고체:
(1)『북원다록北苑茶錄』「납차蠟茶」"始記有研膏茶."
(2)『대관다론大觀茶論』「감변鑒辨」"膏稀者, 其膚蹙以文; 膏稠者, 其理斂以實."
(3) 주권朱權의『다보茶譜』「품차品茶」"無得膏爲餅."
(4) 채양蔡襄의『다록茶錄』「향香」"入貢者微以龍腦和膏, 欲助其香."

㉢ 점차하는데 찻가루를 풀어 일차적으로 만든 된 반고체:
(1)『십륙탕품十六湯品』「단맥탕斷脈湯」"茶已就膏, 宜以造化成其形."
(2)『대관다론大觀茶論』「점點」"而調膏繼刻."

㉣ 광택을 높이기 위해 바르는 투명한 액체인 고유膏油:
(1) 채양蔡襄의『다록茶錄』「색色」"餠茶多以珍膏油."
(2)『품다요록品茶要錄』「총론總論」"園民射利, 膏油其面."

㉤ 병차 표면에 생긴 산화 갈변된 묵은 기름인 고유膏油:
(1) 채양蔡襄의『다록茶錄』「색色」"於淨器中以沸湯漬之, 刮去膏油一兩重乃止."

1) 色:『고금도서집성본古今圖書集成本』,『완위산당설부본宛委山堂說郛本』에는 '의意'자로 되어 있다.

2) 唯:『고금도서집성본古今圖書集成本』,『오조소설대관본五朝小說大觀本』,『완위산당설부본宛委山堂說郛本』에 '유唯'자 뒤에 '오吾'자가 붙어 있다.

3) 飾首面者: 문구는『품다요록品茶要錄』「변학원辯壑源 · 사계沙溪」에서 보인다. "지나치게 이득에 눈이 멀어, 혹은 송홧가루를 차에 섞어, 병차의 표면을 좋게 꾸미기도 한다(亦勇於爲利, 或雜以松黃, 飾其首面.)"

완전하게 제거하게 되면 곧 그 색은 마치 마른 대나무 잎과도 같다膏盡則有如乾竹葉之色. (그러나) 오직 (병차) 표면을 꾸며 꾀하는 것은唯飾首面者, 고로 (차고茶膏를) 완전하게 짜지 않은 것으로故榨不欲乾, 이는 쉽게 팔아 이익을 취하고자 하기 때문이다以利易售. (차를) 시험할 때 차색은 비록 희고 선명하나試時色雖鮮白, 그 맛이 약간 쓴 것은其味帶苦者, 차고를 잘못 짜서 생기는 병폐다漬膏之病也.

[원문]

九、傷焙

구、상배

夫茶本以芽葉之物就之棬[1]模, 旣出棬, 上笪[2]焙之, 用火務令通徹[3].

부다본이아엽지물취지권모, 기출권, 상달배지, 용화무령통철.

卽以灰覆之, 虛其中, 以熱[4]火氣. 然茶民不喜用實炭[5], 號爲冷火,

즉이회복지, 허기중, 이열화기. 연다민불희용실탄, 호위냉화,

以茶餠新濕[6], 欲速[7]乾以見售, 故用火常帶煙焰. 煙焰旣多, 稍失

이다병신습, 욕속건이견수, 고용화상대연염. 연염기다, 초실

1) 棬: 『정씨총각본程氏叢刻本』, 『사고전서본四庫全書本』에는 '권卷'자로 되어 있다.

2) 笪: 대나무로 짠 삿자리를 말한다.

3) 徹: 『고금도서집성본古今圖書集成本』, 『오조소설대관본五朝小說大觀本』, 『완위산당설부본宛委山堂說郛本』에는 '숙熟'자로 되어 있다.

4) 熱: 『고금도서집성본古今圖書集成本』, 『오조소설대관본五朝小說大觀本』, 『완위산당설부본宛委山堂說郛本』에는 '숙熟'자로 되어 있다.

5) 實炭: 고운 재를 숯 위에 덮어 곳곳에 틈을 두어 불기운을 조절하는 건조방법을 말한다.

6) 濕: 『정씨총각본程氏叢刻本』, 『사고전서본四庫全書本』에는 '온溫'자로 되어 있다.

7) 速: 『고금도서집성본古今圖書集成本』, 『오조소설대관본五朝小說大觀本』, 『완위산당설부본宛委山堂說郛本』에는 '속速'자가 빠져 있다.

看候，以故薰損茶餅．試時其色昏紅，氣味帶焦者，傷焙[1]之病也．

간후, 이고훈손다병. 시시기색혼홍, 기미대초자, 상배지병야.

[국역]

아홉九、잘못 마를 때傷焙

차는 본래 (차나무의) 싹과 잎으로夫茶本以芽葉之物, (여러 공정을 거쳐) 틀에 넣어 만든 것이며就之棬模, 틀에서 나오면旣出棬, 삿자리 위에 널어 말리는데上笪焙之, 사용하는 불은 반드시 잘 통할 수 있도록 해야 한다用火務令通徹. 이는 곧 (숯 위에) 고운 재를 덮어卽以灰覆之, 곳곳에 틈을 두어虛其中, 불기운을 뜨겁게 (조절할 수 있도록) 해야 한다는 것이다以熱火氣. 그러나 차농들은 이러한 실탄實炭 사용하는 것을 달가워하지 않는데然茶民不喜用實炭, 이를 '냉화冷火'라고 부르며號爲冷火, (그들은) 갓 만들어진 병차에 남아있는 수분을以茶餅新濕, 단시간에 건조시켜 내다 팔기 위해欲速乾以見售, 고로 불길이 (좋으나) 연기가 많은 땔감을 사용한다故用火常帶烟焰. (그러나) 탄 연기가 많아烟焰旣多, 불길을 살피는데 조금이라도 주의를 놓치게 되면稍失看候, 냄새가 스며들어 병차를 해치게 된다以故熏損茶餅. (차를) 시험 할 때 차색이 붉고 혼탁하며試時其色昏紅, 탄 냄새가 배어나는 것은氣味帶焦者, 올바른 건조 방법을 사용하지 않았기 때문에 생기는 병폐다傷焙之病也.

[원문]

十、辨壑源，沙溪

십、변학원, 사계

1) 焙:『고금도서집성본古今圖書集成本』,『완위산당설부본宛委山堂說郛本』,『정씨총각본程氏叢刻本』,『사고전서본四庫全書本』에는 '염焰'자로 되어 있다.

壑源，沙溪，其地相背，而中隔一嶺，其勢[1]無數里之遠，然茶産

학원, 사계, 기지상배, 이중격일령, 기세무수리지원, 연다산

頓殊. 有能出力[2]移栽植之，亦[3]爲土氣所化. 竊嘗怪茶之爲草，一物

돈수. 유능출력이재식지, 역위토기소화. 절상괴다지위초, 일물

爾，其勢必由[4]得地而後異. 豈水絡地脈，偏鍾粹[5]於壑源? 抑[6]御焙

이, 기세필유득지이후이. 기수락지맥, 편종수어학원? 억어배

占此大岡巍隴，神物伏護，得其餘蔭[7]耶? 何其甘芳精至而獨[8]擅天下

점차대강외롱, 신물복호, 득기여음야? 하기감방정지이독천천하

也. 觀夫春雷一驚，筠籠纔起，售者已擔簦挈橐[9]於其門，或先期而

야. 관부춘뢰일경, 균롱재기, 수자이담등설탁어기문, 혹선기이

散留金錢，或茶纔入笪而爭酬所直，故壑源之茶常不足客[10]所求. 其

산류금전, 혹다재입달이쟁수소직, 고학원지다상부족객소구. 기

---

1) 勢:『고금도서집성본古今圖書集成本』,『오조소설대관본五朝小說大觀本』,『완위산당설부본宛委山堂說郛本』에는 '거去'자로 되어 있다.

2) 力:『정씨총각본程氏叢刻本』,『사고전서본四庫全書本』에는 '화火'자로 되어 있다.

3) 亦:『함분루설부본涵芬樓說郛本』에는 '불不'자로 되어 있다.

4) 由:『고금도서집성본古今圖書集成本』에는 '유猶'자로 되어 있다.

5) 鍾粹: 정화精華가 집중한 곳을 말한다.

6) 抑:『고금도서집성본古今圖書集成本』,『오조소설대관본五朝小說大觀本』,『완위산당설부본宛委山堂說郛本』에는 '기豈'자로 되어 있다.

7) 餘蔭: 폭넓은 가호를 받는다는 의미이다.

8) 獨:『고금도서집성본古今圖書集成本』,『오조소설대관본五朝小說大觀本』,『완위산당설부본宛委山堂說郛本』에는 '미美'자로 되어 있다.

9) 擔簦挈橐: 담등擔簦의 '등簦'은 우산이며 곧 우산을 등에 지고 다닌다는 뜻이고, 설탁挈橐의 '탁橐'은 주머니이며 곧 주머니를 든다는 뜻이다. 이는 곧 먼 길을 떠난다는 것을 의미한다.

10) 客:『고금도서집성본古今圖書集成本』,『오조소설대관본五朝小說大觀本』에는 '용容'자로 되어 있다.

有桀[1]猾之園民，陰取沙溪茶黃，雜就家棬而製之，人徒趣其名[2]，睨
유걸활지원민, 음취사계다황, 잡취가권이제지, 인도취기명, 예
其規模[3]之相若，不能原其實者，蓋有之矣．凡壑源之茶售以十，則
기규모지상약, 불능원기실자, 개유지의. 학원지다수이십, 즉
沙溪之茶售以五，其直大率仿[4]此．然沙溪之園民，亦勇於爲[5]利，或
사계지다수이오, 기직대솔방차. 연사계지원민, 역용어위리, 혹
雜以松黃，飾其首面．凡肉理怯薄，體輕而色黃，試時雖鮮白，不
잡이송황, 식기수면. 범육리겁박, 체경이색황, 시시수선백, 불
能久泛，香薄而味短者，沙溪之品也．凡肉理實厚，體堅而色紫，
능구범, 향박이미단자, 사계지품야. 범육리실후, 체견이색자,
試時泛盞凝久，香滑而味長者，壑源之品也．
시시범잔응구, 향활이미장자, 학원지품야.

[국역]

열十、학원 · 사계의 제품에 관한 판별辯壑源，沙溪

학원壑源과 사계沙溪의壑源沙溪, 땅은 서로 등지고 있고其地相背, 재 하나를 사이에 두고 있으며而中隔一嶺, 그 산세는 몇 리에 불과하나其勢無數里之遠, 생산된 찻잎은 확연히 다르다然茶産頓殊. (혹여) 능력 있

---

1) 桀: 『함분루설부본涵芬樓說郛本』에는 '걸杰'자로 되어 있다.

2) 人徒趣其名: 『고금도서집성본古今圖書集成本』, 『오조소설대관본五朝小說大觀本』, 『완위산당설부본宛委山堂說郛本』에는 '인이기명人耳其名'으로 되어 있다. 그리고 『함분루설부본涵芬樓說郛本』에 '취趣'자는 '추趨'자로 되어 있다.

3) 睨其規模: '예睨'는 엿본다는 뜻이며, '규모規模'는 원래 틀을 뜻하나 여기서는 병차의 제작방법을 말한다. 곧 학원의 차를 만드는 방법을 모방한다는 뜻이다.

4) 仿: 『정씨총각본程氏叢刻本』, 『사고전서본四庫全書本』에는 '방放'자로 되어 있다.

5) 於爲: 『함분루설부본涵芬樓說郛本』에 '어於'자가 '이以'자로 되어 있고, 『고금도서집성본古今圖書集成本』, 『오조소설대관본五朝小說大觀本』, 『완위산당설부본宛委山堂說郛本』에 '위爲'자는 '멱覓'자로 되어 있다.

어 학원의 차나무를 사계에 옮겨심더라도有能出力移栽植之, 토양의 기운에 의해 곧 바뀌게 된다亦爲土氣所化. 생각건대 찻잎은 실로 괴이한 풀이며竊嘗怪茶之爲草, 같은 잎이라도一物爾, 그 기운은 반드시 땅을 얻음으로써 비로소 다르게 나타난다其勢必由得地而後異. 어찌 지맥과 수맥의 정수가豈水絡地脈, 유독 학원에만 편중되어 있는가偏鍾粹於壑源? 왕실의 차밭인 어배御焙가 높고 넓은 산등성이에 자리 잡고 있기에抑御焙占此大岡巍隴, 신령의 가호로神物伏護, 폭 넓은 음덕을 받고 있는 것일까得其餘蔭耶? 어찌 (찻잎이) 이리도 감미롭고 향내가 좋아 천하의 이름을 독차지하고 있는 것일까何其甘芳精至而獨擅天下也. 봄에 천둥이 치면觀夫春雷一驚, 모두 바구니에 (찻잎을) 담아 (차를) 만들기 시작하게 되는데筠籠纔起, (차를 사러 온) 상인들이 험한 먼 길을 거쳐 차 주머니를 들고 농가에 들어와售者已擔簦挈橐於其門, 혹은 먼저 기약을 하고 선금을 내놓고或先期而散留金錢, 혹은 병차를 갓 삿자리에 널어 건조할 때 다투어 값을 흥정하기도 하니或茶纔入笪而爭酬所直, 고로 학원의 차는 항상 상인들의 수요를 충족시키지 못한다故壑源之茶常不足客所求. 심성이 나쁜 교활한 차농은其有桀猾之園民, 사계의 차황을 몰래 가져와陰取沙溪茶黃, 자기 집의 (학원) 틀에 넣어 섞어서 (차를) 만드는데雜就家棬而製之, 이는 오직 (학원의) 이름을 빌리고자 하는 것이며人徒趣其名, 틀이 비슷하기 때문에睨其規模之相若, (겉으로 보면 학원의) 원래 제품과 구분하기 불가능한 것도不能原其實者, 실로 있는 것이다蓋有之矣. 무릇 학원의 차를 10으로 판다면凡壑源之茶售以十, 곧 사계의 차는 5의 가격으로 팔며則沙溪之茶售以五, 그 가치는 대체로 이러한 비율로 정한다其直大率仿此. 그러나 사계의 차농 중에然沙溪之園民, 지나치게 이득에 눈이 멀어亦勇於爲利, 혹은 송홧가루를 (차에) 섞어或雜以松黃, (병차의) 표면을 좋게 꾸미기도 한다飾其首面. 무릇 (병차의) 살결이 빈약하고凡肉理怯薄, 차체가 가벼우며 누런색을 띤 것體輕而色黃, (차를) 시험할 때 차색이 비록 희고 선명하더라도試時雖鮮白, 오래가지는 못하고不能久泛, 향이 옅고 맛도 가벼워지는 것이香薄而味短者, 사계의 제품이다沙溪之品也. 대체로 (병차의) 살결이 치밀하며 충실하고凡肉理實厚, 차체가 무겁고 엷은 붉은색을 띤 것을體堅而色紫, (차를) 시험할 때 (유화가) 잔에 넘치듯이 일어나 오랫동안 엉겨 붙어試時泛盞凝久, 향이 매끄럽고 맛이 깊은 것이香滑而味長者, 학원의 제품이다壑源之品也.

[원문]

後論후론

余嘗論茶之精絶者, 白合未開[1], 其細如麥, 蓋得青陽[2]之輕淸者也.
여상논다지정절자, 백합미개, 기세여맥, 개득청양지경청자야.
又其山多帶砂石而號嘉[3]品者, 皆在山南, 蓋得朝陽之和者也. 余
우기산다대사석이호가품자, 개재산남, 개득조양지화자야. 여
嘗事閒[4], 乘晷景[5]之明淨, 適軒亭之瀟灑, 一取佳品嘗試[6], 旣而神
[7]상사한, 승귀경지명정, 적헌정지소쇄, 일취가품상시, 기이신

1) 白合未開:『함분루설부본涵芬樓說郛本』에 '백합미개白合未開' 문구 앞에 '기其'자가 붙어 있다.

2) 青陽: 봄을 말한다. 어원은『이아爾雅』「석천釋天」에서 보인다. "봄을 청양이라 한다(春爲青陽)"

3) 嘉:『고금도서집성본古今圖書集成本』,『오조소설대관본五朝小說大觀本』,『완위산당설부본宛委山堂說郛本』에는 '가佳'자로 되어 있다.

4) 余嘗事閒:『함분루설부본涵芬樓說郛本』에 '여상사한余嘗事閒' 문구 앞에 '기其'자가 붙어 있다.

5) 晷景: 그림자를 뜻한다.

6) 一取佳品嘗試:『고금도서집성본古今圖書集成本』,『오조소설대관본五朝小說大觀本』,『완위산당설부본宛委山堂說郛本』에는 '일일개취품시一一皆取品試'로 되어 있다.

7) 神:『정씨총각본程氏叢刻本』,『사고전서본四庫全書本』에는 '구求'자로 되어 있다.

水生於華池，愈甘而淸[1]，其有助乎! 然建安之茶，散天下者不爲

수생어화지, 유감이청, 기유조호! 연건안지다, 산천하자불위

少[2]，而得建安之精品不爲多[3]，蓋有得之者，亦[4]不能辨，能辨矣[5]，

소, 이득건안지정품불위다, 개유득지자, 역불능변, 능변의,

或不善於烹試[6]，善烹試矣[7]，或非其時，猶不善也，況非其賓乎? 然

혹불선어팽시, 선팽시의, 혹비기시, 유불선야, 황비기빈호? 연

未有主賢而賓愚者也. 夫惟知此，然後盡茶之事. 昔者陸羽號爲知

미유주현이빈우자야. 부유지차, 연후진다지사. 석자육우호위지

茶，然羽之所知者，皆今所謂草茶[8]. 何哉? 如鴻漸所論 "蒸筍並

다, 연우지소지자, 개금소위초다. 하재? 여홍점소론 "증순병

---

1) 淸: 『고금도서집성본古今圖書集成本』, 『오조소설대관본五朝小說大觀本』에는 '신新'자로 되어 있다.

2) 散天下者不爲少: 『고금도서집성본古今圖書集成本』, 『오조소설대관본五朝小說大觀本』, 『완위산당설부본宛委山堂說郛本』에 '천天'자는 '인人'자로 되어 있고, '소少'자는 '야也'자로 되어 있다.

3) 不爲多: 『고금도서집성본古今圖書集成本』, 『오조소설대관본五朝小說大觀本』, 『완위산당설부본宛委山堂說郛本』에는 '불선적不善炙'으로 되어 있다.

4) 亦: 『함분루설부본涵芬樓說郛本』, 『정씨총각본程氏叢刻本』, 『사고전서본四庫全書本』에는 '역亦'자가 빠져 있다.

5) 能辯矣: 『고금도서집성본古今圖書集成本』, 『오조소설대관본五朝小說大觀本』, 『완위산당설부본宛委山堂說郛本』에는 '능변의能辯矣'가 빠져 있다.

6) 烹試: 『고금도서집성본古今圖書集成本』, 『오조소설대관본五朝小說大觀本』, 『완위산당설부본宛委山堂說郛本』에 '팽시烹試' 뒤에 '의矣'자가 붙어 있다.

7) 善烹試矣: 『고금도서집성본古今圖書集成本』, 『오조소설대관본五朝小說大觀本』, 『완위산당설부본宛委山堂說郛本』에는 '선팽시의善烹試矣'가 빠져 있다.

8) 草茶: 『고금도서집성본古今圖書集成本』, 『오조소설대관본五朝小說大觀本』, 『완위산당설부본宛委山堂說郛本』에는 '차초茶草'로 되어 있다. 고대 건차建茶와 대비되는 '강남차江南茶'를 말하며, 곧 중국 중부지방의 찻잎 또는 중부지방에서 만든 가루차를 지칭한다. 당시의 강남차인 초차草茶는 복건지역의 덩어리차인 건차와는 달리 찻잎을 덩어리를 만들지 않고 오늘날의 말차와 같이 찻잎을 직접 갈아 풀어 마신다.

葉，畏流其膏[1]”，蓋草茶味短而淡，故常恐去膏；建茶[2]力厚而甘，

엽, 외류기고”, 개초다미단이담, 고상공거고; 건다역후이감,

故惟欲去膏．又論福建爲[3]“未詳，往往得之，其味極佳”，由是觀

고유욕거고. 우론복건위 “미상, 왕왕득지, 기미극가”, 유시관

之，鴻漸未嘗到建安歟?

지, 홍점미상도건안여?

[국역]

후론後論

내가 일찍이 최고의 찻잎이라 한 것은余嘗論茶之精絶者, 백합이 아직 피어나지 않고白合未開, 그 작은 것이 보리 알갱이 같은 것을 말한 것이며其細如麥, 이는 화창한 초봄의 맑고 깨끗한 기운을 얻어 비롯된 것이다蓋得靑陽之輕淸者也. 또한 그 산의 토양은 사석砂石이 많아 (배수가 잘되어) 좋은 것은 (찻잎)又其山多帶砂石而號嘉品者, 모두 산 남쪽에서 자라며皆在山南, 이는 아침의 햇살과 조화가 잘 이루어져서 비롯된 것이다蓋得朝陽之和者也. 나는 가끔 한가한 시간에余嘗事閒, 노을빛이 맑고 깨끗하게 물들 때乘晷景之明淨, 정자에서 한적한 풍류를 즐기다가適軒亭之瀟灑, 좋은 것(차)을 꺼내어 시음하였더니一取佳品嘗試, 마치 신령스런 물이 깨끗한 연못에서 나는 것처럼旣而神水生於華池, 맑고 감미로워愈甘而淸, (차의 맛을) 한층 돋우어주는구나其有助乎! 그러나 건안의

---

1) 蒸筍幷葉, 畏流其膏:『함분루설부본涵芬樓說郛本』에 ‘증순병엽蒸筍幷葉’은 ‘증아병엽蒸芽幷葉’로 되어 있다. 원문은『다경茶經』「이지구二之具 · 증甑」에서 보인다. “찻잎을 고루 펼치지 않으면 일부 찻잎이 수증기로 인해 지나치게 익어 진액이 소실될 것을 염려하기 때문이다(散所蒸牙筍幷葉, 畏流其膏.)”

2) 建茶: 복건福建지역의 찻잎으로 갈아서 만든 병차를 말한다.

3) 福建爲:『함분루설부본涵芬樓說郛本』에 ‘복건福建’과 ‘위爲’자 사이에 ‘이而’자가 있다.

차는然建安之茶, 이 세상 많은 곳에 퍼져 있으나散天下者不爲少, 건안의 정품精品은 그리 많지가 않으며而得建安之精品不爲多, 설령 그것을 얻더라도 감별할 줄 모르고蓋有得之者亦不能辯, 감별하더라도能辯矣, 팽시烹試에 대해 잘 알지 못하고或不善於烹試, 팽시에 대해 알더라도善烹試矣, 마시는 적절한 시기를 모르면或非其時, (차에) 능한 자라 할 수 없는데猶不善也, 하물며 초대받은 손님은 어떠한가況非其賓乎? (찻자리) 주인이 현자인데 초대받은 손님이 (차에 대해) 어리석지 않을 것이다然未有主賢而賓愚者也. 따라서 이러한 것을 충분히 인지하고夫惟知此, 그런 후에 비로소 차일[茶事]에 대해 알아야 할 것이다然後盡茶之事. 옛사람인 육우가 차에 대해 잘 알기로 유명하나昔者陸羽號爲知茶, 육우가 알고 있는 것은然羽之所知者, 모두 오늘날 말하는 소위 초차草茶라는 것이다皆今之所謂草茶. 어찌 이러한가何哉? 홍점[陸羽]이 (『다경茶經』「이지구二之具」에) 논한 바와 같이如鴻漸所論 "찌고 난 순과 잎을蒸筍幷葉, (즉시 뒤집어 흩어서 널어야 하는 것은) 차고茶膏가 유실될 염려가 있기 때문이다畏流其膏"라고 하였는데, 이는 초차의 맛이 옅고 싱겁기에蓋草茶味短而淡, 차고가 유실되는 것을 염려한 것이고故常恐去膏, 건차의 맛은 강하면서도 감미롭기에建茶力厚而甘, 고로 차고를 완전히 제거해야 하는 것이다故惟欲去膏. 또한 (『다경』「팔지출八之出」에서) 복건에 대해 논하기를又論福建爲 "아직 자세히 모르나未詳, 가끔 (복건차를) 얻어 마셔보았더니往往得之, 맛이 아주 좋다其味極佳."(라는 구절이 있다), 이로 보아由是觀之, 홍점(육우)이 건안에 가보지 않은 것이 아닐까鴻漸未嘗到建安歟?

부록附錄 (一)

[원문]

書黃道輔『品茶要錄』後 眉山蘇軾書

서황도보『품다요록』후 미산소식서

物有畛[1]而理無方, 窮天下之辯, 不足以盡一物之理. 達者寓物[2], 以

물유진이리무방, 궁천하지변, 부족이진일물지리. 달자우물, 이

發其辯, 則一物之變, 可以盡南山之竹. 學者觀物之極, 而遊於物

발기변, 즉일물지변, 가이진남산지죽. 학자관물지극, 이유어물

之表, 則何求而不得? 故輪扁[3]行年七十而老於斫輪[4]. 庖丁[5]自技而

지표, 즉하구이부득? 고윤편행년칠십이노어작륜. 포정자기이

進乎道, 由此其選也.

진호도, 유차기선야.

[국역]

서황도보書黃道輔『품다요록品茶要錄』후기後 미산眉山 소식서蘇軾書

사물을 논하는 데에 있어 한계가 있을 수 있으나 그에 대한 이론은 무궁무진하며物有畛而理無方, 비록 천하에 많은 사람들이 같은 사물에 대해 논하더라도窮天下之辯, 그 사물에 대한 뜻을 다 말로하기에는 부

---

1) 畛: 범위, 한계를 뜻한다.

2) 寓物: 다른 사물 또는 물체에 이입을 시켜 은연중에 비유함을 뜻한다.

3) 輪扁: 춘추시대 제齊나라 사람으로 수레를 만드는 명장이다. 어원은『장자莊子』「천도天道」에서 보인다. "桓公讀書于堂上, 輪扁斫輪于堂下."

4) 斫輪: 연륜이 깊고 능숙한 장인을 말한다.

5) 庖丁: '포정庖丁'은 소를 잡아 뼈와 살을 발라내는 솜씨가 아주 뛰어났던 고대의 이름난 요리사의 이름이다. 고사성어 '포정해우庖丁解牛'는『장자莊子』「양생주편養生主篇」에서 보이며, 기술이 매우 뛰어남을 말한다.

족하다不足以盡一物之理. 이치를 통달한 자는達者寓物, (자신의) 뜻을 사물에 이입하여 논하는데以發其辯, 이는 곧 한 사물의 변화에 대한 인식을則一物之變, 남산에 있는 대나무 숲처럼 수많은 이론으로 나타나게 한다可以盡南山之竹. 학자가 사물에 대한 이치를 극대치로 관찰하여學者觀物之極, 사물이 표상하는 바를 초연하게 탐구하면而游於物之表, 어찌 구하고자 하는 그 무엇을 얻을 수가 없으라則何求而不得? 고로 윤편輪扁은 70세가 되어서야 비로소 능숙한 경지에 도달했고故輪扁行年七十而老於斫輪, 포정庖丁은 19년 백정생활에 비로소 기술이 도道에 통달하게 되었는데庖丁自技而進乎道, 이러한 일은 그들이 스스로 선택하여 비롯된 것이다由此其選也.

부록附錄 (二)

[원문]

黃君道輔, 諱儒, 建安人, 博學能文, 淡然精深, 有道之士也. 作
황군도보, 휘유, 건안인, 박학능문, 담연정심, 유도지사야. 작
『品茶要錄』十篇, 委曲[1]微妙, 皆陸鴻漸以來論茶者所未及. 非至靜無
『품다요록』 십편, 위곡미묘, 개육홍점이래논다자소미급. 비지정무
求, 虛中[2]不留, 烏能察物之情如此其詳哉! 昔張機[3]有精理而韻不能高,
구, 허중불류, 오능찰물지정여차기상재! 석장기유정리이운불능고,
故卒爲名醫; 今道輔無所發其辯而寓之於茶, 爲世外淡泊之好, 以此高

1) 委曲: 일의 전말을 말한다.

2) 虛中: 흩어짐 없이 몰입한다는 뜻이다.

3) 張機: 동한東漢 때 조양棗陽이란 사람이며, 자는 중경仲景이다. 한의학『상한론傷寒論』의 저자로 유명하다.

고졸위명의; 금도보무소발기변이우지어다, 위세외담박지호, 이차고
韻輔精理者. 予悲其不幸早亡, 獨此書傳於世, 故發其篇末云.
운보정리자. 여비기불행조망, 독차서전어세, 고발기편말운.

[국역]

황군黃君 도보道輔는黃君道輔, 이름이 유儒이고諱儒, 건안 사람이며建安人, 해박하고 문장에 능하며博學能文, (그의 품새는) 소박하나 학문의 깊이가 있어淡然精深, 고상한 도덕을 갖춘 선비다有道之士也. (그가) 만든 『품다요록』 10편은作品茶要錄十篇, (차에 대한) 세밀한 것까지 상세히 설명되어 있고委曲微妙, 모든 것(내용)이 육우[陸鴻漸] 이후 차를 논함에 있어 그 누구도 이에 견줄 바가 못 된다皆陸鴻漸以來論茶者所未及. 평정한 마음속에 그 어떠한 얽매임도 갖지 않고非至靜無求, 비움 속에 그 어떠한 흩어짐도 없이 몰입하니虛中不留, (황유) 어찌 사물의 본성에 대한 통찰을 이렇게도 상세하게 서술할 수 있겠는가烏能察物之情如此其詳哉? 옛사람 장기張機는 깊은 이론을 갖추었으나 고매한 운치가 부족하였기에昔張機有精理而韻不能高, 끝내 죽어서도 명의名醫 밖에 되지 못하였다故卒爲名醫. 오늘날 도보 황유는 고매한 뜻을 발휘할 곳이 마땅치 않아 이를 차에 이입시켰으며今道輔無所發其辯而寓之於茶, (그는) 세속 밖의 담박한 것을 즐기기에爲世外淡泊之好, 그의 (저서에는) 고매한 운치와 명확한 이론이 뿜어져 나온다以此高韻輔精理者. 나는 황유가 불행히도 일찍이 세상을 떠난 것을 심히 슬퍼하며予悲其不幸早亡, 오직 이 책만이 세상에 전해오기에獨此書傳於世, 고로 글을 써서 편말篇末에 붙여 놓는다故發其篇末云.

부록附錄 (三)

[원문]

吳逵 題「品茶要錄」

오규 제「품다요록」

茶，宜松，宜竹，宜僧，宜銷夏[1]. 比者余結夏[2]於天界最深處，松萬

다, 의송, 의죽, 의승, 의소하. 비자여결하어천계최심처, 송만

株，竹萬杆，手程[3]幼輿所集『茶品』一編，與僧相對，覺腋下生風，口

주, 죽만간, 수정유여소집 『다품』 일편, 여승상대, 각액하생풍, 구

中露滴，恍然身在淸涼國也. 今人事事不及古人，獨茶政差勝. 余每

중노적, 황연신재청량국야. 금인사사불급고인, 독다정차승. 여매

聽高流[4]談茶，其妙旨[5]參入禪玄，不可思議. 幼輿從斯搜補之，令茶社[6]

청고류담다, 기묘지참입선현, 불가사의. 유여종사수보지, 영다사

與蓮邦[7]共證淨果也. 屬鄕人江文炳紀之.

여연방공증정과야. 속향인강문병기지.

---

1) 銷夏: 한 여름 곧 염서炎暑를 말한다.

2) 結夏: 불교용어로 하안거夏安居를 말한다.

3) 程: '정呈'자와 같은 글자며, 드러난다는 뜻을 갖고 있다.

4) 高流: 견식이 넓고 심지가 깊은 사람을 가리킨다.

5) 妙旨: 묘지妙旨와 같은 의미며, 곧 오묘함을 뜻한다.

6) 茶社: 차인들의 모임을 '탕사湯社'라고도 한다.『청이록淸異錄』에는 "화응이 조정에 있을 때 동료들과 함께 날마다 번갈아 차를 마셨으며, 좋지 않은 차맛을 냈을 경우 벌칙을 주었다. 이 모임을 탕사라고 한다(和凝在朝率同列遞日以茶相飮, 味劣者有罰, 號爲湯社.)"고 기술하고 있다.

7) 蓮邦: 본래는 서방의 극락세계를 뜻하나, 여기서는 연사蓮社 즉 속승俗僧들이 만든 결사체를 말한다.

[국역]

오규吳逵 제題「품다요록品茶要錄」

차(찻자리 장소)는 소나무, 대나무 숲이 적합하고茶宜松宜竹, (객으로는) 승려가 알맞고宜僧, (계절은) 한 여름이 좋다宜銷夏. 근래 나는 하안거夏安居 때 하늘의 가장 깊은 곳比者餘結夏於天界最深處, 만 그루의 소나무와松萬株, 만 그루의 대나무들이 즐비한 곳에竹萬杆, 유여幼輿의『다품茶品』한 권을 손에 들고手程幼輿所集茶品一編, 화상和尙과 마주하며與僧相對 (차를 마셨더니), 겨드랑이 아래 바람이 일고覺腋下生風, 입속에는 감미로운 이슬방울이 머금으니口中露滴, 홀연히 내 몸이 청량한 선계에 머무는 것과 같았다恍然身在淸涼國也. 오늘날의 사람들은 옛 사람들에 비해 모든 일에서 미치지 못하지만今人事事不及古人, 유독 차에 관한 일에 대해서는 뛰어나다獨茶政差勝. 나는 매번 명사名士들이 차에 대해 논할 때余每聽高流談茶, 차의 오묘한 뜻과 성품을 선禪의 현묘한 경지에 접목한 것을 보고其妙旨參入禪玄, 불가사의(경지)를 느끼곤 한다不可思異. 유여幼輿는 이러한 것(차의 이론)을 찾아내어 책 속에 실었으며幼輿從斯搜補之, 차사茶社와 연방蓮邦 사람들로 하여금 (차문화를 통해) 정과淨果를 얻을 수 있도록 했다令茶社與蓮邦共證淨果也. 같은 고향 사람인 강문병江文炳이 기록하였다屬鄕人江文炳紀之.

八 淸膏

九 傷焙

十 辨壑源沙溪

後論

茶品目錄 終

茶品目錄

總論
一采造過時
二白合盜葉
三入雜
四蒸不熟
五過熟
六焦釜
七壓黃

好故殊絶之品始得自出乃秦莽之間而其名
遂冠天下昔使陸羽復起閱其金餅味其雲腴
者當爽然自失矣
因念草木之村一有其環偉絶特者來未嘗不
遇時而後興況於人乎然士大夫間爲珍藏精
城之具非會雅好眞眞未嘗輙出其好事者又
嘗論其采制之出入器用宜之否較之試傷災
畐於縑素傳也玩于時獨未有補於賞鑒之明
爾

茶品要錄

宋建安道人黃儒著

明嘉禾周履靖校梓

總論

說者常怪陸公茶經不第建安之路蓋前此茶事未甚興靈芽眞笋往往委翳消腐而人不知惜自國初以來士大夫沐浴膏澤詠歌昇平之日久矣夫俗世灑落神觀冲淡惟兹茗飲爲可園林亦相與摘英夸異制捲鬻薪而移時之

暘不至於暄則穀芽含養約勒而滋味長有慚
采工亦復爲矣
凡試時泛色鮮白隱於薄霧者得於佳時而然
也
有造於積雨者眞色昏黃或氣候暴暄茶芽蒸
發采工汗子黨漬揀摘不給矣
製造須多皆爲常品矣
試時色非鮮白水脚惟給紅者過時之病也
二白合盜葉

蓋園民射利膏油其面色品味易辨而難詳予
因閱收之暇爲原采造之得時失較試之低昂
次爲十說以終其病題申品茶要錄云

一采造過時

茶事起於驚蟄前其采芽如鷹爪初造曰試焙
又曰一火次曰二火三火之茶已次一火故
市茶芽者惟同出於三火前者爲最尤喜傳寒
氣候陰不至凍芽茶尤畏霜寒有造於一火二
火皆遇之霜而三火霜霽則三火之茶勝矣

一鷹爪之芽有兩小葉白抱白者盜葉也造揀芽常而生者合白也新條葉之初生而色剔取鷹爪而白合不月逸盜葉乎

三入雜

物固不可以容僞況飲食之初尤不可也故茶有入他草者人號爲入雜銙列柹葉常品入桴檻葉二葉易致又滋邑澤國民欺售直而爲試時無栗紋甘香盞面浮散隱如微毛或星星如纖絮者入雜之病也善茶品者側盞視之所入

茶之精絶者曰鬭曰亞鬭其次揀芽茶鬭品雖冣上薗戶或上一株蓋天材間有特異非能皆然也且物之變勢無窮而人之耳目有盡故造鬭品之家有昔優而今劣前負而後勝者雖人工有至有不至亦造推移不可得而擅也其造一火曰鬭二火曰亞鬭不過十數銙而已揀芽則不然編偏園隴中擇其精英者爾其或貪多務得又滋色澤往往以白合盜葉間之試時色雖鮮白其味濇淡者間白合盜葉之病也

茶芽方蒸以氣爲候視之不可以不謹也試時葉黃而粟紋大者過時之病也然雖過熟愈不熟甘香之味盛也故君謨論色則以青白勝黃白余論味則以黃白勝青白

六焦釜

茶蒸不可以逾久久而過熟又久則湯乾而焦釜之氣上茶上有之新湯以益之是致損茶試時色多昏紅氣焦味惡者焦釜之病也建人號爲熟鍋

之多寡從可知矣嚮上下品有之近雖鎊列亦

或勾使

四蒸不熟

穀來初采不過盈相而已趣時爭新之勢然也

旣采而蒸旣蒸而然研蒸有不熟之病有故熟

之病蒸不熟自雖精芽所損已多試時色青易

沉易爲桃入之氣者不蒸熟病也唯正熟者味

甘香

五過熟

茶餅先黃又如蔭潤者榨不乾也榨欲盡去其膏膏盡則大如乾竹葉之思惟吾飾首面者故榨不欲乾以利易售試時色雖鮮白其味帶苦者瀆高之病也

九傷焙

夫茶本以芽葉之物就之捲模既出卷上笠焙之用火務通合熟即以芽葉之物就之虛其中以熱火氣然茶民不喜用實炭號爲火以茶餅新溫欲速乾以見售故用火常帶烟焰烟焰既

七壓黃

茶已蒸者爲黃黃細則已入捲模制之矣蓋明潔鮮明則香色如入故采著品者常於半曉間衝蒙雲霧或以罐新汲泉懸胸間得必投其中蓋欲鮮也其或日氣烘爍茶芽暴長工力不及其采芽已陳而不及蒸蒸而不及研研或出宿而後製試時色不鮮明薄如壞仰氣者壓黃人也

八淸膏

售者已檐簦挈槖於其門或先期而散留金錢或茶纔入而笪而爭酬所直故壑源之茶常不足容所求豈有傑猾之園民陰取沙溪茶黃雜就家捲而製之人徒趣其名睨其規模之相若不能源其實者蓋有之矣凡壑源之茶售以十則沙溪之茶售以五其直大率放此然沙溪之園民亦勇以利或雜以松黃飾其首面或肉理怯薄体輕而色黃試時誰解白不能久香乏薄而味短者沙溪之品也凡肉理實厚体堅而色

多稍失看候以顧薰損茶餅試時其色紅氣味帶焦者傷焰之病也

十辨壑源沙溪

壑源沙溪其地相背而中隔一嶺其勢無數里之遠然茶產頓殊有能出力移栽植之亦爲土氣所化竊嘗恠茶之爲草爾其勢必猶得地而後異豈水絡地脉偏種粹於壑源豈御焙占此大岡巍隴神物伏護得其餘蔭耶何其甘芳精至而獨擅天下也觀夫春雷一驚筠籠纔起

蒸試善烹試矣或非其時尤不善也况非其賞
乎然未有主賢而賓愚者也夫惟知此然後盡
之事昔者陸羽號爲之茶然羽之所知者皆今
所謂草茶之何哉如鴻漸所論蒸笋并葉謂留
其膏蓋茶味短而淡故常恐去膏建茶力號而
甘故惟欲去膏又論福建爲未詳往往而之其
味極佳由是觀之鴻漸未嘗到長安歟

茶品要錄 終

紫試時泛盃俟久香猾而味長者壑源之品也

後論

余嘗論茶之精絕者其美其色白合未開其細如麥蓋得青陽之清輕者也又其山多帶砂石而號嘉品者皆在山南蓋得朝陽之和者也余嘗事閒乘晷景之明淨適軒亭之瀟灑一取皆品嘗試旣而神水生於華池愈甘而親其有助乎然建安之茶散八下者不爲也而得建安之精品不爲灸蓋有得之者不能辨矣或不善於

大觀茶論

[宋] 趙佶 撰

해제

북송北宋 8대 황제 휘종徽宗은 원풍元豊 5년(1082) 10월에 신종神宗 조욱趙頊의 열한 번째 아들로 태어났으며, 휘諱는 길佶이다. 휘종은 여러 개의 연호를 사용한 것으로도 유명한데 재위(1101~1125)시 사용한 연호年號만 해도 무려 6개나 된다.『대관다론』은 모두 20편으로 꾸며졌으며, 원 제목은『다론』이었으나 명나라 초 도종의陶宗儀의『설부說郛』에서 "대관大觀(1107~1110) 연간에 지은 것이다"라고 하여『대관다론』으로 고친 후 오늘날까지 부르게 되었다. 그러나 남송南宋의 조공무晁公武가 쓴『군재독서지郡齋讀書誌』에서는 "『성송다론聖宋茶論』한 권은 휘종이 친히 만든 것이다"라고 하여,『성송다론』이라 부르기도 한다.

정치에 무능했던 휘종은 북송北宋을 망하게 한 장본인이지만 예술적인 재능만큼은 뛰어났다. 임금으로서 서화書畵를 즐겨 손수 산수화山水畵와 화조화花鳥畵를 그렸고 화원畵院을 설치하여 예술가들을 환대했다. 자신만의 서체인 수금체瘦金體가 있을 정도로 서예에도 능했다. 스스로 『전고도傳古圖』를 짓는 한편, 칙명을 내려 모진毛晉의 『선화서보宣和書譜』와 『선화화보宣和畵譜』를 편찬도록 하였다.

차를 유독 좋아했던 휘종은 채경蔡京(1047~1126)의 『태청루시연기太淸樓侍宴記』에서 "(휘종) 황제께서 친히 신하들을 위해 수차례 점차點茶를 했다"는 기록을 남기고 있다. 이에 후세 사람들은 그를 가리켜 '차제茶帝'라고도 불렀다.

특히 이 책에서는 점차에 대한 방법을 자세히 묘사하고 있어 오늘날 말차문화에 지대한 영향을 미치고 있다. 그는 차의 포말을 내는 방법에도 한 가지만 있는 것이 아니라 여러 가지 있다고 하였다. 특히 현재 국내에서 잘못 알려지고 있는 '정면점靜面點'과 '일발점一發點'에 대한 실체와 원인에 대해서도 분석하고 있다.

내용 중 "차는 막힌 가슴을 씻어 내고, 맑고 평온한 마음으로 중화를 이루어 낼 수 있다"는 뜻을 지닌 '거금척체祛襟滌滯 치청도화致淸導和'의 글귀는 당나라 육우의 '정행검덕精行儉德'과 더불어 중국의 대표적인 차정신으로 꼽는다.

오늘날 전해지고 있는 『대관다론』의 간본은 『완위산당설부본宛委山堂說郛本』, 『함분루설부본涵芬樓說郛本』, 『고금도서집성본古今圖書集成本』 등이 있다.

이 책은 『함분루설부본』 간본을 중심으로 편집하였고, 『완위산당설부본』과 『고금도서집성본』 등 간본을 참고하였다.

대관통보大觀通寶

전傳 송휘종宋徽宗 '십팔학사도十八學士圖' 국부도局部圖

宋徽宗 초상도肖像圖

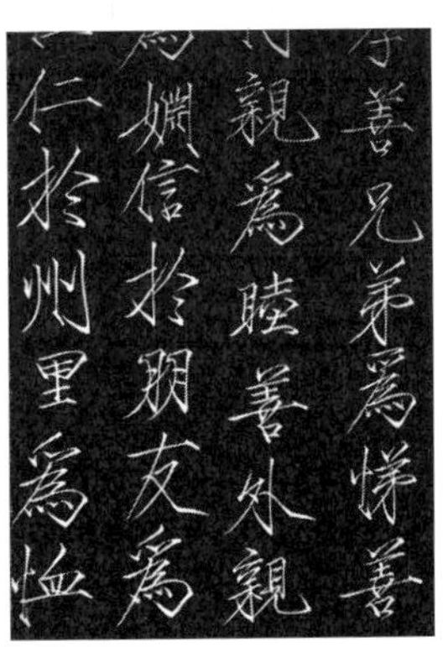

宋徽宗 수금체瘦金體

宋徽宗 도구도桃鳩圖

[원문]

序서[1]

嘗謂首地而倒生，所以供人之求者，其類不一．穀粟之於饑，絲枲
상위수지이도생, 소이공인지구자, 기류불일. 곡속지어기, 사시
之於寒，雖庸人孺子皆知，常須而日用，不以歲時之舒迫[2]而可以興
지어한, 수용인유자개지, 상수이일용, 불이세시지서박이가이흥
廢也．至若茶之爲物，擅甌閩[3]之秀氣，鐘山川之靈禀，祛襟滌滯，
폐야. 지약다지위물, 천구민지수기, 종산천지영품, 거금척체,
致清導和[4]，則非庸人孺子可得而知矣；沖澹簡潔[5]，韻高致靜，則非
치청도화, 즉비용인유자가득이지의; 충담간결, 운고치정, 즉비
遑遽之時可得[6]而好尚矣．
황거지시가득이호상의.

1) 序:『고금도서집성본古今圖書集成本』에는 '서序'자가 있고,『완위산당설부본宛委山堂說郛本』,『함분루설부본涵芬樓說郛本』에는 '서序'자가 빠져 있다.

2) 舒迫:『함분루설부본涵芬樓說郛本』에는 '황거遑遽'로 되어 있고,『고금도서집성본古今圖書集成本』,『완위산당설부본宛委山堂說郛本』에는 '서박舒迫'으로 되어 있다.

3) 甌閩: '구甌'는 지금의 절강성浙江省 동부지방, '민閩'은 복건성福建省지방을 가리킨다.

4) 祛襟滌滯 致清導和: 우리의 막힌 가슴을 씻어 내고, 맑고 평온한 마음으로 중화를 이루어 낼 수 있다는 뜻으로 당나라 육우의 '정행검덕精行儉德'과 더불어 송나라의 대표적인 차정신에 관한 어귀語句다.

5) 沖澹簡潔:『완위산당설부본宛委山堂說郛本』에 '충沖'자는 '중中'자로 되어 있다.『완위산당설부본宛委山堂說郛本』에 '간簡'자는 '간間'자로 되어 있고,『고금도서집성본古今圖書集成本』에 '간簡'자는 '한閒'자로 되어 있다.

6) 可得:『완위산당설부본宛委山堂說郛本』에는 '가득可得'이 빠져 있다.

[국역]

서문序

일찍이 땅속에 머리를 박고 거꾸로 자라는 식물 가운데嘗謂首地而倒生, 인간에게 필요한 것을 공급해주는 것은所以供人之求者, 여러 종류가 있다其類不一. 굶주림에 곡식穀粟之於饑, 추위에 명주와 모시絲枲之於寒, 비록 평범한 사람이나 어린아이 일지라도 모두 알고 있으며雖庸人孺子皆知, 일상생활에 필요한 물품이고常須而日用, (이런 것들은) 세파의 어려움에 관계없이 흥하고 폐하는 것이 아니다不以歲時之遑遽而可以興廢也. 그런데 차茶라고 하는 것은至若茶之爲物, 절강浙江지역인 구甌지방과 복건福建지역인 민閩지방의 빼어난 기운을 얻고擅甌閩之秀氣, 산천의 영기靈氣가 모아진 것이며山川之靈稟鐘, (그것이) 우리의 막힌 가슴을 씻어 내고祛襟滌滯, 맑고 평온한 마음의 중화中和를 이루어 낼 수 있다는 것은致淸導和, 평범한 사람이나 어린아이들이 알리가 없는 것이다則非庸人孺子可得而知矣. (차는) 성미가 욕심이 없고 고결하며冲澹簡潔, 높은 운치는 지극히 고요하여韻高致靜, 이에 어지러운 시대에는 이를 얻어 즐길만한 것이 못된다則非遑遽之時可得而好尙矣.

[원문]

本朝[1]之興, 歲修建溪[2]之貢, 龍團鳳餠, 名冠天下; 壑源[3]之品, 亦
본조지흥, 세수건계지공, 용단봉병, 명관천하; 학원지품, 역

1) 本朝: 송宋 왕조를 뜻한다.

2) 建溪: 복건성 북부에 있는 민강閩江의 지류를 뜻하나, 건계의 물줄기가 건주建州지역에 속하기에 여기에서는 '건주지역'을 가리킨다.

3) 壑源: 『완위산당설부본宛委山堂說郛本』에는 '무원婺源'으로 되어 있다.

自此盛. 延及於今, 百廢俱擧, 海內晏然, 垂拱密勿[1], 幸[2]致無爲.
자차성. 연급어금, 백폐구거, 해내안연, 수공밀물, 행치무위.
薦紳[3]之士, 韋布[4]之流, 沐浴膏澤, 薰陶德化, 咸以雅尙相推, 從事
천신지사, 위포지류, 목욕고택, 훈도덕화, 함이아상상추, 종사
茗飮[5]. 故近歲以來, 採擇之精, 製作之工, 品第之勝, 烹點之妙,
명음. 고근세이래, 채택지정, 제작지공, 품제지승, 팽점지묘,
莫不咸[6]造其極. 且物之興廢, 固自有然[7], 亦係乎時之汙隆[8]. 時或
막불함조기극. 차물지흥폐, 고자유연, 역계호시지오륭. 시혹
遑遽, 人懷勞悴[9], 則向所謂常須而日用, 猶且汲汲營求, 惟恐不
황거, 인회노췌, 즉향소위상수이일용, 유차급급영구, 유공불

1) 密勿: 근면하며 노력한다는 뜻이다. 어원은『한서漢書』「초원왕전楚元王傳」에서 보인다. "故其詩曰: 密勿從事, 不敢告勞. 注, 密勿猶黽勉從事."

2) 幸:『함분루설부본涵芬樓說郛本』에는 '구俱'자로 되어 있고,『완위산당설부본宛委山堂說郛本』에는 '행幸'자로 되어 있다.

3) 薦紳:『함분루설부본涵芬樓說郛本』에는 '진신縉紳'으로 되어 있고,『완위산당설부본宛委山堂說郛本』에는 '천신薦紳'으로 되어 있다.

4) 韋布: '위대포의韋帶布衣'라 하며, 가난한 자들이 입은 옷을 뜻한다. 곧 가난한 자들을 지칭한다.

5) 咸以雅尙相推, 從事茗飮:『함분루설부본涵芬樓說郛本』에는 '함이고아상종사명음咸以高雅相從事茗飮'으로 되어 있고,『고금도서집성본古今圖書集成本』,『완위산당설부본宛委山堂說郛本』에는 '함이아상상추咸以雅尙相推, 종사명음췌從事茗飮悴'로 되어 있다.

6) 咸:『고금도서집성본古今圖書集成本』,『완위산당설부본宛委山堂說郛本』에는 '성盛'자로 되어 있다.

7) 然:『고금도서집성본古今圖書集成本』,『완위산당설부본宛委山堂說郛本』에 '연然'자 앞에 '시時'자가 있다.

8) 汙隆: 세태 풍속의 성쇠를 말한다. 어원은『문선文選』「광절교론廣絶交論」에서 보인다. "龍驤蠖屈, 從道汙隆."

9) 悴:『함분루설부본涵芬樓說郛本』에는 '췌瘁'자로 되어 있고,『고금도서집성본古今圖書集成本』,『완위산당설부본宛委山堂說郛本』에는 '췌悴'자로 되어 있다.

獲, 飮茶何暇議哉? 世旣累洽[1], 人恬物熙[2], 則常須而日用者, 因

획, 음다하가의재? 세기누흡, 인념물희, 즉상수이일용자, 인

而[3]厭飫[4]狼籍. 而天下之士, 厲志淸白, 競爲閒暇修索之翫, 莫不碎

이염어랑적. 이천하지사, 여지청백, 경위한가수색지완, 막불쇄

玉鏘金[5], 啜英咀華[6], 較篋笥[7]之精, 爭鑒裁之妙[8]; 雖否士[9]於此時,

옥장금, 철영저화, 교협사지정, 쟁감재지묘; 수부사어차시,

不以蓄茶爲羞. 可謂盛世之淸尙也.

불이축다위수. 가위성세지청상야.

[국역]

본 왕조가 일어서자本朝之興, 해마다 건계建溪의 (차)공품貢品을 진상하게 하여歲修建溪之貢, 용단 · 봉병龍團鳳餠, 그 이름(명차名茶)이 천하 만방에 알려졌고名冠天下, 학원壑源의 제품도壑源之品, 이 무렵에 성

---

1) 累洽: 태평성대를 이어 간다는 뜻이다. 어원은『문선文選』「양도부兩都賦」에서 보인다. "至於永平之際, 重熙而累洽."

2) 人恬物熙: 앞서 나오는 '인회노췌人懷勞悴'를 대응말로서, 사람들이 안락한 생활을 영유한다는 뜻을 지니고 있다.

3) 因而:『함분루설부본涵芬樓說郛本』에는 '고구固久'로 되어 있고,『고금도서집성본古今圖書集成本』,『완위산당설부본宛委山堂說郛本』에는 '인이因而'로 되어 있다.

4) 厭飫: 풍의족식豊衣足食을 뜻한다. 어원은 두목杜牧의「두추낭시杜秋娘詩」에서 보인다. "歸來煮豹胎, 厭飫不能飴."

5) 碎玉鏘金: 금속 재질로 만든 차연茶碾으로 옥과 같은 병차餠茶를 간다는 뜻을 지녔다.

6) 啜英咀華: '영화英華'란 아름다운 꽃과 나무를 뜻하는 것이나 여기에서는 차를 비유한다. '철啜'은 마시다, '저咀'는 씹다, 곧 차를 마신다는 뜻이다.

7) 篋笥: 단차를 담는 기구를 뜻하나, 여기에서는 단차를 가리킨다.

8) 妙:『고금도서집성본古今圖書集成本』,『완위산당설부본宛委山堂說郛本』에는 '별別'자로 되어 있다.

9) 否士: '부否'와 '비鄙'는 서로 통하며, 질박하게 사는 선비를 말한다.『고금도서집성본古今圖書集成本』,『완위산당설부본宛委山堂說郛本』에는 '하사下士'로 되어 있다.

행하였다亦自此盛. 오늘날에 이르러延及於今, (과거에) 폐지되었던 모든 일들이 새로이 부흥되어百廢俱擧, 나라가 태평하자海內晏然, 황제와 그를 보필하는 신하들은垂拱密勿, 다행히 천하를 편안히 다스릴 수 있게 되었다俱致無爲. 고관이나縉紳之士, 서민들도韋布之流, (이러한) 은혜를 입고沐浴膏澤, 어질고 너그러움에 감화되어熏陶德化, 모두 서로의 아취를 숭상하며咸以雅尙相推, 차 마시는 일을 좋아 (즐거워) 했다從事茗飮. 고로 근자에 이르러故近歲以來, 차 따기의 정성採擇之精, 만들기의 공정製作之工, 품질 우열의 등급 매기기品第之勝, 점차點茶의 오묘한 기교烹點之妙, 그 어느 하나도 극치에 이르지 않는 것이 없다莫不咸造其極. 대체로 사물의 존폐에는且物之興廢, 그 나름대로 원인이 있으나固自有然, 또한 시대의 성쇠나 흐름에도 관련되어 나타난다亦係乎時之汚隆. 세상이 소란스럽고時或遑遽, 사람들이 고달픔에 시달리며人懷勞瘁, 곧 일상에 필요한 생활 필수품마저則向所謂常須而日用, 구하는 것이 어려워猶且汲汲營求, 혹여 구하지 못해 걱정하고 있는데惟恐不獲, 어찌 차를 마시는 일을 즐길 겨를이 있겠는가飮茶何暇議哉? (그러나) 세상은 이미 오랫동안 태평하므로世旣累洽, 사람들의 마음도 평정을 되찾아人恬物熙, 곧 일상생활의 필수품도則常須而日用者, 넘칠 만큼 풍족해졌다固久厭飫狼籍. 천하의 선비들이而天下之士, 청백한 뜻을 품고勵志淸白, 서로 다투어 한가한 풍류를 즐겼으며競爲閒暇修索之玩, 금속 재질의 차기茶器를 갖지 않는 이가 없고莫不碎玉鏘金, (차) 맛의 정화精華를 음미하며啜英咀華, 차 상자 속에 있는 단차團茶의 정교함을 비교하며較篋笥之精, 품질 감정의 오묘함에 대해 논쟁을 벌였으며爭鑒裁之妙, 비록 초야의 선비일지라도 이와 같은 시대에雖否士於此時, 차를 비축하지 못한 것을 부끄럽게 여긴다不以蓄茶爲羞. 가히 성세盛世의 풍류라 할 수 있다可謂盛世之淸尙也.

[원문]

嗚呼! 至治之世, 豈惟人得以盡其材, 而草木之靈者, 亦得[1]以盡其
오호! 지치지세, 기유인득이진기재, 이초목지영자, 역득이진기
用矣. 偶因暇日, 研究精微, 所得之妙, 人[2]有不自知爲利害者, 叙
용의. 우인가일, 연구정미, 소득지묘, 인유부자지위이해자, 서
本末列[3]於二十篇, 號曰『茶論[4]』.
본말열어이십편, 호왈『다론』.

[국역]

오호嗚呼! 치세治世를 이룸에 있어至治之世, 어찌 사람만이 그 역할을 다 했다고 할 수 있겠는가豈惟人得以盡其材, 초목의 영자靈者 (차)而草木之靈者, 역시 제 역할을 다했던 것이다亦得以盡其用矣. (나는) 뜻하지 않게 한가할 때에偶因暇日, (차를) 깊이 연구하여研究精微, 이에 얻어진 지식을所得之妙, (차에 대한) 이해가 분명하지 못한 자들을 위해人有不自知爲利害者, 앞뒤 모두 20편을 열거하여叙本末列二十篇, 이르기를『다론』이라 했다號曰茶論.

---

1) 得:『고금도서집성본古今圖書集成本』,『완위산당설부본宛委山堂說郛本』에는 '득得'자가 있으나,『함분루설부본涵芬樓說郛本』에는 '득得'자가 빠져 있다.

2) 人:『고금도서집성본古今圖書集成本』,『완위산당설부본宛委山堂說郛本』에는 '후인後人'으로 되어 있다.

3) 列:『고금도서집성본古今圖書集成本』에는 '별別'자로 되어 있다.

4) 茶論: 원래의 책 이름은『다론茶論』이었으나, 훗날 사람들이 대관大觀 연도에 지었다고 하여『대관다론大觀茶論』이라 부르게 된 것이다.

[원문]

地産지산

植産之地，崖[1]必陽，圃必陰．蓋石[2]之性寒，其葉抑以[3]瘠，其味疏
식산지지, 애필양, 포필음. 개석지성한, 기엽억이척, 기미소
以薄，必資陽和以發之[4]．土之性敷[5]，其葉疏以暴，其味强以肆[6]，
이박, 필자양화이발지. 토지성부, 기엽소이폭, 기미강이사,
必資陰[7]以節之．今圃家[8]皆植木，以資茶之陰．陰陽相濟，則茶之滋
필자음이절지. 금포가개식목, 이자다지음. 음양상제, 즉다지자
長得其宜．
장득기의.

[국역]

차의 생육환경地産

차의 재배지는植産之地, 산기슭 벼랑이면 햇빛이 잘 들어야 하며崖必陽, 밭이면 그늘이 져야 한다圃必陰. 이는 (산기슭 벼랑일 경우) 돌의 성질은 차갑고蓋石之性寒, 빈약한 토질로 인해 잎사귀의 성장이 억제되어其葉抑以瘠, 그 맛이 싱겁고 엷어지므로其味疏以薄, 반드시 화창한 날

1) 崖:『함분루설부본涵芬樓說郛本』에는 '산産'자로 되어 있다.

2) 石:『함분루설부본涵芬樓說郛本』에는 '차茶'자로 되어있다.

3) 以:『함분루설부본涵芬樓說郛本』에는 '이而'자로 되어 있다.

4) 必資陽和以發之: 차싹은 반드시 따뜻한 햇볕의 도움을 받아야 제대로 자란다는 의미다.

5) 性敷: '부敷'는 퍼지다, 넓게 흩어진다는 뜻을 지니고 있다.

6) 强以肆: '강强'은 차맛이 진하고 수렴성이 강하다는 뜻이며, '사肆'는 길다는 뜻으로, 곧 차맛이 진하고 떫으며 오랫동안 가시지 않는다는 의미를 담고 있다.

7) 陰:『함분루설부본涵芬樓說郛本』에는 '목木'자로 되어 있고,『고금도서집성본古今圖書集成本』에 '음陰'자 뒤에 '음蔭'자가 붙어 있다.

8) 圃家:『함분루설부본涵芬樓說郛本』에는 '국가國家'로 되어 있다.

햇볕의 도움을 받아야 잘 자란다必資陽和以發之. (밭일 경우) 흙이 퍼지는 성질 때문에土之性敷, 그 잎사귀는 크고 거칠어져其葉疏以暴, 그 맛이 강한 것이 오랫동안 가시지 않으므로其味强以肆, 반드시 그늘의 도움을 받아 이를 조절해야 한다必資陰以節之. 근래 차밭을 가꾸는 농가에서는 모두 나무를 심어今圃家皆植木, 차로 하여금 그늘을 받도록 한다以資茶之陰. 음양이 서로 도움으로써陰陽相濟, 곧 찻잎이 성장에 적절한 조화가 이루어진다則茶之滋長得其宜.

[원문]

天時천시

茶工作於驚蟄, 尤以得天時爲急. 輕寒, 英華漸長, 條達[1]而不迫,
다공작어경칩, 우이득천시위급. 경한, 영화점장, 조달이불박,
茶工[2]從容致力, 故其色味兩全. 若或時暘鬱燠[3], 芽奮甲暴[4], 促工
다공종용치력, 고기색미양전. 약혹시양울욱, 아분갑폭, 촉공
暴力[5], 隨槁[6]晷刻所迫, 有蒸而未及壓, 壓而未及研, 研而未及製,
폭력, 수고귀각소박, 유증이미급압, 압이미급연, 연이미급제,

---

1) 條達: '조條'는 그해 새로 올라온 새 가지의 뜻을 지니고, '달達'은 자라다는 뜻이다.

2) 工: 『함분루설부본涵芬樓說郛本』에는 '지之'자로 되어 있다.

3) 暘鬱燠: '양暘'은 일출을 말한다. '울鬱'과 '욱燠'은 통한다. 어원은 『문선文選』에서 보인다. 「광절교론廣絶交論」 "敘溫鬱則寒谷成暄, 論嚴苦則春叢零葉. 注, 鬱與燠, 古字通也."

4) 芽奮甲暴: 차싹이 갑자기 자라 지나치게 커버린 것을 말한다. 『고금도서집성본古今圖書集成本』, 『완위산당설부본宛委山堂說郛本』에는 '아갑분폭芽甲奮暴'으로 되어 있다.

5) 工: 『함분루설부본涵芬樓說郛本』에는 '토土'자로 되어 있다.

6) 槁: 『고금도서집성본古今圖書集成本』, 『완위산당설부본宛委山堂說郛本』에는 '고槁'자로 되어 있다.

茶黃[1]留漬[2], 其色味所失已半. 故焙人得茶天爲慶.

다황유지, 기색미소실이반. 고배인득다천위경.

[국역]

차 만들기 위한 적절한 때天時

차 만드는 작업은 경칩驚蟄에 시작되는데茶工作於驚蟄, 특히 천시天時를 잘 얻는 것이 가장 중요하다尤以得天時爲急. (이는) 가벼운 추위가輕寒, 찻잎을 서서히 자라게 하고英華漸長, 올라온 새가지도 순리대로 커가기에條達而不迫, 차를 만드는 사람들은 여유롭게 최선을 다 할 수 있고茶工從容致力, 고로 그 (차의) 색과 맛이 모두 온전하게 보존될 수가 있다故其色味兩全. 만약 (경칩이라도) 햇볕이 들고 무더워지면若或時暘鬱燠, 차싹이 갑자기 자라게 되어芽奮甲暴, (차농茶農이 때를 맞추기 위해) 서둘러 거칠게 (차를) 만들게 되고促工暴力, (찻잎이) 쉽게 말라 변질될까 마음이 쫓겨隨槁晷刻所迫, (찻잎을) 쪄서도 압착하는 시기를 놓치고有蒸而未及壓, 압착을 했어도 가는 공정을 놓치고壓而未及研, 가는 공정을 마쳤어도 (차를) 만들어야 할 때를 놓쳐버릴 수 있어研而未及製, 차황茶黃 속에 즙액이 남아茶黃留漬, 그 (차의) 빛깔과 맛이 이미 반을 잃어버린 것이나 다름없다其色味所失已半. 따라서 차를 만드는 사람들[焙人]에게 적절한 때를 얻어 작업할 수 있다는 것은 실로 경사스

---

1) 茶黃: 『북원별록北苑別錄』 「자차榨茶」에 "익은 차싹을 가리켜 차황茶黃이라 한다(茶既熟謂茶黃)"고 하였으나, 여기에는 찌고 난 후의 익은 찻잎뿐만 아니라 반고체로 된 찻잎까지도 포함하여 말하고 있다.

2) 留漬: 황유黃儒의 『품다요록品茶要錄』 「지고漬膏」에 "찻잎을 짤 때 차즙인 고를 완전하게 제거해야 하며 고를 완전하게 제거하면 그 색이 마치 마른 대나무 잎과도 같다. …… 시험을 할 때 차색이 비록 희고 선명하더라도 맛이 약간 쓴 것은 차고가 남아있기에 나타나는 병폐다(榨欲盡去其膏, 膏盡則有如乾竹葉之色. …… 試時色雖鮮白, 其味帶苦者, 漬膏之病也.)"라고 했다. 『고금도서집성본古今圖書集成本』, 『완위산당설부본宛委山堂說郛本』에는 '유적留積'으로 되어 있다.

러운 일이 아닐 수 없다故焙人得茶天爲慶.

[원문]

採擇채택

擷茶以黎明, 見日則止. 用爪斷芽, 不以指揉, 慮氣汗薰漬, 茶不
힐다이여명, 견일즉지. 용조단아, 불이지유, 여기한훈지, 다불
鮮潔. 故茶工多以新汲水自隨, 得芽則投諸水. 凡芽如雀舌、穀粒
선결. 고다공다이신급수자수, 득아즉투제수. 범아여작설、곡립
者爲鬪品, 一槍一旗爲揀芽, 一槍二旗爲次之, 餘斯爲下茶[1]. 茶[2]始
자위투품, 일창일기위간아, 일창이기위차지, 여사위하다. 다시
芽萌, 則有白合[3]; 旣擷, 則有烏蔕[4]. 白合不去, 害茶味; 烏蔕不
아맹, 즉유백합; 기힐, 즉유오체. 백합불거, 해다미; 오체불
去, 害茶色.
거, 해다색.

[국역]

차 따기와 고르기採擇

차는 여명에 따고擷茶以黎明, 해가 뜬 것을 보면 멈춘다見日則止. 손톱으로 끊어서 차싹을 따며用爪斷芽, 손가락으로 따지 않는데不以指揉,

---

1) 茶: 『고금도서집성본古今圖書集成本』, 『완위산당설부본宛委山堂說郛本』에는 '차茶'자가 빠져 있다.

2) 茶: 『고금도서집성본古今圖書集成本』, 『완위산당설부본宛委山堂說郛本』에 '차茶'자 뒤에 '지之'자가 붙어 있다.

3) 白合: 학술용어로는 '인편鱗片' 또는 '아린芽鱗(Scale)'이라 한다.

4) 烏蔕: 학술용어로는 '어엽魚葉(Fish leaf)' 또는 '태엽胎葉(Embryo leaf)'이라 한다. 일부 문헌의 '체蔕'자가 '대帶'자로 표기하고 있으나, 오자로 보고 있다.

(이는 손의) 체온과 땀 냄새가 배어慮氣汗熏漬, 찻잎의 신선함을 잃을 염려가 있기 때문이다茶不鮮潔. (따라서) 차를 따는 사람은 대부분 새로 길은 물을 항시 휴대하여故茶工多以新汲水自隨, 차싹을 얻으면 곧 바로 물속에 넣는다得芽則投諸水. 무릇 차싹의 생김새가 참새의 혀[雀舌]凡芽如雀舌, 곡식 낟알[穀粒]과 같은 것을 차겨루기[鬪茶]에 쓰며穀粒者爲鬪品, 한 싹에 한 잎사귀[一槍一旗]의 찻잎을 '간아揀芽'라 하며一槍一旗爲揀芽, 한 싹에 두 잎사귀[一槍二旗]의 찻잎을 차등품이라 하고一槍二旗爲次之, 나머지의 찻잎은 하등품으로 여긴다餘斯爲下茶. 차나무에 처음 싹이 트면茶始芽萌, 곧 백합白合이 생기고則有白合, (찻잎을) 따게 되면 곧 오체烏蔕가 따라 붙는다旣擷則有烏蔕. (가공과정에서) 백합을 제거하지 않으면白合不去, 차맛을 해치게 되고害茶味, 오체를 제거하지 않으면烏蔕不去, 차색을 해치게 된다害茶色.

[원문]

蒸壓증압

茶之美惡，尤係於蒸芽壓黃[1]之得失．蒸太生則芽滑[2]，故色淸而味
다지미오, 우계어증아압황지득실. 증태생즉아활, 고색청이미
烈；過熟則芽爛，故茶色赤而不膠[3]．壓久則氣竭味漓，不及則色暗
렬; 과숙즉아란, 고다색적이불교. 압구즉기갈미리, 불급즉색암
味澀．蒸芽欲及熟而香，壓黃欲膏盡亟止，如此，則製造之功十已
미삽. 증아욕급숙이향, 압황욕고진극지, 여차, 즉제조지공십이

---

1) 壓黃: 찻잎을 찌고 난 후에 압착을 거쳐 차즙膏汁을 짜내는 공정을 말한다.

2) 芽滑: 손으로 차싹을 만졌을 때 매끄러운 느낌을 뜻한다.

3) 不膠: 점도가 높은 즙은 끈적거리기 때문에 차즙을 '교膠'라고 형용한 것이다. 이에 '불교不膠'란 차싹이 지나치게 쪄져 차즙이 많이 유실되어 점도가 떨어져 끈적거리지 않는 것을 말한다.

得七八矣.

득칠팔의.

[국역]

찻잎 찌기와 누르기蒸壓

차 품질의 좋고 나쁨은茶之美惡, 차싹 찌기와 누르기의 성공 여부에 달려있다尤係於蒸芽壓黃之得失. (차싹을) 덜 찌면 곧 싹이 미끈하여蒸太生則芽滑, 이에 차의 빛깔이 푸르고 맛이 강하게 되며故色淸而味烈, 지나치게 찌면 곧 차싹이 문드러져過熟則芽爛, 이에 차의 빛깔은 붉고 점도粘度가 떨어진다故茶色赤而不膠. (찻잎을) 압착할 때 지나치게 짜면 곧 (차의) 성분이 고갈되어 맛이 엷어지고壓久則氣竭味漓, 덜 짜면 곧 빛깔이 어둡고 맛은 떫어진다不及則色暗味澁. (따라서) 차싹을 찔 때 알맞게 익으면 향이 나고蒸芽欲及熟而香, 누를 때 진액이 알맞게 빠지면 곧 멈춰야 하며壓黃欲膏盡亟止, 이러한 원칙으로 (차를 만들면)如此, 곧 차의 제조 품질의 10에서 7~8부 정도가 확보되는 것이다則製造之功十已得七八矣.

[원문]

製造제조

滌芽惟潔, 濯器惟淨, 蒸壓惟其宜, 硏膏惟熱, 焙火惟良. 而有

척아유결, 탁기유정, 증압유기의, 연고유열, 배화유양. 이유

少砂者, 滌濯之不精也. 文理[1]燥赤者, 焙火之過熟也. 夫造茶, 先

소사자, 척탁지부정야. 문리조적자, 배화지과숙야. 부조다, 선

1) 文理: '문文'은 '문紋'과 통한다. 곧 단차 표면에 나타난 살결 무늬를 말한다.

度日晷之短長，均工力之衆寡，會採擇之多少，使一日造成．恐茶
도일귀지단장, 균공력지중과, 회채택지다소, 사일일조성. 공다
過宿，則害色味.
과숙, 즉해색미.

[국역]

제조製造

차싹은 깨끗이 씻고滌芽惟潔, 기물은 청결하게 닦고濯器惟淨, (찻잎을) 알맞게 찌어 누르고蒸壓惟其宜, 반고체를 갈 때는 충분히 갈고硏膏惟熱, 말릴 때는 화력을 잘 조절해야 한다焙火惟良. (차를) 마실 때 모래가 조금이라도 있으면飮而有少砂者, 이는 (찻잎을) 씻을 때 혹은 (차구를) 닦을 때 청결하지 못했기 때문이다滌濯之不精也. (제조가 끝난 단차) 표면의 살결이 마르고 붉은 것은文理燥赤者, 건조과정이 지나치게 길었기 때문이다焙火之過熟也. 차를 만들 때夫造茶, 미리 가공 가능한 시간을 감지하고先度日晷之短長, 필요한 노동 인력을 확보하며均工力之衆寡, (찻잎) 따는 수량을 헤아려會採擇之多少, 하루 안에 완성하도록 한다使一日造成. (이는) 찻잎이 하룻밤을 지나게 되면恐茶過宿, 곧 (산화 갈변되어) 색과 맛을 해칠 우려가 있기 때문이다則害色味.

[원문]

鑑辨감변

茶之範度不同，如人之有首面也．膏[1]稀者，其膚蹙以文；膏稠者，
다지범도부동, 여인지유수면야. 고희자, 기부축이문; 고조자,

1) 膏: '고膏'의 의미는 여러 가지가 있다(주 235 참조). 여기서는 찻잎을 갈아 반고체의 형태로 된 것을 말한다.

其理斂以實. 卽日成者, 其色則青紫[1]; 越宿製造者, 其色則慘黑.
기리렴이실. 즉일성자, 기색즉청자; 월숙제조자, 기색즉참흑.

有肥凝如赤蠟者[2], 末雖白, 受湯則黃; 有縝密如蒼玉者, 末雖灰,
유비응여적랍자, 말수백, 수탕즉황; 유진밀여창옥자, 말수회,

受湯愈白. 有光華外暴而中暗者, 有明白內備而表質者. 其首面之
수탕유백. 유광화외폭이중암자, 유명백내비이표질자. 기수면지

異同, 難以[3]概論, 要之色瑩徹而不駁, 質縝繹而不浮, 擧之則凝
이동, 난이개론, 요지색영철이불박, 질진역이불부, 거지즉응

然[4], 碾之則鏗然[5], 可驗其爲精品也. 有得於言意之表者, 可以心
연, 연지즉갱연, 가험기위정품야. 유득어언의지표자, 가이심

解. 比[6]又有貪利之民, 購求外焙[7]已採之芽, 假以製造, 研[8]碎已成
해. 비우유탐리지민, 구구외배이채지아, 가이제조, 연쇄이성

之餅, 易以範模, 雖名氏採製似之, 其膚理色澤, 何所逃於鑑賞
지병, 역이범모, 수명씨채제사지, 기부리색택, 하소도어감상

[9]哉.
재.

---

1) 青紫: 여기의 '청자青紫'는 형용사로서 정상적인 병차의 색상을 가리킨다. 곧 푸른빛에 약간 어두운 색을 띤 병차의 표면을 말한다.

2) 肥凝如赤蠟者: '비肥'는 두꺼운, '응凝'은 응결을 뜻한다. '적랍赤蠟'이란 단차 표면에 나타난 붉고 투명한 산화층을 말한다.

3) 難以: 『함분루설부본涵芬樓說郛本』에는 '수雖'자로 되어 있다.

4) 凝然: 『고금도서집성본古今圖書集成本』에는 '응결凝結'로 되어 있다.

5) 鏗然: 『함분루설부본涵芬樓說郛本』에는 '감연鑒然'으로 되어 있다.

6) 比: 『고금도서집성본古今圖書集成本』, 『완위산당설부본宛委山堂說郛本』에는 '비比'자가 빠져 있다.

7) 外焙: '정배正焙'의 반대 개념이기도 하다. 여기서는 공차 차밭인 정배에서 벗어난 주위의 차밭을 말한다.

8) 研: 『고금도서집성본古今圖書集成本』, 『완위산당설부본宛委山堂說郛本』에는 '연研'자가 빠져 있다.

9) 鑑賞: 『함분루설부본涵芬樓說郛本』에는 '위僞'자로 되어 있다.

[국역]

감별鑒辨

완성된 단차의 모양이 다 같지 않은 것은茶之範度不同, 마치 사람의 얼굴이 서로 다른 것과 같다如人之有首面也. 질은 반고체는膏稀者 (단차), 그 표면 살갗에 잔주름이 있으며其膚蹙以文, 된 반고체는膏稠者 (단차), 그 살갗이 팽팽하며 튼실하다其理斂以實. 당일에 완성된 것은卽日成者, 그 빛깔이 푸르고 자줏빛이 나며其色則靑紫, 밤을 넘겨서 만든 것은越宿製造者, 그 빛깔이 어둡고 검은 빛을 띤다其色則慘黑. (단차 표면에 고유膏油를 입힌 것처럼) 두껍게 엉긴 것이 마치 붉은 산화층처럼 있는 것을有肥凝如赤蠟者, (가루 내었을 때는) 그 가루가 비록 흰색을 띠더라도末雖白, 끓인 물을 받으면 곧 누렇게 된다受湯則黃. 조밀하고 튼실한 것이 마치 푸른 옥빛처럼 있는 것을有縝密如蒼玉者, (가루 내었을 때는) 그 가루가 비록 잿빛을 띠더라도末雖灰, 끓인 물을 받으면 더 하얗게 된다受湯愈白. 아름다운 빛이 밖으로 드러나더라도 속은 어두운 것이 있고有光華外暴而中暗者, 희고 투명한 것을 속에 갖추면서 아울러 표면도 양질인 것이 있다有明白內備而表質者. 그 표면상으로 나타나는 차이를 가지고其首面之異同, 일률적으로 논하기는 어렵고難以概論, 판단의 요지는要之, 투명한 빛깔에 잡티 같은 얼룩이 없어야 하고色瑩徹而不駁, 그 질이 촘촘하며 튼실하고 가볍지 않아야 하며質縝繹而不浮, 들었을 때 곧 꽉 쥐어지고 알찬 느낌이 있어야 하며擧之則凝然, (맷돌에) 갈 때는 곧 귀금속들이 서로 부딪히는 맑은 소리가 나는 것을碾之則鏗然, 정교한 제품으로 판단할 수 있다可驗其爲精品也. (이상 설명한) 말뜻을 이해한 자라면有得於言意之表者, 마음으로도 (말뜻을) 헤아릴 수 있을 것이다可以心解. 근자에 이익에 눈먼 차농들이 있는데比又有貪利之民, 외배外焙에서 딴 찻잎을 구입하여購求外焙已採之芽, (북원北苑의 찻잎이라) 속여 만들고假以製造, 또한 이미 만들어진 단차를 부수어研碎已成之餠, (북원의) 본 틀로 바꾸어 재차 만들기도 하는데易以範模, 비록 북원의 명성을 차용하여 원료와 가공법이 비슷할지라도雖名氏採製似之, 그 (차의) 살결이나 색택이其膚理色澤, 어찌 감별에서 피해갈 수 있겠는가何所逃於鑒賞哉?

[원문]

白茶백다

白茶自爲一種, 與常茶不同. 其條敷闡, 其葉瑩薄. 崖林之間偶然
백다자위일종, 여상다부동. 기조부천, 기엽영박. 애림지간우연
生出, 蓋[1]非人力所可致, 正焙[2]之有者不過四五家, 生者[3]不過一二
생출, 개비인력소가치, 정배지유자불과사오가, 생자불과일이
株, 所造止於二三胯[4]而已. 芽英不多, 尤難蒸焙. 湯火一失, 則已
주, 소조지어이삼과이이. 아영부다, 우난증배. 탕화일실, 즉이
變而爲常品. 須製造精微, 運[5]度得宜, 則表裏昭澈[6], 如玉之在璞,
변이위상품. 수제조정미, 운도득의, 즉표리소철, 여옥지재박,

1) 蓋: 대부분의 간본에는 '수雖'자로 되어 있으나, 후학들의 견해에 따라 '개蓋'자로 고쳐 쓰고 있다.

2) 正焙: 공차밭을 말하며, 일반적으로 '북원용배北苑龍焙를 가리킨다.

3) 生者: 『함분루설부본涵芬樓說郛本』에는 '생자生者'가 빠져 있다.

4) 胯: 원래는 옛 사람들의 허리띠에 차는 장식물이었으나, 송나라에 들어와 '단차團茶'를 가리키고 있다.

5) 運: 『함분루설부본涵芬樓說郛本』에는 '과過'자로 되어 있다.

6) 昭澈: 깨끗하고 빛날 만큼 맑다는 뜻이다. 『고금도서집성본古今圖書集成本』, 『완위산당설부본宛委山堂說郛本』에 '철澈'자는 '철徹'자로 되어 있다.

他無與倫[1]也. 淺焙[2]亦有之, 但品格不及.

타무여륜야. 천배역유지, 단품격불급.

[국역]

백차白茶

백차는 독특한 한 종류 (변종차)로써白茶自爲一種, 일반 (재배) 차와는 같지 않다與常茶不同. 그 (야생 차나무) 가지는 널리 흩어져 퍼지고其條敷闡, 그 잎사귀는 얇고 윤이 난다其葉瑩薄. (이 차나무는) 낭떠러지의 숲 사이에서 우연히 자생한 것이지崖林之間偶然生出, 인력으로 만든 것이 아니며蓋非人力所可致, 정배正焙에 있으나 4~5집에 불과하고正焙之有者不過四五家, 살아남은 것도 1~2그루에 지나지 않으며生者不過一二株, 만들어지는 단차의 수는 2~3개에 불과하다所造止於二三胯而已. (백차) 차싹이 많지 않기 때문에芽英不多, 찌기와 건조 등의 공정에 특히 어려움이 따른다尤難蒸焙. (가공 중에) 탕수와 화력에서 조금이라도 실수를 범하게 되면湯火一失, (백차의 가치를 상실하여) 곧 평범한 제품으로 전락하고 만다則已變而爲常品. (그러므로) 만드는 과정은 필히 정밀하고 신중해야 하며須製造精微, 법제에 따라 적절히 만들면運度得宜, 곧 (단차의) 겉과 속이 빛이 날 만큼 맑아지고則表裏昭澈, 마치 덜 다듬어진 옥돌 속의 옥과 같아如玉之在璞, 다른 부류(재배차)는 이에 비유할 바가 못 된다它無與倫也. 천배淺焙에도 이와 같은 것이 있으나淺焙亦有之, 품격에 있어 이에 미치지 못한다但品格不及.

1) 與倫: 『함분루설부본涵芬樓說郛本』에는 '위륜爲倫'으로 되어 있다.

2) 淺焙: 정배正焙의 바로 외곽 차밭을 가리켜 '천배淺焙'라 하며, 천배의 외곽 차밭을 '외배外焙'라 한다.

[원문]

羅碾나연

碾以銀爲上[1]，熟鐵次之．生鐵者，非淘煉[2]槌磨所成，間有黑屑藏於

연이은위상, 숙철차지. 생철자, 비도련퇴마소성, 간유흑설장어

隙穴，害茶之色尤甚．凡碾爲製，槽欲深而峻，輪欲銳而薄．槽深

극혈, 해다지색우심. 범년위제, 조욕심이준, 윤욕예이박. 조심

而峻，則底[3]有准而茶常聚；輪銳而薄，則運邊中而槽不戞[4]．羅欲

이준, 즉저유준이다상취; 윤예이박, 즉운변중이조불알. 나욕

細而面緊，則絹不泥而常透．碾必力而速[5]，不欲久，恐鐵之害色．

세이면긴, 즉견불니이상투. 연필력이속, 불욕구, 공철지해색.

羅必輕而平，不厭數[6]，庶已細者不耗．惟再羅，則入湯輕泛，粥面

나필경이평, 불염삭, 서이세자불모. 유재라, 즉입탕경범, 죽면

光凝，盡茶色[7]．

광응, 진다색.

---

1) 上:『고금도서집성본古今圖書集成本』,『완위산당설부본宛委山堂說郛本』에는 '상上'자가 빠져 있다.

2) 淘煉:『고금도서집성본古今圖書集成本』에는 '도간掏揀'으로 되어 있다.

3) 底:『함분루설부본涵芬樓說郛本』에는 '저底'자가 빠져 있다.

4) 戞: 금석金石 재질들이 서로 부딪치는 소리를 말한다.

5) 速:『함분루설부본涵芬樓說郛本』에는 '원遠'자로 되어 있다.

6) 平, 不厭數:『함분루설부본涵芬樓說郛本』에 '평平'자는 '수手'자로 되어 있고, '염厭'자는 '압壓'자로 되어 있다. '삭數'은 누차 또는 빈번하다, '불염不厭'은 싫어하지 않다는 뜻이다. 곧 횟수에 얽매이지 말라는 뜻이다.

7) 盡茶色:『고금도서집성본古今圖書集成本』에는 '진차지색盡茶之色'으로 되어 있다.

[국역]

체와 연羅碾

차연茶碾은 은 재질로 만든 것이 최상이며碾以銀爲上, 숙철熟鐵로 만든 것은 그 다음이다熟鐵次之. 생철生鐵 재질은生鐵者, 정련精鍊을 통해 연마한 것이 아니기 때문에非淘煉槌磨所成, (연의) 틈새에 검은 쇠 부스러기가 끼어 있어間有黑屑藏於隙穴, (맷돌질할 때) 차의 빛깔을 심하게 해친다害茶之色尤甚. 무릇 차연을 만드는데凡碾爲製, 연조碾槽는 깊숙하고 높게槽欲深而峻, 연륜碾輪 바퀴는 날카롭고 얇게 하는 것이 좋다輪欲銳而薄. 연조가 깊숙하고 높으면槽深而峻, 곧 바닥이 의거가 있어 차는 늘 그곳에 모인다則底有準而茶常聚. 바퀴가 날카롭고 얇으면輪銳而薄, 곧 굴릴 때 연의 한복판을 지나 가장자리와 부딪치지 않는다則運邊中而槽不戛. 체의 눈이 섬세하고 표면이 팽팽해야羅欲細而面緊, 곧 (찻가루가) 체 구멍에 막히지 않고 잘 빠진다則絹不泥而常透. 맷돌질을 할 때에는 반드시 힘주어 빨리 갈아야 하고碾必力而速, 시간을 끌어서는 안 되는데不欲久, (이는) 쇠 재질이(차) 빛깔을 해칠 염려가 있기 때문이다恐鐵之害色. 체질을 할 때는 반드시 가볍게 치고 수평을 잘 잡아야 하며羅必輕而平, 횟수에 얽매이지 말아야 하고不厭數, 여러 번의 체질을 거친 고운 것(찻가루)은 버릴 것이 없다庶已細者不耗. (마실 때) 다시 한 번 체질하여惟再羅, 곧 끓인 물을 부으면 가루가 사뿐히 일어나고則入湯輕泛, (격불을 하면) 죽면粥面 곧 유화乳花가 광택 있게 모여粥面光凝, 차의 빛깔을 충분히 재현할 수 있다盡茶色.

[원문]

盞잔

盞色貴青黑，玉毫條達者爲上，取其煥[1]發茶采色也．底必差深而微

잔색귀청흑, 옥호조달자위상, 취기환발다채색야. 저필차심이미

寬．底深則茶直立[2]，易以取乳[3]；寬則運筅旋徹，不礙擊拂．然須度

관. 저심즉다직립, 이이취유; 관즉운선선철, 불애격불. 연수도

茶之多少，用盞之小大．盞高茶少，則掩蔽茶色；茶多盞小，則受

다지다소, 용잔지소대. 잔고다소, 즉엄폐다색; 다다잔소, 즉수

湯不盡．盞惟熱，則茶發立[4]耐久．

탕부진. 잔유열, 즉다발립내구.

[국역]

찻잔盞

찻잔의 빛깔은 푸른빛을 띤 검정색을 귀하게 여기며盞色貴青黑, 가는 털 무늬들이 골고루 있는 것을 최상으로 삼는데玉毫條達者爲上, (이는) 차의 유화乳花 빛깔(백색)을 조화롭게 드러낼 수 있기 때문에 취한 것이다取其煥發茶采色也. (찻잔) 바닥은 필히 조금 깊고 약간 넓어야 한다底必差深而微寬. 바닥이 깊으면 곧 차 포말을 일으키기가 좋고底深則

1) 煥: 『고금도서집성본古今圖書集成本』, 『완위산당설부본宛委山堂說郛本』에는 '오燠'자로 되어 있다.

2) 茶直立: '직립直立'은 일으킨다는 뜻이며, 여기서의 '차茶'자는 말차의 근본 곧 정수인 유화를 말한다. 『고금도서집성본古今圖書集成本』, 『완위산당설부본宛委山堂說郛本』에 '직直'자는 '의宜'자로 되어 있다.

3) 易以取乳: 『고금도서집성본古今圖書集成本』에 '이이취유易以取乳' 문구 앞에 '이而'자가 붙어 있다.

4) 茶發立: '발립發立'은 직립直立과 같은 의미로서 곧 유화가 잘 일어나도록 한다는 뜻이다.

茶直立, 유화乳花를 쉽게 취할 수 있으며易以取乳, 바닥이 넓으면 곧 차선을 쉽게 움직여 돌릴 수 있기에寬則運筅旋徹, 격불을 하는데 방해를 받지 않는다不礙擊拂. 따라서 반드시 차의 양이 많고 적음을 헤아려然須度茶之多少, 찻잔의 크기를 정한다用盞之小大. 찻잔이 높고 (크고) 차가 적으면盞高茶少, 곧 차색이 가려 제대로 보이지 않으며則掩蔽茶色, 차가 많고 잔이 작으면茶多盞小, 곧 차탕을 충분히 받을 수 없다則受湯不盡. 찻잔은 따뜻하게 해두어야盞惟熱, 곧 유화가 잘 일어나고 오래간다則茶發立耐久.

[원문]

筅선

茶筅以筯[1]竹老者爲之, 身欲厚重, 筅欲疏勁[2], 本欲壯而末必眇[3],

다선이저죽로자위지, 신욕후중, 선욕소경, 본욕장이말필묘,

當如劒[4]脊之狀. 蓋身厚重, 則操之有力而易於運用. 筅疏勁如劒脊,

당여검척지상. 개신후중, 즉조지유력이이어운용. 선소경여검척,

則擊拂雖過而浮沫不生[5].

즉격불수과이부말불생.

---

1) 筯:『함분루설부본涵芬樓說郛本』에는 '저箸'자로 되어 있고,『고금도서집성본古今圖書集成本』에는 '저筯'자로 되어 있다.

2) 疏勁: '소疏'는 희소稀疏를 뜻하며, '경勁'은 굳세고 날카롭다는 뜻이다.

3) 眇: 가늘다는 '세細'와 같은 뜻이다.

4) 筅疏勁如劒脊:『고금도서집성본古今圖書集成本』에 '척脊'자가 '척瘠'자로 되어 있고,『함분루설부본涵芬樓說郛本』에는 '선소경여검척筅疏勁如劒脊'의 문구 전체가 빠져 있다.

5) 擊拂雖過而浮沫不生: 차솔이 성글고 강하면 격불擊拂을 해도 유화가 잘 생기지 않는다의 뜻이다.

[국역]

차선, 차솔筅

차선은 젓가락을 만들던 오래된 대 재질로 쓰고茶筅以箸竹老者爲之, 손잡이는 두껍고 무거워야 하며身欲厚重, 솔은 성글고 강해야 하며筅欲疏勁, (솔) 윗부분은 두껍고 끝은 가늘어야 하며本欲壯而末必眇, 마치 칼의 등성 모양과 같다當如劍脊之狀. 이는 손잡이가 두껍고 무거워야蓋身厚重, 곧 (격불) 다룰 때 힘이 있어 운용하기 쉽다則操之有力而易於運用. 솔이 성글고 강하여 마치 칼 등성과 같으면筅疏勁如劍脊, 격불이 비록 강하게 하더라도 유화는 잘 생기지 않는다則擊拂雖過而浮沫不生.

[원문]

甁병

甁宜金銀，大小之製，惟所裁給[1]．注湯利害[2]，獨甁之口嘴[3]而已．

병의금은, 대소지제, 유소재급. 주탕이해, 독병지구취이이.

嘴之口欲[4]大而宛直，則注湯力緊而不散．嘴之末欲圓小而峻削，

취지구욕대이완직, 즉주탕력긴이불산. 취지말욕원소이준삭,

則用湯有節而不滴瀝[5]．蓋湯力緊，則發速有節；不滴瀝，則茶面[6]不

즉용탕유절이부적력. 개탕력긴, 즉발속유절; 부적력, 즉다면불

---

1) 給:『함분루설부본涵芬樓說郛本』에는 '제製'자로 되어 있다.

2) 利害:『고금도서집성본古今圖書集成本』,『완위산당설부본宛委山堂說郛本』에는 '해리害利'로 되어 있다.

3) 嘴:『함분루설부본涵芬樓說郛本』에는 '자觜'자로 되어 있고,『고금도서집성본古今圖書集成本』,『완위산당설부본宛委山堂說郛本』에는 '취嘴'자로 되어 있다.

4) 欲:『고금도서집성본古今圖書集成本』,『완위산당설부본宛委山堂說郛本』에는 '차差'자로 되어 있다.

5) 不滴瀝:『함분루설부본涵芬樓說郛本』에 '부적력不滴瀝' 앞에 '이而'자가 붙어 있다.

6) 茶面: 유화의 표면을 뜻한다.

破.

파.

[국역]

탕병瓶

물을 끓이고 따르는 병 즉 수주水注는 금이나 은 재질로 하고瓶宜金銀, 크기의 제조는大小之製, 알맞게 정하는 것이 좋다惟所裁給. 탕을 따를 때의 이해득실은注湯利害, 오직 수주水注 탕병湯瓶의 주둥이에 달려 있다獨瓶之口嘴而已. 주둥이의 입이 크고 구부러지다 곧게 이어지면嘴之口欲大而宛直, 곧 탕을 따를 때 물줄기가 힘차고 흩어지지 않는다則注湯力緊而不散. 주둥이의 끝 모양이 작고 둥글며 잘라낸 것 같이 생겨야嘴之末欲圓小而峻削, 곧 탕을 따를 때 절도가 있어 흘리지 않고 따를 수 있다則用湯有節而不滴瀝. 이는 따르는 물이 힘이 있어야蓋湯力緊, 곧 원할 때 곧 멈출 수가 있고則發速有節, 물을 흘리지 않아야不滴瀝, 곧 말차의 유화乳花 포말 표면이 갈라지지 않는다則茶面不破.

[원문]

杓표

杓[1]之大小, 當以可受一盞茶爲量. 過一盞則必歸其餘, 不及則必取

표지대소, 당이가수일잔다위량. 과일잔즉필귀기여, 불급즉필취

其不足. 傾杓煩數, 茶必冰矣.

기부족. 경표번수, 다필빙의.

1) 杓: 여기의 '표杓'는 물을 따르는 기구가 아니라 말차를 나누는 국자를 말한다. 곧 큰 그릇에서 만들어진 말차를 나눔 찻잔으로 나눌 때 사용하는 국자다.

[국역]

표자杓

(말차를 나누는) 국자의 크기는杓之大小, 한 잔의 양을 기준으로 삼는다當以可受一盞茶爲量. (말차를 나눔 차기에 따를 때) 한 잔의 분량이 넘으면 (남은 차는) 곧 필히 되돌려 담고過一盞則必歸其餘, 모자라면 곧 필히 그 부족한 분량을 채울 것이다不及則必取其不足. 빈번하게 국자를 쓰게 되면傾杓煩數, 말차는 반드시 식는다(유화가 사그러진다)茶必冰矣.

[원문]

水수

水以淸輕甘潔爲美, 輕甘乃水之自然, 獨爲難得. 古人第水[1]雖曰
수이청경감결위미, 경감내수지자연, 독위난득. 고인제수수왈
中泠、惠山爲上, 然人相去之遠近, 似不常得. 但當取山泉之淸潔
중령、혜산위상, 연인상거지원근, 사불상득. 단당취산천지청결
者, 其次, 則井水之常汲者爲可用. 若江河之水, 則魚鱉之腥, 泥
자, 기차, 즉정수지상급자위가용. 약강하지수, 즉어별지성, 이
濘之汙, 雖輕甘無取. 凡用湯以魚目, 蟹眼連繹迸躍爲度, 過老則
녕지오, 수경감무취. 범용탕이어목, 해안연역병약위도, 과로즉
以少新水投之, 就火頃刻而後用.
이소신수투지, 취화경각이후용.

1) 第水: 『고금도서집성본古今圖書集成本』, 『완위산당설부본宛委山堂說郛本』에는 '품수品水'로 되어 있다.

[국역]

물水

물은 맑고 가벼우며 달면서 깨끗한 것이 좋은 것이며水以淸輕甘潔爲美, 가볍고도 달콤한 것은 물의 본성으로輕甘乃水之自然, 그것을 얻기란 여간 쉽지 않다獨爲難得. 옛사람들이 물을 품평하는데 비록 중령中泠과 혜산惠山의 것을 으뜸으로 여기나古人第水雖曰中泠惠山爲上, 인가와는 거리가 있어然人相去之遠近, 쉽게 얻을 수 없다似不常得. 따라서 산의 맑고 깨끗한 샘물을 취하는 것이 마땅하며但當取山泉之淸潔者, 그 다음으로는其次, 곧 빈번하게 길어내는 우물물이 쓸 만하다則井水之常汲者爲可用. 만약 강물이나 냇물일 경우若江河之水, 곧 생선, 자라의 비린내가 나고則魚鱉之腥, 진흙이 고여 있어泥濘之汙, 비록 그 물이 가볍고 달게 느끼더라도 취하지 않는다雖輕甘無取. 무릇 사용하는 끓인 물(적정한 기포 모양)은 어목魚目, 해안蟹眼처럼 잇달아 일어날 때를 알맞은 시기라 여기며凡用湯以魚目蟹眼連繹迸躍爲度, 만약 지나치게 끓었거든 곧 새 물을 조금 넣어過老則以少新水投之, (해안이 되기까지) 약간 더 끓인 후 쓰도록 한다就火頃刻而後用.

[원문]

點점

點茶不一，而調膏[1]繼刻[2]．以湯注之，手重筅輕[3]，無粟文蟹眼者，
점다불일, 이조고계각. 이탕주지, 수중선경, 무속문해안자,
謂之‘靜面點’．蓋擊拂無力，茶不發立，水乳未浹，又復增[4]湯，色
위지‘정면점’. 개격불무력, 다불발립, 수유미협, 우복증탕, 색

---

1) 膏: 고대의 차서茶書에 고膏에 대한 해석은 여러 가지로 나타나 있다. 이 용어가 차서에서 다양하게 사용된 예를 보면 다음과 같다.

㉠ 익은 찻잎 속의 차즙:
(1)『품다요록品茶要錄』「지고漬膏」“榨欲盡去其膏.”
(2)『대관다론大觀茶論』「색色」“壓膏不盡則色靑暗.”
(3)『북원별록北苑別錄』「자차榨茶」“江茶畏流其膏, 建茶惟恐其膏之不盡, 膏不盡則色味重濁矣.”
(4) 『다경茶經』「이지구二之具 · 증甑」“散所蒸牙筍並葉, 畏流其膏.”

㉡ 찻잎을 갈아 만든 된 반고체:
(1)『북원다록北苑茶錄』「납차蠟茶」“始記有硏膏茶.”
(2)『대관다론大觀茶論』「감변鑒辨」“膏稀者, 其膚蹙以文; 膏稠者, 其理斂以實.”
(3) 주권朱權의『다보茶譜』「품차品茶」“無得膏爲餠.”
(4) 채양蔡襄의『다록茶錄』「향香」“入貢者微以龍腦和膏, 欲助其香.”

㉢ 점차하는데 찻가루를 풀어 일차적으로 만든 된 반고체:
(1)『십륙탕품十六湯品』「단맥탕斷脈湯」“茶已就膏, 宜以造化成其形.”
(2)『대관다론大觀茶論』「점點」“而調膏繼刻.”

㉣ 광택을 높이기 위해 바르는 투명한 액체인 고유膏油:
(1) 채양蔡襄의『다록茶錄』「색色」“餠茶多以珍膏油.”
(2)『품다요록品茶要錄』「총론總論」“園民射利, 膏油其面.”

㉤ 병차 표면에 생긴 산화 갈변된 묵은 기름인 고유膏油:
(1) 채양蔡襄의『다록茶錄』「색色」“於淨器中以沸湯漬之, 刮去膏油一兩重乃止.”

2) 繼刻: 짧은 시간, 단시간을 말한다.

3) 手重筅輕: 격불擊拂을 할 때 차선을 잘못 잡은 방법 중의 하나로, 손목에 힘이 잔뜩 들어갔음에도 불구하고 차선에는 힘을 실어주지 못한 것을 말한다. 이러한 격불을 통해 만들어진 말차의 유화는 결국 좁쌀, 게눈과 같은 포말마저 피어나지 못하게 되는데, 이를 가리켜 ‘정면점靜面點’이라 한다.

4) 增:『함분루설부본涵芬樓說郛本』에는 ‘상傷’자로 되어 있다.

澤不盡，英華淪散，茶無立作矣.

택부진, 영화윤산, 다무입작의.

[국역]

점차點茶

점차點茶 곧 차의 포말인 유화를 내는 방법은 한 가지만 있는 것이 아니나點茶不一, (중요한 것은) 단시간에 차고茶膏를 잘 만드는 것이다而調膏繼刻. (포말을 낼 때 잘못 다루는 경우가 있다.) 끓인 물을 부어以湯注之, (격불을 할 때) 손목에 힘이 잔뜩 들어갔으나 차선茶筅에는 오히려 힘이 받쳐주지 못해手重筅輕, (가벼운 차선 놀림으로) 좁쌀, 게눈 같은 포말마저 피어나지 않는 경우無粟文蟹眼者, 이를 가리켜 '정면점靜面點'이라 한다謂之靜面點. (곧 유화가 일어나지 않은 고요한 수면水面과도 같다는 뜻으로) 이는 격불의 힘이 부족하기 때문에蓋擊拂無力, 차의 근본이 일어나지 못한 것이며茶不發立, 물과 유화가 융합되지 않은 상태에서水乳未浹, 재차 탕수를 부어又復增湯, 색택이 충분히 일어나지 못해色澤不盡, 정화가 흩어져英華淪散, 차의 근본을 일으키지 못한 것이다茶無立作矣.

[원문]

有隨湯擊拂，手筅俱重[1]，立文泛泛，謂之'一發點'．蓋用湯已故[2]，

유수탕격불, 수선구중, 입문범범, 위지'일발점'. 개용탕이고,

---

1) 手筅俱重: 격불擊拂을 할 때 차선을 잘못 잡은 방법 중의 하나로, 손목에 힘을 잔뜩 주면서 차선에도 힘이 잔뜩 들어간 것을 말한다. 이러한 격불을 통해 만들어진 말차의 유화는 듬성듬성 밖에 피어나지 못하게 되는데, 이를 가리켜 '일발점一發點'이라 한다.

2) 故: '고故'자는 '구久'자와 통하며, 긴 시간 동안을 말한다.

指腕不圓，粥面未凝，茶力已盡，霧雲[1]雖泛，水脚易生.
지완불원, 죽면미응, 다력이진, 무운수범, 수각이생.

[국역]

(그리고 또 한 가지 잘못 다룬 경우는) 탕수를 한 번에 부으면서 격불을 하고有隨湯擊拂, 손목과 차선에 모두 힘이 들어가手筅俱重, (유화가) 드문드문 밖에 피어나지 않는 것을立文泛泛, '일발점一發點'이라 한다謂之一發點. 이는 탕수를 (나누어 부어야함에도 불구하고) 긴 시간에 한 번에 다 붓고蓋用湯已故, 차선을 잡는 손가락과 손목의 기술이 원숙하지 못함으로 인해指腕不圓, (차탕) 표면에 유화가 모이지 않은 상황에서粥面未凝, 차의 근본이 소실되어茶力已盡, 비록 안개와 같은 엷은 포말이 일어나더라도霧雲雖泛, 수각水脚 곧 유화가 사라진 후 찻잔 벽면에 남은 물자국이 쉽게 생기게 되는 것이다水脚易生. (이상은 모두 유화를 만드는데 실패한 예다).

[원문]

妙於此者，量茶受湯，調如融膠. 環注盞畔，勿使侵[2]茶. 勢不欲

---

1) 霧雲:『고금도서집성본古今圖書集成本』,『완위산당설부본宛委山堂說郛本』에는 '운무雲霧'로 되어 있다.

2) 侵:『함분루설부본涵芬樓說郛本』에는 '침浸'자로 되어 있고,『고금도서집성본古今圖書集成本』,『완위산당설부본宛委山堂說郛本』에는 '침侵'자로 되어 있다.

묘어차자, 양다수탕, 조여융교. 환주잔반, 물사침다. 세불욕 猛, 先須攪動茶膏, 漸加擊拂, 手輕筅重[1], 指遶腕旋[2], 上下透徹, 맹, 선수교동다고, 점가격불, 수경선중, 지요완선, 상하투철, 如酵蘖之起麵, 疏星皎月, 燦然而生, 則茶面[3]根本立矣. 여효얼지기면, 소성교월, 찬연이생, 즉다면근본입의.

[국역]

(점차는) 실로 오묘한 것이며妙於此者, (좋은 차탕을 만들고자 한다면) 먼저 찻가루를 헤아려 탕수를 부어量茶受湯, 끈적끈적한 아교와 같이(차고茶膏를) 만든다調如融膠. (이를 위해서 첫 번째 탕수는) 찻잔 위의 둘레로 돌아가면서 따르도록 하고環注盞畔, 찻가루에 직접 닿지 않도록 해야 한다勿使浸茶. 사납지 않은 자세로勢不欲猛, 먼저 차고를 풀어先須攪動茶膏, 점차 격불을 가하는데漸加擊拂, 손에 힘은 빼고 차선은 묵직하게 잡으며手輕筅重, 손가락은 에워싸듯 하여 손목을 돌려指繞腕旋, (차고를) 위부터 아래까지 골고루 투명하게 섞으면上下透徹, (그 포말은) 마치 누룩이 발효되어 밀가루의 표면이 부풀어 오른 모양같이如酵蘖之起麵, 하늘의 영롱한 별과 밝은 달과도 같이疏星皎月, 찬란하게 나타나는데燦然而生, (이러한 격불이어야 만이) 곧 차면茶面의 근본을 완전히 일으킬 수 있는 것이다則茶面根本立矣.

---

1) 手輕筅重: 격불擊拂을 할 때 차선을 정확하게 잡은 방법이다. 곧 손목에 힘을 빼고 차선에 힘을 실어주는 것으로 이러한 격불을 통해 유화를 만들어야 차면의 근본을 완전히 일으킬 수 있다.

2) 旋: 『함분루설부본涵芬樓說郛本』에는 '족簇'자로 되어 있다.

3) 茶面: 차의 표면 곧 격불하여 만들어진 유화의 표면을 말한다. 『고금도서집성본古今圖書集成本』, 『완위산당설부본宛委山堂說郛本』에 '면面'자는 '지之'자로 되어 있다.

[원문]

第二湯[1]自茶面注之，周回一線，急注急止[2]，茶面不動，擊拂既力，

제이탕자다면주지, 주회일선, 급주급지, 다면부동, 격불기력,

色澤漸開，珠璣磊落.

색택점개, 주기뢰락.

[국역]

(이어서 붓는) 두 번째 탕수는 차면茶面 (유화) 위로 따르는데第二湯自茶面注之, 돌려가면서 한 물줄기로周回一線, 빠르고 짧게 따라야急注急止, (이미 형성된 포말인) 차면茶面이 움직이지 않으며茶面不動, 격불을 힘주어 하면擊拂既力, (차의) 색택이 점차 나타나色澤漸開, (마치) 작은 구슬과 같은 과립顆粒 모양의 (유화가) 쌓인다珠璣磊落.

[원문]

三湯多寡[3]如前，擊拂漸貴輕勻，周環旋復[4]，表裏洞徹，粟文蟹眼，

삼탕다과여전, 격불점귀경균, 주환선복, 표리동철, 속문해안,

泛結雜起，茶之色十已得其六七.

범결잡기, 다지색십이득기육칠.

---

1) 湯: 일반적으로 뜨거운 물을 가리키나, 여기에서의 탕은 두 가지 의미를 지닌다. 하나는 '뜨거운 물인 탕수'를 말한 것이고 다른 하나는 탕수와 함께 '단계', '과정'의 뜻도 지니고 있다. 7탕 중 1, 2, 3, 4, 5에서 언급한 탕은 '탕수'의 의미로 나타난 반면 6, 7에서 언급한 탕은 '과정', '단계' 등의 뜻에 무게를 두고 있다.

2) 止: 『고금도서집성본古今圖書集成本』에는 '상上'자로 되어 있다.

3) 寡: 『고금도서집성본古今圖書集成本』, 『완위산당설부본宛委山堂說郛本』에는 '치置'자로 되어 있다.

4) 旋復: 『함분루설부본涵芬樓說郛本』에는 '선복旋復'자가 빠져 있다.

[국역]

세 번째 탕수의 양은 앞과 (두 번째) 같으며三湯多寡如前, (다만) 격불을 점차 가볍고 고르게 하는 것을 귀하게 여기며擊拂漸貴輕勻, 주위를 돌려가면서 하면周環旋復, (차탕) 표면과 속이 완벽하게 어우러지고表裏洞徹, 좁쌀무늬나 게눈과 같이粟文蟹眼, (포말이) 뒤섞여 일어나는데泛結雜起, 차색에 있어 (완성도를) 10부로 본다면 6~7부까지 얻어진 것이다茶之色十已得其六七.

[원문]

四湯尚嗇[1], 筅欲轉稍[2]寬而勿速, 其眞精[3]華彩, 旣已煥然[4], 輕雲[5]漸
사탕상색, 선욕전초관이물속, 기진정화채, 기이환연, 경운점
生.
생.

[국역]

네 번째 탕수의 양은 적어도 무방하나四湯尚嗇, 차선의 끝을 굴리듯

---

1) 嗇: 인색의 뜻을 가지고 있으나 여기에서는 적은 양을 말한다.

2) 稍: 『완위산당설부본宛委山堂說郛本』, 『함분루설부본涵芬樓說郛本』에는 '杪梢'자로 되어 있다.

3) 眞精: 『고금도서집성본古今圖書集成本』, 『완위산당설부본宛委山堂說郛本』에는 '청진淸眞'으로 되어 있다.

4) 然: 『고금도서집성본古今圖書集成本』, 『완위산당설부본宛委山堂說郛本』에는 '발發'자로 되어 있다.

5) 輕雲: 『고금도서집성본古今圖書集成本』, 『완위산당설부본宛委山堂說郛本』에는 '운무雲霧'로 되어 있다.

천천히 넓게 잡고 급하게 하지 않아야 하며筅欲轉稍寬而勿速, 그(차)의 참되고 화려한 색채들이其眞精華彩, 환하게 나타나旣已煥然, (마치) 안개구름과 같이 (유화가) 점차 일어나게 된다輕雲漸生.

[원문]

五湯乃可稍縱, 筅欲輕盈[1]而透達, 如發立未盡, 則擊以作之. 發立
오탕내가초종, 선욕경영이투달, 여발립미진, 즉격이작지. 발립
已[2]過, 則拂以斂之[3], 結浚靄[4], 結凝雪, 茶色盡矣[5].
이과, 즉불이렴지, 결준애, 결응설, 다색진의.

[국역]

(이어서 붓는) 다섯 번째 탕수의 양은 헤아려[稍縱] 따르도록 하고五湯乃可稍縱, 차선은 가볍고 고르게 완벽하고 투명하게 (유화를 만들며)筅欲輕勻而透達, 만일 (유화가) 충분히 피지 않았다면如發立未盡, 곧 계속 격불하여 (유화를) 만든다則擊以作之. (만약) 유화가 완벽하게 피었다면發立已過, 곧 (차선을) 거두어 격불을 끝마치도록 하는데則拂以斂之, (이때 유화의 모습이) 마치 뭉개구름이 뭉치는 것結浚靄, 눈이 쌓인 것과 같다면結凝雪, 이는 차의 모든 색택이 완벽하게 나타난 것이다茶色盡矣.

---

1) 盈: 『고금도서집성본古今圖書集成本』, 『완위산당설부본宛委山堂說郛本』에는 '균勻'자로 되어 있다.

2) 已過: 『함분루설부본涵芬樓說郛本』에는 '비과備過'로 되어 있다.

3) 發立未盡, 則擊以作之. 發立已過, 則拂以斂之: 차의 근본인 유화가 충분히 피지 않았다고 생각하면 계속 격불을 하고, 포말인 유화가 완벽하게 일어났다고 생각하면 격불을 거두어 끝마치도록 한다는 것을 뜻한다.

4) 浚靄: '준浚'은 깊이의 뜻을 지니고 있으나, 여기에서는 뭉치다를 뜻한다. '애靄'는 뭉개구름을 말한다.

5) 結浚靄, 結凝雪, 茶色盡矣: 『함분루설부본涵芬樓說郛本』에는 '연후결애응설然後結靄凝雪, 차향진의茶香盡矣' 문구로 되어 있다.

[원문]

六湯以觀立作[1], 乳點勃然[2], 則以筅著居[3], 緩繞拂動而已.

육탕이관입작, 유점발연, 즉이선저거, 완요불동이이.

[국역]

여섯 번째 탕수(단계)는 (완성된 유화의 상태를) 살피면서 취하는데 六湯以觀立作, (만약 어느 한 곳의) 유화 기포가 크다 싶으면乳點勃然, 곧 차선을 그 곳에 두어則以筅着居, 부드럽게 천천히 풀어 마무리하면 된다緩繞拂動而已.

[원문]

七湯以分[4]輕清重濁, 相稀稠得中, 可欲則止. 乳霧洶湧, 溢盞而起, 周回凝[5]而不動, 謂之'咬盞', 宜均[6]其輕清浮合[7]者飲之.『桐君

칠탕이분경청중탁, 상희조득중, 가욕즉지. ~~유무흉용~~, 일잔이기, 주회응이부동, 위지'교잔', 의균기경청부합자음지.『동군

1) 以觀立作: '관觀'은 자세히 살핀다는 뜻이며, '이관입작以觀立作'은 완성된 유화의 상태를 자세히 살피면서 계속할 것인지에 대해 판단을 내린다는 뜻이다

2) 勃然:『고금도서집성본古今圖書集成本』,『완위산당설부본宛委山堂說郛本』에는 '발결勃結'로 되어 있다.

3) 著:『함분루설부본涵芬樓說郛本』에는 '착着'자로 되어 있고,『고금도서집성본古今圖書集成本』,『완위산당설부본宛委山堂說郛本』에는 '저著'자로 되어 있다.

4) 分: 구별하다는 것을 뜻한다.

5) 凝:『고금도서집성본古今圖書集成本』,『완위산당설부본宛委山堂說郛本』에는 '선旋'자로 되어 있다.

6) 均: 골고루 나누다는 뜻을 지닌다.『고금도서집성본古今圖書集成本』,『완위산당설부본宛委山堂說郛本』에는 '균勻'자로 되어 있다.

7) 輕清浮合: 가볍고 맑으며 떠오른 것을 합한다는 뜻으로 여기에서는 유화를 가리킨다.

錄』[1] 曰 "茗有餑[2], 飮之宜人.", 雖多不爲過也.

록』 왈 "명유발, 음지의인.", 수다불위과야.

[국역]

(마지막) 일곱 번째 탕수(단계)는 유화의 농도 및 점도의 상태에 따라 구별하는데七湯以分輕淸重濁, 농도가 서로 알맞다고 판단되면相稀稠得中, 곧 (격불을) 거두어 멈춘다可欲則止. (이렇게 만들어진 유화가) 무성한 안개처럼 밀려와乳霧洶湧, 잔에 넘치듯이 일어나溢盞而起, 잔 둘레에 엉겨 붙어 움직이지 아니한 것을周回凝而不動, '교잔咬盞' 곧 잔물림이라고 하는데謂之咬盞, 이러한 유화를 마땅히 골고루 나누어 마시도록 한다宜均其輕淸浮合者飮之. 『동군록』에 이르기를桐君錄曰 "차에는 발餑이 있는데茗有餑, 이를 마시면 몸에 좋다飮之宜人"고 하였으며, 이에 (차의 포말은) 아무리 많이 마셔도 지나침이 없을 것이다雖多不爲過也.

[원문]

味미

夫茶以味爲上, 甘香重滑, 爲味之全, 惟北苑, 壑源之品兼之. 其

부다이미위상, 감향중활, 위미지전, 유북원, 학원지품겸지. 기

味醇而乏風骨[3]者, 蒸壓太過也. 茶槍乃條之始萌者, 木性酸, 槍過

1) 桐君錄: 『동군록』의 원문은 『동군채약록桐君採藥錄』이며 『동군약록桐君藥錄』이라고도 한다. 대략 4~5세기에 만든 책이다. 『고금도서집성본古今圖書集成本』, 『완위산당설부본宛委山堂說郛本』에 '군君'자는 '거居'자로 되어 있다.

2) 餑: 『다경茶經』에서의 솥에서 끓은 차탕에 피어오른 차 포말을 말한다. 육우는 이러한 포말의 형태에 따라 '말沫,' '발餑,' '화花'라고 불렀으나, 여기에서 인용된 '발'의 의미는 점차법의 유화를 뜻한다.

3) 骨: 『함분루설부본涵芬樓說郛本』에는 '고膏'자로 되어 있다.

미순이핍풍골자, 증압태과야. 다창내조지시맹자, 목성산, 창과
長, 則初甘重而終微澀[1]. 茶旗乃葉之方敷者, 葉味苦, 旗過老, 則
장, 즉초감중이종미삽. 다기내엽지방부자, 엽미고, 기과로, 즉
初雖留舌而飮徹反甘矣. 此則芽胯[2]有之, 若夫卓絶之品, 眞香靈
초수유설이음철반감의. 차즉아과유지, 약부탁절지품, 진향영
味, 自然不同.
미, 자연부동.

[국역]

차맛味

무릇 차는 맛을 으뜸으로 삼으며夫茶以味爲上, 향기롭고 달며 중후하고 매끄러워야甘香重滑, 온전한 맛이라 할 수 있는데爲味之全, (이러한 맛은) 오직 북원北苑과 학원壑源의 제품만이 겸하고 있다惟北苑壑源之品兼之. 그 (차)맛이 순하나 풍미가 모자라는 것은其味醇而乏風骨者, 증압蒸壓이 너무 지나쳤기 때문이다蒸壓太過也. 차의 창[茶槍]이란 올라온 새가지에서 처음 움틀 때 나는 것이며茶槍乃條之始萌者, 차나무의 성미는 산성이기에木性酸, 창槍이 지나치게 자라면槍過長, 곧 첫맛은 달고 중후하나 끝맛은 약간 떫을 수 있다則初甘重而終微澁. 차의 기[茶旗]란 잎사귀가 막 펴진 것을 말하며茶旗乃葉之方敷者, 잎은 쓴맛이 나는데葉味苦, 기旗가 지나치게 늙으면旗過老, 곧 첫맛은 쓰고 혀에 머물지만 마시고 나면 오히려 달콤하다則初雖留舌而飮徹反甘矣. 이와 같은 것(맛)은 아과芽胯만이 갖추고 있으며此則芽胯有之, 만약 탁월하고 뛰어난 제

1) 微: 『함분루설부본涵芬樓說郛本』에 '미微'자 뒤에 '쇄鎖'자가 붙어 있다.

2) 銙: 조공하는 고형차의 모양이 대체로 사각형으로 나타나는 것을 '과銙'라고 한다. 이와 달리 고형차의 모양이 둥근 것은 대체로 '단團'이라고 한다.

품이라면若夫卓絶之品, 천성의 향기와 신령스런 맛이眞香靈味 (갖추어져 있기에), 당연히 다를 것이다自然不同.

[원문]

香향

茶有眞香, 非龍麝可擬. 要須蒸及熟[1]而壓之, 及乾而研, 研細而
다유진향, 비용사가의. 요수증급숙이압지, 급건이연, 연세이
造, 則和美[2]具足, 入盞則馨香四達, 秋爽灑然. 或蒸氣如桃仁夾
조, 즉화미구족, 입잔즉형향사달, 추상쇄연. 혹증기여도인협
雜, 則其氣酸烈而惡[3].
잡, 즉기기산렬이악.

[국역]

차향香

차에는 진향 곧 본바탕의 향기가 있으며茶有眞香, 용뇌龍腦나 사향麝香 같은 것에는 견줄 바가 못 된다非龍麝可擬. (진향을 내는 데는) 필히 때에 맞추어 (찻잎을) 쪄서 잘 익힌 후 눌러야 하며要須蒸及熟而壓之, 이어서 말린 다음 갈고及乾而研, 곱게 갈아서 만들어야 하며研細而造, (이렇게 만들어진 차는) 곧 부드러운 맛과 향이 충분히 갖추어져 있기에則和美具足, 잔에 넣으면 그윽한 향기가 사방에 퍼져入盞則馨香四達, (마

---

1) 熟: 『함분루설부본涵芬樓說郛本』에는 '열熱'자로 되어 있다.

2) 和美: 『함분루설부본涵芬樓說郛本』에는 '지미知美"로 되어 있다.

3) 蒸氣如桃仁夾雜, 則其氣酸烈而惡: 문구는 황유黃儒의 『품다요록品茶要錄』 「증불숙蒸不熟」 "맛이 복숭아씨와 같이 기미가 있는 것은, 설익어서 생기는 병폐다(味爲桃仁之氣者, 不蒸熟之病也.)"에서 비롯된 말이다. 『고금도서집성본古今圖書集成本』, 『완위산당설부본宛委山堂說郛本』에 '도인桃仁'의 '인仁'자는 '인人'자로 되어 있다.

치) 가을 날씨처럼 시원하고 상쾌하다秋爽灑然. 혹여 찔 때 김에서 복숭아씨 같은 냄새가 섞여 나온다면或蒸氣如桃仁夾雜, 곧 그 기미가 무척 시큼하고 고약해 역겨운 냄새가 강할 것이다則其氣酸烈而惡.

[원문]

色색

點茶之色, 以純白爲上眞, 青白爲次, 灰白次之, 黃白又次之. 天
점다지색, 이순백위상진, 청백위차, 회백차지, 황백우차지. 천
時得於上, 人力盡於下, 茶必純白. 天時暴暄, 芽萌狂長, 採造留
시득어상, 인력진어하, 다필순백. 천시폭훤, 아맹광장, 채조유
積, 雖白而黃矣. 青白者, 蒸壓微生; 灰白者, 蒸壓過熟. 壓膏不
적, 수백이황의. 청백자, 증압미생; 회백자, 증압과숙. 압고부
盡則色青暗, 焙火太烈則色昏赤.
진즉색청암, 배화태렬즉색혼적.

[국역]

차색色

말차[點茶]의 빛깔은點茶之色, 순백을 최상으로 여기며以純白爲上眞, 그 다음은 청백青白爲次, 그 다음은 회백灰白次之, 또 그 다음은 황백(순)으로 여긴다黃白又次之. 위로는 하늘이 주신 때를 잘 얻고天時得於上, 아래로는 사람이 최선을 다할 때人力盡於下, 반드시 차는 순백색으로 나온다茶必純白. 날씨가 갑자기 따뜻해져天時暴暄, 차싹이 지나치게 자라면芽萌狂長, 따고 만드는 공정이 지체되어 만들어지므로採造留積,

비록 하얗게 보일지라도 누렇게 (산화 갈변)된 것이다雖白而黃矣. (차가) 청백색을 띤 것은靑白者, 증압과정에서 찻잎이 덜 익은 것이며蒸壓微生, 회백색을 띤 것은灰白者, 지나치게 익은 것이다蒸壓過熟. (찻잎의) 진액을 충분히 짜내지 못하면 곧 (차의) 빛깔은 검푸르고 어두우며壓膏不盡則色靑暗, 말릴 때 화력이 지나치면 곧 검붉고 탁한 빛깔을 띤다焙火太烈則色昏赤.

[원문]

藏焙장배

數焙則首面乾而香減, 失焙則雜色剝而味散. 要當新芽初生卽焙,
수배즉수면건이향감, 실배칙잡색박이미산. 요당신아초생즉배,
以去水陸風濕之氣. 焙用熟火置爐中, 以靜灰擁合七分, 露火三
이거수륙풍습지기. 배용숙화치로중, 이정회옹합칠분, 노화삼
分, 亦以輕灰糝覆, 良久卽置焙簍上[1], 以逼散焙中潤氣. 然後列茶
분, 역이경회삼복, 양구즉치배루상, 이핍산배중윤기. 연후열다
於其中, 盡展角焙之[2], 未可蒙蔽, 候火通[3]徹覆之. 火之多少, 以
어기중, 진전각배지, 미가몽폐, 후화통철복지. 화지다소, 이

1) 卽置焙簍上: 『함분루설부본涵芬樓說郛本』에 '즉卽'자는 '각却'자로 되어 있고, '배루焙簍'는 '배토焙土'로 되어 있다.

2) 展角焙之: '전展'은 펼친다는 뜻이다. '각角'은 단차를 담는 자루를 뜻하며 일반적으로 1근의 단차를 한 자루에 담는데, 이를 '1각一角'이라 한다. 두 자루일 때는 '쌍각雙角'이라 한다. 『석림연어石林燕語』에 "소룡단 중에 정교한 것이 밀운룡이며 20개의 병차를 1근이라 한다. 그리고 두 자루일 때 쌍각단차라 부른다(又取小團之精者爲密雲龍, 以二十餅爲斤, 而雙袋, 謂之雙角團茶.)"고 하였다. 『고금도서집성본古今圖書集成本』, 『완위산당설부본宛委山堂說郛本』에는 '지之'자가 빠져 있다.

3) 通: 『고금도서집성본古今圖書集成本』, 『완위산당설부본宛委山堂說郛本』에는 '속速'자로 되어 있다.

焙[1]之大小增減. 探手爐中[2], 火氣雖熱而不至逼人手者爲良, 時以

배지대소증감. 탐수로중, 화기수열이부지핍인수자위량, 시이

手挼[3]茶體, 雖甚熱而無害, 欲其火力通徹茶體耳[4]. 或曰, 焙火如人

수뇌다체, 수심열이무해, 욕기화력통철다체이. 혹왈, 배화여인

體溫, 但能燥茶皮膚而已[5], 內之餘潤[6]未盡, 則復蒸暍矣. 焙畢, 卽

체온, 단능조다피부이이, 내지여윤미진, 즉복증갈의. 배필, 즉

---

1) 焙: 여러 차서茶書에서 사용되는 '배焙'는 다양한 뜻을 지니고 있다. 차를 건조하는 공정을 가리키는 홍배烘焙와 차를 건조하는데 필요한 기구인 배로焙爐 그리고 차를 만드는 장소 또는 차밭을 가리키는 관배官焙, 사배私焙 등이 있다. 이 용어가 차서에서 다양하게 사용된 예를 보면 다음과 같다.

㉠ 차를 건조하는 공정을 가리키는 홍배烘焙:
(1)『대관다론大觀茶論』「장배藏焙」: "焙用熟火置爐中, 以靜灰擁合七分, 露火三分..."
(2)『대관다론大觀茶論』「장배藏焙」: "然後列茶於其中, 盡展角焙之."

㉡ 차를 건조하는데 필요한 기구인 배로焙爐, 배롱焙籠, 배루焙簍:
(1)『다경茶經』「이지구二之具」: "焙, 鑿地深二尺, 闊二尺五寸, 長一丈. 上作短牆, 高二尺, 泥之."
(2) 채양蔡襄의『다록茶錄』「차배茶焙」: "茶焙, 編竹爲之, 裹以蒻葉. 蓋其上, 以收火也; 隔其中, 以有容也. 納火其下, 去茶尺許, 常溫溫然, 所以養茶色香味也."
(3)『대관다론大觀茶論』「장배藏焙」: "良久卽置焙簍上, 以逼散焙中潤氣."

㉢ 차 만드는 장소 또는 차밭을 가리키는 관배官焙, 사배私焙:
(1)『북원별록北苑別錄』「어원御園」: "...常先民焙十餘日..."
(2)『북원별록北苑別錄』「외배外焙」: "...石門, 乳吉, 香口, 右三焙..."
(3)『대관다론大觀茶論』「외배外焙」: "...方之正焙...有外焙者, 有淺焙者..."
(4)『선화북원공다록宣和北苑貢茶錄』: "...然龍焙初興, 貢數殊少..."

㉣ 차를 만드는 사람인 배인焙人:
(1)『대관다론大觀茶論』「품명品名」: "...焙人之茶..."

2) 爐中:『완위산당설부본宛委山堂說郛本』에는 '중로中爐'로 되어 있다.

3) 挼:『함분루설부본涵芬樓說郛本』에는 '원援'자로 되어 있다.

4) 耳:『고금도서집성본古今圖書集成本』,『완위산당설부본宛委山堂說郛本』에는 '이爾'자로 되어 있다.

5) 能燥茶皮膚而已: 이 문구는 채양蔡襄의『다록茶錄』중 "사람의 체온과 같은 은은한 불기운...(用火常如人體溫溫...)"에서 비롯된 말이다.

6) 濕潤:『함분루설부본涵芬樓說郛本』에는 '여윤餘潤'으로 되어 있다.

以用久漆竹器中緘藏之，陰潤勿開，如此[1]終年再焙，色常如新.

이용구칠죽기중함장지, 음윤물개, 여차종년재배, 색상여신.

[국역]

저장과 건조藏焙

(건조공정에서) 지나치게 불에 쬐어 말리면 곧 단차의 표면은 마르면서 향기가 줄고數焙則首面乾而香減, 건조에 실수가 일어나면 곧 잡색이 나면서 (병차 표면이) 벗겨져 맛도 흩어진다失焙則雜色剝而味散. (이에) 새싹이 처음 돋으면 (도착하면) 응당 곧 바로 건조공정을 거쳐要當新芽初生卽焙, 자연에 의해 생긴 습기(수분)를 제거해야 한다以去水陸風濕之氣. 단차를 불에 쬐어 말리는 배焙 곧 건조의 공정을 보면 우선 충분히 탄 숯불[熟火]을 배로焙爐 속에 넣고焙用熟火置爐中, 식은 재로 숯불의 7부[七部]를 가리고以靜灰擁合七分, 3부[三部]는 불길을 드러내게 하며露火三分, 고운 재로 다시 덮어 불기운을 조절하는데亦以輕灰糝覆, 긴 시간을 기다린 후 채롱[焙簍]을 배로焙爐 위에 놓고良久卽置焙簍上, 채롱 속의 습기를 제거한다以逼散焙中潤氣. 그리고 난 후 그 속에 단차를 줄지어 놓는데然後列茶於其中, 단차 꾸러미는 모두 펼치면서 말리며盡展角焙之, (이때 바로) 채롱의 뚜껑을 덮어서는 안 되며未可蒙蔽, 불기가 통하는 것을 기다렸다 덮도록 한다候火通徹覆之. 화력의 크기는火之多少, 건조의 양에 따라 늘리거나 줄인다以焙之大小增減. 손으로 화로의 불길을 살피는데探手爐中, 뜨겁더라도 참을 정도의 온도면 좋은 것으로 삼고火氣雖熱而不至逼人手者爲良, 가끔 손으로 차체茶體를 만져 보아時以手挼茶體, 비록 심히 뜨겁더라도 해로움이 없으면雖甚熱而無害, (이

1) 如此:『고금도서집성본古今圖書集成本』,『완위산당설부본宛委山堂說郛本』에는 '여차如此'가 빠져 있다.

는) 뜨거운 불기운이 차체에 두루 통한 것이다欲其火力通徹茶體耳. 혹은 어떤 이가 (채양蔡襄) 말하기를或曰, 불길이 사람 체온과 같으면 된다고 하나焙火如人體溫, (이러한 온도는) 겨우 단차의 피부(표면)를 건조시킬 정도이지但能燥茶皮膚而已, (차) 속의 습기를 완벽하게 제거하지는 못하기에內之餘潤未盡, (마치 사람이) 열기와 습기에 쬐어 더위를 먹는 것과 같다則復蒸暍矣. 건조과정을 마치면焙畢, 오래 사용했던 옻칠한 대로 만든 기물 속에 넣어 봉하여 저장하고卽以用久漆竹器中緘藏之, 습기가 많은 날은 열지 않도록 하며陰潤勿開, 이러한 원칙 아래 연말에 (단차를) 재차 불에 쬐어 말리면如此終年再焙, 그 색이 늘 (햇차의) 새것과도 같다色常如新.

[원문]

品名[1]품명

名茶各以所産[2]之地, 如葉耕之平園台星巖, 葉剛之高峰靑鳳髓, 葉
명다각이소산지지, 여엽경지평원태성암, 엽강지고봉청봉수, 엽
思純之大嵐, 葉嶼之眉山[3], 葉五崇林之羅漢山水, 葉芽, 葉堅之碎
사순지대람, 엽서지미산, 엽오숭림지나한산수, 엽아, 엽견지쇄
石窠, 石臼窠一作突窠, 葉瓊, 葉輝之秀皮林, 葉師復, 師貺之虎
석과, 석구과일작돌과, 엽경, 엽휘지수피림, 엽사복, 사황지호

1) 品名: '품명品名'에 관한 내용은『함분루설부본涵芬樓說郛本』,『고금도서집성본古今圖書集成本』,『완위산당설부본宛委山堂說郛本』등에서 각기 다르게 나타난다. 여기의 내용은『함분루설부본涵芬樓說郛本』에 따른 것이다.

2) 所産:『고금도서집성본古今圖書集成本』,『완위산당설부본宛委山堂說郛本』에는 '성산聖産'으로 되어 있다.

3) 眉山:『고금도서집성본古今圖書集成本』,『완위산당설부본宛委山堂說郛本』에는 '설산屑山'으로 되어 있다.

巖，葉椿之無雙巖芽，葉懋之老窠園，名擅其門[1]，未嘗混淆，不可

암, 엽춘지무쌍암아, 엽무지노과원, 명천기문, 미상혼효, 불가

槪擧. 前後爭鬻[2]，互爲剝竊，參錯無據. 曾不思[3]茶之美惡，在於製

개거. 전후쟁죽, 호위박절, 참착무거. 증불사다지미악, 재어제

造之工拙而已，豈岡地之虛名所能增減哉. 焙人之茶，固有前優而

조지공졸이이, 기강지지허명소능증감재. 배인지다, 고유전우이

後劣者，昔負而今勝者，是亦園地之不常[4]也.

후열자, 석부이금승자, 시역원지지불상야.

[국역]

품명品名

명차는 각각 그 산지에 따라 이름을 얻는데名茶各以所産之地, 예를 들어 엽경葉耕은 평원태성암平園台星岩에서如葉耕之平園台星巖, 엽강葉剛은 고봉청봉수高峰青鳳髓에서葉剛之高峰青鳳髓, 엽사순葉思純은 대람大嵐에서葉思純之大嵐, 엽서葉嶼는 미산眉山에서葉嶼之眉山, 여오葉五 · 숭림崇林은 나한산羅漢山 · 수상水桑과 엽아葉芽에서葉五崇林之羅漢山水葉芽, 엽견葉堅은 쇄석과碎石窠 · 석구과石臼窠에서葉堅之碎石窠石臼窠 돌과突窠라고도 한다一作突窠. 엽경葉瓊 · 엽휘葉輝는 수피림秀皮林에서葉瓊葉輝之秀皮林, 엽사부葉師復 · 사황師貺은 호암虎岩에서葉師復師貺之虎巖, 엽춘葉椿은 무상암無雙岩에서葉椿之無雙巖芽, 엽무葉懋는 노과원老窠園 등에서

1) 名擅其門: 『고금도서집성본古今圖書集成本』, 『완위산당설부본宛委山堂說郛本』에는 '명천기미名擅其美'로 되어 있다.

2) 前後爭鬻: 『함분루설부본涵芬樓說郛本』에는 '후상쟁상죽後相爭相鬻'으로 되어 있으나, 『완위산당설부본宛委山堂說郛本』에는 '전후쟁죽前後爭鬻'으로 되어 있다.

3) 曾不思: 『고금도서집성본古今圖書集成本』에는 '증불사曾不思'가 빠져 있다.

4) 園地之不常: '원지園地'는 차밭, '불상不常'은 항상 불변하지 않는다는 뜻이다.

생산된 것인데葉懋之老窠園, 이들의 명성은 그 산지에 의해 얻어진 것이기에名擅其門, 아직까지 혼동되는 일이 없고未嘗混淆, 일일이 다 열거할 수도 없다不可概擧. (그러나) 훗날 차의 판매를 둘러싸고後相爭相鬻, 서로 다투어 이름을 도용하다 보니互爲剝竊, (차의 이름이) 뒤섞이게 되어 차산지에 대한 명확한 근거를 잃었다參錯無據. 일찍이 생각하지 않은 것은 차 품질의 좋고 나쁨은曾不思茶之美惡者, 차 만드는 공정의 기술에 의해 결정되는 것이지在於製造之工拙而已, 어찌 산지의 헛된 명성만으로 (차맛을) 좌우할 수 있다는 것일까豈峃地之虛名所能增減哉. 차농들이 만든 차를 보면焙人之茶, 물론 예전에 뛰어났어도 훗날에 질이 떨어지는 것이 있고固有前優而後劣者, 옛날에는 변변치 못했던 것이 오늘에 와서는 품질이 몹시 좋은 것도 있으니昔負而今勝者, 이로 보아 역시 차밭의 일이 항상 불변하는 것은 아닐 것이다是亦園地之不常也.

[원문]

外焙외배

世稱外焙[1]之茶, 臠小而色駁, 體好[2]而味澹, 方之正焙, 昭然可別[3]. 近
세칭외배지다, 련소이색박, 체호이미담, 방지정배, 소연가별. 근
之好事者, 篋笥之中, 往往半之蓄外焙之品. 蓋外焙之家, 久而益工製
지호사자, 협사지중, 왕왕반지축외배지품. 개외배지가, 구이익공제

1) 外焙: '정배正焙'의 반대 개념이기도 하다. 공차貢茶 밭인 정배에서 벗어난 주위의 차밭을 일러 '천배淺焙'라 하고, 천배에서 벗어난 차밭을 '외배外焙'라 한다.

2) 好: 『고금도서집성본古今圖書集成本』, 『완위산당설부본宛委山堂說郛本』에는 '모耗'자로 되어 있다.

3) 可別: 『고금도서집성본古今圖書集成本』, 『완위산당설부본宛委山堂說郛本』에는 '즉가則可'로 되어 있다.

造之妙，咸取則[1]於壑源，倣像規模，摹外[2]爲正．殊不知，其[3]虋雖等而蔑

조지묘, 함취즉어학원, 효상규모, 모외위정. 수부지, 기련수등이멸

風骨[4]，色澤雖潤而無藏蓄，體雖實而膏理乏縝密之文[5]，味雖重而澀滯乏

풍골, 색택수윤이무장축, 체수실이고리핍진밀지문, 미수중이삽체핍

馨香之美[6]，何所逃乎外焙哉? 雖然，有外焙者，有淺焙者．蓋淺焙之茶，

형향지미, 하소도호외배재? 수연, 유외배자, 유천배자. 개천배지다,

去壑源爲未遠，製之能[7]工，則色亦瑩白，擊拂有度，則體亦立湯，惟甘

거학원위미원, 제지능공, 즉색역영백, 격불유도, 즉체역입탕, 유감

重香滑之味稍[8]遠於正焙耳．至於[9]外焙，則迥然可辨．其有甚者，又至於

중향활지미초원어정배이. 지어외배, 즉형연가변. 기유심자, 우지어

採柿葉桴欖之萌，相雜而造，味雖與茶相類，點時隱隱有[10]輕絮泛然，茶

채시엽부람지맹, 상잡이조, 미수여다상류, 점시은은유경서범연, 다

---

1) 則:『함분루설부본涵芬樓說郛本』에는 '지之'자로 되어 있다.

2) 外:『함분루설부본涵芬樓說郛本』에는 '주主'자로 되어 있다.

3) 其:『함분루설부본涵芬樓說郛本』에는 '지至'자로 되어 있다.

4) 蔑風骨: '멸蔑'은 없다는 뜻이며, '풍골風骨'은 품위, 품격으로 해석한다.

5) 膏理乏縝密之文:『고금도서집성본古今圖書集成本』,『완위산당설부본宛委山堂說郛本』에는 '진밀핍리縝密乏理'으로 되어 있다

6) 馨香之美:『고금도서집성본古今圖書集成本』,『완위산당설부본宛委山堂說郛本』에는 '향香'자로만 되어 있다.

7) 能:『함분루설부본涵芬樓說郛本』에는 '수雖'자로 되어 있다.

8) 惟……稍:『함분루설부본涵芬樓說郛本』에 '유惟'자는 '수雖'자로 되어 있고, '초稍'자는 '부不'자로 되어 있다.

9) 至於:『고금도서집성본古今圖書集成本』,『완위산당설부본宛委山堂說郛本』에는 '어치於治'로 되어 있다.

10) 有:『고금도서집성본古今圖書集成本』,『완위산당설부본宛委山堂說郛本』에는 '여如'자로 되어 있다.

面粟文不生，乃其驗也．桑苧翁[1]曰 "雜以卉莽，飮之成病."[2] 可不細鑑而
면속문불생, 내기험야. 상저옹왈 "잡이훼망, 음지성병." 가불세감이
熟辨之?
숙변지?

[국역]

외배外焙

세상에서 말하기를 외배外焙에서 만들어진 단차는世稱外焙之茶, 볼품없이 작고 색은 그릇되어臠小而色駁, 모양이 좋더라도 맛이 싱거워體好而味淡, 정배正焙의 것과 비교하면方之正焙, 한눈에 알 수 있다고 한다昭然可別. 근래 호사가들의近之好事者, 차 상자[篋笥] 속을 보면篋笥之中, 왕왕 절반은 외배의 제품들이 비축되어 있다往往半之蓄外焙之品. 이는 외배의 차농들이蓋外焙之家, 오랫동안 차를 만들면서久而益工, 기술의 오묘를 터득하여製造之妙, 모든 것을 학원壑源의 것으로 취하고자 하는데咸取則於壑源, (학원의) 틀을 본떠 모방하여傚像規模, 겉으로는 마치 정배의 제품처럼 보이게 한 것이다摹外爲正. 그러나 누가 모르겠는가殊不知, 그 외소한 모양이 (정배의 제품과) 비슷할지라도 품위는 많이 떨어지고其臠雖等而蔑風骨, 색택이 비록 훌륭하더라도 소장할 가치가 없으며色澤雖潤而無藏蓄, 차체茶體는 비록 충실할지라도 치밀한 살결의 무늬가 빈약하고體雖實而膏理乏縝密之文, 맛이 비록 중후하더라도 떫고 텁텁하여 상큼한 향기가 부족한 것이味雖重而澁滯乏馨香之美, 어찌 외배라

---

1) 桑苧翁: 육우陸羽(733~804)를 말한다. 자字는 홍점鴻漸 또는 계자季疵이며, 호號는 경릉자竟陵子, 상저옹桑苧翁, 동강자東岡子, 동원선생東園先生, 다산어사茶山御使 등이고, 일명 질疾이라고도 한다. 사람들은 그를 육문학陸文學이라고도 부른다.

2) 雜以卉莽, 飮之成病: 원문는『다경茶經』「이지원一之源」에서 보이다. "제때에 따지 않거나, 정성들여 만들지 않거나, 다른 잎과 섞어 만든 차를, 마시면 병에 걸리기 쉽다(採不時, 造不精, 雜以卉莽, 飮之成疾.)"

는 제품에서 벗어날 수 있단 말인가何所逃乎外焙哉? 비록雖然, 외배外焙의 것도 있으나有外焙者, 천배淺焙의 것도 있다有淺焙者. (대개) 천배의 차는蓋淺焙之茶, 학원에서 그다지 멀리 떨어져 있지 않으며去壑源爲未遠, 제조가 잘 되면製之能工, 곧 빛깔이 투명하고 희어서則色亦瑩白, 알맞게 격불을 하면擊拂有度, 자체에서 포말 또한 잘 일어나고則體亦立湯, 달면서 중후한 부드러운 향미만이 정배의 것에 비해 조금 떨어진다惟甘重香滑之味稍遠於正焙耳. 그러나 외배의 것은至於外焙, 품질이 확연히 판별된다則迥然可辨. 심한 것은其有甚者, 감잎[柿葉]이나 부람桴欖의 움을 따서又至於採柿葉桴欖之萌, 섞어 만든 것도 있는데相雜而造, 비록 맛은 차와 유사하나味雖與茶相類, 점차點茶를 할 때 솜털 같은 것이 은은하게 수면에 떠 있고點時隱隱有輕絮泛然, 미세한 유화 포말이 일어나지 않는 것이茶面粟文不生, 바로 그 증거다乃其驗也. 상저옹桑苧翁陸羽이 말하기를桑苧翁曰 "다른 초목의 잎을 섞어 만든 차를雜以卉莽, 마시면 병이 든다飮之成病"고 했는데, 가히 자세히 살피고 깊이 있게 분별하지 않을 수 있겠는가可不細鑒而熟辨之?

지금까지 발견된 송(960~1279)나라 때의 점차點茶에 관한 그림을 보면 대부분 하나의 큰 찻잔에서 유화를 만들어 나눔 찻잔에 나누어 마시는 방법 즉 '분차分茶'하는 모습을 묘사하고 있다

'분차'는 송나라뿐만 아니라 다음 왕조인 원元나라, 명明나라 초기까지 이어졌고. 특히 이웃 나라인 요遼와 고려까지 영향을 주었던 말차 행차법行茶法이다

'분차'에 관한 대표적인 차서茶書는 송나라 송휘종의 『대관다론大觀茶論』, 명나라 주권朱權의 『다보茶譜』며, 대표적인 그림은 송휘종의 '십팔학사도十八學士圖', 유송년劉松年의 '연다도攆茶圖'다

文寶陶　閣秘雕漆

[宋] 傳 宋徽宗 十八學士圖卷

漆雕秘閣

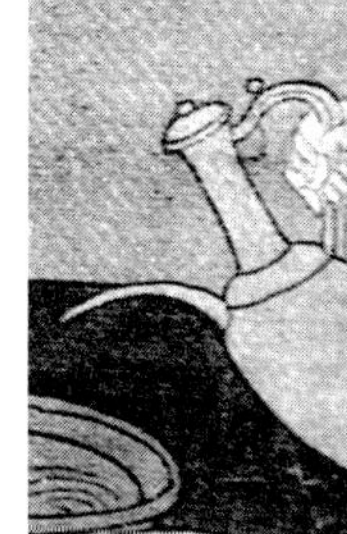

湯提點

竺副帥

石轉運

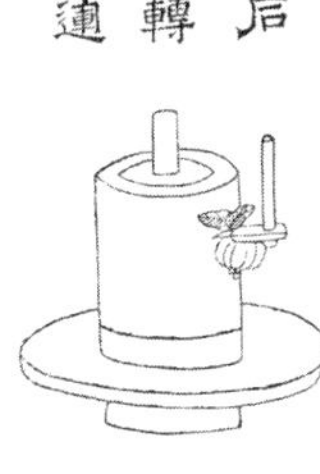

宗從事

[宋] 劉松年 撵茶圖

啜英咀華校篋笥之精爭鑒裁之妙雖否士于此時不以蓄茶爲羞可謂盛世之淸尙也嗚呼至治之世豈惟人得以盡其材而艸木之靈者亦以盡其用矣偶因暇日研究精微所得之妙人有不自知爲利害者敘本末列于二十篇號曰茶論

地產

植產之地產必陽圃必陰蓋茶之性寒其葉抑而瘠其味疏以薄必資陽和以發之土之性敷其葉疏以暴其味強以肆必資木以節之（今圃家皆植木以資茶之陰）陰陽相濟則茶之滋長得其宜

天時

茶工作于驚蟄尤以得天時爲急輕寒英華漸長條達而不迫茶之從容致力故其色味兩全若或時暘鬱燠芽奮甲暴促土暴力隨槁晷刻所迫有蒸而未及壓壓而未及研研而未及製茶黃留漬其色味所失已半故焙人得茶天爲慶

嘗謂首地而倒生所以供人之求者其類不一穀粟之于飢絲枲之于寒雖庸人孺子皆知常須而日用不以歲時之遑遽而可以興廢也至若茶之爲物擅甌閩之秀氣鍾山川之靈稟祛襟滌滯致淸導和則非庸人孺子之可得而知矣沖澹簡潔韻高致靜則非遑遽之時而好尙矣本朝之興歲修建溪之貢龍團鳳餠名冠天下婺源之品亦自此盛延及于今百廢俱舉海內晏然垂拱密勿俱致無爲薦紳之士韋布之流沐浴膏澤薰陶德化咸以高雅相從事茗飮故近歲以來采擇之精製作之工品第之勝烹點之妙莫不咸造其極且物之興廢固自有然亦係乎時之汙隆時或遑遽人懷勞悴則向所謂常須而日用猶旦汲汲營求惟恐不獲飮茶何暇議哉世旣累洽人恬物熙則常須而日用者因而厭飫狼籍而天下之士厲志淸白競爲閑暇修索之玩莫不碎玉鏘金

之短長均工力之衆寡會采擇之多少使一日造成恐茶暮過宿則害色味

鑒辨

茶之範度不同如人之有面首也膏稀者其膚蹙以文膏稠者其理斂以實即日成者其色則青紫越宿製造者其色則慘黑有肥凝如赤蠟者末雖白受湯則黃有縝密如蒼玉者末雖灰受湯愈白有光華外暴而中暗者有明白內備而表質者其首面之異同難概論要之色瑩徹而不駁質縝繹而不浮舉之則凝然碾之則鏗然可驗其爲精品也有得于言意之表者可以心解比又有貪利之民購求外焙已采之芽假以製造研碎已成之餅易以範模雖名氏采製似之其膚理色澤何所逃于僞哉

白茶

白茶自爲一種與常茶不同其條敷闡其葉瑩薄崖林之間偶然

采擇

擷茶以黎明見日則止用爪斷芽不以指揉慮氣汗薰漬茶不鮮潔故茶工多以新汲水自隨得芽則投諸水凡芽如雀舌穀粒者爲鬬品一槍一旗爲揀茶一槍二旗爲次之餘此爲下茶茶始芽萌則有白合既擷則有烏帶白合不去害茶味烏帶不去害茶色

蒸壓

茶之美惡尤係于蒸芽壓黃之得失蒸太生則芽滑故色淸而味烈過熟則芽爛故色赤而不膠壓久則氣竭味漓不及則色暗味澁蒸芽欲及熟而香壓黃欲膏盡亟止如此則製造之功十已得七八矣

製造

滌芽惟潔濯器惟淨蒸壓惟其宜研膏惟熟焙火惟良飲而有砂者滌濯之不精也文理燥赤者焙火之過熟也夫造茶先度日晷

茶之多少用盞之小大盞高茶少則掩蔽茶色茶多盞小則受湯不盡盞惟熱則茶發立耐久

筅

茶筅以筯竹老者爲之身欲厚重筅欲疎勁本欲壯而末必眇當如劍脊則擊拂雖過而浮沫不生

缾

缾宜金銀大小之製惟所裁製注湯利害獨缾之口觜而已觜之口欲大而宛直則注湯力緊而不散觜之末欲圓小而峻削則用湯有節而不滴瀝蓋湯力緊則發速有節而不滴瀝則茶面不破

杓

杓之大小當以可受一盞茶爲量過一盞則必歸其餘不及則必取其不足傾杓煩數茶必冰矣

水

生出雖非人力所可致正焙之有者不過四五家不過一二株所造止于二三胯而已芽英不多尤難蒸焙湯火一失則已變而爲常品須製造精微過度得宜則表裏昭澈如玉之在璞他無爲倫也淺焙亦有之但品格不及

羅碾

碾以銀爲上熟鐵次之生鐵者非淘煉槌磨所成間有黑屑藏于隙穴害茶之色尤甚凡碾爲製槽欲深而峻輪欲銳而薄槽深而峻則有準而茶常聚輪銳而薄則運邊中而槽不戛羅欲細而面緊則絹不泥而常透碾必力而遠不欲久恐鐵之害色羅必輕而手不厭數庶已細者不耗惟再羅則入湯輕泛粥面光凝盡茶色

盞

盞色貴青黑玉毫條達者爲上取其煥發茶采色也底必差深而微寬底深則茶直立易以取乳寬則運筅旋徹不礙擊拂然須度

之周回一綫急注急止茶面不動擊拂既力色澤漸開珠璣磊落三湯多寘如前擊拂漸貴輕匀周環表裏洞徹粟文蟹眼泛結雜起茶之色十已得其六七四湯尚嗇筅欲轉梢寬而勿速其眞精華彩既已煥然輕雲漸生五湯乃可稍縱筅欲輕盈而透達如發立未盡則擊以作之發立各過則拂以斂之然後結靄凝雪香氣盡矣六湯以觀立作乳點勃然則以筅着居緩繞拂動而已七湯以分輕清重濁相稀稠得中可欲則止乳霧洶湧溢盞而起周回凝而不動謂之咬盞宜均其輕清浮合者飲之桐君錄曰茗有餑飲之宜人雖多不爲過也

味

夫茶以味爲上甘香重滑爲味之全惟北苑壑源之品兼之其味醇而乏風骨者蒸壓太過也茶槍乃條之始萌者木性酸槍過長則初甘重而終微澀茶旗乃葉之方敷者葉味苦旗過老則初

水以清輕甘潔爲美輕甘乃水之自然獨爲難得古人第水雖日中灊惠山爲上然人相去之遠近似不常得但當取山泉之淸潔者其次則井水之常汲者爲可用若江河之水則魚鼈之腥泥濘之汙雖輕甘無取凡用湯以魚目蟹眼連繹迸躍爲度過老則以少新水投之就火頃刻而後用

點

點茶不一而調膏繼刻以湯注之手重筅輕無粟文蟹眼者謂之靜面點盞擊拂無力茶不發立水乳未浹又復傷湯色澤不盡英華淪散茶無立作矣有隨湯擊拂手筅俱重立文泛泛謂之一發點蓋用湯已故指腕不圓粥面未凝茶力已盡霧雲雖泛水脚易生妙于此者量茶受湯調如融膠環注盞畔勿使浸茶勢不欲猛先須攪動茶膏漸加擊拂手輕筅重指遶腕旋上下透徹如酵蘗之起麪疏星皎月燦然而生則茶面根本立矣第二湯自茶面注

焙以去水陸風溼之氣焙用熟火置爐中以靜灰擁合七分露火三分亦以輕灰糝覆良久却置焙土上以逼散焙中潤氣然後列茶于其中盡展角焙之未可蒙蔽候火通徹覆之火之多少以焙之大小增減探手爐中火氣雖熱而不至逼人手者爲良時以手挼茶體雖甚熱而無害欲其火力通徹茶體耳或曰焙火如人體溫但能燥茶皮膚而已內之餘潤未盡則復蒸暍矣焙畢即以用久漆竹器中緘藏之陰潤勿開如此終年再焙色常如新

品名

名茶各以所產之地如葉耕之平園台星岩葉剛之高峰青鳳髓葉思純之大嵐葉嶼之屑山葉五崇林之羅漢山水葉芽葉堅之碎石窠石臼窠（一作突窠）葉瓊葉輝之秀皮林葉師復師貺之虎岩葉椿之無雙岩芽葉懋之老窠園名擅其門未嘗混淆不可槩舉前後爭鬻互爲剝竊參錯無據曾不思茶之美惡者在于製造之工

雖留舌而飲徹反甘矣此則芽胯有之若夫卓絕之品眞香靈味自然不同

香

茶有眞香非龍麝可擬要須蒸及熟而壓之及乾而研研細而造則知美具足入盞則馨香四達秋爽洒然或蒸氣如桃仁夾雜則其氣酸烈而惡

色

點茶之色以純白爲上眞青白爲次灰白次之黃白又次之天時得于上人力盡于下茶必純白天時暴暄芽萌狂長采造留積雖白而黃矣青白者蒸壓微生灰白者蒸壓過熟壓膏不盡則色青暗焙火太烈則色昏赤

藏焙

焙數則首面乾而香減失焙則雜色剝而味散要當新芽初生即

揣而已豈岡地之虛名所能增減哉焙人之茶固有前優而後劣者昔負而今勝者是亦園地之不常也

外焙

世稱外焙之茶臠小而色駁體好而味澹方之正焙昭然可別近之好事者篋笥之中往往半之蓄外焙之品蓋外焙之家久而益工製造之妙咸取之于壑源傚像規模摹主爲正殊不知至臠雖等而蔑風骨色澤雖潤而無藏蓄體雖實而膏理乏縝密之文味雖重而澁滯乏馨香之美何所逃乎外焙哉雖然有外焙者有淺焙者蓋淺焙之茶去壑源爲未遠製之雖工則色亦瑩白擊拂有度則體亦立湯雖甘重香滑之味不遠于正焙耳至于外焙則迥然可辨其有甚者又至于採柿葉桴欖之萌相雜而造味雖與茶相類點時隱隱有輕絮泛然茶面粟文不生乃其驗也桑苧翁曰雜以卉莽飲之成病可不細鑒而熟辨之

宣和北苑貢茶錄

[宋] 熊蕃 撰

熊克 增補

해제

웅번熊蕃의 자는 숙무叔茂이며, 복건성福建省 건양建陽 사람이다. 송나라 왕안석王安石의 제자로서 시가詩歌에 능했으며, 태평흥국太平興國 때 건안建安 북원北苑에 파견되었다가 훗날 차를 감독하는 관리로 부임하였다. 북원의 공차貢茶가 성행했던 선화宣和(1119~1125) 연간에 자신이 직접 경험했던 당시의 공차 상황을 책으로 엮은 것이『북원공다록北苑貢茶錄』이다.

웅번熊蕃의 아들인 웅극熊克의 자는 자복子復이며, 소흥紹興 무인戊寅(1158)년에 북원에서 근무하였다. 웅극은 아버지가 만든『북원공다록』에 공차의 이름만 열거되어 있을 뿐 그 모양에 대한 그림이 없는 것을 안타깝게 여겨 38개의 공차 모양을 직접 그려 넣어 보충하였다. 이 그림들이 오늘날 송나라 당시의 단차團茶 모양을 이해하는데 소중한 자료가 되고 있을 뿐만 아니라 고전차서古典茶書 가운데 차의 그림이 삽입된 유일한 저서이기도 하다. 더욱이 그는 아버지 웅번 때에 당시 차 만드는 전경을 시詩로 읊었던「어원채다가御苑採茶歌」10수[十首]도 편말에 실음으로써 차서의 완성도를 높였다.

『북원공다록』을 지은 연도는 웅번이 본문 중에 '선화 7년(1125)'이라 언급한 것과 송휘종宋徽宗을 '금상今上' 즉 지금의 황제로 칭한 것으로 보아 선화 7년에 만든 것임에 분명하다. 이는 송휘종이 아들 흠종欽宗에게 양위를 하기 전에 만들었다는 것을 의미한다.

지금까지 전해진 간본은『사고전서본四庫全書本』,『완위산당설부본宛委山堂說郛本』,『고금도서집성본古今圖書集成本』,『함분루설부본涵芬樓說郛本』,『독화재총서본讀畵齋叢書本』,『오조소설대관본五朝小說大觀本』,『다서전집본茶書全集本』,『송인백가소설쇄기가본宋人百家小說瑣記家本』등이 있다.

이 책은『사고전서四庫全書』간본을 중심으로 편집하였고, 청나라 왕계호汪繼壕의『독화재총서讀畵齋叢書』주문注文이 가장 방대하기에 이를 참고하였다.

[원문]

陸羽『茶經』, 裴汶[1]『茶述』, 皆不第建品. 說者但謂二子未嘗至
육우『다경』,배문『다술』, 개부제건품. 설자단위이자미상지
閩[2], 而不知物之發也, 固自有時. 蓋昔者山川尙閟[3], 靈芽未露. 至
민, 이부지물지발야, 고자유시. 개석자산천상비, 영아미로. 지
於唐末, 然後北苑出爲之最. 是時, 僞蜀[4]詞臣毛文錫[5]作『茶譜』,
어당말, 연후북원출위지최. 시시, 위촉사신모문석작『다보』,
亦第言建有紫筍, 而臘面乃産於福. 五代[6]之季, 建屬南唐[7]. 南唐保
역제언건유자순, 이납면내산어복. 오대지계, 건속남당. 남당보
大三年, 俘王延政[8], 而得其地. 歲率諸縣民, 採茶北苑, 初造研膏, 繼造

---

1) 裴汶: 당나라 때 사람으로 후일 중국의 차방茶坊에서는 육우陸羽, 노동盧仝과 함께 3명의 흉상이 만들어져 차신茶神으로 추앙되었다.『고금도서집성본古今圖書集成本』,『완위산당설부본宛委山堂說郛本』에는 '배파裴波'로 되어 있다.

2) 閩:『고금도서집성본古今圖書集成本』,『완위산당설부본宛委山堂說郛本』에는 '건建'자로 되어 있다.

3) 閟: 닫음, 폐쇄의 뜻을 담고 있다.

4) 僞蜀(907~925): 오대십국五代十國의 하나인 전촉前蜀을 말한다.

5) 詞臣毛文錫:『십국춘추十國春秋』에 이르길 "모문석의 자는 평규平珪, 고양高陽이다. 당나라 때 진사였으나, 오대에 들어 촉蜀에 귀속하였다. 벼슬은 문사전대학사文思殿大學士를 받았으나 훗날 무주사마茂州司馬로 좌천되었다. 저술로는『다보茶譜』1권이 있다"고 하였다.『고금도서집성본古今圖書集成本』,『함분루설부본涵芬樓說郛本』,『완위산당설부본宛委山堂說郛本』에 '사詞'자는 '사辭'자로 되어 있고,『완위산당설부본宛委山堂說郛本』,『고금도서집성본古今圖書集成本』에 '모毛'자는 '왕王'자로 되어 있다.

6) 五代: 오대십국五代十國(907~960)을 말하며, 54년 동안 군벌간의 전쟁이 끊이지 않았다. 황하유역에는 후량後梁·후당後唐·후진後晉·후한後漢·후주後周 등의 짧은 왕조들이 들고 났으며, 지방에서는 14개의 나라가 흥망하였다. 그 가운데서 가장 강대한 것이 북한北漢·오吳·남당南唐·오월吳越·초楚·남한南漢·민閩·전촉前蜀·후촉後蜀·형남荊南 등의 10개국이다.

7) 南唐(937~975): 오대십국의 하나.

8) 王延政: 오대십국 중 민閩(909~945)의 마지막 왕이었던 왕연정王延政은 민나라를 건국한 왕심지王審知의 아들이며 재위 기간은 단 3년(943~945) 뿐이었다. 잔악무

대삼년, 부왕연정, 이득기지. 세솔제현민, 채다북원, 초조연고, 계조

臘面[1]. 丁晉公[2]『茶錄』載, 泉南老僧淸錫, 年八十四, 嘗示[3]以所得李國主[4]書寄

납면. 정진공 『다록』 재, 천남노승청석, 연팔십사, 상시이소득이국주서기

研膏茶, 隔兩歲方得臘面, 此其實也. 至景祐[5]中, 監察御史丘荷撰『御泉亭記』,

연고다, 격양세방득납면, 차기실야. 지경우중, 감찰어사구하찬『어천정기』,

乃云 "唐季敕福建罷貢橄欖, 但贄[6]臘面茶, 卽臘面産於建安明矣." 荷不知臘面之

내운, "당계칙복건파공감람, 단지납면다, 즉납면산어건안명의." 하부지납면지

號始於福, 其後建安始爲之. 旣又[7]製其佳者, 號曰京鋌. 其狀如貢神金

호시어복, 기후건안시위지. 기우제기가자, 호왈경정. 기상여공신금

、白金之鋌. 聖朝開寶[8]末, 下南唐. 太平興國[9]初, 特置龍鳳模, 遣

、백금지정. 성조개보말, 하남당. 태평흥국초, 특치용봉모, 견

使卽北苑造團茶, 以別庶飮, 龍鳳茶蓋始於此.

도한 친형 민왕閩王 왕희王曦(939~943)가 부하 장수 주문진朱文進으로부터 피살되면서 왕위를 빼앗겼으나 재차 반란이 일어나 왕연정王延政이 건주建州에서 새로운 왕으로 추대되었고, 국호를 은殷으로 하였다. 945년 국호를 민閩으로 개명하였으나 같은 해 남당南唐에 의해 멸망되었다. 남당南唐 보대保大 9년(951)에 사망하였다.

1) 臘面: '납면차臘面茶'라고도 한다. 점차點茶할 때의 유화乳花가 마치 양초의 눈물과 같다고 하여 생긴 말이다. 남송 정대창程大昌(1123~1195)의 『연번로속집演繁露續集』 권5에서 보인다. "建茶名臘茶, 爲其乳泛湯面, 與鎔蠟相似, 故名臘面茶也."

2) 丁晉公『茶錄』: 정진공丁晉公은 정위丁謂를 말하며, 『다록茶錄』은 정위가 저술한 『북원다록北苑茶錄』을 말한다.

3) 示: 『독화재총서본讀畫齋叢書本』에는 '시視'자로 되어 있다.

4) 李國主: 남당南唐 중종中宗 이경李璟(916~961)을 말한다. 자는 백옥伯玉이며 재위 기간은 19년이다.

5) 景佑: 인종仁宗 조진趙禎의 세 번째 연호(1034~1038: 天聖, 明道, 景佑, 寶元, 康定, 慶曆, 皇佑, 至和, 嘉佑)

6) 贄: 원래는 움직이지 아니한다는 뜻을 담고 있으나, 여기에서는 남는다는 의미다.

7) 又: 『사고전서본四庫全書本』에는 '유有'자로 되어 있다.

8) 開寶: 송의 개국황제인 태조太祖 조광윤趙匡胤의 마지막 연호(968~976: 建隆, 乾德, 開寶)

9) 太平興國: 태종太宗 조광의趙匡義의 첫 번째 연호(976~983: 太平興國, 雍熙, 端拱, 淳化, 至道)

사즉북원조단다, 이별서음, 용봉차개시어차.

[국역]

육우陸羽가 쓴 『다경茶經』이나陸羽茶經, 배문裴汶이 쓴 『다술茶述』은裴汶茶述, 모두 건안차에 대해 논하지 않았다皆不第建品. 사람들은 두 사람이 일찍이 민閩(복건)에 가본 일이 없었다고 (건안차를 모른다고) 하나說者但謂二子未嘗至閩, 그들이 모르고 있는 것은 사물의 발흥發興에는而不知物之發也, 응당 그 맞는 시기가 있다는 것이다固自有時. 이는 옛날 (복건) 산천이 닫혀[閟] 있어蓋昔者山川尙閟, (이곳의) 신령스러운 차싹이 (외부에) 알려지지 않았기 때문이다靈芽未露. 당나라 말기에 이르러至於唐末, 비로소 북원北苑의 차가 으뜸으로 평가를 받았다然後北苑出爲之最. 그때에是時, 전촉前蜀의 사신인 모문석毛文錫이 만든 『다보茶譜』에서僞蜀詞臣毛文錫作茶譜, 건안에는 자순차紫筍茶가 있음을 언급하였으며亦第言建有紫笋, 그러나 납면차臘面茶는 복주福州에서 생산된 것이다而臘面乃産於福. 오대에 이르러五代之季, 건안은 남당南唐에 속해 있었다建屬南唐. 남당南唐 보대保大 3년(945)南唐保大三年, 왕연정王延政을 포로로 삼아俘王延政, 그 땅을 얻었다而得其地. 해마다 여러 고을의 백성들을 거느리고歲率諸縣民, 북원에서 차를 따採茶北苑, 처음으로 연고차研膏茶를 만들었으며初造研膏, 이어 납면차臘面茶를 만들었다繼造臘面. 정진공丁晉公이 『다록茶錄』에 기록하기를丁晉公茶錄載, 천남泉南의 노승 청석淸錫이泉南老僧淸錫, 84세 때年八十四, 나에게 남당南唐의 국왕 이욱李煜의 조서詔書를 보여주어 연고차를 보냈다는 내용이 있었으며嘗示以所得李國主書寄研膏茶, 그로부터 2년 후 비로소 내가 납면차를 얻었다고 하였는데隔兩歲方得臘面, 이는 틀림없는 사실이다此其實也. 경우景祐 연간에 이르러至景祐中, 감찰어사인 구하丘荷가 편찬한 『어천정기御泉亭記』에監察御使丘荷撰御泉亭記, 역시 말하기를乃云 "남당 말년 복건에 조서를 보내어 감람橄欖을 조공하는 것을 폐지하고唐季敕福建罷貢橄欖, 오직 납면차만 남아 조공하게 하였으며但贄臘面茶, 이는 곧 납면차가 건안에서 만든 것이 분명하다卽臘面茶産於建安明矣"라고 했다. 구하丘荷가 몰랐던 것은 납면차라는 이름이 복주福州에서 비롯되었고荷不知臘面之號始於福, 그 후 건안에서 비롯되었다는 것이다其後建安始爲之. 이윽고 또 좋은 상등품을 만들었는데旣又製其佳者, 이를 경정京鋌이라 불렀다號曰京鋌. 그 모양은 마치 공물貢物인 신금神金과 백금白金 덩어리와도 같았다其狀如貢神金白金之鋌. 성조聖朝 곧 송宋나라 개보開寶 말년에聖朝開寶末, 남당을 항복시켰다下南唐. 태평흥국太平興國 초년에 이르러太平興國初, 특별히 용과 봉황 무늬를 새긴 틀을 만들고特置龍鳳模, 조정에서 사신을 북원北苑에 파견하여 단차를 만들어遣使卽北苑造團茶, 백성들이 마시는 차와 구분을 지었으며以別庶飮, 용봉차龍鳳茶는 이때부터 비롯된 것이다龍鳳茶蓋始於此.

[원문]

又一種茶, 叢生石崖, 枝葉尤茂. 至道[1]初, 有紹造之, 別號石乳.
우일종다, 총생석애, 지엽우무. 지도초, 유소조지, 별호석유.
又一種[2]號的乳[3], 又一種號白乳. 蓋自龍鳳與京[4], 石, 的, 白四種
우일종호적유. 우일종호백유. 개자용봉여경, 석, 적, 백사종

1) 至道: 태종太宗 조광의趙匡義의 마지막 연호(995~997: 太平興國, 雍熙, 端拱, 淳化, 至道)

2) 種:『고금도서집성본古今圖書集成本』,『완위산당설부본宛委山堂說郛本』에는 '종種'자가 빠져 있다.

3) 的乳:『남당서南唐書』에 보면 "왕위 상속자인 이욱李煜이 건주차에서 적유的乳를 만들 것을 명하여 이름을 경정京鋌이라 했다. 납차臘茶는 이때부터 조공하게 되었으며, 그리고 공차인 양선차陽羨茶를 폐지하였다(嗣主李煜命建州茶製的乳茶, 號曰京鋌. 臘茶之貢自此始, 罷貢陽羨茶.)"고 기록하고 있다.

4) 京:『사고전서본四庫全書本』에는 '경京'자가 빠져 있다.

繼出[1], 而臘面降爲下矣. 楊文公億[2]『談苑』所記, 龍茶以供乘輿及賜執政[3],

계출, 이납면강위하의. 양문공억『담원』소기, 용다이공승여급사집정,

親王, 長主, 其餘皇族, 學士, 將帥皆得鳳茶, 舍人[4], 近臣賜金鋌, 的乳, 而白乳

친왕, 장주, 기여황족, 학사, 장수개득봉다, 사인, 근신사금정, 적유, 이백유

賜館閣[5], 惟臘面不在賜品. 蓋龍鳳等茶, 皆太宗朝[6]所製. 至咸平[7]初, 丁

사관각, 유납면부재사품. 개용봉등다, 개태종조소제. 지함평초, 정

晉公漕閩[8], 始載之於『茶錄』. 人多言龍鳳團起於晉公, 故張氏『畫墁錄』

진공조민, 시재지어『다록』. 인다언용봉단기어진공, 고장씨『화만록』

云 "晉公漕閩, 始創爲龍鳳團." 此說得於傳聞, 非其實也. 慶曆[9]中, 蔡君謨將

운 "진공조민, 시창위용봉단." 차설득어전문, 비기실야. 경력중, 채군모장

漕, 創造小龍團以進, 被旨仍歲貢之. 君謨「北苑造茶詩」自序云 "其年

조, 창조소룡단이진, 피지잉세공지. 군모「북원조다시」자서운 "기년

---

1) 繼出:『고금도서집성본古今圖書集成本』,『완위산당설부본宛委山堂說郛本』에는 '소출紹出'로 되어 있다.

2) 楊文公億: 양억楊億(974~1020)을 말하며, 자는 대년大年, 북송 포성浦城 사람이다. 시부詩賦가 능해 11세 때 명성이 자자해 태종으로부터 비서성秘書省의 정자正字를 하사받아 후일 진사로 급제하였다.

3) 執政: 상上 · 중中 · 하下, 3품[三品]의 경卿을 가리킨다.

4) 舍人: 주周나라 때 만든 벼슬로, 송나라 때의 정식 명칭은 '합문선찬사인閤門宣贊舍人'이며, '선찬宣贊'이라고도 한다. 임금의 경호임무를 담당하는 기관으로 주로 장수의 자제들이 맡았다.

5) 館閣: 홍문관弘文館과 예문관藝文館을 가리킨다.

6) 太宗朝: 태종太宗 조광의趙匡義를 가리키며, 976부터~997년까지 재위하였다.『완위산당설부본宛委山堂說郛本』에 '조朝'자는 '묘廟'자로 되어 있다.

7) 咸平: 진종眞宗 조항趙恒의 첫 번째 연호(998~1003: 咸平, 景德, 大中祥符, 天禧, 乾興)

8) 漕閩: '조漕'는 전운사轉運使를 가리키며, '민閩'은 복건福建의 약칭이다.『고금도서집성본古今圖書集成本』,『완위산당설부본宛委山堂說郛本』에 '조漕'자는 '조曹'로 되어 있다.

9) 慶曆: 인종仁宗 조진趙禎의 여섯 번째 연호(1041~1048: 天聖, 明道, 景佑, 寶元, 康定, 慶曆, 皇佑, 至和, 嘉佑)

改造上品龍茶二十八片，纔一斤，尤極精妙，被旨仍歲貢之.” 歐陽文忠公[1]『歸田

개조상품용다이십팔편, 참일근, 우극정묘, 피지잉세공지.” 구양문충공 『귀전

錄』 云 “茶之品莫貴於龍鳳，謂之小團，凡二十八片，重一斤，其價直金二兩. 然金

록』 운 “다지품막귀어용봉, 위지소단, 범이십팔편, 중일근, 기가직금이량. 연금

可有，而茶不可得，嘗南郊致齋，兩府共賜一餠，四人分之. 宮人往往鏤金花其上，

가유, 이다불가득, 상남교치재, 양부공사일병, 사인분지. 궁인왕왕루금화기상,

蓋貴重如此.” 自小團出，而龍鳳遂爲次矣.

개귀중여차.” 자소단출, 이용봉수위차의.

[국역]

또 한 종류의 차가 있는데又一種茶, (그 차나무는) 돌벼랑에 무리를 지어 자라고叢生石崖, 가지와 잎사귀가 특히 무성하다枝葉尤茂. 지도至道 초년에至道初, 황제의 어명을 받들어 만들어졌으며有紹造之, 이름은 석유石乳라 한다別號石乳. 또 한 가지의 이름은 적유的乳라 하고又一種號的乳, 또 한 가지의 이름은 백유白乳라 한다又一種號白乳. 이에 용봉龍鳳과 경정京鋌 · 석유石乳 · 적유的乳 · 백유白乳 등 의 (단차) 네 가지 종류가 잇달아 나오게 되자蓋自龍鳳與京石的白四種繼出, 납면차는 (격이 떨어져) 하등품으로 전락하게 되었다而臘面降爲下矣. 양억楊億의 『담원談苑』에 적힌 바로는楊文公億談苑所記, 용차는 황제에게 바치고龍茶以供乘輿 하사품으로 주는 것은 집정執政, 친왕親王, 장주長主이며及賜執政親王長主, 나머지 황족皇族, 학사學士, 장수將帥에게는 모두 봉차를 주고其餘皇族學士將帥皆得鳳茶, 사인舍人과 근신近臣에게 하사한 것은 금정京鋌과 적유的乳이며舍人近臣賜金鋌的乳, 백유白乳는 관각館閣에게 하사하였으나而白乳賜館閣, 오직 납면차만이 하사품에 포함되지 않았다惟臘面不在賜品. 무릇

1) 歐陽文忠公: 구양수歐陽修를 말하며, 문충文忠은 시호諡號다.

용봉과 같은 단차는蓋龍鳳等茶, 모두 태종太宗 때에 만들어진 것이다皆太宗朝所製. 함평咸平 초년에 이르러至咸平初, 정진공丁晉公 곧 정위丁謂가 복건의 전운사[漕]로 있을 때丁晉公漕閩, 처음으로 (자신의) 『다록茶錄』(『북원다록北苑茶錄』)에 기록하였다始載之於茶錄. 많은 사람들이 말하기를 용봉단차는 정진공으로부터 비롯되었다고 하나人多言龍鳳團起於晉公, 장순민張舜民은 『화만록畵墁錄』에 이르기를故張氏畵墁錄云 "진공이 복건의 전운사로 재직했을 때晉公漕閩, 비로소 처음으로 용봉단차를 만들었다始創爲龍鳳團"고 한다. (그러나) 이러한 설은 추측일 뿐此說得於傳聞, 사실은 아니다非其實也. 경력慶曆 연간에慶曆中, 채군모蔡君謨가 전운사로 재직하였을 때蔡君謨將漕, 소룡단小龍團을 새로이 만들어 진상하였는데創造小龍團以進, (전하의 마음에 들어) 해마다 공차貢茶로 바치게 되었다被旨仍歲貢之. 채군모는 「북원조다시北苑造茶詩」의 서문에 이르기를君謨北苑造茶詩自序云 "그 해 상품 용차를 새로이 만들었는데 28편에其年改造上品龍茶二十八片, 겨우 1근 정도였으며纔一斤, 품질이 특히 정교하였기에尤極精妙, (전하의 마음에 들어) 해마다 공차로 바치게 되었다被旨仍歲貢之"고 했다. 구양수歐陽修 문충공文忠公의 『귀전록歸田錄』에 이르길歐陽文忠公歸田錄云 "차의 품질로써 용봉차보다 더 귀한 것은 없고茶之品莫貴於龍鳳, 이것을 소단小團이라고 하며謂之小團, 무릇 28편凡二十八片, 무게가 1근이며重一斤, 값은 금 2냥이다其價値金二兩. 허나 금을 가지고 있어도然金可有, 차를 얻기는 불가능하였으며而茶不可得, 일찍이 남교南郊에 제를 올릴 때嘗南郊致齋, 2부[兩府]에 1개를 하사하였는데兩府共賜一餠, 각 부의 4명이 이것을 나누어 가졌다四人分之. 궁궐 사람들이 왕왕 금박으로 문양을 오려내어 단차 위에 아로새겼으며宮人往往鏤金花其上, 무릇 (차) 귀중함이 이와 같다蓋貴重如此"고 하였다. 소룡단차가 출현하면서부터自小團出, 용봉차가 다음 등급으로 밀려났다而龍鳳遂爲次矣.

[원문]

元豐[1]間，有旨造密雲龍，其品又加於小團之上．昔人詩云“小璧雲龍不
원풍간, 유지조밀운룡, 기품우가어소단지상. 석인시운 “소벽운룡불
入香，元豐龍焙乘詔作”，蓋謂此也．紹聖[2]間，改爲瑞雲翔龍．至大觀[3]初，
입향, 원풍용배승조작”, 개위차야. 소성간, 개위서운상룡. 지대관초,
今上親製『茶論』二十篇，以白茶[4]與常茶不同，偶然生[5]出，非人力
금상친제 『다론』 이십편, 이백다여상다부동, 우연생출, 비인력
可致，於是白茶遂爲第一．慶曆初，吳興[6]劉異爲『北苑拾遺』云“官園中有
가치, 어시백다수위제일. 경력초, 오흥유이위 『북원습유』 운 “관원중유
白茶五六株，而壅焙不甚至．茶戶唯有王免者，家一巨株，向春常[7]造浮屋[8]以障風
백다오륙주, 이옹배불심지. 다호유유왕면자, 가일거주, 향춘상조부옥이장풍
日．” 其後有宋子安者，作『東溪試茶錄』，亦言“白茶民間大重，出于近歲．芽葉如
일.” 기후유송자안자, 작 『동계시다록』, 역언 “백다민간대중, 출우근세. 아엽여
紙，建人以爲茶瑞．” 則知白茶可貴，自慶曆始，至大觀而盛也．既又製三色細
지, 건인이위다서.” 즉지백다가귀, 자경력시, 지대관이성야. 기우제삼색세

1) 元豊: 신종神宗 조욱趙頊의 마지막 연호(1078~1085: 熙寧, 元豊)

2) 紹聖: 철종哲宗 조후趙煦의 두 번째 연호(1094~1098: 元佑, 紹聖, 元符)

3) 大觀: 휘종徽宗 조길趙佶의 세 번째 연호(1107~1110: 建中靖國, 崇寧, 大觀, 政和, 重和, 宣和)

4) 白茶: 『고금도서집성본古今圖書集成本』, 『완위산당설부본宛委山堂說郛本』에 ‘백차白茶’ 뒤에 ‘자者’자가 붙어 있다.

5) 生: 『고금도서집성본古今圖書集成本』, 『완위산당설부본宛委山堂說郛本』에는 ‘생生’자가 빠져 있다.

6) 吳興: 고을 이름이며, 지금의 절강浙江 호주湖州다.

7) 春常: 봄이 가까운 것을 말한다.

8) 浮屋: 처마와 같은 간이 가건물을 말한다.

芽[1], 及試新銙[2]、大觀二年, 造御苑玉芽、萬壽龍芽. 四年, 又造無比壽芽及試

아, 급시신과、대관이년, 조어원옥아、만수용아. 사년, 우조무비수아급시

新銙. 貢新銙. 政和三年造貢新銙式, 新貢皆創爲此, 獻在歲額之外. 自三色

신과. 공신과. 정화삼년조공신과시, 신공개창위차, 헌재세액지외. 자삼색

細芽[3]出, 而瑞雲翔龍顧居[4]下矣.

세아출, 이서운상룡고거하의.

[국역]

원풍元豊 연간에元豊間, 황제의 명에 따라 밀운룡密雲龍을 만들었는데有旨造密雲龍, 그 품질이 소룡단을 능가하여 그 위의 등급이 되었다其品又加於小團之上. 옛사람의 시에 이르길昔人詩云 "소벽운룡小璧雲龍에는 향을 넣지 않고小璧雲龍不入香, 원풍元豊 때에 어명을 받들어 만들었네元豊龍焙乘詔作", 무릇 그것은 밀운룡을 말한 것이다蓋謂此也. 소성紹聖 연간紹聖間, (최고의 등급은) 서운상룡瑞雲翔龍으로 바뀌었다改爲瑞雲翔龍. 대관大觀 초년에 이르러至大觀初, 지금의 (휘종徽宗) 황제께서 친히 『다론茶論』 20편을 지었는데今上親製茶論二十篇, (내용 중에) 백차는 일반 차와는 달리以白茶與常茶不同, (그 차나무가) 우연히 생겨난 것이지偶然生出, 인위적으로 만들어진 것이 아니라고 언급하자非人力可致, 마침내 백차를 으뜸으로 여기게 되었

---

1) 三色細芽: 『완위산당설부본宛委山堂說郛本』에 '삼색三色'은 '지색之色'으로 되어 있고, 『고금도서집성본古今圖書集成本』에 '삼색三色'은 '지이之已'로 되어 있다. 그리고 『완위산당설부본宛委山堂說郛本』, 『고금도서집성본古今圖書集成本』에 '아芽'자는 '차茶'자로 되어 있다.

2) 銙: 『청파잡지淸波雜誌』에는 '과夸'자로 되어 있다.

3) 芽: 『고금도서집성본古今圖書集成本』, 『완위산당설부본宛委山堂說郛本』에는 '제第'자로 되어 있다.

4) 居: 『고금도서집성본古今圖書集成本』, 『완위산당설부본宛委山堂說郛本』에는 '위爲'자로 되어 있다.

다於是白茶遂爲第一. 경력慶曆 초년慶曆初, 오흥吳興 사람인 유이劉異의 『북원습유北苑拾遺』에 이르길吳興劉異爲北苑拾遺云 "관원에는 백차나무가 5~6그루 있는데官園中有白茶五六株, 차 만드는 과정에서 제대로 된 품질을 얻기가 여간 어렵지 않다而壅焙不甚至. 민간의 차농에는 오직 왕면王免이라는 자茶戶唯有王免者, 집에 큰 한 그루가 있는데家一巨株, 이른 봄이면 항상 처마와 같은 것을 만들어 바람과 햇살을 막도록 했다向春常造浮屋以障風日"고 하였다. 그 후 송자안宋子安이란 자가其後有宋子安者, 저술한 『동계시다록東溪試茶錄』에서作東溪試茶錄, 역시 이르길亦言 "백차는 민간에서 대단히 소중하게 여기며白茶民間大重, 근자에 생겨난 것이다出於近歲. 그 싹과 잎이 마치 종이처럼芽葉如紙(얇아), 건안 사람들은 이를 상서로운 차로 여긴다建人以爲茶瑞"고 했다. 이상으로 보아 곧 백차를 귀하게 여기게 된 것은則知白茶可貴, 경력慶曆 때부터 비롯되어自慶曆始, 대관大觀에 이르러 성행하였다는 것을 알 수 있다至大觀而盛也. 곧 이어 또 만든 것이 삼색세아三色細芽既又製三色細芽, 및 시신과試新銙이며及試新銙, 대관大觀 2년에大觀二年, 어원옥아御苑玉芽, 만수용아萬壽龍芽를 만들었다造御苑玉芽萬壽龍芽. 4년에四年, 또 무비수아無比壽芽와 시신과試新銙를 만들었다又造無比壽芽及試新銙. 공신과貢新銙, 정화政和 3년에 공신과 형태를 만들었으며政和三年造貢新銙試, 새로운 조공품은 모두 이때 만들어진 것으로新貢皆創爲此, 매년 공차로 정해진 품목과 수량 이외에 추가로 바쳐졌다獻在歲額之外. 삼색세아三色細芽가 출품하면서부터自三色細芽出, 서운상룡瑞雲翔龍은 등급이 한 단계 내려가게 되었다而瑞雲翔龍顧居下矣.

[원문]

凡茶芽數品，最上曰小芽，如雀舌，鷹爪，以其勁直纖銳[1]，故號芽
범다아수품, 최상왈소아, 여작설, 응조, 이기경직섬예, 고호아
茶．次曰揀芽[2]，乃一芽帶一葉者，號一鎗[3]一旗．次曰中芽[4]，乃一
다. 차왈간아, 내일아대일엽자, 호일쟁일기. 차왈중아, 내일
芽帶兩葉者[5]，號一鎗兩旗．其帶三葉四葉，皆漸老矣．芽茶早春極
아대양엽자, 호일쟁양기. 기대삼엽사엽, 개점로의. 아다조춘극
少．景德[6]中，建守周絳爲『補茶經』言 "芽茶只作早茶，馳奉萬乘
소. 경덕중, 건수주강위 『보다경』 언 "아다지작조다, 치봉만승
嘗之可矣．如一鎗一旗，可謂奇茶也．" 故一鎗一旗，號揀茶，最爲
상지가의. 여일쟁일기, 가위기다야." 고일쟁일기, 호간다, 최위
挺特光[7]正．舒王[8]「送人官閩中詩」云 "新茗齋中試一旗"，謂揀芽
정특광정. 서왕 「송인관민중시」 운 "신명재중시일기", 위간아
也．或者乃謂茶芽未展爲鎗，已展爲旗，指舒王此詩爲誤，蓋不知
야. 혹자내위다아미전위쟁, 이전위기, 지서왕차시위오, 개부지

---

1) 銳: 『완위산당설부본宛委山堂說郛本』에는 '정鋌'자로 되어 있고, 『고금도서집성본古今圖書集成本』에는 '정挺'자로 되어 있다.

2) 揀芽: 『함분루설부본涵芬樓說郛本』, 『사고전서본四庫全書本』, 『독화재총서본讀畵齋叢書本』에는 '중아中芽'로 되어 있다.

3) 鎗: '쟁鎗'자는 '창槍'자와 통하고 소리는 창으로도 낸다. 곧 차싹을 말한다.

4) 中芽: 일부 간본에는 '자아紫芽'라 되어 있으며, 『완위산당설부본宛委山堂說郛本』, 『고금도서집성본古今圖書集成本』, 『함분루설부본涵芬樓說郛本』에는 '중아中芽'로 되어 있다.

5) 乃.....者: 『사고전서본四庫全書本』에 '내乃'자는 '기其'자로 되어 있고, 『완위산당설부본宛委山堂說郛本』, 『고금도서집성본古今圖書集成本』에는 '자者'자가 빠져 있다.

6) 景德: 진종眞宗 조항趙恒의 두 번째 연호(1004~1007: 咸平, 景德, 大中祥符, 天禧, 乾興)

7) 光: 『사고전서본四庫全書本』에는 '선先'자로 되어 있다.

8) 舒王: 왕안석王安石(1021~1086)을 말한다.

有所謂揀芽也. 今上聖製 『茶論』 曰 "一旗一鎗爲揀芽." 又見王岐公珪[1]詩云
유소위간아야. 금상성제 『다론』 왈 "일기일쟁위간아." 우견왕기공규시운
"北苑和香品最精[2], 綠芽未雨[3]帶旗新." 故相韓康公絳[4]詩云 "一鎗已笑將成葉, 百草
"북원화향품최정, 녹아미우대기신." 고상한강공강시운 "일쟁이소장성엽, 백초
皆羞未敢花." 此皆詠揀芽, 與舒王之意同. 夫揀芽猶貴重如此, 而況芽茶以
개수미감화." 차개영간아, 여서왕지의동. 부간아유귀중여차, 이황아다이
供天子之新嘗者乎!
공천자지신상자호!

[국역]

무릇 차싹은 여러 가지의 품수가 있는데凡茶芽數品, 가장 좋은 것을 '소아小芽'라고 하며最上曰小芽, 모양이 마치 참새의 혀[雀舌] 또는 매의 발톱[鷹爪]과도 같고如雀舌鷹爪, 굳세고 곧으며 가늘고 날카롭기에以其勁直纖銳, 이를 '아차芽茶'라고도 부른다故號芽茶. 그 다음 (품수는) '간아揀芽'라 하는데次曰揀芽, 한 싹에 한 잎이 붙어 있는 것을 말하며乃一芽帶一葉者, (이를) '일쟁일기一鎗一旗'라 한다號一鎗一旗. 그 다음 (품수는) '중아中芽'라 하며次曰中芽, 한 싹에 두 잎이 붙어있는 것으로乃一芽帶兩葉者, (이를) '일쟁양기一鎗兩旗'라고 한다號一鎗兩旗. 서너 잎이 붙

1) 王岐公珪: 왕규王珪(1019~1085)를 말하며, 자는 우옥禹玉이다. 북송 화양華陽 사람으로, 철종哲宗 때 상서우부사尙書右仆射 겸 문하시랑門下侍郎을 지녔고 기국공岐國公으로 책봉됐다.

2) 精: 『사고전서본四庫全書本』에는 '신新'자로 되어 있다.

3) 未雨: 곡우穀雨 전을 말하며 곧 우전雨前이라는 뜻이다.

4) 韓康公絳: 한강韓絳(1012~1088)의 자는 자화子華이며, 북송 때 개봉開封 옹구雍丘 사람이다. 벼슬은 호부판관戶部判官, 용도각직학사龍圖閣直學士를 역임했으며 희녕熙寧 3년(1070)에는 참지정사參知政事까지 지냈다. 원우元祐 3년(1088)에 사망했으며 시호는 헌숙獻肅이다.

어 있는 것은其帶三葉四葉, 모두 점차 쇠어가는 것을 뜻한다皆漸老矣. 아차芽茶는 이른 봄에 나며 극히 소량이다芽茶早春極少. 경덕景德 연간에景德中, 건주 태수 주강周絳의 『보다경補茶經』에 이르기를建守周絳爲補茶經言 "아차芽茶는 오직 이른 차[早茶]에 쓰이고芽茶只作早茶, 만리 길을 달려 (황제께 제일) 먼저 맛보도록 한다馳奉萬乘嘗之可矣. 일쟁일기一鎗一旗와 같은 것은如一鎗一旗, 가히 기차奇茶라고 한다可謂奇茶也"고 했다. 고로 일쟁일기는故一鎗一旗, 간차揀茶라고도 부르며號揀茶, 빛깔이 윤기가 나고 단아한 것이 가장 뛰어나다最爲挺特光正. 서왕舒王이 「송인관민중시送人官閩中詩」에서 이르기를舒王送人官閩中詩云 "서재에서 맛보았던 일기一旗의 햇차新茗齋中試一旗"가 바로 간아揀芽를 가리킨 것이다謂揀芽也. 혹여 어떤 사람은 차싹의 잎이 피지 않은 것을 '쟁鎗'이라 하고或者乃謂茶芽未展爲鎗, 펼쳐진 것을 '기旗'라면서已展爲旗, 서왕舒王의 시가 잘못 쓰였다는 것을 지적하는데指舒王此詩爲誤, 이것은 그들이 간아揀芽가 있다는 것을 몰랐던 까닭이다蓋不知有所謂揀芽也. 오늘날 황제께서 지은 『다론茶論』에 이르길今上聖製茶論曰 "일기일쟁을 간아揀芽라 한다一旗一鎗爲揀芽." 또한 왕기공王岐公 규珪의 시를 보면又見王岐公珪詩云 "북원北苑의 차에 향료를 가하니 맛이 더욱 뛰어나고北苑和香品最精, 여린 차싹[綠芽]이 곡우 전에 싱그러운 잎을 피우는구나綠芽未雨帶旗新"라고 했다. 고로 돌아가신 재상 한강공韓康公 강絳의 시에 이르기를故相韓康公絳詩云 "일쟁一鎗이 웃으면 곧 잎이 피려고 하니一鎗已笑將成葉, 뭇 풀들은[百草] 모두 부끄러워 감히 꽃을 피우지 못하네百草皆羞未敢花"라고 하였다. 이 모두 간아揀芽를 읊은 시로서此皆咏揀芽, 서왕舒王의 뜻과도 같다與舒王之意同. 무릇 간아揀芽가 이처럼 귀한데夫揀芽猶貴重如此, 하물며 (휘종) 황제께 가장 먼저 바쳐 맛을 보인 아차芽茶로 만든 것(단차)은 얼마나 귀하겠는가而況芽茶以供天子之新嘗者乎!

[원문]

芽茶絶矣. 至於水芽, 則曠古未之聞也. 宣和[1]庚子歲, 漕臣鄭
아다절의. 지어수아, 즉광고미지문야. 선화경자세, 조신정
公可簡[2]始創爲銀線水芽. 蓋將已揀熟芽再剔去, 祇取其心一縷,
공가간시창위은선수아. 개장이간숙아재척거, 지취기심일루,
用珍器貯淸泉漬之, 光明瑩潔, 若銀線然. 其[3]製方寸新銙, 有小龍
용진기저청천지지, 광명영결, 약은선연. 기제방촌신과, 유소룡
蜿[4]蜒其上, 號龍園勝雪[5]. 又廢白, 的, 石三乳, 鼎造花銙二十餘
완연기상, 호용원승설. 우폐백, 적, 석삼유, 정조화과이십여
色. 初, 貢茶皆入龍腦, 蔡君謨『茶錄』云 "茶有眞香, 而入貢者微以龍腦和
색. 초, 공다개입용뇌, 채군모『다록』운 "다유진향, 이입공자미이용뇌화
膏, 欲助其香." 至是慮奪眞味, 始不用焉.
고, 욕조기향." 지시려탈진미, 시불용언.

---

1) 宣和: 휘종徽宗 조길趙佶의 마지막 연호(1119~1125: 建中靖國, 崇寧, 大觀, 政和, 重和, 宣和)

2) 鄭公可簡: 『복건통지福建通志』에 "정가간鄭可簡, 선화宣和 연간에 복건로福建路 전운사轉運使로 있었다"고 기록하고 있다. 절강浙江 구주衢州 사람이다. 『고금도서집성본古今圖書集成本』, 『완위산당설부본宛委山堂說郛本』에 '간簡'자는 '문問'자로 되어 있고, 『함분루설부본涵芬樓說郛本』에는 '문聞'자로 되어 있다.

3) 其: 『고금도서집성본古今圖書集成本』, 『완위산당설부본宛委山堂說郛本』에는 '이以'자로 되어 있다.

4) 蜿: 『완위산당설부본宛委山堂說郛本』에는 '사蛇'자로 되어 있다.

5) 龍園勝雪: 『완위산당설부본宛委山堂說郛本』, 『고금도서집성본古今圖書集成本』, 『함분루설부본涵芬樓說郛本』에 '원園'자는 '단團'자로 되어 있다. 『건안지建安志』에 "용원승설로 만든 찻잎은 백합 속에 연한 머리카락과 같이 가늘한 것을 취하여, 어천御泉의 물로 만든다. 만들어진 단차를 맛보면 색은 우유와 같고, 맛은 운유雲腴와 같다(此茶蓋於白合中, 取一嫩條如絲髮大者, 用御泉水研造成. 分試其色如乳, 其味腴而美.)"라고 말하고 있다.

[국역]

아차芽茶는 실로 뛰어난 것이다芽茶絶矣. 수아水芽에 대해서는至於水芽, 태고로부터 들어본 적이 없었다則曠古未之聞也. 선화宣和 경자년(1120)에宣和庚子歲, 전운사[漕臣] 정가간鄭可簡이 처음으로 은선수아銀線水芽를 만들었다漕臣鄭公可簡始創爲銀線水芽. 이는 이미 가려 익힌 아차芽茶를 재차 발라내어蓋將已揀熟芽再剔去, 오직 한 가닥 심만을 남긴 것으로祇取其心一縷, 귀한 그릇에 담겨있는 맑은 물속에 담그면用珍器貯淸泉漬之, (그 심이) 깨끗하고 윤이 나는 것이光明瑩潔, 마치 은실[銀線]과도 같다若銀線然. 이것으로 사방 한 치의 햇 단차[新銙]를 만들어其製方寸新銙, 그 위에 작고 꿈틀거리는 용무늬를 새겨有小龍蜿蜒其上, 이름을 용원승설龍園勝雪이라 하였다號龍園勝雪. 또한 백유白乳 · 적유的乳 · 석유石乳 등을 폐지하고又廢白的石三乳, 20여 종의 화려한 단차[花銙]를 새로 만들었다鼎造花銙二十餘色. 처음에初, 공차 속에 모두 용뇌향龍腦香을 섞었으나貢茶皆入龍腦, 채군모의 『다록』에 이르기를蔡君謨茶錄云 "차에는 진향眞香 곧 고유의 향기가 있으나茶有眞香, 조공하는 차에는 용뇌龍腦를 약간 섞어而入貢者微以龍腦和膏, 차의 향기를 돋운다欲助其香"고 하였다. 후에 차의 진미가 훼손될 것을 염려하여至是慮奪眞味, 비로소 (용뇌향을) 쓰지 않게 되었다始不用焉.

[원문]

蓋茶之妙，至勝雪極矣，故合爲首冠．然猶在白茶之次者，以白茶
개다지묘, 지승설극의, 고합위수관. 연유재백다지차자, 이백다
上之所好也．異時，郡人黃儒[1]撰『品茶要錄』，極稱當時靈芽之富，

1) 黃儒: 『함분루설부본涵芬樓說郛本』에 '황유黃儒' 뒤에 '시始'자가 붙어 있다.

상지소호야. 이시, 군인황유찬『품다요록』, 극칭당시영아지부,
謂使陸羽數子見之, 必爽然自失. 蕃亦謂使黃君而閱今日, 則前乎
위사육우수자견지, 필상연자실. 번역위사황군이열금일, 즉전호
此者, 未足詫焉.
차자, 미족타언.

[국역]

단차의 오묘(진가)는蓋茶之妙, 승설勝雪에 이르러 극치에 도달하였으며至勝雪極矣, 고로 모든 차의 으뜸으로 삼았다故合爲首冠. 그런데도 (승설이) 백차白茶 다음 등급으로 놓인 것은然猶在白茶之次者, (휘종) 황제께서 백차를 특히 사랑하였기 때문이다以白茶上之所好也. 예전에異時, 나와 한 고향 사람인 황유黃儒가 지은『품다요록品茶要錄』에서郡人黃儒撰品茶要錄, 당시 풍성한 영아靈芽에 대해 극찬을 하며極稱當時靈芽之富, 육우陸羽를 비롯한 많은 사람들이 오늘날의 차를 보았다면謂使陸羽數子見之, 반드시 아연실색할 것이라고 했다必爽然自失. 나 웅번熊蕃 또한 황유黃儒에게 오늘날의 것(풍성하고 변화된 차)을 보여 주며蕃亦謂使黃君而閱今日, 곧 그 전의 것은則前乎此者, 자랑거리로 내세우기에는 부족할 것이라 말하고 싶다未足詫焉.

[원문]

然龍[1]焙初興, 貢數殊少, 太平興國初纔貢五十片[2]. 累增至元符[3], 以片

1) 龍: 『사고전서본四庫全書本』에는 '용龍'자가 빠져 있다.

2) 片: 『사고전서본四庫全書本』에는 '근斤'자로 되어 있다.

3) 至元符: '원부元符'는 철종哲宗 조후趙煦의 마지막 연호(1098~1100: 元佑, 紹聖, 元符). 『사고전서본四庫全書本』, 『완위산당설부본宛委山堂說郛本』, 『고금도서집성본古今圖書集成本』, 『함분루설부본涵芬樓說郛本』에 '지至'자 뒤에 '어於'자가 붙어 있

연용배초흥, 공수수소, 태평흥국초재공오십편. 누증지원부, 이편

[1] 計者一萬八千, 視初已加數倍, 而猶未盛. 今則爲四萬七千一百片[2]

계자일만팔천, 시초이가수배, 이유미성. 금즉위사만칠천일백편

有奇矣. 此數皆見范逵所著『龍焙美成茶錄』. 逵, 茶官也. 自白茶, 勝雪以

유기의. 차수개견범규소저『용배미성다록』. 규, 다관야. 자백다, 승설이

次, 厥名實繁, 今列于左, 使好事者得以觀焉.

차, 궐명실번, 금열우좌, 사호사자득이관언.

[국역]

그러나 (북원北苑의) 용배龍焙가 처음 흥할 때然龍焙初興, 공차貢茶의 수는 매우 적었으며貢數殊少, 태평흥국 초년에太平興國初, 공차의 수는 50편에 불과했다纔貢五十片. (그러던 것이) 점차 늘어 원부元符 때에 이르러累增至元符, 편수를 헤아려보니 1만 8천개나 되었고以片計者一萬八千, 초기에 비하면 이미 몇 갑절이 되었으나視初已加數倍, 아직 번성했다고는 할 수 없다而猶未盛. 이는 곧 오늘날 공차의 수가 4만 7천 100편에 달하고도 남기 때문이다今則爲四萬七千一百片有奇矣. 이 수량들은 모두 범규范逵가 지은『용배미성다록龍焙美成茶錄』에 기록되어 있다此數皆見范逵所著龍焙美成茶錄. 규逵란, 차 관리[茶官]다茶官也. 백차白茶, 승설勝雪로부터 차례로自白茶勝雪以次, 바친 공차貢茶의 수는 실로 많으며厥名實繁, 지금 이를 왼쪽에 (이 책의 아래쪽에) 열거하여今列於左, 호사가들로 하여금 편람便覽하게 하고자 한다使好事者得以觀焉.

다.

1) 片:『고금도서집성본古今圖書集成本』,『완위산당설부본宛委山堂說郛本』에는 '근斤'자로 되어 있다.

2) 片:『고금도서집성본古今圖書集成本』,『완위산당설부본宛委山堂說郛本』에는 '근斤'자로 되어 있다.

공신과貢新銙. 대관2년조[大觀二年造].

시신과試新銙. 정화2년조[政和二年造].

백차白茶. 정화3년조[政和三年造][1].

용원승설龍園勝雪. 선화2년조[宣和二年造].

어원옥아御苑玉芽. 대관2년조[大觀二年造].

만수용아萬壽龍芽. 대관2년조[大觀二年造].

상림제일上林第一. 선화2년조[宣和二年造].

을야청공乙夜淸供. 선화2년조[宣和二年造].

승평아완承平雅玩. 선화2년조[宣和二年造].

용봉영화龍鳳英華. 선화2년조[宣和二年造].

옥제청상玉除淸賞. 선화2년조[宣和二年造].

계옥승은啓沃承恩. 선화2년조[宣和二年造].

설영雪英. 선화3년조[宣和三年造][2].

운엽雲葉. 선화3년조[宣和三年造][3].

촉규蜀葵. 선화3년조[宣和三年造][4].

금전金錢. 선화3년조[宣和三年造].

옥화玉華. 선화3년조[宣和三年造][5].

---

1) 三年:『고금도서집성본古今圖書集成本』,『완위산당설부본宛委山堂說郛本』에는 '이년二年'으로 되어 있다.

2) 三年:『고금도서집성본古今圖書集成本』,『완위산당설부본宛委山堂說郛本』에는 '이년二年'으로 되어 있다.

3) 三年:『고금도서집성본古今圖書集成本』,『완위산당설부본宛委山堂說郛本』에는 '이년二年'으로 되어 있다.

4) 三年:『고금도서집성본古今圖書集成本』,『완위산당설부본宛委山堂說郛本』에는 '이년二年'으로 되어 있다.

5) 三年:『고금도서집성본古今圖書集成本』,『완위산당설부본宛委山堂說郛本』에는 '이년二年'으로 되어 있다.

촌금寸金[1]. 선화3년조[宣和三年造].

무비수아無比壽芽. 대관4년조[大觀四年造].

만춘은엽萬春銀葉. 선화2년조[宣和二年造].

의년보옥宜年寶玉. 선화2년조[宣和二年[2]造].

옥청경운玉淸慶雲. 선화2년조[宣和二年造].

무강수룡無彊壽龍. 선화2년조[宣和二年造].

옥엽장춘玉葉長春[3]. 선화4년조[宣和四年造].

서운상룡瑞雲翔龍. 소성2년조[紹聖二年造].

장수옥규長壽玉圭. 정화2년조[政和二年造].

흥국암과興國巖銙.

향구배과香口焙銙.

상품간아上品揀芽. 소성2년조[紹聖[4]二年造].

신수간아新收揀芽.

태평가서太平嘉瑞. 정화2년조[政和二年造].

용원보춘龍苑報春. 선화4년조[宣和四年造].

남산응서南山應瑞. 선화4년조[宣和[5]四年造].

흥국암간아興國巖揀芽.

흥국암소룡興國巖小龍.

흥국암소봉興國巖小鳳.

이상호세색已上號細色.

---

1) 寸金: 『계호안繼壕按』, 『서계총어西溪叢語』에는 '천금千金'으로 되어 있다.

2) 二年: 『고금도서집성본古今圖書集成本』, 『완위산당설부본宛委山堂說郛本』에는 '삼년三年'으로 되어 있다.

3) 玉葉長春: 『독화재총서본讀畵齋叢書本』에 '옥엽장춘玉葉長春'은 '의년보옥宜年寶玉'의 위치에 있다.

4) 紹聖: 『설부說郛』에는 '소흥紹興'으로 되어 있다.

5) 宣和: 『천중기天中記』에는 '소성紹聖'으로 되어 있다.

이상의 단차는 고운 종류[細色]라고 일컫는다已上號細色.

간아揀芽.

소룡小龍.

소봉小鳳.

대룡大龍.

대봉大鳳.

이상호추색已上號麤色.

이상의 단차는 거친 종류[麤色]라고 일컫는다已上號麤色.

[원문]

又有瓊林毓粹[1], 浴雪呈祥, 壑源拱秀[2], 貢[3]篚推先, 價倍南金, 暘谷先春, 壽巖都[4]勝, 延平石乳[5], 淸白可鑒, 風韻甚高, 凡十色, 皆宣和二年所製, 越五歲省去.

우유경림육수, 욕설정상, 학원공수, 공비추선, 가배남금, 양곡선춘, 수암도승, 연평석유, 청백가감, 풍운심고, 범십색, 개선화이년소제, 월오세성거.

---

1) 粹: 『고금도서집성본古今圖書集成本』, 『완위산당설부본宛委山堂說郛本』에는 '요料'자로 되어 있다.

2) 拱秀: 『고금도서집성본古今圖書集成本』, 『완위산당설부본宛委山堂說郛本』에는 '공계供季'로 되어 있다.

3) 貢: 『고금도서집성본古今圖書集成本』, 『완위산당설부본宛委山堂說郛本』에는 '공貢'자가 빠져 있다.

4) 都: 『고금도서집성본古今圖書集成本』, 『완위산당설부본宛委山堂說郛本』에는 '각却'자로 되어 있다.

5) 石乳: 『함분루설부본涵芬樓說郛本』에는 '유석乳石'으로 되어 있다.

[국역]

또한又有 경림육수瓊林毓粹, 욕설정상浴雪呈祥, 학원공수壑源拱秀, 공비추선貢篚推先, 가배남금價倍南金, 양곡선춘暘谷先春, 수암도승壽巖都勝, 연평석유延平石乳, 청백가감淸白可鑑, 풍운심고風韻甚高, 무릇 이들 열 가지 품목은凡十色, 모두 선화宣和 2년(1120)에 만들어진 것으로皆宣和二年所製, 5년 후 폐지되었다越五歲省去.

[원문]

右歲分十餘綱[1]. 惟白茶與勝雪自驚蟄前興役, 浹日[2]乃成. 飛騎疾
우세분십여강. 유백다여승설자경칩전흥역, 협일내성. 비기질
馳, 不出中春[3], 已至京師, 號爲頭綱. 玉芽以下, 卽先後以次發.
치, 불출중춘, 이지경사, 호위두강. 옥아이하, 즉선후이차발.
逮貢足時, 夏過半矣. 歐陽文忠[公]詩曰 "建安三千五百里, 京師
체공족시, 하과반의. 구양문충[공]시왈 "건안삼천오백리, 경사
三月嘗新茶", 蓋異時如此[4]. 以今較昔, 又爲最早.
삼월상신다", 개이시여차. 이금교석, 우위최조.

---

1) 綱: 원래는 화물을 운송하는 조직을 뜻하나, 송나라에서는 차를 운송하는 차례의 의미를 말한다.

2) 浹日: 고대에는 간지干支로 날짜를 헤아리는데, 갑甲부터 계癸까지의 10일을 '협일浹日'이라 한다. 어원은 『국어國語』 「초어하楚語下」에서 보인다. "遠不過三月, 近不過浹日. 韋昭注, 浹日, 十日也."

3) 中春: '중춘中春'과 '중춘仲春'의 뜻이 같다. 곧 춘계春季 중 하력夏曆 2월, 춘계의 두 번째 달을 가리킨다. 『고금도서집성본古今圖書集成本』, 『완위산당설부본宛委山堂說郛本』에 '중中'자는 '중仲'자로 되어 있다.

4) 蓋異時如此: 『철위산총담鐵圍山叢談』 중 "튼실한 차싹은 사전社前의 것은 가장 귀하게 여기나 이미 어전에 바쳐졌다. 이는 선화宣和 연간에 시작되었는데, 겨울이 끝나자마자 햇차를 맛보고자 하는 마음에서 비롯되었다. 인력으로 억지로 만든 것이기에 자연의 뜻과는 멀다(茶茁其芽, 貴在社前, 則已進御. 自是迤邐宣和間, 皆占冬至而嘗新茗. 是率人力爲之, 反不近自然矣.)"에서 비롯된 말이다.

[국역]

오른쪽 (이 책의 윗쪽) 공차들은 한 해에 10여 차례[綱]로 (서울인 개봉開封으로 운반하여) 나누었다右歲分十餘綱. 오직 백차와 승설만은惟白茶與勝雪, 경칩 이전에 만들기 시작하여自驚蟄前興役, 10일 안에 완성되었다浹日乃成. 날쌘 말[飛騎]로 달려飛騎疾馳, 중춘中春이 되기 전不出中春, 이미 서울 개봉까지 이르도록 하는데已至京師, 이를 '두강頭綱'이라 한다號爲頭綱. 옥아玉芽 이하 (단차)는玉芽以下, 차례에 따라 선착순으로 (공납) 한다卽先後以次發. 공차의 수량이 충족되려면逮貢足時, 여름의 절반은 지난다夏過半矣. 문충공文忠公인 구양수歐陽修의 시에 이르길歐陽文忠公詩曰 "건안으로부터 3천 500리 길建安三千五百里, 경성에선 3월에 햇차를 맛보네京師三月嘗新茶"라고 하였는데, 예전의 공차 시기는 이와 같았다蓋異時如此. 옛날과 비교하면以今較昔, 지금은 더 빨라진 셈이다又爲最早.

[원문]

因念草木之微, 有瓌奇卓異[1], 亦必逢時而後出, 而況爲士[2]者哉? 昔
인념초목지미, 유괴기탁이, 역필봉시이후출, 이황위사자재? 석
昌黎先生感二鳥之[3]蒙採擢, 而自悼其不如, 今蕃於是茶也, 焉敢效
창려선생감이조지몽채탁, 이자도기불여, 금번어시다야, 언감효

1) 有瓌奇卓異: 『함분루설부본涵芬樓說郛本』에 '유괴기탁이有瓌奇卓異' 문구 뒤에 '지명之名'이 붙어 있다.

2) 士: 『고금도서집성본古今圖書集成本』, 『완위산당설부본宛委山堂說郛本』에는 '상上'자로 되어 있다.

3) 昔....之: 『함분루설부본涵芬樓說郛本』에는 '석昔'자가 빠져있고, 『완위산당설부본宛委山堂說郛本』에 '지之'자는 '상上'자로 되어 있다.

昌黎[1]之感賦[2], 姑務[3]自警, 而堅其守, 以待時而已.

창려지감부, 고무자경, 이견기수, 이대시이이.

[국역]

생각하건대 초목과 같이 보잘 것 없는 것이因念草木之微, 아무리 진귀하고 뛰어나더라도有瑰奇卓異, 반드시 때를 잘 만나야 비로소 빛을 볼 수 있거늘亦必逢時而後出, 하물며 선비들이야 더욱 그렇지 않겠는가而況爲士者哉? 옛날 창려昌黎는 황제에게 진상된 두 마리의 새를 보며昔昌黎先生感二鳥之蒙采擢, 자신이 새에 미치지 못함을 (시를 지어) 한탄하였는데而自悼其不如, 오늘날 나 웅번熊蕃 또한 차에 대해 그러하나今蕃於是茶也, 어찌 감히 창려선생이 지은 시부詩賦를 모방하려 하겠으며焉敢效昌黎之感賦, 다만 스스로 조심하여 마음을 가다듬고姑務自警, 지조를 지키면서而堅其守, 때를 기다릴 뿐이다以待時而已.

38도[三十八圖]

공신과貢新銙 죽권竹圈 은모銀模 방1촌2분[方一寸二分][4]

시신과試新銙 죽권竹圈 은모銀模[5] 방1촌2분[方一寸二分]

---

1) 昌黎: 당나라의 문학가, 사상가인 한유韓愈(768~824)를 말한다. 그의 고문은 송대 이후 중국 산문문체의 표준이 되었으며, 그의 문장은 곧 모범으로 알려졌다. 사상분야에서는 유가의 사상을 존중하고 도교 · 불교를 배격하였으며, 송대 이후 유학 가운데 도학道學의 선구자가 되었다. 문장에서 언급된 내용은『감이조부感二鳥賦』에 실려 있고, 그의 작품은『창려선생집昌黎先生集』40권,『외집外集』10권,『유문遺文』1권 등의 문집에 수록되었다.

2) 賦:『완위산당설부본宛委山堂說郛本』에는 '부賦'자가 빠져 있다.

3) 圖:『사고전서본四庫全書本』에는 '도圖'자가 빠져 있다.

4) 銀模....二分:『사고전서본四庫全書本』에는 '은모銀模'가 없고,『완위산당설부본宛委山堂說郛本』에 '이분二分'이 '삼분三分'으로 되어 있다.

5) 銀模:『사고전서본四庫全書本』,『완위산당설부본宛委山堂說郛本』에는 이 문구가 빠져 있다.

용원승설龍園勝雪 죽권竹圈 은모銀模 방1촌2분[方一寸二分]

백다白茶 은권銀圈[1] 은모銀模 경1촌5분[徑一寸五分]

어원옥아御苑玉芽 은권銀圈 은모銀模 경1촌5분[徑一寸五分]

만수용아萬壽龍芽 은권銀圈 은모銀模 경1촌5분[徑一寸五分]

상림제일上林第一 방1촌2분[方一寸二分][2]

을야청공乙夜淸供 죽권竹圈 모模 방1촌2분[方一寸二分]

승평아완承平雅玩 죽권竹圈 모模 방1촌2분[方一寸二分]

용봉영화龍鳳英華 방1촌2분[方一寸二分]

옥제청상玉除淸賞 방1촌2분[方一寸二分][3]

계옥승은啓沃承恩 죽권竹圈 은모銀模 방1촌2분[方一寸二分][4]

설영雪英 은권銀圈 은모銀模[5] 횡장1촌5분[橫長一寸五分]

운엽雲葉 은모銀模 은권銀圈 횡장1촌5분[橫長一寸五分]

촉규蜀葵 은모銀模 은권銀圈 경1촌5분[徑一寸五分]

금전金錢 은모銀模 은권銀圈 경1촌5분[徑一寸五分]

옥화玉華 은모銀模 은권銀圈[6] 횡장1촌5분[橫長一寸五分]

촌금寸金 은모銀模[7] 죽권竹圈 방1촌2분[方一寸二分]

---

1) 銀圈: 『사고전서본四庫全書本』에는 '죽권竹圈'으로 되어 있다.

2) 方一寸二分: 『함분루설부본涵芬樓說郛本』에는 '일촌오분一寸五分'으로 되어 있고, 뒤의 '을야청공乙夜淸供'과 '승평아완承平雅玩'의 조항도 이와 같이 표기되어 있다.

3) 一寸二分: 『독화재총서본讀畵齋叢書本』에는 '방일촌이분方一寸二分'으로 되어 있다.

4) 二分: 『함분루설부본涵芬樓說郛本』에는 '오분五分'으로 되어 있다.

5) 銀圈銀模: 『사고전서본四庫全書本』에 '은권銀圈'은 '은모銀模' 뒤에 붙어 있고, 『완위산당설부본宛委山堂說郛本』, 『고금도서집성본古今圖書集成本』에 '설영雪英', '운엽雲葉', '촉규蜀葵' 조항條項 속의 '은권은모銀圈銀模'는 빠져 있다.

6) 銀圈: 『함분루설부본涵芬樓說郛本』, 『완위산당설부본宛委山堂說郛本』, 『고금도서집성본古今圖書集成本』에는 이 문구가 빠져 있다.

7) 銀模: 『함분루설부본涵芬樓說郛本』, 『완위산당설부본宛委山堂說郛本』, 『고금도서집성본古今圖書集成本』에는 이 문구가 빠져 있다.

무비수아無比壽芽 은모銀模 죽권竹圈 방1촌2분[方一寸二分]

만춘은엽萬春銀葉 은모銀模 은권銀圈 양첨경2촌2분[兩尖徑二寸二分]

의년보옥宜年寶玉 은모銀模 은권銀圈 직장3촌[直長三寸]

옥청경운玉淸慶雲 은모銀模 은권銀圈 방1촌8분[方一寸八分]

무강수룡無彊壽龍 은모銀模 죽권竹圈[1] 직장3촌6분[直長三寸六分]

옥엽장춘玉葉長春 은모銀模[2] 죽권竹圈 직장1촌[直長一寸]

서운상룡瑞雲翔龍 은모銀模 동권銅圈 경2촌5분[徑二寸五分][3]

장수옥규長壽玉圭 은모銀模 동권銅圈[4] 직장3촌[直長三寸]

흥국암과興國巖銙 죽권竹圈 모模 방1촌2분[方一寸二分]

향구배과香口焙銙 죽권竹圈 모模 방1촌2분[方一寸二分]

상품간아上品揀芽 은모銀模 동권銅圈 경2촌5분[徑二寸五分][5]

신수간아新收揀芽 은모銀模 동권銅圈[6] 경2촌5분[徑二寸五分]

태평가서太平嘉瑞 은모銀模 동권銅圈 경1촌5분[徑一寸五分][7]

용원보춘龍苑報春 은모銀模 동권銅圈[8] 경1촌7분[徑一寸七分]

---

1) 銀模竹圈: 『독화재총서본讀畵齋叢書本』에 '죽권竹圈'은 '은모銀模' 뒤에 붙어 있고, 『함분루설부본涵芬樓說郛本』에 '죽권竹圈'은 '은권銀圈'으로 되어 있다.

2) 銀模: 『사고전서본四庫全書本』, 『함분루설부본涵芬樓說郛本』, 『완위산당설부본宛委山堂說郛本』, 『고금도서집성본古今圖書集成本』에는 이 문구가 빠져 있다.

3) 瑞雲翔龍....徑二寸五分: 『사고전서본四庫全書本』에 '운雲'자는 '설雪'자로 되어 있고, 『함분루설부본涵芬樓說郛本』에 '이촌二寸'은 '일촌一寸'으로 되어 있다.

4) 銅圈: 『함분루설부본涵芬樓說郛本』, 『완위산당설부본宛委山堂說郛本』, 『고금도서집성본古今圖書集成本』에는 이 문구가 빠져 있다.

5) 徑二寸五分: 『독화재총서본讀畵齋叢書本』, 『함분루설부본涵芬樓說郛本』, 『완위산당설부본宛委山堂說郛本』, 『고금도서집성본古今圖書集成本』에는 이 문구가 빠져 있다.

6) 銅圈: 『함분루설부본涵芬樓說郛本』에는 '은권銀圈'으로 되어 있다.

7) 銅圈 .... 一寸五分: 『함분루설부본涵芬樓說郛本』, 『완위산당설부본宛委山堂說郛本』, 『고금도서집성본古今圖書集成本』에는 '동권銅圈'이 빠져 있고, 『함분루설부본涵芬樓說郛本』에 '일촌오분一寸五分'은 '이촌오분二寸五分'으로 되어 있다.

8) 龍苑報春 .... 銀模銅圈: 『고금도서집성본古今圖書集成本』, 『완위산당설부본宛委山

남산응서南山應瑞 은모銀模 은권銀圈 방1촌8분[方一寸八分]

흥국암간아興國巖揀芽 은권銀圈[1] 은모銀模 경3촌[徑三寸]

소룡小龍 은권銀圈 은모銀模[2]

소봉小鳳[3] 은모銀模 동권銅圈

대룡大龍 은모銀模[4] 동권銅圈

대봉大鳳 은모銀模 동권銅圈

[원문]

「御苑採茶歌」十首[5](並序)

「어원채다가」 십수(병서)

先朝漕司封[6]修睦, 自號退士, 嘗作「御苑採茶歌」十首, 傳在人口.

선조조사봉수목, 자호퇴사, 상작「어원채다가」 십수, 전재인구.

今龍園所製, 視昔尤盛, 惜乎退士不見也. 蕃謹撫[7]故事, 亦賦十

금용원소제, 시석우성, 석호퇴사불견야. 번근무고사, 역부십

首, 獻之漕使. 仍用退士元韻, 以見仰慕前修之意.

堂說郛本』에는 '은모동권銀模銅圈'이 빠져 있고,『완위산당설부본宛委山堂說郛本』에는 '용龍'자가 빠져 있다.

1) 銀圈:『함분루설부본涵芬樓說郛本』,『완위산당설부본宛委山堂說郛本』,『고금도서집성본古今圖書集成本』에는 이 문구가 빠져 있다.

2) 銀圈銀模:『완위산당설부본宛委山堂說郛本』에는 이 문구가 빠져 있다.

3) 小鳳:『사고전서본四庫全書本』,『독화재총서본讀畫齋叢書本』에는 '대봉大鳳'으로 되어 있다.

4) 銀模:『독화재총서본讀畫齋叢書本』에는 '은모銀模'가 빠져 있다.

5) 御苑採茶歌十首:『함분루설부본涵芬樓說郛本』,『완위산당설부본宛委山堂說郛本』,『고금도서집성본古今圖書集成本』등 간본에는 이 시구의 전체가 빠져 있다.

6) 司封: 육부六部 중 이부吏部에 속하는 관직이다.

7) 撫: 일부 간본에서 '척摭'자로 되어 있고,『독화재총서본讀畫齋叢書本』에는 '무撫'자로 되어 있다.

수, 헌지조사. 잉용퇴사원운, 이견앙모전수지의.

[국역]

「어원채다가御苑採茶歌」 10수十首 병서並序

선조先朝의 조사漕使 사봉司封 조수목趙修睦은先朝漕司封修睦, 호가 퇴사退士이며自號退士, 일찍이 「어원채다가御苑採茶歌」 10수를 지어嘗作御苑採茶歌十首, 민간에 널리 전하였다傳在人口. 오늘날 용원龍園에서 만든 것(차)은今龍園所製, 지난날에 비해 더욱 흥성하나視昔尤盛, 애석하게도 퇴사退士는 이미 세상을 떠나 볼 수가 없다惜乎退士不見也. 나 웅번熊蕃은 차사에 관한 이야기를 삼가 살펴蕃謹摭故事, 「어원채다가」 10수를 만들어亦賦十首, 조사漕使께 바친다獻之漕使. 시의 음운은 퇴사의 형식을 따랐는데仍用退士元韻, 이는 선현에 대한 흠모의 정을 담기 위함이다以見仰慕前修之意.

[원문]

雪腴[1]貢使手親調, 旋放春天採玉條[2],

설유공사수친조, 선방춘천채옥조,

伐鼓危亭驚曉夢, 嘯呼齊上苑東橋.

벌고위정경효몽, 소호제상원동교.

[국역]

운유차는 공차사가 친히 살핌에雪腴貢使手親調

1) 雪腴: 유화가 잘 나오는 차 곧 정교하게 잘 만들어진 공차貢茶를 말한다.

2) 玉條: 신초新梢 즉 그해 새로 올라온 새 가지에 돋아난 차아茶芽를 뜻한다.

바야흐로 봄이오니 차 따는 시절이구나旋放春天採玉條.
정자의 북 소리는 새벽꿈을 깨고伐鼓危亭驚曉夢
함성소리는 북원 동쪽 다리로 향하네嘯呼齊上苑東橋.

[원문]

釆釆東方尙未明, 玉芽同護見心誠.
채채동방상미명, 옥아동호견심성.
時歌一曲青山裏, 便是春風陌上聲[1].
시가일곡청산리, 편시춘풍맥상성.

[국역]

동방의 미명에 차를 따니釆釆東方尙未明
옥아를 귀히 여기는 그 마음 한결같네玉芽同護見心誠.
때맞춘 노랫소리 청산 안에 울리고時歌一曲青山裏
봄바람에 실려 사잇길로 퍼지네便是春風陌上聲.

[원문]

共抽靈草報天恩, 貢令分明 龍焙造茶依御廚法. 使指[2]尊.
공추영초보천은, 공령분명 용배조다의어주법. 사지존.
邏卒日循雲塹[3]繞, 山靈亦守御園門.
나졸일순운참요, 산령역수어원문.

1) 陌上聲: 산속의 샛길에서 퍼지는 노래를 말한다.
2) 使指: 지휘하다는 뜻을 지닌다.
3) 雲塹: 계곡 사이에 모이는 운무雲霧를 말한다.

[국역]

모아 딴 영초는 천은에 보답코자共抽靈草報天恩

분명한 호령에 용배의 차 만드는 법은 어주법御廚法에 따른다龍焙造茶依御廚法.

공차사를 따르네貢令分明使指尊.

병사들은 날마다 차산을 순시하고邏卒日循雲塹繞

산신령도 어원을 수호하는구나山靈亦守御園門.

[원문]

紛論[1]爭徑蹂新苔, 回首龍園曉色開.

분론쟁경유신태, 회수용원효색개.

一尉鳴鉦[2]三令趨[3], 急持煙籠[4]下山來. 採茶不許見日出.

일위명정삼령추, 급지연롱하산래. 채다불허견일출.

[국역]

차 따는 이들이 신선한 풀잎을 다투어 밟고紛論爭徑蹂新苔

뒤 돌아보니 용원에 새벽이 열리네回首龍園曉色開.

병사의 징소리 세 번 울리니一尉鳴鉦三令趣

차바구니 짊어지고 서둘러 내려오네急持煙籠下山來.

해가 뜨면 차 따는 것을 허락하지 않는다採茶不許見日出.

1) 紛論: 차를 따는 수많은 사람들을 가리킨다.

2) 鉦: 징을 말하며, 모양은 종과 비슷하나 좁고 길며 손잡이가 있어 두들기면 소리가 난다.

3) 趨: 일부 간본에서 '취趣'자로 되어 있고,『독화재총서본讀畵齋叢書本』에는 '추趨'자로 되어 있다.

4) 煙籠: 세롱細籠, 차롱茶籠을 뜻한다.

[원문]

紅日新升氣轉和, 翠籃[1]相逐下層坡.

홍일신승기전화, 취람상축하층파.

茶官正要龍芽潤, 不管新來帶露多. 採新芽不折水.

다관정요용아윤, 불관신래대로다. 채신아부절수.

[국역]

붉은 해 새로이 떠올라 화기가 펼쳐지고紅日新升氣轉和

취색 바구니들 서로 재촉하여 언덕 아래 이르는구나翠籃相逐下層坡.

차관들은 용아의 튼실함을 탐하기에茶官正要龍芽潤

차싹에 묻은 이슬 관여치 않네不管新來帶露多.

차싹의 무게를 달 때 이슬의 무게는 빼지 않는다採新芽不折水.

[원문]

翠虬[2]新範[3]絳紗籠[4], 看罷人生[5]玉節風[6].

취규신범강사롱, 간파인생옥절풍.

葉氣雲蒸千嶂綠, 歡聲雷震萬山紅.

엽기운증천장록, 환성뇌진만산홍.

---

1) 翠籃: 취색의 바구니를 뜻하나 여기에서는 차싹을 가득 담은 바구니를 뜻한다.

2) 翠虬: '규虬'는 고대 전설 중에 뿔 없는 용龍을 말한다.

3) 新範: 새로 만든 틀을 말한다.

4) 絳紗籠: 진홍색 실사로 만든 등을 말한다.

5) 人生: 『사고전서본四庫全書本』에는 '춘생春生'으로 되어 있다.

6) 玉節風: '옥절玉節'은 옥절랑玉節郎을 말한다. '옥절랑玉節郎'이란 임금 주위의 사신을 가리키며 여기에서는 공차사貢茶使를 말한다. '풍風'은 기풍을 말한다.

[국역]

붉은 사롱에 비친 틀에는 푸른 용 꿈틀거리고翠虯新範絳沙籠

공차관의 늠름한 기개가 새삼 느껴지네看罷人生玉節風.

안개 속의 찻잎 기운 온산을 녹빛으로 물들이고葉氣雲蒸千嶂綠

환성은 진동하여 만산에 꽃을 물들게 하네歡聲雷震萬山紅.

[원문]

鳳山日日滃[1]非煙, 賸得三春[2]雨露天,

봉산일일옹비연, 승득삼춘우로천,

棠坼[3]淺紅酣一笑, 柳垂淡綠困三眠[4]. 紅雲島上多海棠, 兩堤宮[5]柳最盛.

당탁천홍감일소, 유수담록곤삼면. 홍운도상다해당, 양제궁류최성.

[국역]

봉황산의 상서로운 운무는鳳山日日滃非煙

삼춘의 우로가 남겼구나賸得三春雨露天.

붉은 해당 피어나 미소를 띤 듯棠坼淺紅酣一笑

버드나무 늘어져 스르르 잠이 드네柳垂淡綠困三眠.

홍운도에는 해당화가 많이 피어있고紅雲島上多海棠,

그 양쪽 둑길에는 버드나무가 무성하다兩堤宮柳最盛.

---

1) 滃: '옹滃'이란 구름이 일다는 뜻이다.

2) 三春: 맹춘孟春, 중춘仲春, 계춘季春을 말한다.

3) 坼: '탁坼'이란 갈라지다, 펴다의 뜻을 지니고 있으며 여기에서는 꽃이 핀다는 뜻이다.

4) 柳垂淡綠困三眠: '삼면류三眠柳' 또는 '경류檉柳', '인류人柳'라고도 한다. 어원은『본초本草』「경류檉柳」에서 보인다. "한무제의 정원에 버드나무가 있는데 모양이 사람과 같아 이름을 인류人柳라 지었고, 하루 세 번 일어나 세 번 잠을 잔다(漢武帝苑中有柳, 狀如人, 號曰人柳, 一日三起三眠.)"

5) 宮: 『사고전서본四庫全書本』에는 '관官'자로 되어 있다.

[원문]

龍焙夕薰凝紫霧，鳳池曉濯帶蒼煙[1].

용배석훈응자무, 봉지효탁대창연.

水芽只是宣和有，一洗槍旗二百年[2].

수아지시선화유, 일세창기이백년.

[국역]

어스름 저녁 용배에 연무 피어나고龍焙夕薰凝紫霧

이른 새벽 봉황지 물 길어 차싹을 씻네鳳池曉濯帶蒼煙.

수아는 선화 연간에만 있으니水芽只是宣和有

기창을 없애는데 200년이란 세월이 걸렸구나一洗槍旗二百年.

[원문]

修貢年年採萬株，只今勝雪與初殊.

수공년년채만주, 지금승설여초수.

宣和殿裏春風[3]好，喜動天顔是玉腴[4].

선화전리춘풍호, 희동천안시옥유.

---

1) 蒼煙: 봉지鳳池의 샘물에서 피어 오른 수증기를 말한다.

2) 一洗槍旗二百年: '세洗'란 제거의 뜻을 지니고 있다. 이는 기창槍旗을 찻잎 원료로 삼아 만든 단차가 수아水芽란 찻잎 원료로 대체되는 것이 200년이란 세월이 걸렸다는 뜻이다. 곧 남당南唐 보대保大 3년(945)부터 연고차를 만들어 선화 2년(1120) 수아가 탄생될 때까지의 175년을 200년으로 표현한 것이다.

3) 春風: 봄바람을 뜻하나 여기에서는 좋은 공차를 말한다.

4) 玉腴: 가장 좋은 차, 여기에서는 용원승설을 말한다.

[국역]

공차를 만드는데 해마다 수만주修貢年年採萬株
오늘날의 승설은 예전과 다르구나只今勝雪與初殊.
선화궁전에 좋은 차 많지만宣和殿里春風好
웃음 짓는 용안은 승설뿐이라네喜動天顔是玉腴.

[원문]

外臺[1]慶曆有仙官[2], 龍鳳纔聞製小團.
외대경력유선관, 용봉재문제소단.
爭得似金模寸璧[3], 春風第一[4]薦宸餐[5].
쟁득사금모촌벽, 춘풍제일천신찬.

[국역]

경력 연간에 (채양이란) 선관이 있어外臺慶曆有仙官
용봉의 명성을 듣고 소단을 만들었다네龍鳳纔聞製小團.
다투어 금장틀로 소단을 얻으니爭得似金模寸璧
제일 먼저 황제의 식단에 올려지네春風第一薦宸餐.

---

1) 外臺: 관직이며 자사刺史의 별칭이다.
2) 仙官: 고대의 관직 이름이나 여기에서는 소단小團을 만들어낸 채양蔡襄을 말한다.
3) 寸璧: 소단용차小團龍茶를 말한다.
4) 春風第一: 가장 좋은 공차 곧 소단용차小團龍茶를 뜻한다.
5) 宸餐: '신宸'이란 북진北辰의 거처를 말하며 곧 제왕의 궁전을 뜻한다. 또한 제왕이라 쓰이기도 하며 '신찬宸餐'은 임금의 식단을 말한다.

[원문]

先人作茶錄，當[1]貢品極盛之時，凡有四十餘色．紹興[2]戊寅歲，克攝
선인작다록, 당공품극성지시, 범유사십여색. 소흥무인세, 극섭
事北苑，閱近所貢皆仍舊，其先後之序亦同，惟躋龍園勝雪於白茶
사북원, 열근소공개잉구, 기선후지서역동, 유제용원승설어백다
之上，及無興國巖，小龍，小鳳．蓋建炎南渡，有旨罷貢三之一而
지상, 급무흥국암, 소룡, 소봉. 개건염남도, 유지파공삼지일이
省去[3]也．先人但著其名號，克今更寫其形製，庶覽[4]之者無遺恨焉．
성거야. 선인단저기명호, 극금경사기형제, 서람지자무유한언.
先是，壬子[5]春，漕司再葺茶政，越十三載，仍[6]復舊額．且用政和故
선시, 임자춘, 조사재즙다정, 월십삼재, 잉복구액. 차용정화고
事，補種茶二萬株．次[7]年益虔貢職，遂有創增之目．仍改京鋌爲大
사, 보종다이만주. 차년익건공직, 수유창증지목. 잉개경정위대
龍團，由是大龍多於大鳳之數．凡此皆近事，或者猶未之知也．先
룡단, 유시대룡다어대봉지수. 범차개근사, 혹자유미지지야. 선

---

1) 當:『고금도서집성본古今圖書集成本』,『완위산당설부본宛委山堂說郛本』에는 '상賞'자로 되어 있다.

2) 紹興: 남송 1대 황제인 고종高宗 조구趙構의 마지막 연호(1131~1162: 建炎, 紹興)

3) 去:『고금도서집성본古今圖書集成本』,『완위산당설부본宛委山堂說郛本』에 '거去'자 뒤에 '지之'자가 붙어 있다.

4) 覽:『사고전서본四庫全書本』에는 '각覺'자로 되어 있다.

5) 壬子:『고금도서집성본古今圖書集成本』,『완위산당설부본宛委山堂說郛本』에는 '임자任子'로 되어 있다.

6) 乃:『독화재총서본讀畵齋叢書本』에는 '잉仍'자로 되어 있다.

7) 次:『고금도서집성본古今圖書集成本』,『완위산당설부본宛委山堂說郛本』에는 '차此'자로 되어 있고,『함분루설부본涵芬樓說郛本』에는 '비比'자로 되어 있다.

人又嘗作貢茶歌十首，讀之可想見異時之事，故併取以附於末.[1] 三
인우상작공다가십수, 독지가상견이시지사, 고병취이부어말. 삼
月初吉，男克北苑寓舍書.
월초길, 남극북원우사서.

[국역]

후서後序

선친께서『선화북원공다록宣化北苑貢茶錄』을 지을 때先人作茶錄, 당시는 공차가 극히 번성할 때라當貢品極盛之時, 무릇 40여 종류나 되었다凡有四十餘色. 소흥紹興 무인년(1158)에紹興戊寅歲, (나) 웅극熊克이 북원에서 일하게 되어克攝事北苑, 최근의 공차에 대해 확인해보니 모두가 옛 사례 그대로이며閱近所貢皆仍舊, 바치는 차례 또한 마찬가지였고其先後之序亦同, 오직 달라진 것이 있다면 용원승설龍園勝雪이 백차白茶보다 윗 등급에 있다는 것과惟躋龍園勝雪於白茶之上, 그리고 흥국암興國巖, 소룡小龍, 소봉小鳳 등은 없어졌다는 것이다及無興國巖小龍小鳳. 이는 건염建炎 원년(1127)에 남쪽으로 천도하면서蓋建炎南渡, 남송 (고종) 황제의 명에 따라 3분의 1의 공물을 폐지했을 때 함께 없어진 것이다有旨罷貢三之一而省去也. 선친께서는 (공차) 품목의 명호만을 기술하였으나先人但著其名號, (나) 웅극熊克은 여기에 (공차) 모양을 그려 첨부하여克今更寫其形製, 이 책을 보는 많은 사람들에게 아쉬움이 없도록 하였다庶覽之者無遺恨焉. 이전先是, 임자년(1132) 봄 조사漕司에서 차를 다스리는 행정[茶政]을 다시 맡았는데壬子春漕司再葺茶政, 13년이 지나면서越十三載, (공차) 수량은 이전 상태로 회복되었다乃復舊額. 또한 정화政和

1) 先人嘗作歌十首 .... 故併取以附於末:『고금도서집성본古今圖書集成本』,『완위산당설부본宛委山堂說郛本』에는 이 문구 자체가 빠져 있다.

때 차의 일을 따라且用政和故事, 차나무 2만 그루를 보태어 심었다補種茶二萬株. 다음 해 공차의 직무를 더욱 충실히 하였고次年益虔貢職, 새로운 품목들이 추가 생산되었다遂有創增之目. 그리고 경정京鋌은 대룡단大龍團으로 이름이 바뀌었기에仍改京鋌爲大龍團, 이로 말미암아 대룡단의 수가 대봉단大鳳團보다 많아졌다由是大龍多於大鳳之數. 무릇 이러한 일들은 근자의 일이며凡此皆近事, 혹여 사람들이 이러한 일들을 알지는 못한다或者猶未之知也. 선친께서는 또 일찍이 공차가貢茶歌 10수를 지으셨는데先人又嘗作貢茶歌十首, 이것을 읽어보니 차에 관한 옛일을 미루어 짐작할 수 있기에讀之可想見異時之事, 고로 책 말미에 붙여 두었다故併取以附於末, 3월 초하루三月初吉, 아들 웅극熊克이 북원北苑의 집에서 쓰다男克北苑寓舍書.

[원문]

北苑貢茶最盛, 然前輩所錄, 止於慶曆以上. 自元豊之密雲龍, 紹
북원공다최성, 연전배소록, 지어경력이상. 자원풍지밀운룡, 소
聖之瑞雲龍相繼挺出[1], 製精於舊, 而未有好事者記焉, 但見[2]於詩人
성지서운룡상계정출, 제정어구, 이미유호사자기언, 단견어시인
句中. 及大觀以來, 增創新銙, 亦猶用揀芽. 蓋水芽至宣和始有[3],
구중. 급대관이래, 증창신과, 역유용간아. 개수아지선화시유,

1) 自元豊 …. .相繼挺出: 『고금도서집성본古今圖書集成本』, 『완위산당설부본宛委山堂說郛本』에는 '자원풍후서룡상계정출自元豊後瑞龍相繼挺出'로 되어 있다. 『함분루설부본涵芬樓說郛本』에 '서瑞'자는 '설雪'자로 되어 있다.

2) 見: 『고금도서집성본古今圖書集成本』, 『완위산당설부본宛委山堂說郛本』에는 '견見'자가 빠져 있다.

3) 有: 『고금도서집성본古今圖書集成本』, 『완위산당설부본宛委山堂說郛本』에는 '명名'자로 되어 있다.

故[1]龍園勝雪與白茶角立[2], 歲充[3]首貢. 復[4]自御苑玉芽以下, 厥名實

고용원승설여백다각립, 세충수공. 복자어원옥아이하, 궐명실

繁. 先子親[5]見時事, 悉能記之, 成編具存. 今閩中漕臺新[6]刊『茶錄』, 未

번. 선자친견시사, 실능기지, 성편구존. 금민중조대신간『다록』, 미

備此書. 庶幾補其闕云. 淳熙[7]九年冬十二月四日, 朝散郎[8], 行秘書郎[9],

비차서. 서기보기궐운. 순희구년동십이월사일, 조산랑, 행비서랑,

兼國史編修官[10], 學士院權直[11]熊克謹記.

겸국사편수관, 학사원권직웅극근기.

[국역]

북원의 공차가 가장 번성하였으나北苑貢茶最盛, 선배들의 기록은然前輩所錄, 경력慶曆 이전에 그치고 있다止於慶曆以上. 원풍元豊 때의 밀운룡自元豊之密雲龍, 소성紹聖 때의 서운룡瑞雲龍 등의 (공차가) 잇달아 나와紹聖之瑞雲龍

1) 故:『고금도서집성본古今圖書集成本』,『완위산당설부본宛委山堂說郛本』에는 '고顧'자로 되어 있다.

2) 角立: 쌍벽을 이루는 막상막하를 뜻한다.

3) 充:『고금도서집성본古今圖書集成本』,『완위산당설부본宛委山堂說郛本』에는 '원元'자로 되어 있다.

4) 復:『완위산당설부본宛委山堂說郛本』에는 '복復'자가 빠져 있다.

5) 先子親: '선자先子'는 선군자先君子 또는 조상, 선친을 뜻한다.『고금도서집성본古今圖書集成本』,『완위산당설부본宛委山堂說郛本』에 '친親'자는 '관觀'자로 되어 있다.

6) 新:『고금도서집성본古今圖書集成本』,『완위산당설부본宛委山堂說郛本』에는 '소所'자로 되어 있다.

7) 淳熙: 남송 2대 황제인 효종孝宗 조신趙眘의 마지막 연호(1174~1189: 隆興, 乾道, 淳熙)

8) 朝散郎: 종 7품의 벼슬이며, 중행원외랑中行員外郎, 기거사인起居舍人과 같은 계급이다.

9) 秘書郎: 도서 소장 및 필사에 관한 사무를 보는 관직이다.

10) 編修官: 사관史官이며, 국사 및 실록을 편수하는 관직이다.

11) 權直: 송대에 새로 만든 관직이다. 한림학사翰林學士의 자리가 비울 때 다른 관리들이 잠시 문서를 관리 및 시행하는 관직이다.

相繼挻出, 옛 것보다 정교하게 만들어졌으나製精於舊, 아직은 이에 대한 호사가들의 기록은 없고而未有好事者記焉, 다만 시인의 시구詩句 속에서 보일 뿐이다但見於詩人句中. 대관大觀에 이르자及大觀以來, 새로운 공차가 만들어졌는데增創新銙, 이 역시 간아揀芽로 만들어진 것이다亦猶用揀芽. 무릇 수아水芽는 선화宣和 연간에 비로소 나왔으며蓋水芽至宣和始有, 이에 따라 용원승설龍園勝雪과 백차白茶가 쌍벽을 이루어故龍園勝雪與白茶角立, 해마다 첫 번째 공차인 두강頭綱으로 자리매김하게 되었다歲充首貢. 또한 어원옥아御苑玉芽 이하(등급)부터復自御苑玉芽以下, 공차의 수도 실로 많이 있었다厥名實繁. 선친께서 (그 당시에) 친히 본 일들을先子親見時事, 모두 기록하고悉能記之, 편찬하여 보존하였다成編具存. 오늘날 민중閩中지역의 전운사가 펴낸 신간『다록茶錄』의 내용에는今閩中漕臺新刊茶錄, 이 부분들이 기록되어 있지 않다未備此書. 내가 이러한 미비점들을 증보하였다庶幾補其闕. 순희淳熙 9년(1182) 겨울 12월 4일에淳熙九年冬十二月四日, 조산랑朝散郞, 행비서랑行秘書郞 겸 국사편수관國史編修官, 학사원권직學士院權直인 웅극熊克이 삼가 쓰다朝散郞行秘書郞兼國史編修官學士院權直熊克謹記.

1990년대 건안建安지역에 위치한 건요 유적지는 농가 뒷 잡초 사이에 방치되어 있다

건요建窯 파편 가운데 보기드문 큰 토호잔이 발견되었는데, 일부 전문가들은 당시 이 큰 사발로 말차를 만들어 나눔 찻잔으로 나누었다고 한다

박물관에 도각刀刻으로 새긴 공어供御 건잔이 전시되어 있다

건요建窯 유적지에서 발견된 돌로 만든 송대 맷돌 연조碾槽 파편

건양建陽 건요建窯박물관 관장과의 우정으로 건잔建盞에 대해 많은 지식을 얻게되었다

宣和遼墓壁畫茶器 局部圖

1972년 하북성河北省에서 발견된 선화요묘벽화宣化遼墓壁畵 속에서 대량의 차기를 발견되었는데, 차로茶爐, 탕병湯甁, 차롱茶籠, 도람都籃, 차연茶碾, 차표茶杓, 차시茶匙, 차검茶鈐, 차저茶箸, 차라茶羅, 차합茶合, 차선茶筅, 차찰茶札(차추茶箒), 차잔茶盞, 차탁茶托 등 거의 모든 차기가 보인다

벽화의 그림에서 요나라의 점차법도 송나라 영향을 받아 큰 찻잔에서 유화를 만들어 나눔 찻잔에 나누어 마시는 것이 대부분이다. 특히 송나라 채양의 『다록』에서 언급된 차 집게인 '차검茶鈐', 송휘종의 『대관다론』에서 말차를 나누는 국자인 '차표茶杓' 등의 차기들이 눈에 띈다. 또한 차 수저인 대나무 차시茶匙의 모양은 오늘날의 차칙茶則 형태와 거의 동일하다

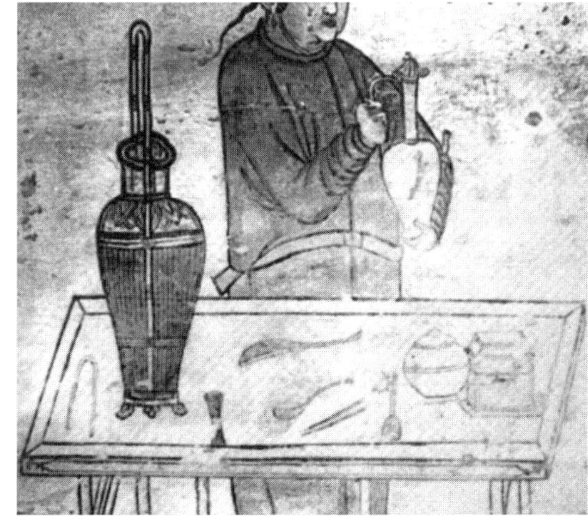

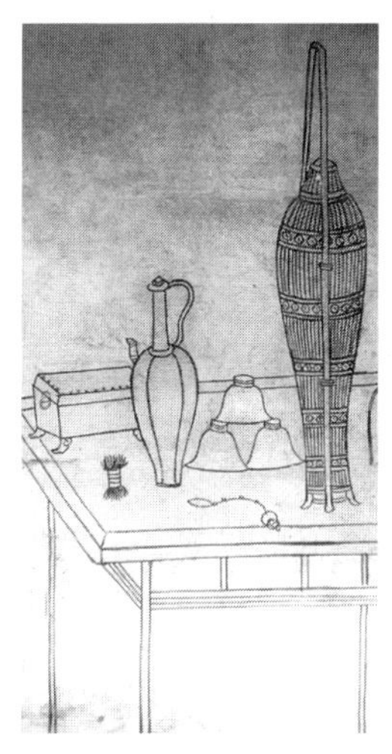

四種繼出而蠟面降爲下矣蓋龍鳳等茶皆太宗朝所製至咸平初丁晉公漕閩始載之于茶錄慶曆中蔡君謨將漕創造小龍團以進被旨仍歲貢之自小團出而龍鳳遂爲次矣元豐間有旨造密雲龍其品又加于小團之上紹聖間改爲瑞雲翔龍至大觀初今上親製茶論二十篇以白茶者與常茶不同偶然生出一非人力可致于是白茶遂爲第一旣又製三色細芽及試新銙貢新銙自三色細芽出而瑞雲翔龍顧居下矣凡茶芽數品最上曰小芽如雀舌鷹爪以其勁直纖銳故號芽茶次曰中芽乃一芽帶一葉者號一鎗一旗次曰中芽乃一芽帶兩葉者號一鎗兩旗其帶三葉四葉皆漸老矣芽茶早春極少景德中建守周絳爲補茶經言芽茶只作早茶馳奉萬乘嘗之可矣如一鎗一旗可謂奇茶也故一鎗一旗號揀芽最爲挺特光正舒王送人官閩中詩云新茗齋中試一旗謂揀芽也或者乃謂茶芽未展爲鎗已展爲旗指舒王

陸羽茶經裴汶茶述皆不第建品說者但謂二子未嘗至閩而不
知物之發也固自有時蓋昔者山川尙閟靈芽未露至于唐末然
後北苑出爲之最是時僞蜀辭臣毛文錫作茶譜亦第言建有紫
筍而蠟面乃產于福五代之季建屬南唐歲率諸縣民采茶北苑
初造研膏繼造蠟面旣又製其佳者號曰京鋌聖朝開寶末下南
唐太平興國初特置龍鳳模遣使臣卽北苑造團茶以別庶飲龍
鳳茶蓋始于此又一種茶叢生石崖枝葉尤茂至道初有詔造之
別號石乳又一種號的乳又一種號白乳蓋自龍鳳與京石的白

貢新銙 大觀二年造	試新銙 政和二年造	白茶 政和二年
龍團勝雪 宣和二年	御苑玉芽 大觀二年	萬壽龍芽 大觀二年
上林第一 宣和二年	乙夜清供 宣和二年	承平雅玩 宣和二年
龍鳳英華 宣和二年	玉除清賞 宣和二年	啓沃承恩 宣和二年
雪英 宣和三年	雲葉 宣和三年	蜀葵 宣和三年
金錢 宣和三年	玉華 宣和三年	寸金 宣和三年
無比壽芽 大觀四年	萬春銀葉 宣和二年	宜年寶玉 宣和二年
玉清慶雲 宣和二年	無疆壽龍 宣和二年	玉葉長春 宣和四年
瑞雲翔龍 紹聖二年	長壽玉圭 政和二年	興國岩銙
香口焙銙	上品揀芽 紹聖二年	新收揀芽
太平嘉瑞 政和二年	龍苑報春 宣和四年	南山應瑞 宣和四年
興國岩揀芽	興國岩小龍	興國岩小鳳 已上號細色
揀芽	小龍	小鳳

此詩爲誤蓋不知有所謂揀芽也夫揀芽猶奇如此而況芽茶以供天子之新嘗者乎芽茶絕矣至于水芽則曠古未之聞也宣和庚子歲漕臣鄭公可聞始創爲銀綫水芽蓋將已揀熟芽再剔去祇取其心一縷用珍器貯淸泉漬之光明瑩潔若銀綫然以制方寸新銙有小龍蜿蜒其上號新龍團勝雪又廢石的白三乳鼎造花銙二十餘色初貢茶皆入龍腦至是慮奪眞味始不用焉蓋茶之妙至勝雪極矣故合爲首冠然猶在白茶之次者以白茶上之所好也異時郡人黃儒始撰品茶要錄極稱當時靈芽之富謂使陸羽數子見之必爽然自失蓄亦謂使黃君而閱今日則前乎此者未足詫焉然龍焙初興貢數殊少累增至于元符以片計者一萬八千視初已加數倍而猶未盛今則爲四萬七千一百片有奇矣（此數見范逵所著龍焙美成茶錄逵茶官也）自白茶勝雪以次厥名實繁今列于左使好事者得以觀焉

御苑玉芽 銀圈銀模 徑一寸五分　萬壽龍芽 銀圈銀模 同上

上林第一 方一寸五分　乙夜清供 竹圈 同上

承平雅玩 竹圈 同上　龍鳳英華 同上

玉除清賞 同上　啓沃承恩 竹圈 同上

雪英 銀圈銀模 橫長一寸五分　雲葉 銀圈銀模 同上

蜀葵 銀圈銀模 徑一寸五分　金錢 銀圈銀模 同上

玉華 銀模 橫長一寸五分　寸金 竹圈 方一寸二分

無比壽芽 銀模竹圈 同上　萬春銀葉 銀模銀圈 兩尖徑二寸二分

宜年寶玉 銀圈銀模 直長三寸　玉清慶雲 銀模銀圈 方一寸八分

無疆壽龍 銀模銀圈 直長一寸 徑二寸五分　長壽玉圭 銀模 直長三寸

瑞雲翔龍 銀模銀圈 徑一寸五分　玉葉長春 竹圈 直長一寸六分

興國岩銙 竹圈 方一寸二分　香口焙銙 竹圈 同上

上品揀芽 銀模銀圈 徑二寸五分　新收揀芽 銀模銀圈 同上

大龍　大鳳 已上號二色

又有瓊林毓粹浴雪呈祥壑源拱秀貢篚推先價倍南金暘谷先春壽岩都勝延平乳石清白可鑒風韻甚高凡十色皆宣和二年所製越五歲省去

右歲分十餘綱惟白茶與勝雪自驚蟄前興役浹日乃成飛騎疾馳不出中春已至京師號爲頭綱玉芽以下即先後以次發逮貢足時夏過半矣歐陽文忠公詩曰建安三千五百里京師三月嘗新茶蓋異時如此以今較昔又爲最早因念草木之微有瓌奇卓異之名亦必逢時而後出而況爲士者哉昌黎先生感二鳥之蒙采擢而自悼其不如今蕃于是茶也焉敢效昌黎之感姑務自警而堅其守以待時而已

貢新銙 竹圈銀模　方一寸三分　試新銙 竹圈銀模　同上

龍園勝雪 竹圈銀模　同上　白茶 銀圈銀模　徑一寸五分

聖之瑞雪龍相繼挺出制精于舊而未有好事者記焉但見于詩
人句中及大觀以來增創新銙亦猶用揀芽蓋水芽至宣和始有
故龍團勝雪與白茶角立歲充首貢復自御苑玉芽以下厥名實
繁先子親見時事悉能記之成編具存今閩中漕臺所刊茶錄未
備此書庶幾補其闕云淳熙九年冬十二月四日朝散郎行祕書
郎兼國史編修官學士院權直熊克謹記

太平嘉瑞（銀圈）徑二寸五分　龍苑報春（銀模銅圈）徑一寸七分

南山應瑞（銀模銀圈）方一寸八分　興國岩揀芽（銀模）徑三寸

小龍（銀模銀圈）　小鳳（銀模銀圈）同上

大龍（銅圈）　大鳳（銀模銀圈）同上

先人作茶錄當貢品極盛之時凡有四十餘色紹興戊寅歲克攝事北苑閱近所貢皆仍舊其先後之序亦同惟躋龍團勝雪于白茶之上及無興國岩小龍小鳳蓋建炎南渡有旨罷貢三之一而省去之也先人但著其名號克今更寫其形制庶覽之者無遺恨焉先是壬子春漕司再葺茶政越十三載乃復舊額且用政和故事補種茶二萬株（政和間曾種三萬株）比年益虔貢職遂有創增之目仍改京鋌爲大龍團由是大龍多于大鳳之數凡此皆近事或者猶未之知也三月初吉男克北苑寓舍書

北苑貢茶最盛然前輩所錄止于慶曆以上自元豐之密雲龍紹

萬壽龍芽

御苑玉芽

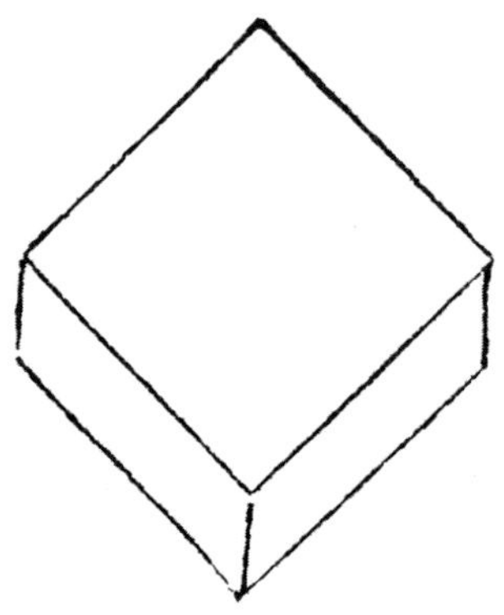

上林第一

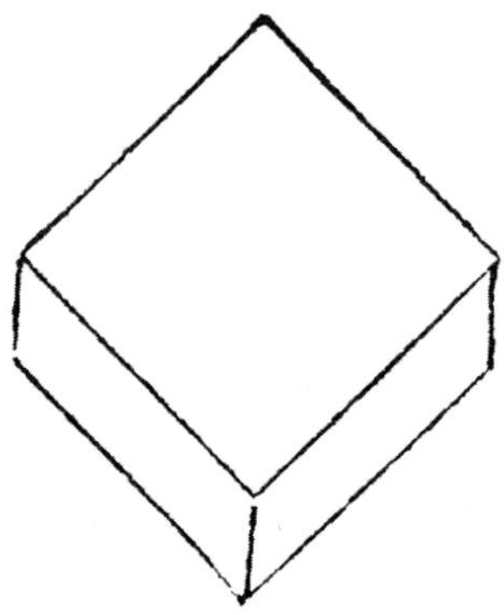

乙夜清供

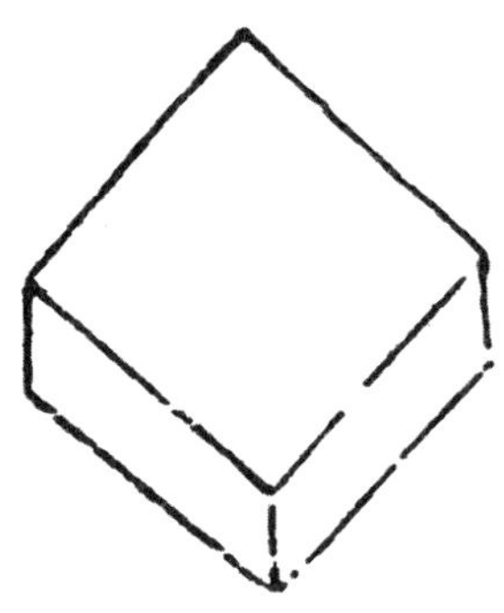

試新銙

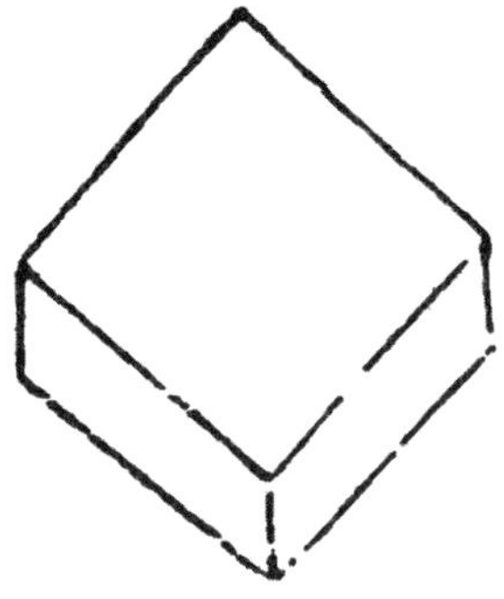

貢新銙

白茶

龍園勝雪

雪英

雲葉

蜀葵

金錢

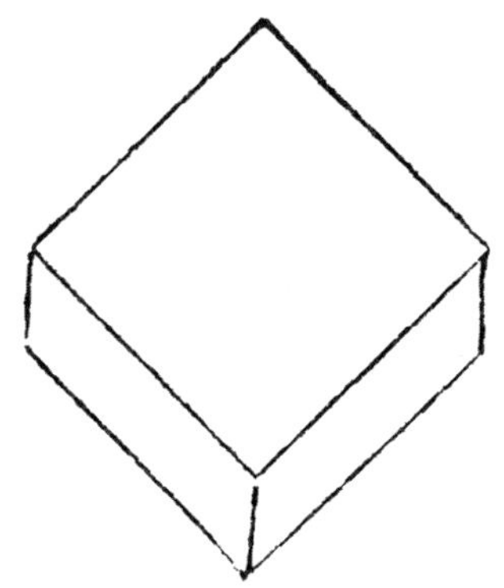

承平雅玩

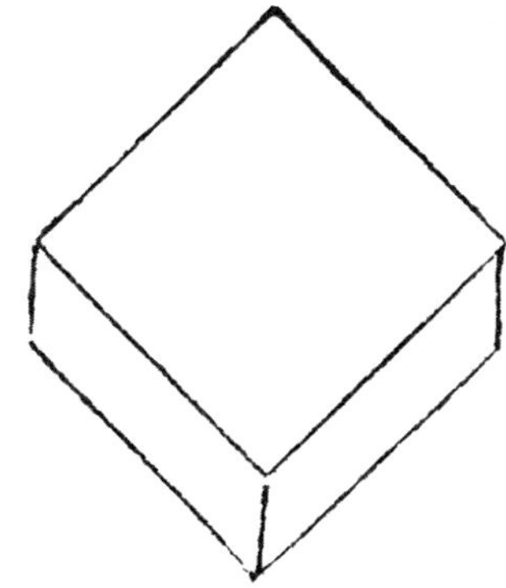

龍鳳英華

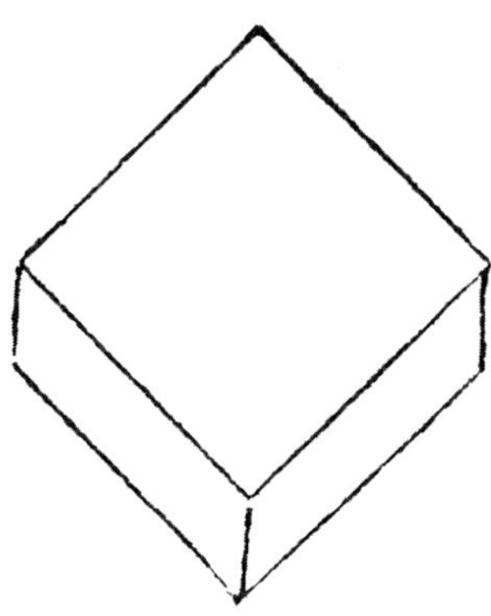

玉除清賞

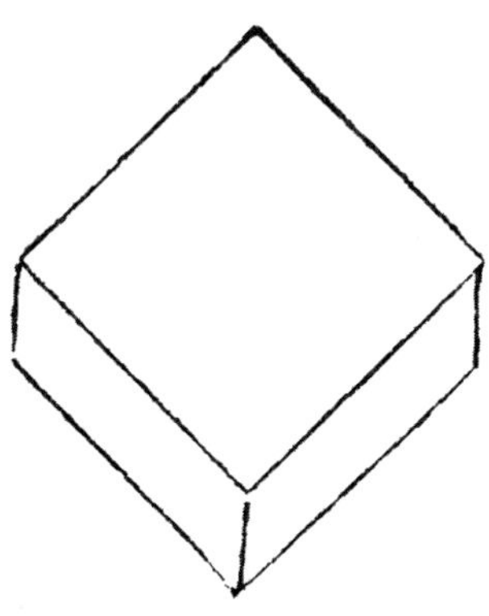

啓沃承恩

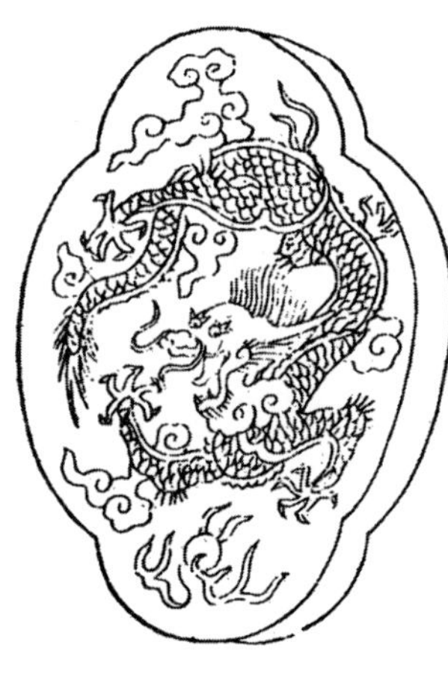

宜年寶玉

玉淸慶雲

無彊壽龍

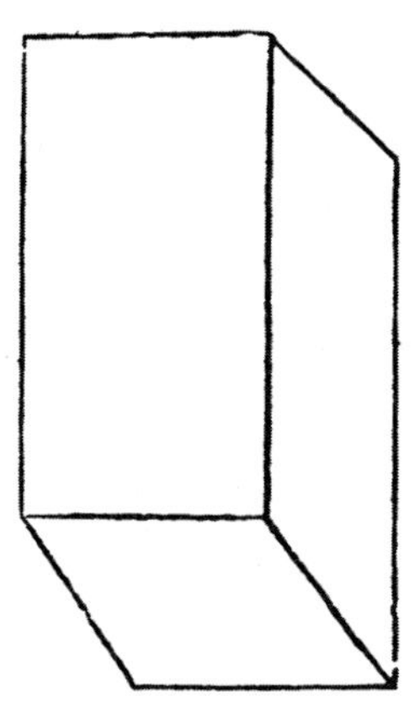

玉葉長春

玉華

寸金

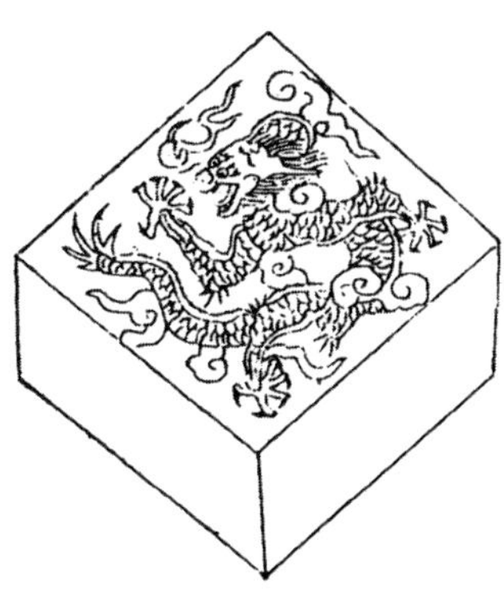

無比壽芽

萬春銀葉

上品揀芽

新收揀芽

太平嘉瑞

龍苑報春

瑞雲翔龍

長壽玉圭

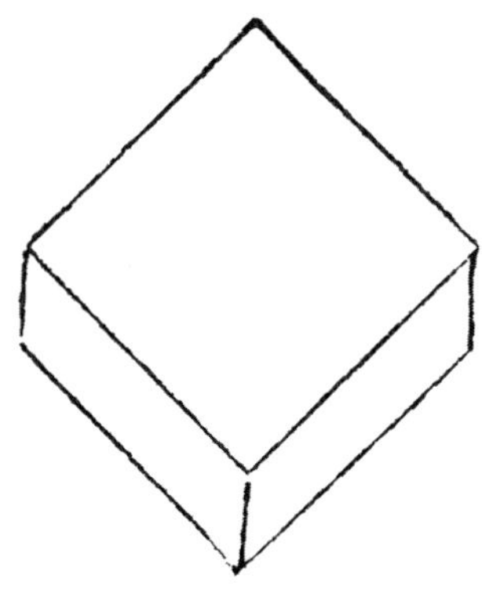

香口焙銙

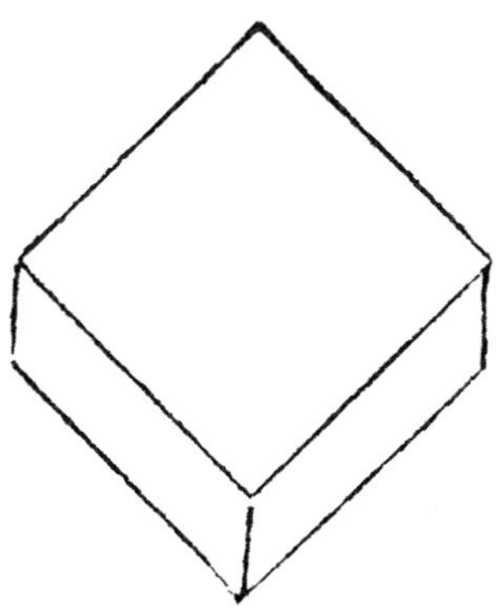

興國巖銙

大龍

大鳳

南山應瑞

興國巖揀芽

小龍

小鳳

北苑別錄

[宋] 趙汝礪 撰

해제

『북원별록北苑別錄』은 웅번熊蕃이 지은『선화북원공다록宣和北苑貢茶錄』을 조여려趙汝礪[1]가 증보한 것이다.『북원별록』후서後序를 보면 조여려는 자신을 남송南宋 효종孝宗 때 사람이라 하였으며, 복건전운사福建轉運使 주관장사主管帳司의 일을 맡았다고 했다. 그리고 글은 순희淳熙 13년(1186)에 썼다는 것 이외에 그에 대한 어떠한 기록도 없다.

『북원별록北苑別錄』은 남송 말기에 진진손陳振孫이 지은『직재서록해제直齋書錄解題』에서 독립된 하나의 문헌으로 수록되었으나, 명나라에 들어와 유정喻政의『다서茶書』, 도종의陶宗儀의『설부說郛』등 많은 차서茶書에서『선화북원공다록』과 함께 묶어 후서의 형식으로『선화북원공다록』뒷부분에 수록하였다.

1) 趙汝礪:『고금도서집성본古今圖書集成本』에는 '송무명씨宋無名氏'로 되어 있다.

후서에서 밝혔듯이 『선화북원공다록』은 그 내용에 있어 공차에 관한 근원과 제작 연혁에 대한 기록이 완벽할 정도로 잘 갖추어졌으나, 익은 찻잎 곧 차황茶黃을 갈 때 사용되는 물 잔의 수량, 불기운의 적정도, 공차의 차례, 품목의 종류 등이 누락된 것이 아쉬워 마침 업무상 『수공록修貢錄』을 접할 기회가 있어 부족한 부분을 보충하여 『북원별록』이라 하였다고 한다.

조여려는 찻잎을 가는 물의 수량 · 건조 일수 · 공차의 차례 · 차의 품색과 종류 등을 조목대로 열거하여 내용을 첨가하였고 차의 채취 및 제조에 대한 여러 가지 학설들을 종합하여 말미에 아울러 수록하였다. 그러나 『북원별록』은 단순히 『선화북원공다록』의 부족한 부분을 보완하는데 그친 것이 아니라 차에 대한 자신의 견해를 밝힌 독립된 문장으로써도 충분한 가치가 있다. 따라서 오늘날 많은 사람들이 이 별록을 개별의 고전 문헌으로 별도로 수록하고 있다.

지금까지 전해진 『북원별록北苑別錄』의 간본은 『함분루설부본涵芬樓說郛本』, 『다서전집본茶書全集本』, 『완위산당설부본宛委山堂說郛本』, 『고금도서집성본古今圖書集成本』, 『오조소설본五朝小說本』, 『오조소설대관본五朝小說大觀本』, 『사고전서본四庫全書本』, 『독화재총서본讀畵齋叢書本』, 『총서집성초편본叢書集成初編本』 등이 있다. 이 책의 『북원별록』은 『독화재총서본』을 중심으로 편집하였고, 기타 간본들을 참고하였다.

[원문]

建安[1]之東三十里，有山曰鳳凰，其下直北苑，旁聯諸焙，厥[2]土赤
건안지동삼십리, 유산왈봉황, 기하직북원, 방련제배, 궐토적
壤，厥茶惟上上．太平興國[3]中，初爲[4]御焙，歲模[5]龍鳳，以羞貢篚[6]，
양, 궐다유상상. 태평흥국중, 초위어배, 세모용봉, 이수공비,
益[7]表珍異．慶曆[8]中，漕臺[9]益重其事，品數日增，制度日精．厥
익표진이. 경력중, 조대익중기사, 품수일증, 제도일정. 궐
今茶自北苑上者，獨冠天下，非人間所可得也．方其春蟲震蟄，
금다자북원상자, 독관천하, 비인간소가득야. 방기춘충진칩,
千[10]夫雷動，一時之盛，誠爲偉觀．故建人謂至建安而不詣北苑，
천부뇌동, 일시지성, 성위위관. 고건인위지건안이불예북원,
與不至者同．僕因攝事，遂得研究其始末．姑摭其大概，條[11]爲
여부지자동. 복인섭사, 수득연구기시말. 고척기대개, 조위

---

1) 建安: 지금의 복건성福建省 건구현建甌縣을 말한다.

2) 厥: 원래는 대명사인 '기其'를 뜻하나, 여기에서는 대단한 가치를 지닌다는 의미다.

3) 太平興國: 송태종 조광의趙匡義의 첫 번째 연호(976~983: 太平興國, 雍熙, 端拱, 淳化, 至道)

4) 爲: 『사고전서본四庫全書本』에는 '위爲'자가 빠져 있다.

5) 模: 『사고전서본四庫全書本』에는 '모模'자가 빠져 있다.

6) 羞貢篚: 진상, 헌상의 뜻. '비篚'는 대나무로 엮어 만든 공차를 담은 기구를 말하나, 여기에서는 공차를 가리킨다.

7) 益: 『고금도서집성본古今圖書集成本』, 『함분루설부본涵芬樓說郛本』에는 '개蓋'자로 되어 있다.

8) 慶曆: 송인종 조진趙禎의 여섯 번째 연호(1041~1048: 天聖, 明道, 景佑, 寶元, 康定, 慶曆, 皇佑, 至和, 嘉佑)

9) 漕臺: 조세, 식량출납, 운수 등의 업무를 관장하는 관명官名을 말하며, 곧 복건로福建路 전운사轉運使이기도 하다

10) 千: 『고금도서집성본古今圖書集成本』에는 '군群'자로 되어 있다.

11) 條: 『오조소설대관본五朝小說大觀本』, 『고금도서집성본古今圖書集成本』에는 '수修'자로 되어 있다.

十餘類，目曰[1]『北苑別錄』云.

십여류, 목왈 『북원별록』 운.

[국역]

건안建安에서 동쪽으로 30리建安之東三十里, 봉황산鳳凰山이라는 산이 있는데有山曰鳳凰, 그 기슭 아래가 바로 북원北苑이며其下直北苑, 주위에는 여러 차 공장[焙]이 늘어서 있고旁聯諸焙, 기름진 적토에서厥土赤壤, 자란 찻잎의 품질이 으뜸 중의 으뜸이다厥茶惟上上. 태평흥국太平興國(976~983) 연간에太平興國中, 처음으로 어용御用 공장으로 지정되어初爲御焙, 해마다 용과 봉황무늬의 틀로歲模龍鳳, 공차貢茶를 만들어 바침으로써以羞貢篚, 더욱 진귀한 제품이라는 것을 드러내었다益表珍異. 경력慶曆(1041~1048) 연간에慶曆中, 전운사[漕臺]가 이러한 일을 더욱 중하게 여겨漕臺益重其事, (공차) 품목과 수량은 날로 늘어나고品數日增, 관계된 제도도 나날이 정교해졌다制度日精. 오늘날의 차는 북원에서 진상된 것이厥今茶自北苑上者, 천하의 제일이며獨冠天下, 민간인들은 이를 얻기가 불가능하다非人間所可得也. 바야흐로 봄 벌레들이 준동蠢動하는 경칩驚蟄이면方其春蟲震蟄, 천명이나 되는 일꾼들이 (모여들어) 마치 천둥치는 것처럼 북적대는데千夫雷動, 이때 성대한 광경은一時之盛, 참으로 장관이 아닐 수 없다誠爲偉觀. 고로 건안 사람들은 건안에 와서 북원을 가보지 않았다면故建人謂至建安而不詣北苑, (건안에) 와보지 않은 것과 마찬가지라고 말한다與不至者同. 나는 직무상 이곳에서 일하게 되어僕因攝事, 그 내력의 시말을 연구할 수 있었다遂得研究其始末. 이에 개요를 대략 모아姑摭其大概, 10여 조로 나누어條爲十餘類, 제목을 이르길

1) 目: 『사고전서본四庫全書本』에 '목目'자 뒤에 '지之'자가 붙어 있다.

『북원별록』이라 한다目曰北苑別錄云.

[원문]

御園[1]어원

九窠十二隴[2], 麥窠, 壤園, 龍遊窠, 小苦竹, 苦竹裏, 鷄藪窠, 苦竹, 苦竹源[3], 鼯鼠窠, 教煉壟[4], 鳳凰山[5], 大小焊, 横坑, 猿遊隴, 張坑, 帶園, 焙東, 中歷[6], 東際, 西際, 官平, 上下官坑[7], 石碎窠, 虎膝窠, 樓隴, 蕉窠, 新園, 夫樓基[8], 阮坑[9], 曾坑, 黃際, 馬

구과십이롱, 맥과, 양원, 용유과, 소고죽, 고죽리, 계수과, 고죽, 고죽원, 오서과, 교련롱, 봉황산, 대소한, 횡갱, 원유롱, 장갱, 대원, 배동, 중력, 동제, 서제, 관평, 상하관갱, 석쇄과, 호슬과, 누롱, 초과, 신원, 부루기, 원갱, 증갱, 황제, 마

---

1) 園: 『오조소설대관본五朝小說大觀本』에는 '원園'자가 빠져 있다.

2) 九窠十二隴: 땅의 울퉁불퉁한 곳을 말하며 패어진 곳을 '과窠'라 하고, 돌출한 곳을 '롱隴'이라 한다.

3) 苦竹源: 『함분루설부본涵芬樓說郛本』에 '고죽원苦竹源'은 '봉황산鳳凰山' 뒤에 붙어 있다.

4) 煉: 일부 간본에는 '연練'자로 되어 있으며, 『독화재총서본讀畫齋叢書本』, 『총서집성본叢書集成本』, 『사고전서본四庫全書本』에는 '연煉'자로 되어 있다.

5) 鳳凰山: 『시다록試茶錄』에 의하면 "횡갱橫坑의 북쪽에 봉황산이 있는데 산봉우리는 봉황의 머리와 같고, 마주 보는 양쪽 산의 모양은 봉황의 날개와 같아 그 모습을 본떠 봉황산이라 하였다"고 기록하고 있다.

6) 中歷: 『시다록試茶錄』에는 '중력갱中歷坑'으로 되어 있다.

7) 上下官坑: 『완위산당설부본宛委山堂說郛本』, 『함분루설부본涵芬樓說郛本』, 『고금도서집성본古今圖書集成本』, 『오조소설대관본五朝小說大觀本』에 '상하관갱上下官坑'은 '석쇄과石碎窠' 뒤에 붙어 있다.

8) 夫樓基: 『완위산당설부본宛委山堂說郛本』, 『고금도서집성본古今圖書集成本』, 『오조소설대관본五朝小說大觀本』에는 '천루기天樓基'로 되어 있고, 『함분루설부본涵芬樓說郛本』에는 '대루기大樓基'로 되어 있다.

9) 阮: 『완위산당설부본宛委山堂說郛本』, 『고금도서집성본古今圖書集成本』, 『오조소설대관본五朝小說大觀本』에는 '원院'자로 되어 있다.

鞍[1]山, 林園, 和尙園, 黃淡窠, 吳彦山, 羅漢山, 水桑窠, 師姑

안산, 임원, 화상원, 황담과, 오언산, 나한산, 수상과, 사고

園[2], 銅場, 靈滋, 范[3]馬園, 高畲, 大窠頭, 小山右四十六所, 廣袤

원, 동장, 영자, 범마원, 고여, 대과두, 소산우사십육소, 광무

三十餘里[4], 自官平而上爲內園, 官坑而下爲外園. 方春靈芽莩坼[5],

삼십여리, 자관평이상위내원, 관갱이하위외원. 방춘영아부탁,

常[6]先民焙十餘日, 如九窠十二隴, 龍遊窠, 小苦竹, 張坑, 西際,

상선민배십여일, 여구과십이롱, 용유과, 소고죽, 장갱, 서제,

又爲禁園[7]之先也.

우위금원지선야.

[국역]

어용 차밭御園

구과십이롱九窠十二隴, 맥과麥窠, 양원壤園, 용유과龍遊窠, 소고죽小苦竹, 고죽리苦竹裏, 계수과鷄藪窠, 고죽苦竹, 고죽원苦竹源, 오서과鼯鼠

---

1) 鞍:『완위산당설부본宛委山堂說郛本』,『고금도서집성본古今圖書集成本』,『오조소설대관본五朝小說大觀本』에는 '안安'자로 되어 있다.

2) 師姑園:『완위산당설부본宛委山堂說郛本』,『고금도서집성본古今圖書集成本』,『오조소설대관본五朝小說大觀本』에 '사고원師姑園'은 '동장銅場' 뒤에 붙어 있고, '고姑'자는 '여如'로 되어 있다.

3) 范:『완위산당설부본宛委山堂說郛本』,『고금도서집성본古今圖書集成本』,『오조소설대관본五朝小說大觀本』에는 '원苑'자로 되어 있다.

4) 廣袤三十餘里:『독화재총서본讀畵齋叢書本』,『총서집성본叢書集成本』에 '광무삼십여리廣袤三十餘里' 앞에 '방方'자가 붙어 있다.

5) 靈芽莩坼: '영아靈芽'은 차싹을 의미하고, '부탁莩坼'은 움튼다는 뜻을 지니고 있다.『완위산당설부본宛委山堂說郛本』,『고금도서집성본古今圖書集成本』,『오조소설대관본五朝小說大觀本』에 '부탁莩坼'은 '맹탁萌拆'으로 되어 있다.

6) 常:『완위산당설부본宛委山堂說郛本』,『고금도서집성본古今圖書集成本』,『오조소설대관본五朝小說大觀本』에는 '상常'자가 빠져 있다.

7) 禁園: 어원御園을 뜻한다.

窠, 교련롱敎煉壟, 봉황산鳳凰山, 대소한大小焊, 횡갱橫坑, 원유롱猿遊隴, 장갱張坑, 대원帶園, 배동焙東, 중력中歷, 동제東際, 서제西際, 관평官平, 상하관갱上下官坑, 석쇄과石碎窠, 호슬과虎膝窠, 누롱樓隴, 초과蕉窠, 신원新園, 부루기夫樓基, 원갱阮坑, 증갱曾坑, 황제黃際, 마안산馬鞍山, 임원林園, 화상원和尙園, 황담과黃淡窠, 오언산吳彦山, 나한산羅漢山, 수상과水桑窠, 사고원師姑園, 동장銅場, 영자靈滋, 범마원范馬園, 고여高畬, 대과두大窠頭, 소산小山 등의 오른쪽 (이 책의 위쪽) 46개소右四十六所, 전체 땅 넓이는 30여 리이며廣袤三十餘里, 관평官平으로부터 이상의 어원들은 '내원內園'이라 부르고自官平而上爲內園, 관갱官坑으로부터 이하의 어원들은 '외원外園'이라 부른다官坑而下爲外園. 봄이 되면 신령스런 차싹은 이곳에서 먼저 싹터方春靈芽莩坼, 민간의 차밭보다 항상 10여 일을 앞서는데常先民焙十餘日, 또한 구과십이롱九窠十二隴, 용유과龍遊窠, 소고죽小苦竹, 장갱張坑, 서제西際 등의 차밭은如九窠十二隴龍游窠小苦竹張坑西際, 금원禁園御園 중에서도 먼저 싹이 트는 곳이다又爲禁園之先也.

[원문]

開焙개배

驚蟄節, 萬物始萌, 每歲常以前三日開焙. 遇閏則反[1]之, 以其氣候
경칩절, 만물시맹, 매세상이전삼일개배. 우윤즉반지, 이기기후
少遲故也[2].

---

1) 反:『완위산당설부본宛委山堂說郛本』,『고금도서집성본古今圖書集成本』,『오조소설대관본五朝小說大觀本』에는 '후后'자로 되어 있다.

2) 『시다록試茶錄』에 "건계建溪의 찻잎은 타 지역보다 일찍 나는데, 북원北苑의 학원壑源 차밭이 더욱 그러하다. 날씨가 따뜻할 때는 경칩 10일 전에 싹이 움트며, 추울 때는 경칩 5알 후에야 비로소 싹이 튼다. 먼저 튼 싹은 맛이 온전하지 않아 오직 경칩

소지고야.

[국역]

차 공정의 시작開焙

경칩이 되면驚蟄節, 만물이 움트기 시작하고萬物始萌, 해마다 3일 전에 차 공정[開焙]을 시작한다每歲常以前三日開焙. 윤년일 경우 반대로 3일을 늦추는데遇潤則反之, 이는 기후가 약간 늦게 오기 때문이다以其氣候少遲故也.

[원문]

採茶채다

採茶之法, 須是侵[1]晨, 不可見日. 侵[2]晨則夜露未晞, 茶芽肥潤, 見

채다지법, 수시침신, 불가견일. 침신즉야로미희, 다아비윤, 견

日則爲陽氣所薄, 使芽之膏腴內耗, 至受水而不鮮明. 故每日常以

일즉위양기소박, 사아지고수내모, 지수수이불선명. 고매일상이

五更撾鼓, 集羣夫於鳳凰山[3], 山有打鼓亭 監採官人給一牌入山, 至

오경과고, 집군부어봉황산, 산유타고정 감채관인급일패입산, 지

辰刻則復鳴鑼以聚之, 恐其踰時貪多務得也. 大抵採茶亦須習熟,

진각즉복명라이취지, 공기유시탐다무득야. 대저채다역수습숙,

이 지난 것이 제일 좋다. 따라서 차농들은 경칩에 찻잎을 따는 것으로 기준을 삼는다(建溪茶比他郡最先, 北苑壑源者尤早. 歲多暖, 則先驚蟄十日卽芽; 歲多寒, 卽後驚蟄五日始發. 先芽者, 氣味俱不佳, 唯過驚蟄者爲第一. 民間常以驚蟄爲候.)"고 하였다.

1) 侵: 『고금도서집성본古今圖書集成本』에는 '청淸'자로 되어 있다.

2) 侵: 『고금도서집성본古今圖書集成本』에는 '침侵'자가 빠져 있다.

3) 鳳凰山: 『독화재총서본讀畵齋叢書本』, 『총서집성본叢書集成本』에 '황凰'자는 '황皇'자로 되어 있고, 『사고전서본四庫全書本』에 '산山'자는 '문門'자로 되어 있다.

募夫之際，必擇土著及諳曉之人，非特識茶發[1]早晚所在，而於採摘

모부지제, 필택토저급암효지인, 비특식다발조만소재, 이어채적

亦[2]知其指要. 蓋以指而不以甲，則多溫而易損；以甲而不以指，則

역지기지요. 개이지이불이갑, 즉다온이이손; 이갑이불이지, 즉

速斷而不柔. 從舊說也 故採夫欲其習熟[3]，政[4]爲是耳. 採夫日役

속단이불유. 종구설야 고채부욕기습숙, 정위시이. 채부일역

二百二十五人[5].

이백이십오인.

[국역]

찻잎 따기採茶

찻잎을 따는 법도는採茶之法, 반드시 날이 밝기 전에 해야 하며須是侵晨, 해를 받으면 안 된다不可見日. (이는) 날이 밝기 전에는 곧 밤이슬이 아직 머금고 있어侵晨則夜露未晞, 차싹이 튼실하고 윤이 나지만茶芽肥潤, 햇빛을 보면 곧 태양의 기운으로 인해見日則爲陽氣所薄, 차싹의 진액이 싹 안에서 훼손되어使芽之膏腴內耗, (점차에서) 물을 받았을 때 차탕이 선명하지 못하다至受水而不鮮明. 따라서 매일 오경五更 즉 새벽 4

---

1) 發:『독화재총서본讀畫齋叢書本』,『총서집성본叢書集成本』에는 '발發'자가 빠져 있다.

2) 亦:『함분루설부본涵芬樓說郛本』에는 '각各'자로 되어 있다.

3) 習熟:『함분루설부본涵芬樓說郛本』에는 '숙습熟習'으로 되어 있다.

4) 政:『함분루설부본涵芬樓說郛本』에는 '정正'자로 되어 있다.

5) 二十五人:『완위산당설부본宛委山堂說郛本』,『고금도서집성본古今圖書集成本』,『오조소설대관본五朝小說大觀本』에는 '이십이인二十二人'으로 되어 있다. 여기에 대해『시다록試茶錄』은 "차농들은 새벽에 봄볕과 같은 기온일 때 찻잎을 딴다. 만약 햇빛을 받은 찻잎을 따면 훼손되기 쉬우므로 건안 사람들은 이를 신선하지 않은 찻잎을 딴 것이라고 한다(民間常以春陽爲採茶得時, 日出而採, 則芽葉易損, 建人謂之採摘不鮮, 是也.)"고 하였다.

시경에 북을 쳐서故每日常以五更撾鼓, 일꾼들을 봉황산으로 모이게 하여集羣夫於鳳凰山, 산에는 북치는 정자가 있다山有打鼓亭. 찻잎 따는 감독관[監採官]은 일꾼들에게 패 하나씩을 나눠주고 입산시키며監採官人給一牌入山, 진시[辰刻] 즉 오전 8시경이 되면 다시 꽹과리를 쳐서 일꾼들을 모아至辰刻則復鳴鑼以聚之, (차 따는 일을 중지시키는데), 이는 시간이 지났는데도 일꾼들이 욕심을 내어 조금이라도 더 따려는 염려가 있기 때문이다恐其逾時貪多務得也. 대저 차 따는 일은 숙련되어야 하므로大抵採茶亦須習熟, 일꾼을 모집하고 뽑을 때는募夫之際, 반드시 토착민으로 (차 따는) 일에 익숙한 사람을 뽑으며必擇土著及諳曉之人, (이는) 비단 차 따는 시기를 잘 알아야 할 뿐만 아니라非特識茶發早晩所在, 차를 딸 때 손쓰는 요령도 잘 알아야 하기 때문이다而於採摘亦知其指要. 대체로 손톱 아닌 손가락을 쓰면蓋以指而不以甲, 높은 체온에 의해 (차싹이) 손상되기 쉽고則多溫而易損, 손가락 아닌 손톱으로 (차싹을) 따면以甲而不以指, (차싹이) 쉽게 끊어져 비틀지 않아도 된다則速斷而不柔. 옛사람들의 설에 의한 것이다從舊說也. 고로 차 따는 일꾼이 숙련된 사람이어야 하는 것은故採夫欲其習熟, 이러한 연유 때문이다政爲是耳. 찻잎을 따는 일꾼은 하루 225명이다採夫日役二百二十五人.

[원문]

揀茶간다

茶有小芽, 有中芽, 有紫芽, 有白合, 有烏蔕, 此[1]不可不辨. 小芽
다유소아, 유중아, 유자아, 유백합, 유오체, 차불가불변. 소아

1) 此:『완위산당설부본宛委山堂說郛本』,『고금도서집성본古今圖書集成本』,『오조소설대관본五朝小說大觀本』에는 '차此'자가 빠져 있다.

者，其小如鷹爪．初造龍園[1]勝雪、白茶，以其芽先次蒸熟，置之水
자, 기소여응조. 초조용원승설、백다, 이기아선차증숙, 치지수
盆中，剔取其精英，僅如鍼小，謂之水芽，是[2]芽中之最精者也．中
분중, 척취기정영, 근여침소, 위지수아, 시아중지최정자야. 중
芽，古謂一鎗[3]一旗是也．紫芽[4]，葉之[5]紫者是也．白合[6]，乃小芽有
아, 고위일쟁일기시야. 자아, 엽지자자시야. 백합, 내소아유
兩葉抱而生者是[7]也．烏蔕[8]，茶之蔕頭是也．凡茶以水芽爲上，小
양엽포이생자시야. 오체, 다지체두시야. 범다이수아위상, 소
芽次之，中芽又次之，紫芽，白合，烏蔕，皆在所不[9]取．使其擇焉
아차지, 중아우차지, 자아, 백합, 오체, 개재소불취. 사기택언
而精，則茶之色味無不佳．萬一雜之以所不取，則首面不勻[10]，色濁

---

1) 園: 『완위산당설부본宛委山堂說郛本』, 『고금도서집성본古今圖書集成本』, 『함분루설부본涵芬樓說郛本』, 『오조소설대관본五朝小說大觀本』에는 '단團'자로 되어 있다. 많은 간본에서 '원園'자를 '단團'자로 표기한 것은 필사 과정에서 생긴 오자며, 이에 후학들이 '용단승설龍團勝雪'을 '용원승설龍園勝雪'로 고쳐 쓰이고 있다.

2) 是: 『총서집성본叢書集成本』, 『사고전서본四庫全書本』에 '시是'자 뒤에 '소小'자가 붙어 있다.

3) 一鎗: '鎗'의 한국 독음은 '쟁'과 '창' 두가지로 한다.

一旗: 『완위산당설부본宛委山堂說郛本』, 『고금도서집성본古今圖書集成本』, 『오조소설대관본五朝小說大觀本』에는 '이기二旗'로 되어 있다.

4) 紫芽: 자아紫芽(Violet bud)는 적갈색 나는 차싹을 말하며, 아토시아닌(Anthocyanin) 색소 성분으로 인해 쓰고 떫으며, 차의 원료로서는 적합치 않다.

5) 之: 『사고전서본四庫全書本』에는 '이以'자로 되어 있다.

6) 白合: 학술용어는 '인편鱗片' 또는 '아린芽鱗(Scale)'이라 한다.

7) 是: 『완위산당설부본宛委山堂說郛本』, 『고금도서집성본古今圖書集成本』에는 '시是'자가 빠져 있다.

8) 烏蔕: '蔕체'와 '蒂체'는 통하다. 학술용어는 '어엽魚葉(Fish leaf)' 또는 '태엽胎葉(Embryo leaf)'이라 한다.

9) 不: 『사고전서본四庫全書本』에는 '부不'자가 빠져 있다.

10) 首面不勻: 단차團茶 표면의 문리紋理 곧 살갗이 고르지 않다는 것을 뜻한다. 『완위산당설부본宛委山堂說郛本』, 『고금도서집성본古今圖書集成本』, 『오조소설대관본五朝小說大觀本』에 '수면首面'이 '황이黃而'로 되어 있고, 『함분루설부본涵芬樓說郛本』에 '균勻'자는 '균均'자로 되어 있다.

이정, 즉다지색미무불가. 만일잡지이소불취, 즉수면불균, 색탁而味重也.[1)]

이미중야.

[국역]

찻잎 가리기揀茶

찻잎의 종류에는 소아茶有小芽 · 중아有中芽 · 자아有紫芽 · 백합有白合 · 오체 등이 있으며有烏蔕, 이를 분별하지 않으면 안 된다此不可不辨. '소아'란小芽者, 그 작기가 응조鷹爪 곧 매의 발톱과 같은 싹을 말한다其小如鷹爪. 가장 먼저 만드는 (공차인) 용원승설龍園勝雪과, 백차白茶에 (쓰이는 것은)初造龍園勝雪白茶, 그 싹을 먼저 차례대로 쪄서 익혀以其芽先次蒸熟, 물동이 속에 담근 뒤置之水盆中, 발라서 그 정영精英을 취하며剔取其精英, 작은 것이 마치 침과 같아僅如鍼小, 이것을 '수아水芽'라 하는데謂之水芽, 이는 싹 중에서도 으뜸이다是小芽中之最精者也. '중아中芽'란, 옛사람들이 일컬은 일쟁일기一鎗一旗 곧 한 싹의 한 잎사귀를 말한다古謂之一鎗一旗是也. '자아紫芽'란, 잎사귀가 자주빛이 나는 것을 말한다葉之紫者也. '백합白合'은, 소아를 두 잎사귀가 안고 자란 것을 말한다乃小芽有兩葉抱而生者是也. '오체烏蔕'란, 찻잎의 체꼭지를 가리킨다茶之蔕頭是也. 무릇 찻잎은 수아를 최상으로 삼으며凡茶以水芽爲上, 소아가 그 다음小芽次之, 중아가 또 그 다음이며中芽又次之, 자아紫芽 · 백합

1) 色濁而味重也: 『서계총어西溪叢語』에 보면 "오직 용원승설龍園勝雪과 백차白茶만이 수아水芽를 가리킨다. (원료로 쓴다) 찻잎을 찐 후 고르는 작업을 통해 한 싹에서 자란 두 잎을 먼저 제거하는데 이것을 오체烏蔕라 하며, 재차 연한 두 잎을 재거하는 것을 백합白合이라고 한다. 그 뒤 발라내는 작업을 통해 오직 한 가닥 심만 남겨 맑은 물속에 담겨진 것을 가리켜 수아水芽라 한다(惟龍園勝雪, 白茶二種, 謂之水芽. 先蒸後揀, 每一芽先去外兩小葉, 謂之烏蒂, 又次去兩嫩葉, 謂之白合, 留小心芽置於水中, 呼爲水芽.)"고 하였다.

白合・오체烏蔕 등은 모두 쓸 만한 것이 못된다皆在所不取. (차싹을) 정선하여 (차를) 만들면使其擇焉而精, 곧 단차의 색깔과 맛이 좋지 않은 것이 없다則茶之色味無不佳. 만일 취하지 않아야 할 것을 섞는다면萬一雜之以所不取, 곧 단차의 표면이 고르게 나타나지 않을 뿐더러則首面不勻, 빛깔도 탁하고 맛도 강하다色濁而味重也.

[원문]

蒸茶증다

茶芽再四洗滌, 取令潔淨, 然後入甑, 俟湯沸蒸之. 然蒸有過熟之
다아재사세척, 취령결정, 연후입증, 사탕비증지. 연증유과숙지
患, 有不熟之患. 過熟則色黃而味淡, 不熟則色青易沈, 而有草木
환, 유불숙지환. 과숙즉색황이미담, 불숙즉색청이침, 이유초목
之氣, 唯在得中之爲當也.[1]
지기, 유재득중지위당야.

[국역]

찻잎 찌기蒸茶

차싹은 여러 번 씻어茶芽再四洗滌, 깨끗하게 취한取令潔淨, 후에 시루에 넣고然後入甑, 물을 끓여 찌도록 한다俟湯沸蒸之. 그러나 찔 때에 지나치게 익어서 생기는 병폐와然蒸有過熟之患, 덜 익어서 생기는 병폐가 있다有不熟之患. 지나치게 익으면 곧 빛깔이 누렇고 맛이 싱거우며過熟則色黃而味淡, 덜 익으면 곧 빛깔이 푸르고 쉽게 가라앉아不熟則色青

1) 之....也:『완위산당설부본宛委山堂說郛本』,『고금도서집성본古今圖書集成本』,『함분루설부본涵芬樓說郛本』,『오조소설대관본五朝小說大觀本』에는 '지之'자가 빠져 있고,『완위산당설부본宛委山堂說郛本』,『고금도서집성본古今圖書集成本』,『오조소설대관본五朝小說大觀本』에는 '야也'자도 같이 빠져 있다.

易沉, 또한 풋 냄새마저 있어而有草木之氣, 오직 중화를 얻는 것이 가장 알맞은 것이다唯在得中之爲當也.

[원문]

榨茶자다

茶既熟謂[1]茶黃, 須淋洗數過. 欲其冷也 方入[2]小榨, 以去其水, 又入
다기숙위차황, 수림세수과. 욕기냉야 방입소자, 이거기수, 우입
大榨出其膏[3]. 水芽以馬[4]榨壓之, 以其芽嫩故也. 先是包以布帛, 束以竹
대자출기고. 수아이마자압지, 이기아눈고야. 선시포이포백, 속이죽
皮, 然後入大榨壓之, 至中夜取出揉匀, 復如前入榨, 謂之翻榨.
피, 연후입대자압지, 지중야취출유균, 복여전입자, 위지번자.
徹曉奮擊, 必至於乾淨而後已. 蓋建茶[5]味遠而力厚, 非江茶[6]之比.
철효분격, 필지어건정이후이. 개건다미원이역후, 비강다지비.
江茶畏流[7]其膏, 建茶惟恐其膏之不盡, 膏不盡, 則色味重濁矣.
강다외류기고, 건다유공기고지부진, 고부진, 즉색미중탁의.

1) 謂:『함분루설부본涵芬樓說郛本』에 '위謂'자 뒤에 '지之'자가 붙어 있다.

2) 入:『함분루설부본涵芬樓說郛本』에는 '상上'자로 되어 있다.

3) 膏: 위은 찻잎 속에 함유되어 있는 차즙을 말한다.

4) 馬:『완위산당설부본宛委山堂說郛本』,『고금도서집성본古今圖書集成本』,『함분루설부본涵芬樓說郛本』,『오조소설대관본五朝小說大觀本』에는 '고高'자로 되어 있다.

5) 建茶:『고금도서집성본古今圖書集成本』에 '건차建茶' 뒤에 '지之'자가 붙어 있다.

6) 江茶: 중국 남부 복건福建지역에서 생산되었던 '건차建茶'와 대비되는 개념으로, 중부지역에서 생산되는 차를 통칭하여 '강차江茶' 또는 '강남차江南茶'라 부른다.

7) 流:『완위산당설부본宛委山堂說郛本』,『고금도서집성본古今圖書集成本』,『함분루설부본涵芬樓說郛本』,『오조소설대관본五朝小說大觀本』에는 '침沉'자로 되어 있다.

[국역]

차 짜기榨茶

익은 차싹을 가리켜 '차황茶黃'이라 하며茶旣熟謂茶黃, 반드시 물에 여러 번 씻어야 한다須淋洗數過. 식히기 위함이다欲其冷也. 이어 작은 틀인 소자小榨에 넣어方入小榨, (차황의) 물기를 제거하여以去其水, 또 다시 큰 틀인 대자大榨에 넣어 진액인 차고茶膏를 짜도록 한다又入大榨出其膏. 수아일 경우에는 더 높은 압력 틀인 마자馬榨에 넣고 짜는데水芽則以馬榨壓之, 이는 싹이 너무 여리고 가늘기 때문이다以其芽嫩故也. (방법은) 먼저 (차황을) 헝겊으로 싸고先是包以布帛, 대껍질로 묶으며束以竹皮, 연후에 대자大榨에 넣어 누르도록 하고然後入大榨壓之, 밤이 되면 이를 꺼내 고르게 펼친 후至中夜取出揉勻, 다시 앞선 방법과 같이 틀에 넣어復如前入榨, (재차 누르는데) 이러한 과정을 가리켜 '번자翻榨'라 한다謂之翻榨. (이 일은) 밤새도록 열심히 하며徹曉奮擊, 필히 차의 내용물(진액)을 완전하게 깨끗이 짠 후에야 비로소 멈춘다必至於乾淨而後已. 무릇 건안의 차맛은 깊고 중후함이 넘쳐蓋建茶味遠而力厚, 강남차와는 비교가 안 된다非江茶之比. 강남의 차는 진액이 소실될까 두려워하나江茶畏流其膏, 건안의 차는 오히려 진액이 완전히 소실되지 않는 것을 염려하는데建茶惟恐其膏之不盡, (이는) 차싹 속에 진액이 남아 있으면膏不盡, 곧 차의 빛깔과 맛이 강하고 탁할 수 있기 때문이다則色味重濁矣.

[원문]

研茶연다

研茶之具, 以柯爲杵, 以瓦爲盆. 分團酌水, 亦皆有數, 上而勝雪,
연다지구, 이가위저, 이와위분. 분단작수, 역개유수, 상이승설,

白茶，以十六水[1]，下而揀芽之水六，小龍，鳳四，大龍，鳳二，其
백다, 이십륙수, 하이간아지수륙, 소룡, 봉사, 대룡, 봉이, 기
餘皆以十二[2]焉. 自十二水以[3]上，日[4]研一團，自六水而下，日研三
여개이십이언. 자십이수이상, 일연일단, 자육수이하, 일연삼
團至七團. 每水研之，必至於水乾茶熟而後已. 水不乾則茶不熟，
단지칠단. 매수연지, 필지어수건다숙이후이. 수불건즉다불숙,
茶不熟則首面不勻，煎試易沈，故研夫猶貴於强而有力者也. 嘗謂
다불숙즉수면불균, 전시이침, 고연부유귀어강이유력자야. 상위
天下之理，未有不相[5]須而成者. 有北苑之芽，而後有龍井之水.
천하지리, 미유불상수이성자. 유북원지아, 이후유용정지수.
[龍井之水][6]，其深不以丈尺[7]，淸而且甘，晝夜酌之而不竭[8]，凡茶
[용정지수], 기심불이장척, 청이차감, 주야작지이불갈, 범다

---

1) 以十六水: 16잔의 물을 사용하여 차황茶黃을 간다는 뜻이다. 북원의 차는 물을 넣어 곱게 가는데, 차의 등급에 따라 가는 물의 잔 수가 다르다.

2) 以十二:『완위산당설부본宛委山堂說郛本』,『고금도서집성본古今圖書集成本』,『함분루설부본涵芬樓說郛本』,『오조소설대관본五朝小說大觀本』에는 '일십이一十二'로 되어 있다.

3) 以:『고금도서집성본古今圖書集成本』,『함분루설부본涵芬樓說郛本』에는 '이而'자로 되어 있다.

4) 日:『완위산당설부본宛委山堂說郛本』,『고금도서집성본古今圖書集成本』,『오조소설대관본五朝小說大觀本』에는 '왈曰'로 되어 있다.

5) 相:『고금도서집성본古今圖書集成本』에는 '상相'자가 빠져 있다.

6) 龍井之水:『함분루설부본涵芬樓說郛本』,『총서집성본叢書集成本』,『독화재총서본讀畫齋叢書本』에는 문구 전체가 빠져 있다.

7) 其深不以丈尺:『완위산당설부본宛委山堂說郛本』,『고금도서집성본古今圖書集成本』,『오조소설대관본五朝小說大觀本』에는 문구 전체가 빠져 있다.

8) 竭:『함분루설부본涵芬樓說郛本』에는 '갈渴'자로 되어 있다.

自北苑上者皆資焉. 亦猶錦[1]之於蜀江[2], 膠之於阿井[3], 詎不信然?
자북원상자개자언. 역유금지어촉강, 교지어아정, 거불신연?

[국역]

차 갈기研茶

차싹을 가는 도구研茶之具, 절굿공이는 나뭇가지로 하고以柯爲杵, 질동이는 질그릇으로 한다以瓦爲盆. 단차의 품목에 따라 물을 나누어 (넣고) 가는데分團酌水, (따르는 물에도) 모두 일정한 양이 있으며亦皆有數, 가장 좋은 승설勝雪과 백차白茶에上而勝雪白茶, 사용되는 물의 양은 16잔以十六水, 그 아래 등급인 간아揀芽는 6잔下而揀芽之水六, 소룡小龍 · 소봉小鳳 등은 4잔小龍鳳四, 대룡大龍 · 대봉大鳳 등은 2잔大龍鳳二, 나머지는 모두 12잔을 사용한다其餘皆以十二焉. 12잔 이상은自十二水以上, 하루에 1개 (단차)만 갈고日研一團, 6잔 이하는自六水而下, 하루에 3~7개 (단차)까지 갈 수 있다日研三團至七團. 매번 갈 때는每水研之, 반드시 물이 마르고 차고茶膏가 고와질 때까지 간다必至於水乾茶熟而後已. 물이 마르지 않으면 곧 차고가 고와지지 않으며水不乾則茶不熟, 차고가 고와지지 않으면 곧 (완성된 단차) 표면이 고르지 않게 되어茶不熟則首面不勻, (이것을 가루 내어) 시험으로 풀었을 때 가루가 쉽게 가라앉기에煎試易沉, 따라서 찻잎을 가는 인부들은 힘이 세고 강한 사람을 귀하게 여긴다故研夫尤貴於强而有力者也. 일찍이 이르기를 천하의 이치는嘗謂天下之理, 서로가 필요치 않으면 이루어질 수 없다고 하였다未有不相須而

---

1) 錦: 『사고전서본四庫全書本』에는 '면綿'자로 되어 있다.

2) 蜀江: 사천四川지역의 금강錦江을 가리킨다.

3) 阿井: 산동山東 동아성東阿城 북문北門 내에 위치한 큰 우물이다. 유명한 아교阿膠는 이 물을 떠서 끓여 만들기에 붙여진 이름이다.

成者. 북원의 차싹이 있었기에有北苑之芽, 비로소 용정龍井의 물도 있는 것이다而後有龍井之水. (용정의 물龍井之水), 그 깊이는 비록 한 길이 되지 못하나其深不以丈尺, 맑고도 달며淸而且甘, 밤낮으로 길어도 마르지 않아晝夜酌之而不竭, 무릇 북원으로부터 진상된 차는 모두 이 물의 도움을 받고 있다凡茶自北苑上者皆資焉. 이는 마치 비단이라면 촉강亦猶錦之於蜀江, 아교阿膠라면 아정阿井과도 같은 관계이므로膠之於阿井, 어찌 믿지 않을 수 있겠는가詎不信然?

[원문]

造茶조다

造茶舊分四局, 匠者起好勝之心, 彼此相誇, 不能無弊, 遂倂而爲
조다구분사국, 장자기호승지심, 피차상과, 불능무폐, 수병이위
二焉. 故茶堂有東局、西局之名, 茶銙有東作、西作之號. 凡茶之
이언. 고다당유동국、서국지명, 다과유동작、서작지호. 범다지
初出硏盆, 盪之欲其匀, 揉[1]之欲其膩, 然後入圈[2]製銙, 隨笪過黃.
초출연분, 탕지욕기균, 유지욕기니, 연후입권제과, 수달과황.
有方銙, 有花銙, 有大龍, 有小龍, 品色不同, 其名亦異, 故[3]隨
유방과, 유화과, 유대룡, 유소룡, 품색부동, 기명역이, 고수
綱繫之於貢茶云.
강계지어공다운.

1) 揉:『완위산당설부본宛委山堂說郛本』,『고금도서집성본古今圖書集成本』,『오조소설대관본五朝小說大觀本』에는 '조操'자로 되어 있다.

2) 圈:『완위산당설부본宛委山堂說郛本』,『고금도서집성본古今圖書集成本』,『오조소설대관본五朝小說大觀本』에는 '원園'자로 되어 있다.

3) 故:『완위산당설부본宛委山堂說郛本』,『고금도서집성본古今圖書集成本』,『오조소설대관본五朝小說大觀本』에는 '고故'자가 빠져 있다.

[국역]

차 만들기造茶

차를 만드는 공장은 옛날에 4국[四局]으로 나뉘어져 있었으나造茶舊分四局, (차 만드는) 장인들 사이에 경쟁심이 일어나匠者起好勝之心, 서로 피차간에 과시하게되자彼此相誇, 폐단이 일어나지 않을 수가 없어不能無弊, (조정에서) 마침내 2국[二局]으로 통합시켰다遂幷而爲二焉. 따라서 차를 만들어 관리하는 기관인 차당茶堂은 동국東局과 서국西局의 이름을 가지게 되었고故茶堂有東局西局之名, 단차[茶銙]도 동국에서 만든 것과 서국에서 만든 것에 따라 이름을 달리하였다茶銙有東作西作之號. 무릇 연고와 같은 차[茶膏]를 가는 동이에서 처음 꺼내면凡茶之初出研盆, 고르게 되도록 흩어지게 하며盪之欲其勻, 매끈하도록 주물러揉之欲其膩, 이후 틀에 넣어 고형차로 만들어然後入圈製銙, (이를) 삿자리에 널어 말린다隨笪過黃. 네모난 모양有方銙 · 꽃 모양有花銙 · 대룡大龍 · 소룡小龍 등 모양이 있는데有大龍有小龍, 품색이 모두 같지 않고品色不同, 이름 또한 다르기에其名亦異, 고로 (후절後節에서) 공차에 대한 진상을 순서에 따라 열거코자 한다故隨綱繫之於貢茶云.

[원문]

過黃과황

茶之過黃，初入烈火焙之，次過沸湯爁之，凡如是者三，而後宿一
다지과황, 초입열화배지, 차과비탕람지, 범여시자삼, 이후숙일

火[1], 至翌日, 遂過煙焙焉[2]. 然煙焙之火[3]不欲烈, 烈則面炮而色黑,

화, 지익일, 수과연배언. 연연배지화불욕렬, 열즉면포이색흑,

又不欲煙[4], 煙則香盡而味焦, 但取其溫溫而已. 凡火數之[5]多寡,

우불욕연, 연즉향진이미초, 단취기온온이이. 범화수지다과,

皆視其銙之厚薄. 銙之厚者, 有十火至於十五火, 銙之薄者, 亦八

개시기과지후박. 과지후자, 유십화지어십오화, 과지박자, 역팔

火至於六火[6]. 火數旣足, 然後過湯上出色. 出色之後, 當[7]置之密

화지어육화. 화수기족, 연후과탕상출색. 출색지후, 당치지밀

室, 急以扇扇之, 則色[澤][8]自然光瑩矣.

실, 급이선선지, 즉색[택]자연광영의.

---

1) 宿一火: 배로에 있는 대부분의 불길은 식은 재로 덮은 것으로, 곧 매화埋火라는 미미한 불길로 하룻밤 건조시키는 방법을 말한다.『대관다론大觀茶論』「장배藏焙」에 "배焙 곧 건조의 공정을 보면 우선 충분히 탄 숯불을 배로焙爐 속에 넣고, 식은 재로 숯불의 7부를 가리고, 3부는 불길을 드러내게 하며, 고운 재로 다시 덮어 불기운을 조절한다(焙用熟火置爐中, 以靜灰擁合七分, 露火三分, 亦以輕灰糝覆.)"고 기술하고 있다.

2) 煙焙焉: 단차를 건조시킬 때 단차의 몸체에서 증발되는 수분이 마치 가벼운 연기처럼 나는 김을 '연배煙焙'라 한다.『완위산당설부본宛委山堂說郛本』,『고금도서집성본古今圖書集成本』,『오조소설대관본五朝小說大觀本』에 '언焉'자는 '지之'자로 되어 있다.

3) 然煙焙之火:『완위산당설부본宛委山堂說郛本』,『고금도서집성본古今圖書集成本』,『오조소설대관본五朝小說大觀本』에는 문구 전체가 빠져 있다.

4) 煙: 세찬 불기운으로 인해 생긴 연기나 그을음을 말한다.

5) 數之:『고금도서집성본古今圖書集成本』,『함분루설부본涵芬樓說郛本』에는 '지수之數'로 되어 있다.

6) 亦八火至於六火:『완위산당설부본宛委山堂說郛本』,『고금도서집성본古今圖書集成本』,『오조소설대관본五朝小說大觀本』에는 '역亦'자가 빠져 있고,『함분루설부본涵芬樓說郛本』에는 '칠팔구화지어십화七八九火至於十火' 문구로 되어 있다.

7) 當:『완위산당설부본宛委山堂說郛本』,『고금도서집성본古今圖書集成本』,『오조소설대관본五朝小說大觀本』에는 '당當'자가 빠져 있다.

8) 色澤:『사고전서본四庫全書本』에는 '색色'자가 빠져 있고,『총서집성본叢書集成本』,『독화재총서본讀畫齋叢書本』에는 '택澤'자가 빠져 있다.

[국역]

차 말리기過黃

단차 말리기에는茶之過黃, 처음에 세찬 불에 쬐어 말리고初入烈火焙之, 이어서 끓는 물에 넣어 데치는데次過沸湯爁之, 무릇 이와 같은 공정을 세 차례 반복한 후凡如是者三, (매화埋火의) 불기운으로 하룻밤을 건조시켜而後宿一火, 그 이튿날至翌日, 비로소 연배煙焙를 한다遂過煙焙焉. 그러나 연배의 불기운은 세차서는 안 되며然煙焙之火不欲烈, (불기운이) 세차면 곧 (단차) 표면이 탈뿐만 아니라 빛깔도 검게 되고烈則面炮而色黑, 또한 연기가 있어도 안 되며又不欲煙, 연기에 그을리면 곧 차향이 사라지고 탄 맛이 나므로煙則香盡而味焦, 불기운이 따스할 정도면 알맞은 것이다但取其溫溫而已. 무릇 건조한 횟수는凡火數之多寡, 모두 단차[銙]의 두께에 따른다皆視其銙之厚薄. 두꺼운 단차는銙之厚者, 10~15회까지有十火至於十五火, 얇은 단차는銙之薄者, 6~8회를 거친다亦八火至於六火. 충분한 불길의 횟수를 거쳐火數旣足, 이후 끓인 물에 한번 담가 윤기를 내며然後過湯上出色, 윤기를 낸 후에出色之後, 마땅히 (차를) 밀폐된 방에 두고當置之密室, 급히 부채질을 하면急以扇扇之, 곧 차의 색택에서 자연스러운 빛이 난다則色澤自然光瑩矣.

강차綱次[1)]

세색제1강細色第一綱[2)]

---

1) 綱次: 『사고전서본四庫全書本』에는 '강차綱次'가 빠져 있다.

2) 第一綱: 『건안지建安志』에 "두강頭綱은 청명 전 3일에 진공進貢해야 하며 늦어도 청명 후 3일까지 끝마쳐야 한다. 제2강[第二綱] 이후의 공차는 화후火候가 족하면 10일 안에 진공한다. 거친 차인 조색粗色일 경우 비록 5월 중에 제작이 끝났더라도 세강細綱 공차의 양이 완전히 떨어진 후에 비로소 진공케 한다. 만들어진 제1강[第一綱]의 공차는 배拜를 차려 예를 올리며 기타의 공차는 배를 하지 않는다. 이는 황제가 즐기는 차가 아니기에 그러하다(頭綱用社前三日進發, 或稍遲亦不過社後三日.

용배공신龍焙貢新. 수아水芽, 12수[十二水][1], 10숙화[十宿火]. 정공30과[正貢三十銙], 창첨20과[創添二十銙].[2]

세색제2강細色第二綱

용배시신龍焙試新. 수아水芽, 12수[十二水], 10숙화[十宿火]. 정공100과[正貢一百銙], 창첨50과[創添五十銙].

세색제3강細色第三綱[3]

용원승설龍園勝雪. 수아水芽, 16수[十六水], 12숙화[十二宿火]. 정공30과[正貢三十銙], 속첨30과[續添三十銙][4], 창첨60과[創添六十銙][5].

백차白茶. 수아水芽, 16수[十六水], 7숙화[七宿火]. 정공30과[正貢

第二綱以後, 只火候數足發, 多不過十日. 粗色雖於五旬內製華, 却後細綱貢絶, 以次進發. 第一綱拜, 其餘不拜, 謂非享上之物也.)"고 기록하고 있다.

1) 十二水: 찻잎에 물을 12차례 나누어 넣어 고膏가 될때까지 간다는 뜻이다. 물이 마를때까지 간 것을 1번 또는 1차례라고 한다.

2) 새색 제1강 용배공신龍焙貢新을 비롯해 아래의 모든 공차에 기술된 용어의 풀이는 아래와 같다. 용배공신龍焙貢新의 예를 들면;
원료는 수아水芽, 가는 물은 12잔, 10일 동안 숙화宿火로 건조하여, 정식 공차 수량은 30개, 이후 20개를 더 만들어 첨가로 조공하였다.

3) 第三綱: 『건안지建安志』에 "용원승설龍園勝雪은 16수[十六水], 12숙화[十二宿火]로 만드는데 이는 경칩 후에 딴 찻잎이 튼실하기에 불을 이겨낼 수 있는 것이다. 백차白茶는 16수[十六水], 7숙화[七宿火]로 만드는데 찻잎이 종이와 같이 얇기 때문에 불길이 7숙[七宿]이 되면 멈춘다. 16수[十六水]로 쓰는 것은 찻잎을 가는 인부들의 힘이 세야만 차색이 희기 때문이다(龍園勝雪用十六水, 十二宿火. 白茶用十六水, 七宿火. 勝雪系驚蟄後採造, 茶葉稍壯, 故耐火. 白茶無焙壅之力, 茶葉如紙, 故火候止七宿, 水取其多, 則研夫力勝而色白.)"라고 말하고 있다.

4) 三十: 『완위산당설부본宛委山堂說郛本』, 『고금도서집성본古今圖書集成本』, 『오조소설대관본五朝小說大觀本』에는 '이십二十'으로 되어 있다.

5) 創添六十: 『건안지建安志』에 의하면 "진공하는 품수는 정공正貢, 첨공添貢, 속첨續添 등이 있으며, 정공 이외의 것들은 모두 정가간鄭可簡이 조사漕司로 있을 때 시작되었으며 그 양은 날이 갈수록 많아졌다(數有正貢, 有添貢, 有續添, 正貢之外, 皆起於鄭可簡爲漕日增.)"고 한다. 『완위산당설부본宛委山堂說郛本』, 『고금도서집성본古今圖書集成本』, 『함분루설부본涵芬樓說郛本』, 『오조소설대관본五朝小說大觀本』에 '육십六十'은 '이십二十'으로 되어 있다.

三十銙], 속첨15과[續添十五銙][1], 창첨80과[創添八十銙].

어원옥아御苑玉芽. 수아水芽, 12수[十二水], 8숙화[八宿火]. 정공100편[正貢一百片].

만수용아萬壽龍芽. 소아小芽, 12수[十二水], 8숙화[八宿火]. 정공100편[正貢一百片].

상림제일上林第一. 소아小芽, 12수[十二水], 10숙화[十宿火]. 정공100과[正貢一百銙].

을야청공乙夜淸供. 소아小芽, 12수[十二水], 10숙화[十宿火]. 정공100과[正貢一百銙].

승평아완承平雅玩. 소아小芽, 12수[十二水], 10숙화[十宿火]. 정공100과[正貢一百銙].

용봉영화龍鳳英華. 소아小芽, 12수[十二水], 10숙화[十宿火]. 정공100과[正貢一百銙].

옥제청상玉除淸賞. 소아小芽, 12수[十二水], 10숙화[十宿火]. 정공100과[正貢一百銙].

계옥승은啓沃承恩. 소아小芽, 12수[十二水], 10숙화[十宿火]. 정공100과[正貢一百銙].

설영雪英. 소아小芽, 12수[十二水], 7숙화[七宿火]. 정공100편[正貢一百片].

운엽雲葉. 소아小芽, 12수[十二水], 7숙화[七宿火]. 정공100편[正貢一百片].

촉규蜀葵. 소아小芽, 12수[十二水], 7숙화[七宿火]. 정공100편[正貢

1) 十五:『완위산당설부본宛委山堂說郛本』,『고금도서집성본古今圖書集成本』,『함분루설부본涵芬樓說郛本』,『오조소설대관본五朝小說大觀本』에는 '오십五十'으로 되어 있다.

一百片].

금전金錢. 소아小芽, 12수[十二水], 7숙화[七宿火]. 정공100편[正貢一百片].

옥엽玉葉[1]. 소아小芽, 12수[十二水], 7숙화[七宿火]. 정공100편[正貢一百片].

촌금寸金. 소아小芽, 12수[十二水], 9숙화[九宿火]. 정공100과[正貢一百銙].

세색제4강細色第四綱

용원승설龍園勝雪. 이견전已見前[2]. 정공150과[正貢一百五十銙].

무비수아無比壽芽. 소아小芽, 12수[十二水], 15숙화[十五宿火]. 정공50과[正貢五十銙], 창첨50과[創添五十銙].

만춘은엽萬春銀葉[3]. 소아小芽, 12수[十二水], 10숙화[十宿火]. 정공40편[正貢四十片], 창첨60편[創添六十片].

의년보옥宜年寶玉. 소아小芽, 12수[十二水], 12숙화[十二宿火][4]. 정공40편[正貢四十片], 창첨60편[創添六十片].

옥청경운玉淸慶雲. 소아小芽, 12수[十二水], 9숙화[九宿火][5]. 정공40편[正貢四十片], 창첨육십편[創添六十片].

---

1) 玉葉:『함분루설부본涵芬樓說郛本』에는 '옥화玉華'로 되어 있고,『고금도서집성본古今圖書集成本』에는 이 글이 빠져 있다.

2) 已見前:『고금도서집성본古今圖書集成本』에는 '이견전已見前' 문구가 빠져 있다.

3) 萬春銀葉:『총서집성본叢書集成本』,『독화재총서본讀畫齋叢書本』에는 '만춘은아萬春銀芽'로 되어 있다.

4) 十二宿火:『완위산당설부본宛委山堂說郛本』,『고금도서집성본古今圖書集成本』,『오조소설대관본五朝小說大觀本』에는 '십숙화十宿火'로 되어 있다.

5) 九宿火:『완위산당설부본宛委山堂說郛本』,『고금도서집성본古今圖書集成本』,『오조소설대관본五朝小說大觀本』에는 '십오숙화十五宿火'로 되어 있다.

무강수룡無彊壽龍. 소아小芽, 12수[十二水], 15숙화[十五宿火]. 정공40편[正貢四十片], 창첨60편[創添六十片].

옥엽장춘玉葉長春. 소아小芽, 12수[十二水], 7숙화[七宿火]. 정공100편[正貢一百片].

서운상룡瑞雲翔龍. 소아小芽, 12수[十二水], 9숙화[九宿火]. 정공180편[正貢一百八十片].

장수옥규長壽玉圭. 소아小芽, 12수[十二水], 9숙화[九宿火]. 정공200편[正貢二百片].

흥국암과興國巖銙. 중아中芽, 12수[十二水], 10숙화[十宿火]. 정공270과[正貢二百七十[1]銙].

향구배과香口焙銙. 중아中芽, 12수[十二水], 10숙화[十宿火]. 정공500과[正貢五百[2]銙].

상품간아上品揀芽. 소아小芽, 12수[十二水], 10숙화[十宿火]. 정공100편[正貢一百片].

신수간아新收揀芽. 중아中芽, 12수[十二水], 10숙화[十宿火]. 정공600편[正貢六百片].

세색제5강細色第五綱

태평가서太平嘉瑞. 소아小芽, 12수[十二水], 9숙화[九宿火]. 정공300편[正貢三百片].

용원보춘龍苑報春. 소아小芽, 12수[十二水], 9숙화[九宿火]. 정공600

1) 二百七十: 『완위산당설부본宛委山堂說郛本』, 『고금도서집성본古今圖書集成本』, 『오조소설대관본五朝小說大觀本』에는 '일백칠십一百七十'으로 되어 있다.

2) 五百: 『완위산당설부본宛委山堂說郛本』, 『고금도서집성본古今圖書集成本』, 『오조소설대관본五朝小說大觀本』에는 '오십五十'으로 되어 있다.

편[正貢六百片][1], 창첨60편[創添六十片].

남산응서南山應瑞. 소아小芽, 12수[十二水], 15숙화[十五宿火]. 정공60과[正貢六十銙], 창첨60과[創添六十銙].

흥국암간아興國巖揀芽[2]. 중아中芽, 12수[十二水], 10숙화[十宿火]. 정공510편[正貢五百一[3]十片].

흥국암소룡興國巖小龍. 중아中芽, 12수[十二水], 15숙화[十五宿火]. 정공750편[正貢七百五十片][4].

흥국암소봉興國巖小鳳. 중아中芽, 12수[十二水], 15숙화[十五宿火]. 정공50편[正貢五十片][5].

선춘양색先春兩色[6].

태평가서太平嘉瑞. 이견전已見前. 정공200편[正貢二百片][7].

장춘옥규長春玉圭. 이견전已見前. 정공100편[正貢一百片][8].

---

1) 六百: 『완위산당설부본宛委山堂說郛本』, 『고금도서집성본古今圖書集成本』, 『오조소설대관본五朝小說大觀本』에는 '육십六十'으로 되어 있다.

2) 芽: 『완위산당설부본宛委山堂說郛本』, 『고금도서집성본古今圖書集成本』, 『오조소설대관본五朝小說大觀本』에는 '차茶'자로 되어 있다.

3) 一: 『완위산당설부본宛委山堂說郛本』, 『고금도서집성본古今圖書集成本』, 『함분루설부본涵芬樓說郛本』, 『오조소설대관본五朝小說大觀本』에는 '일一'자가 빠져 있다.

4) 七百五十片: 『완위산당설부본宛委山堂說郛本』, 『고금도서집성본古今圖書集成本』, 『오조소설대관본五朝小說大觀本』에는 '칠백오편七百五片'으로 되어 있고, 『사고전서본四庫全書本』에 '편片'자는 '근斤'자로 되어 있다.

5) 五十片: 『함분루설부본涵芬樓說郛本』에는 '칠백오십편七百五十片'으로 되어 있다.

6) 兩: 『함분루설부본涵芬樓說郛本』에는 '이二'자로 되어 있고, 『완위산당설부본宛委山堂說郛本』, 『고금도서집성본古今圖書集成本』, 『오조소설대관본五朝小說大觀本』에는 '우雨'자로 되어 있다.

7) 二百片: 『함분루설부본涵芬樓說郛本』에는 '삼백편三百片'으로 되어 있다.

8) 一百片: 『함분루설부본涵芬樓說郛本』에는 '이백편二百片'으로 되어 있다.

속입액4색續入額四色

어원옥아御苑玉芽. 이견전已見前. 정공100편[正貢一百片].

만수용아萬壽龍芽. 이견전已見前. 정공100편[正貢一百片].

무비수아無比壽芽. 이견전已見前. 정공100편[正貢一百片].

서운상룡瑞雲翔[1]龍. 이견전已見前. 정공100편[正貢一百片].

추색제1강麤色第一綱

정공正貢:

불입뇌자[2]상품간아소룡不入腦子上品揀芽小龍, 1200편[一千二百片], 6수[六水], 16숙화[3][十六宿火];

입뇌자소룡入腦子小龍, 700편[七百片], 4수[四水], 15숙화[十五宿火].

증첨增添:

불입뇌자상품간아소룡不入腦子上品揀芽小龍, 1200편[一千二百片];

입뇌자소룡入腦子小龍, 700편[七百片].

건녕부부발建寧府附發:

소룡다小龍茶, 840편[八百四十片].

추색제2강麤色第二綱

정공正貢:

불입뇌자상품간아소룡不入腦子上品揀芽小龍, 640편[六百四十片];

---

1) 翔: 『사고전서본四庫全書本』에는 '상祥'자로 되어 있다.

2) 入腦子: 향을 넣는다는 뜻이며, 곧 차고茶膏에 용뇌향龍腦香을 넣어 섞는다는 의미이다.

3) 十六宿火: 『완위산당설부본宛委山堂說郛本』, 『고금도서집성본古今圖書集成本』, 『오조소설대관본五朝小說大觀本』에는 '십숙화十宿火'로 되어 있다.

입뇌자소룡入腦子小龍, 672편[六百七十二片][1];

입뇌자소봉入腦子小鳳, 1344편[一千三百四十四片][2], 4수[四水], 15숙화[十五宿火];

입뇌자대룡入腦子大龍, 720편[七百二十片], 2수[二水], 15숙화[十五宿火];

입뇌자대봉入腦子大鳳, 720편[七百二十片], 2수[二水], 15숙화[十五宿火].

증첨增添

불입뇌자상품간아소룡不入腦子上品揀芽小龍, 1200편[一千二百片];

입뇌자소룡入腦子小龍, 700편[七百片].

건녕부부발建寧府附發[3]:

소봉다小鳳茶, 1200편[一千二百片][4].

추색제3강麤色第三綱

정공正貢:

불입뇌자상품간아소룡不入腦子上品揀芽小龍, 640편[六百四十片];

입뇌자소룡入腦子小龍, 644편[六百四十四片][5];

---

1) 七十二: 『총서집성본叢書集成本』, 『독화재총서본讀畵齋叢書本』에는 '사십이四十二'로 되어 있다.

2) 四十四: 『완위산당설부본宛委山堂說郛本』, 『고금도서집성본古今圖書集成本』, 『오조소설대관본五朝小說大觀本』에는 '사십四十'으로 되어 있다.

3) 建寧府附發: 『함분루설부본涵芬樓說郛本』에 '건녕부부발建寧府附發' 뒤에 '대룡차사백편大龍茶四百片, 대봉차사백편大鳳茶四百片' 문구가 붙어 있다.

4) 二百: 『완위산당설부본宛委山堂說郛本』, 『고금도서집성본古今圖書集成本』, 『오조소설대관본五朝小說大觀本』에는 '삼백三百'으로 되어 있다.

5) 六百四十四: 『함분루설부본涵芬樓說郛本』에는 '육백칠십이六百七十二'로 되어 있고, 『완위산당설부본宛委山堂說郛本』, 『고금도서집성본古今圖書集成本』, 『오조소설대관본五朝小說大觀本』에는 '육백사십六百四十'으로 되어 있다.

입뇌자소봉入腦子小鳳, 672편[六百七十二片];

입뇌자대룡入腦子大龍, 1008편[一千八片][1];

입뇌자대봉入腦子大鳳, 1008편[一千八片].

증첨增添:

불입뇌자상품간아소룡不入腦子上品揀芽小龍, 1200편[一千二百片];

입뇌자소룡入腦子小龍, 700편[七百片].

건녕부부발建寧府附發:

대룡다大龍茶, 400편[四百片][2];

대봉다大鳳茶, 400편[四百片].

추색제4강麤色第四綱

정공正貢:

불입뇌자상품간아소룡不入腦子上品揀芽小龍, 600편[六百片];

입뇌자소룡入腦子小龍, 336편[三百三十六片];

입뇌자소봉入腦子小鳳, 336편[三百三十六片];

입뇌자대룡入腦子大龍, 1240편[一千二百四十片];

입뇌자대봉入腦子大鳳, 1240편[一千二百四十片].

건녕부부발建寧府附發:

대룡다大龍茶, 400편[四百片];

대봉다大鳳茶, 400편[四百片][3].

---

1) 一千八片: 『완위산당설부본宛委山堂說郛本』, 『고금도서집성본古今圖書集成本』, 『오조소설대관본五朝小說大觀本』에는 '일천팔백편一千八百片'으로 되어 있다.

2) 四百: 『함분루설부본涵芬樓說郛本』에는 '사십四十'으로 되어 있다.

3) 四百: 『완위산당설부본宛委山堂說郛本』, 『고금도서집성본古今圖書集成本』, 『함분루설부본涵芬樓說郛本』, 『오조소설대관본五朝小說大觀本』에는 '사십四十'으로 되어 있다.

추색제5강麤色第五綱

정공正貢:

입뇌자대룡入腦子大龍, 1368편[一千三百六十八片];

입뇌자대봉入腦子大鳳, 1368편[一千三百六十八片].

경정개조대룡京鋌改造大龍, 1006편[一千六片][1].

건녕부부발建寧府附發:

대룡다大龍茶, 800편[八百片];

대봉다大鳳茶, 800편[八百片].

추색제6강麤色第六綱

정공正貢:

입뇌자대룡入腦子大龍, 1360편[一千三百六十片];

입뇌자대봉入腦子大鳳, 1360편[一千三百六十片].

경정개조대룡京鋌改造大龍, 1600편[一千六百片].

건녕부부발建寧府附發:

대룡다大龍茶, 800편[八百片];

대봉다大鳳茶, 800편[八百片][2]. 경정개조대룡京鋌改造大龍, 1300편[一千三百片][3].

---

1) 一千六片: 『완위산당설부본宛委山堂說郛本』, 『고금도서집성본古今圖書集成本』, 『함분루설부본涵芬樓說郛本』, 『오조소설대관본五朝小說大觀本』에는 '일천륙백편一千六百片'으로 되어 있다.

2) 建寧府附發....大鳳茶, 八百片: 『사고전서본四庫全書本』에는 '건녕부부발建寧府附發' 뒤에 '대룡차팔백편大龍茶八百片, 대봉차팔백편大鳳茶八百片' 문구 전체가 빠져 있다.

3) 三百: 『완위산당설부본宛委山堂說郛本』, 『고금도서집성본古今圖書集成本』, 『함분루설부본涵芬樓說郛本』, 『오조소설대관본五朝小說大觀本』에는 '이백二百'으로 되어 있다.

추색제7강麤色第七綱

정공正貢:

입뇌자대룡入腦子大龍, 1240편[一千二百四十片];

입뇌자대봉入腦子大鳳, 1240편[一千二百四十片].

경정개조대룡京鋌改造大龍, 2352편[二千三百五十二[1]片].

건녕부부발建寧府附發:

대룡다大龍茶, 240편[二百四十片];

대봉다大鳳茶, 240편[二百四十片].

경정개조대룡京鋌改造大龍, 480편[四百八十片].

[원문]

細色五綱세색오강

貢新爲最上[2], 後開焙十日入貢. 龍園勝雪爲最精, 而建人有直四

공신위최상, 후개배십일입공. 용원승설위최정, 이건인유직사

萬錢之語. 夫茶之入貢, 圈以箬葉, 內以黃斗, 盛以花箱, 護以重

만전지어. 부다지입공, 권이약엽, 내이황두, 성이화상, 호이중

篚, 扃以銀鑰[3]. 花箱內外又有黃羅幕之, 可謂什襲[4]之珍矣.

비, 경이은약. 화상내외우유황라막지, 가위십습지진의.

---

1) 五十二: 『완위산당설부본宛委山堂說郛本』, 『고금도서집성본古今圖書集成本』, 『오조소설대관본五朝小說大觀本』에는 '이십二十'으로 되어 있다.

2) 上: 『사고전서본四庫全書本』에는 '지止'자로 되어 있다.

3) 扃以銀鑰: 『완위산당설부본宛委山堂說郛本』, 『사고전서본四庫全書本』, 『고금도서집성본古今圖書集成本』, 『오조소설대관본五朝小說大觀本』에는 이 문구가 빠져 있다.

4) 什襲: 물건을 겹겹이 포장한다는 뜻이며, 여기서는 진귀하게 소장한다는 뜻이다. 『완위산당설부본宛委山堂說郛本』, 『고금도서집성본古今圖書集成本』, 『오조소설대관본五朝小說大觀本』에 '십什'자는 '십十'자로 되어 있다. '십什'은 '십十'과 통한다.

[국역]

세색5강細色五綱

(세색에서는) 공신과貢新銙를 으뜸으로 삼고貢新爲最上, 차 공정을 시작한 후 10일 만에 조정에 바친다後開焙十日入貢. 용원승설이 가장 정교한데龍園勝雪爲最精, 건안 사람들에 의하면 4만 냥의 가치가 있다고 말한다而建人有值四萬錢之語. 무릇 (세색) 공차는夫茶之入貢, 대 잎사귀로 싸서圈以箬葉, 황금색의 자루와 같은 기물에 담고內以黃斗, (이를) 꽃무늬 상자에 넣어盛以花箱, 대광주리로 감싼 다음護以重篚, 은으로 만든 자물쇠로 잠근다扃以銀鑰. 꽃무늬 상자의 안팎 또한 황금 비단이 덮고 있으므로花箱內外又有黃羅幕之, 가히 겹겹으로 싼 진귀한 물품이라 하겠다可謂什襲之珍矣.

[원문]

麤色七綱[1]추색칠강

揀芽以四十餅爲角[2], 小龍、鳳以二十餅爲角, 大龍、鳳以八餅爲

간아이사십병위각, 소룡、봉이이십병위각, 대룡、봉이팔병위

1) 麤色七綱: 『건안지建安志』에 보면 "추색칠강麤色七綱에는 다섯 가지 제품이 있다. 대소용봉大小龍鳳과 간아揀芽 등은 모두 용뇌龍腦를 섞어 단차를 만드는데 그 양은 합쳐 4만 개이며 모두 우전雨前의 찻잎으로 만든다. 이곳 민중閩中지역은 타 지역에 비해 따뜻하므로 곡우 전 곧 우전의 찻잎이면 이미 늙어버려 맛이 쇠하기에 거친 제품에 속한다(麤色七綱, 凡五品, 大小龍鳳并揀芽, 悉入腦和膏爲團, 共四萬餅, 卽雨前茶. 閩中地暖, 穀雨前茶已老而味重.)"고 말하고 있다.

2) 四十餅爲角: '각角'은 원래 고대 양量 단위를 재는 기구인데 여기에서는 단차를 담는 자루를 뜻한다. 일반적으로 1근의 단차를 1자루에 담고 이를 1각[一角]이라 한다. 곧 40개의 병차를 1근이라 뜻한다. 어원은 『관자管子』「칠법七法」에서 보인다. "尺寸也, 繩墨也 …… 角量也. 注, 角亦器量之名."

角. 圈以箬葉, 束以紅縷, 包以紅楮[1], 緘以蒨綾[2], 惟揀芽俱以黃
각. 권이약엽, 속이홍루, 포이홍저, 함이천릉, 유간아구이황
焉.
언.

[국역]

추색7강麤色七綱

간아揀芽는 단차[餠茶] 40개를 1각角으로 삼으며揀芽以四十餠爲角, 소룡, 소봉은 20개를 1각으로小龍鳳以二十餠爲角, 대룡, 대봉은 8개를 1각으로 삼는다大龍鳳以八餠爲角. (추색의 공차는) 대 잎사귀로 싸서圈以箬葉, 붉은 실로 묶어束以紅縷, 붉은 종이로 포장하여包以紅楮, 고운 붉은 비단으로 봉하나緘以蒨綾, 유독 간아만은 모든 것을 노란색으로 한다惟揀芽俱以黃焉.

[원문]

開畬개여

草木至夏[3]益盛, 故欲導[4]生長之氣, 以滲[5]雨露之澤. 每歲六月興工,

---

1) 紅楮: '저楮'란 닥나무로 만든 종이를 말하며 곧 붉은 종이를 뜻한다.『완위산당설부본宛委山堂說郛本』,『고금도서집성본古今圖書集成本』,『함분루설부본涵芬樓說郛本』,『오조소설대관본五朝小說大觀本』에 '저楮'자는 '지紙'자로 되어 있다.

2) 蒨:『사고전서본四庫全書本』에는 '구舊'자로 되어 있고,『완위산당설부본宛委山堂說郛本』,『고금도서집성본古今圖書集成本』에는 '천茜'자로 되어 있고,『함분루설부본涵芬樓說郛本』에는 '백白'자로 되어 있다.

3) 夏:『완위산당설부본宛委山堂說郛本』,『고금도서집성본古今圖書集成本』,『오조소설대관본五朝小說大觀本』에는 '야夜'자로 되어 있다.

4) 導:『완위산당설부본宛委山堂說郛本』,『고금도서집성본古今圖書集成本』,『오조소설대관본五朝小說大觀本』에는 '존尊'자로 되어 있다.

5) 滲:『완위산당설부본宛委山堂說郛本』,『오조소설대관본五朝小說大觀本』에는 '삼糝'자로 되어 있다.

초목지하익성, 고욕도생장지기, 이삼우로지택. 매세육월흥공,

虛其本, 培其土[1], 滋蔓之草, 遏鬱之木, 悉用除之, 政所以導生

허기본, 배기토, 자만지초, 알울지목, 실용제지, 정소이도생

長之氣而滲雨露之澤也. 此之謂開畬[2]. 惟桐木則[3]留焉. 桐木之性與

장지기이삼우로지택야. 차지위개여. 유동목즉류언. 동목지성여

茶相宜, 而又茶至冬則畏寒, 桐木望秋而先落; 茶至夏而畏日, 桐

다상의, 이우다지동즉외한, 동목망추이선락; 다지하이외일, 동

木至春而漸茂, 理亦然也.

목지춘이점무, 이역연야.

[국역]

차밭 가꾸기開畬

초목이란 여름이 되면 무성하여草木至夏益盛, 고로 생장지기生長之氣 즉 생장의 기운을 이끌어故欲導生長之氣, 우로雨露의 혜택을 잘 받도록 해야 한다以滲雨露之澤. 해마다 6월이면 차밭을 가꾸기 시작하는데每歲六月興工, 부족한 부분을 채우고虛其本, 흙을 북돋워 주며培其土, 무성하게 자란 잡초나滋蔓之草, (차나무) 성장을 가로막는 나무들은遏鬱之木, 모두 제거하는데悉用除之, 이것이 곧 생장지기를 잘 이끌고 우로의 혜택을 잘 받도록 하는 것이다政所以導生長之氣而滲雨露之澤也. 이러한 작업을 이르러 '개여開畬'라고 한다此之謂開畬. (나무를 제거할 때) 오직

---

1) 土: 『완위산당설부본宛委山堂說郛本』, 『고금도서집성본古今圖書集成本』, 『오조소설대관본五朝小說大觀本』에는 '말末'자로 되어 있다.

2) 開畬: 『건안지建安志』에는 "차원茶園의 잡초들이 한 여름에 가장 무성할 때 호미로 잡초의 뿌리를 제거하고 인분人糞을 차나무 뿌리에 뿌려 거름을 준다. 이것이 개여다(茶園惡草, 每遇夏日最烈時, 用衆鋤治, 殺去草根, 以糞茶根, 名曰開畬.)"라고 설명하고 있다.

3) 則: 『함분루설부본涵芬樓說郛本』에는 '득得'자로 되어 있다.

오동나무만은 그대로 남겨둔다唯桐木則留焉. (이는) 오동나무의 성질이 차나무와 서로 잘 맞으며桐木之性與茶相宜, 또한 차는 겨울의 추위를 두려워하는데而又茶至冬則畏寒, 오동나무는 가을이 다가오면 잎이 먼저 떨어지고桐木望秋而先落 (차나무를 따뜻하게 하고), 차는 여름의 햇살을 두려워하는데茶至夏而畏日, 오동나무는 봄이 되면 먼저 우거지기 시작하여桐木至春而漸茂 (무성한 잎이 햇빛을 가려주므로), (서로 성질이 맞는 것은) 이러한 이치 때문이다理亦然也.

[원문]

外焙외배

石門，乳吉，香口右三焙，常後北苑五七日興工，每日採茶蒸榨以
석문, 유길, 향구우삼배, 상후북원오칠일흥공, 매일채다증자이
過[1]黃，悉送北苑倂造.
과황, 실송북원병조.

[국역]

외배外焙

석문石門, 유길乳吉, 향구香口 오른쪽 (이책의 윗쪽)에 (열거한) 세 차밭 (공장)은右三焙, 언제나 북원보다 5~7일 늦게 일을 시작하며常後北苑五七日興工, 매일 찻잎을 따서 찌고 짜기를 거쳐 건조[過黃]하여每日採茶蒸榨以過黃, 모두 북원에 옮겨 나란히 만든다悉送北苑幷造.

1) 過: 『완위산당설부본宛委山堂說郛本』, 『고금도서집성본古今圖書集成本』, 『오조소설대관본五朝小說大觀本』에는 '기其'자로 되어 있다.

[원문]

後序[1]후서

舍人熊公，博古洽聞，嘗於經史之暇，緝其先君所著『北苑貢茶
사인웅공, 박고흡문, 상우경사지가, 집기선군소저 『북원공다
錄』, 鋟諸木以垂後. 漕使侍講王公，得其書而悅之，將命摹勒，以
록』, 침제목이수후. 조사시강왕공, 득기서이열지, 장명모륵, 이
廣其傳. 汝礪白之公曰 "是書紀貢事之源委，與製作之更沿，固要
광기전. 여려백지공왈 "시서기공사지원위, 여제작지경연, 고요
且備矣. 惟水數有贏縮，火候有淹亟，綱次有後先，品色有多寡，
차비의. 유수수유영축, 화후유엄극, 강차유후선, 품색유다과,
亦不可以或闕." 公曰 "然." 遂摭書肆所刊修貢錄曰幾水，曰火幾
역불가이혹궐." 공왈 "연." 수척서사소간수공록왈기수, 왈화기
宿，曰某綱，曰某品若干云者條列之. 又以所採擇製造諸說，併麗
숙, 왈모강, 왈모품약간운자조열지. 우이소채택제조제설, 병려
於編末，目曰『北苑別錄』. 俾開卷之頃，盡知其詳，亦不爲無補.
어편말, 목왈 『북원별록』. 비개권지경, 진지기상, 역불위무보.
淳熙[2]丙午孟夏望日門生從政郎[3]福建路轉運司主管帳司 趙汝礪敬書.
순희병오맹하망일문생종정랑복건로전운사주관장사 조여려경서.

---

1) 後序: 여기의 후서는 조여려趙汝礪가 쓴 것이다. 『완위산당설부본宛委山堂說郛本』, 『고금도서집성본古今圖書集成本』, 『함분루설부본涵芬樓說郛本』, 『오조소설대관본五朝小說大觀本』에는 이 후서 전체가 빠져 있다.

2) 淳熙: 남송 2대 황제인 효종孝宗의 마지막 연호(1174~1189: 隆興, 乾道, 淳熙)

3) 從政郞: 송나라 숭녕崇寧 2년(1103)에 새롭게 만들어진 관직으로 처음에는 통사랑通仕郞이라 하였으나 정화政和 6년(1116)에 종정랑從政郞으로 바꿨다. 주州에 속한 하급관리이며 주로 왕부王府, 주부州府, 대장군부大將軍府 등의 관서에서 근무하는 부속관리를 말한다.

[국역]

후서後序

사인舍人 웅공熊公은舍人熊公, 옛일에 밝고 견문이 넓어博古洽聞, 일찍이 경사經史로 재직할 당시 한가로울 때嘗於經史之暇, 선친이 저술한 『북원공다록北苑貢茶錄』을 편집하고輯其先君所著北苑貢茶錄, (이를) 목판에 새겨 후세에 전하였다鋟諸木以垂後. 전운사[漕史] 한림시강翰林侍講인 왕공王公이漕史侍講王公, 그 책을 얻고 기뻐하며得其書而悅之, 이를 베껴 새길 것을 명하여 세상에 널리 전하고자 하였다將命摹勒以廣其傳. 여려如礪는 왕공에게 아뢰기를汝礪白之公曰 "이 책은 공차에 관한 근원是書紀貢事之源委, 및 제작 연혁을 기록한 것으로與製作之更沿, 완벽할 정도로 내용이 잘 갖추어져 있습니다固要且備矣. (생각건대) 가는 물에는 잔의 수량[贏縮]이 있고惟水數有贏縮, 불기운에는 적정도[淹亟]가 있고火候淹亟, 공차에는 차례가 있고綱次有後先, 품목에는 많고 적음이 있는데品色有多寡, 이 역시 누락되면 안 될 것입니다亦不可以或闕"라고 하자, 공이 이르길公曰 "그렇다然"고 하였다. 마침내 책방[書肆]에서 펴낸 『수공록修貢錄』에 말한 물의 수량遂摭書肆所刊修貢錄曰幾水, 말한 건조의 일수曰火幾宿, 말한 공차의 차례曰某綱, 말한 차의 품색과 종류 등을 조목대로 열거하였다曰某品若干云者條列之. 또한 (차) 채취 및 제조에 대한 여러 가지 학설들을又以其所採擇製造諸說, (종합하여) 말미에 아울러 수록하여併麗於編末, 제목을 『북원별록』이라 하였다目曰北苑別錄. 이는 책을 펼쳤을 때俾開卷之頃, 소상한 것까지 알 수 있도록 한 것이니盡知其詳, 이 또한 도움이 되지 않겠는가亦不爲無補. 순희淳熙 병오丙午년 한 여름 보름달淳熙丙午孟夏望日, 문생 종정랑從政郞 복건로福建路 전운사轉運司 주관장사主管帳司 조여려趙汝礪가 삼가 씀門生從政郞福建路轉運司主管帳司趙汝礪敬書.

御園

九窠十二隴	麥窠	壞園	龍游窠
小苦竹	苦竹里	雞藪窠	苦竹
鼯鼠窠	教練隴	鳳凰山	苦竹園
大小焊	橫坑	猿游隴	張坑
帶園	焙東	中歷	東際
西際	官平	石碎窠	上下官坑
虎膝窠	樓隴	蕉窠	新園
大樓基	阮坑	曾坑	黃際
馬鞍山	林園	和尚園	黃淡窠
吳彥山	羅漢山	水桑窠	銅場
師姑園	靈滋	苑馬園	高畬
大窠頭	小山		

建安之東三十里有山曰鳳凰其下直北苑旁聯諸焙厥土赤壤厥茶惟上上太平興國中初爲御焙歲模龍鳳以羞貢篚益表珍異慶曆中漕臺益重其事品數日增制度日精厥今茶自北苑上者獨冠天下非人間所可得也方春蟲震蟄千夫雷動一時之盛誠爲偉觀故建人謂至建安而不詣北苑與不至者同僕因攝事遂得研究其始末姑摭其大概條爲十餘類目曰北苑別錄云

斷而不柔（從舊說也）故采夫欲其熟習正爲是耳（采夫日役二百二十五人）

揀茶

茶有小芽有中芽有紫芽有白合有烏蔕此不可不辨小芽者其小如鷹爪初造龍團勝雪白茶以其芽先次蒸熟置之水盆中剔取其精英僅如針小謂之水芽是小芽中之最精者也中芽古謂之一鎗一旗是也紫芽葉之紫者是也白合乃小芽有兩葉抱而生者是也烏蔕茶之蔕頭是也凡茶以水芽爲上小芽次之中芽又次之紫芽白合烏蔕皆在所不取使其擇焉而精則茶之色味無不佳萬一雜之以所不取則首面不均色濁而味重也

蒸茶

茶芽再四洗滌取令潔淨然後入甑候湯沸蒸之然蒸有過熟之患有不熟之患過熟則色黃而味淡不熟則色靑易沉而有草木之氣唯在得中爲當也

右四十六所廣袤三十餘里自官平而上爲內園官坑而下爲
外園方春靈芽莩坼常先民焙十餘日如九窠十二隴龍游窠
小苦竹張坑西際又爲禁園之先也

開焙

驚蟄節萬物始萌每歲常以前三日開焙遇閏則反之以其氣候
少遲故也

采茶

采茶之法須是侵晨不可見日侵晨則夜露未晞茶芽肥潤見日
則爲陽氣所薄使芽之膏腴內耗至受水而不鮮明故每日常以
五更撾鼓集羣夫于鳳凰山（山有打鼓亭）監采官人給一牌入山至辰刻
復鳴鑼以聚之恐其踰時貪多務得也大抵采茶亦須習熟募夫
之際必擇土著及諳曉之人非特識茶發早晚所在而于采摘各
知其指要蓋以指而不以甲則多溫而易損以甲而不以指則速

尺則清而且甘晝夜酌之而不竭凡茶自北苑上者皆資焉亦猶錦之于蜀江膠之于阿井詎不信然

造茶

造茶舊分四局匠者起好勝之心彼此相誇不能無弊遂併而爲二焉故茶堂有東局西局之名茶銙有東作西作之號凡茶之初出研盆盪之欲其勻揉之欲其膩然後入圈製銙隨笪過黃有方銙有花銙有大龍有小龍品色不同其名亦異故隨綱繫之于貢茶云

過黃

茶之過黃初入烈火焙之次過沸湯爁之凡如是者三而後宿一火至翌日遂過烟焙焉然烟焙之火不欲烈烈則面炮而色黑又不欲烟烟則香盡而味焦但取其溫溫而已凡火之數多寡皆視其銙之厚薄銙之厚者有十火至于十五火銙之薄者七八九火

榨茶

茶既熟謂之茶黃須淋洗數過（欲其冷也）方上小榨以去其水又入大榨出其膏（水芽則以高榨壓之以其芽嫩故也）先是包以布帛束以竹皮然後入大榨壓之至中夜取出揉匀復如前入榨謂之翻榨徹曉奮擊必至于乾淨而後已蓋建茶味遠而力厚非江茶之比江茶畏沉其膏建茶惟恐其膏之不盡膏不盡則色味重濁矣

研茶

研茶之具以柯爲杵以瓦爲盆分團酌水亦皆有數上而勝雪白茶以十六水下而揀芽之水六小龍鳳四大龍鳳二其餘皆十一二焉自十二水而上日研一團自六水而下日研三團至七團每水研之必至于水乾茶熟而後已水不乾則茶不熟茶不熟則首面不匀煎試易沉故研夫尤貴于強有手力者也嘗謂天下之理未有不相須而成者有北苑之芽而後有龍井之水其深不以丈

水芽　十六水　七宿火　正貢三十銙　續添五十銙　創添八十銙

御苑玉芽

小芽　十二水　八宿火　正貢一百片

萬壽龍芽

小芽　十二水　八宿火　正貢一百片

上林第一

小芽　十二水　十宿火　正貢一百銙

乙夜淸供

小芽　十二水　十宿火　正貢一百銙

承平雅玩

小芽　十二水　十宿火　正貢一百銙

龍鳳英華

小芽　十二水　十宿火　正貢一百銙

至于十火火數既足然後過湯上出色出色之後當置之密室急以扇扇之則色澤自然光瑩矣

綱次

細色第一綱

龍焙貢新

水芽　十二水　十宿火　正貢三十銙　創添二十銙

細色第二綱

龍焙試新

水芽　十二水　十宿火　正貢一百銙　創添五十銙

細色第三綱

龍團勝雪

水芽　十六水　十二宿火　正貢三十銙　續添二十銙 創添六十銙

白茶

小芽　十二水　七宿火　正貢一百片
寸金
小芽　十二水　九宿火　正貢一百銙
細色第四綱
龍團勝雪
已見前　正貢一百五十銙
無比壽芽
小芽　十二水　十五宿火　正貢五十銙　創添五十銙
萬春銀芽
小芽　十二水　十宿火　正貢四十片　創添六十片
宜年寶玉
小芽　十二水　十二宿火　正貢四十片　創添六十片
玉淸慶雲

玉除清賞

小芽　十二水　十宿火　正貢一百銙

啓沃承恩

小芽　十二水　十宿火　正貢一百銙

雪英

小芽　十二水　七宿火　正貢一百片

雲葉

小芽　十二水　七宿火　正貢一百片

蜀葵

小芽　十二水　七宿火　正貢一百片

金錢

小芽　十二水　七宿火　正貢一百片

玉華

上品揀芽　小芽　十二水　十宿火　正貢一百片

新收揀芽　中芽　十二水　十宿火　正貢六百片

細色第五綱

太平嘉瑞　小芽　十二水　九宿火　正貢三百片

龍苑報春　小芽　十二水　九宿火　正貢六十片　創添六十片

南山應瑞　小芽　十二水　十五宿火　正貢六十片　創添六十銙

興國岩揀茶

小芽　十二水　九宿火　正貢四十片　創添六十片

無疆壽龍

小芽　十二水　十五宿火　正貢四十片　創添六十片

玉葉長春

小芽　十二水　七宿火　正貢一百片

瑞雲翔龍

小芽　十二水　九宿火　正貢一百八片

長壽玉圭

小芽　十二水　九宿火　正貢二百片

興國岩銙

中芽　十二水　十宿火　正貢二百七十銙

香口焙銙

中芽　十二水　十宿火　正貢五百銙

已見前　正貢一百片

無比壽芽

已見前　正貢一百片

瑞雲翔龍

已見前　正貢一百片

麄色第一綱

正貢

不入腦子上品揀芽小龍一千二百片　六水　十六宿火

入腦子小龍七百片　四水　十五宿火

增添

不入腦子上品揀芽小龍一千二百片

入腦子小龍七百片

建寧府附發

興國岩小龍

中芽　十二水　十五宿火　正貢七百五十片

興國岩小鳳

中芽　十二水　十五宿火　正貢七百五十片

先春二色

太平嘉瑞

已見前　正貢三百片

長壽玉圭

已見前　正貢二百片

續入額四色

御苑玉芽

已見前　正貢一百片

萬壽龍芽

麤色第三綱

正貢

不入腦子上品揀芽小龍六百四十片

入腦子小龍六百七十二片

入腦子小鳳六百七十二片

入腦子大龍一千八百片

入腦子大鳳一千八百片

增添

不入腦子上品揀芽小龍一千二百片

入腦子小龍七百片

建寧府附發

大龍茶八百片 大鳳茶八百片

麤色第四綱

小龍茶八百四十片

麄色第二綱

正貢

不入腦子上品揀芽小龍六百四十片

入腦子小龍六百七十二片

入腦子小鳳一千三百四十四片　四水　十五宿火

入腦子大龍七百二十片　二水　十五宿火

入腦子大鳳七百二十片　二水　十五宿火

增添

不入腦子上品揀芽小龍一千二百片

入腦子小龍七百片

建寧府附發

大龍茶四百片　大鳳茶四百片

建寧府附發

大龍茶八百片　　大鳳茶八百片

麄色第六綱

正貢

入腦子大龍一千三百六十片

入腦子大鳳一千三百六十片

京鋌改造大龍一千六百片

建寧府附發

大龍茶八百片　　大鳳茶八百片

京鋌改造大龍一千二百片

麄色第七綱

正貢

入腦子大龍一千二百四十片

正貢

不入腦子上品揀芽小龍六百片

入腦子小龍三百三十六片

入腦子小鳳三百三十六片

入腦子大龍一千二百四十片

入腦子大鳳一千二百四十片

建寧府附發

大龍茶四百片　大鳳茶四百片

麤色第五綱

正貢

入腦子大龍一千三百六十八片

入腦子大鳳一千三百六十八片

京鋌改造大龍一千六百片

茶具圖贊

[宋] 審安老人 撰

해제

심안노인의 『다구도찬茶具圖贊』은 송나라 함순咸淳 5년(1269)에 저술되었으나 원문은 유실되었다. 훗날 가필되어 전해진 간본은 두 종류가 있는데, 하나는 모일상茅一相의 「다구인茶具引」이고, 또 하나는 주존리朱存理의 「후서後序」다. 지금까지 발견된 최초의 간본은 명나라 정덕正德 연간에 만든 『흠상편欽賞編』의 무집본戊集本이다. 저자로 알려진 심안노인에 대한 자료는 전무하다.

『다구도찬』은 송宋나라 때 점차법點茶法에 필요한 차구茶具 12개를 그림과 함께 설명한 차서茶書다. 이에 대해 주존리는 후서에서 평하기를 "『다구도찬』은 사마천司馬遷의 『사기史記』, 반고班固의 『한서漢書』 중 찬贊에 관한 문필을 모방하여 썼으며 경세나 강국의 뜻을 문장에 이입시켰다"고 하였다.

심안노인은 당시 차구로 사용하는 재질과 관직의 이름을 합쳐 새로운 이름으로 명명하여 차구를 설명하였는데, 예를 들어 대나무의 재질과 부장수인 부수副帥의 관직을 합쳐 차선茶筅을 '축부수竺副帥'라 부르는 방식이다.

『다구도찬』을 탐독하다 보면 심안노인의 철학적 문필 표현에 빠져 그가 사상가가 아니었을까 추측해 보게 되는데 이는 많은 학자들의 공통된 견해다. 그는 차선인 축부수竺副帥를 백이숙제伯夷叔齊, 차빗자루인 종종사宗從事를 자하子夏, 차건인 사직방司職方을 공자孔子 등 옛 선현에 비유하며 자신의 사상을 차구에 이입시켜 차의 문화를 한층 승화시켰다는 평가를 받고 있다. 특히 그가 그린 12개의 점차에 관한 차구 그림은 지금까지 발견된 차서茶書 중에 가장 완벽한 것이다. 그림 중에 차탁茶托인 칠조비각漆雕秘閣과 차잔茶盞인 도보문陶寶文은 지금도 유물로 남아 있어 차도구를 탐구하는데 좋은 자료로 활용되고 있다.

특히 중국 차 역사에서 명나라 차기의 실물을 그림으로 기록한 고원경顧元慶(1487~1565)의 『다보茶譜』와 더불어 이 두 권의 차서茶書에만 나온 차기의 그림은 차 학문을 연구하는데 지대한 영향을 주었다.

지금까지 전해진 간본은 『흔상편무집본欣賞編戊集本』, 『왕사현산거잡지본汪士賢山居雜誌本』, 『손대수간본孫大授刊本』, 『다서전집본茶書全集本』, 『백명가서본百名家書本』, 『격치총서본格致叢書本』, 『문방기서본文房奇書本』, 『일본경도서사간본日本京都書肆刊本』, 『총서집성초편본叢書集成初編本』 등이 있다. 이 책의 『다구도찬』은 『흔상편무집본』을 중심으로 편집하였고, 기타 간본들을 참고하였다.

[원문]

茶具十二先生姓名字號

다구십이선생성명자호

[원문]

관직官職	성명姓名	자字	호號
韋鴻臚	文鼎	景暘	四窗閒叟
위홍려	문정	경양	사창한사
木待制	利濟	忘機	隔竹居人
목대제	이제	망기	격죽거인
金法曹	研古、轢古	元鍇[1]、仲鏗	雍之舊民、和琴先生
금법조	연고、약고	원개、중갱	옹지구민、화금선생
石轉運	鑿齒	遄行	香屋隱君
석전운	착치	천행	향옥은군
胡員外	惟一	宗許	貯月仙翁
호원외	유일	종허	저월선옹
羅樞密	若藥	傳[2]師	思隱寮長
나추밀	약약	전사	사은료장
宗從事	子弗	不遺	掃雲溪友
종종사	자불	불유	소운계우

1) 鍇: 『경도서사본京都書肆本』에는 '착錯'자로 되어 있다.

2) 傳: 『경도서사본京都書肆本』에는 '부傅'자로 되어 있다.

漆雕秘閣	承之	易持	古臺老人
칠조비각	승지	이지	고대노인
陶寶文	去越	自厚	兎園上客
도보문	거월	자후	토원상객
湯提點	發新	一鳴	溫谷遺老
탕제점	발신	일명	온곡유로
竺副帥	善調	希點	雪濤公子
축부수	선조	희점	설도공자
司職方	成式	如素	潔齋居士
사직방	성식	여소	결재거사

咸淳己巳五月夏至後五日，審安老人書.

함순기사오월하지후오일, 심안노인서.

[원문]

韋鴻臚[1]위홍려

贊曰，祝融[2]司夏[3]，萬物焦爍，火炎昆岡，玉石俱焚[4]，爾無與焉.

찬왈, 축융사하, 만물초삭, 화염곤강, 옥석구분, 이무여언.

乃若不使山谷之英[5]墮於塗炭，子與有力矣．上卿[6]之號，頗著微稱[7].

내약불사산곡지영타어도탄, 자여유력의. 상경지호, 파저미칭.

[국역]

위홍려韋鴻臚

(위홍려를) 찬양하여 가로되贊曰, 화신火神인 축융祝融은祝融司夏, 만물을 태워萬物焦爍, 그 불길이 곤강昆岡에 미쳐火炎昆岡, 옥석을 가리지 않고 모두 태워버렸으나玉石俱焚, 그대 (위홍려)는 (이러한 일에) 참여하지 않았다爾無與焉. 또한 산곡의 신령스런 풀들이 화신의 도탄에 빠

---

1) 韋鴻臚: 대나무 차롱茶籠을 말한다. '위韋'는 가공된 소가죽을 말하나 여기에서는 대나무를 가리킨다. 고대 종이 발명되기 전에는 대나무로 죽책竹策을 사용하였는데, 이러한 죽책을 소가죽으로 묶었다. 이 뜻을 빌려 여기에서는 대나무를 뜻한다. '홍려鴻臚'는 조정의 경조사에 관한 상례相禮를 담당하는 관직 이름이다. 주周나라 때 대행인大行人, 진한秦漢 때는 전객典客이라 불렀으나, 한무제漢武帝에 이르러 홍려로 개명되었다. 북송 때 구사九寺에 속해있었으나 남송 때 예부禮部로 편입되었다. '臚려'와 '爐로'의 중국 발음은 모두 'lu'로 소리를 낸다. 이러한 음의 소리를 빌려 뜻을 담았다.

2) 祝融: 화신으로서 상고上古의 화관火官을 말한다. 어원은『예기禮記』「월령月令」편에서 보인다. "맹하의 달에서의 신은 축융이다(孟夏之月, 其神祝融.)"

3) 司夏: 하신夏神을 말한다. 어원은『예기禮記』「월령月令」편에서 보인다. "그 제왕은 염제이며, 신은 축융이다(其帝炎帝, 其神祝融.)"

4) 玉石俱焚: 현우賢愚, 선악善惡 가릴 것 없이 닥치는 대로 모두 피해를 입힌다는 뜻을 지니고 있다.

5) 山谷之英: 산곡의 신령스런 풀, 곧 찻잎을 말한다.

6) 上卿: 고대 춘추말기 포상의 의미로 책봉한 작위이다. 일반적으로 일정한 녹봉과 상당한 대우를 받으나 봉지封地가 없는 것이 특징이며, 천자 및 제후들이 '상경上卿'·'중경中卿'·'하경下卿' 등의 작명爵名을 둔다.

7) 微稱: 절묘한 어울림을 뜻한다.

지지 않은 것은乃若不使山谷之英墮於塗炭, 그대의 힘이 크도다子與有力矣. 상경上卿이란 호號는上卿之號, 그대에게 어울릴만하다頗著微稱.

[원문]

木待制[1]목대제

上應列宿[2], 萬民以濟, 稟性剛直, 摧折強梗[3], 使隨方逐圓[4]之徒,
상응열숙, 만민이제, 품성강직, 최절강경, 사수방축원지도,
不能保其身, 善則善矣. 然非佐[5]以法曹, 資之樞密, 亦莫能成厥
불능보기신, 선즉선의. 연비좌이법조, 자지추밀, 역막능성궐
功.
공.

[국역]

목대제木待制

(목대제를 찬양하여 가로되) 하늘의 뭇 별들 중에 목성과 상응하며上應列宿, 우주만물은 그의 도움을 받으며萬民以濟, 품성이 강직하여稟性剛直, 강한 줄기도 쪼개어 부수고摧折強梗, 시류에 영합한 무리들로使

1) 木待制: 나무로 만든 절굿공이와 절구통을 말하며, 대체로 귤나무로 만든다. '대제待制'는 관직의 이름이다. 당나라 태종太宗 때 중서中書·문하門下 등 두 성省에 이 관직을 두어 5품[五品] 이상의 벼슬아치들에게 고문 역할을 했다. 송나라 때에는 전각殿閣에 이 벼슬을 두었다. 절구통에서 차를 부수고 곱게 빻는 공정을 대제待制라고 한 것은 대기하면서 제작한다는 의미를 지닌다.

2) 上應列宿 : 목대제는 본시 별 무리 속에 목성木星의 뜻을 두고 있다. '응應'은 상당相當이며, '열숙列宿'은 별 무리를 뜻한다.

3) 強梗 : 강한 줄기의 뜻을 지니나 여기서는 덩어리차를 말한다.

4) 隨方逐圓: 네모났거나 둥근 단차를 상징하고 있으며, 본문에서는 시류에 영합한 무리의 뜻을 암시하고 있다.

5) 佐:『경도서사본京都書肆本』에는 '우佑'자로 되어 있다.

隨方逐圓之徒, 하여금 보신保身하지 못하게 하니不能保其身, 실로 선하고 선하도다善則善矣. 그러나 법조法曹의 보좌와然非佐以法曹, 추밀樞密의 도움을 받지 못하면資之樞密, 이 또한 성공을 얻지 못하리라亦莫能成厥功.

[원문]

金法曹[1]금법조

柔亦不茹[2], 剛亦不吐, 圓機[3]運用, 一皆有法, 使强梗者不得殊軌亂轍[4], 豈不韙[5]與.

유역불여, 강역불토, 원기운용, 일개유법, 사강경자부득수궤란철, 기불위여.

[국역]

금법조金法曹

(금법조를 찬양하여 가로되) 유한 것은 먹지 않고柔亦不茹, 강한 것은 뱉지 않으며剛亦不土, (그의) 원기圓機의 운용에는圓機運用, 모두 법

---

1) 金法曹: 금속제품으로 만든 차연茶碾을 말한다. '법조法曹'란 사법기관의 관직으로 당송唐宋 때 만들어진 벼슬이다. 부府에서는 조참군사曹參軍事, 주州에서는 법조사법참군사法曹司法參軍事, 현縣에서는 사법司法이라 불렀다. 옥형송사獄刑訟事의 일을 담당하며 법관을 법조라고도 부른다.

2) 茹: 먹는다는 뜻이다.

3) 圓機: 원기는 둥근 기계로 회중懷中을 뜻한다. 『소疏』에서는 "회중懷中의 도리를 지키면서 시비를 대응한다(圓機, 猶懷中也.)"라는 뜻으로 쓰인다. 어원은 『장자莊子』「도척盜跖」편에서 보인다. "옳고 그른 것을 상관하지 말고, 네 속에 있는 절대 부동不動의 입장인 회중의 도리를 잡아 지켜라. 아무 것에도 마음을 뺏기지 말고 네 독립정신을 완성시켜라. 자연의 대도大道에 따라 멋대로 거닐며 돌아라(若是若非, 執而圓機, 獨成而意, 與道徘徊.)"

4) 殊軌亂轍: 차바퀴를 어지럽힌다는 뜻이다. '궤철軌轍'이란 차바퀴의 자취이며 또한 법칙이라고도 해석한다.

5) 韙: 옳다, 바르다 또는 선善의 뜻을 지니고 있다.

도가 있기에一皆有法, 강한 줄기라도 궤도에서 벗어나지 못하고 바퀴를 어지럽히지는 못하는데使强梗者不得殊軌亂轍, (그의) 이러한 자세가 바르지 아니한가豈不韙歟.

[원문]

石轉運[1]석전운

抱堅質, 懷直心, 嚌嚅英華[2], 周行不怠, 斡摘山[3]之利, 操漕權[4]之

포견질, 회직심, 제유영화, 주행불태, 알적산지리, 조조권지

重, 循環自常, 不捨正而適他, 雖沒齒[5]無怨言.

중, 순환자상, 불사정이적타, 수몰치무원언.

[국역]

석전운石轉運

(석전운을 찬양하여 가로되) 강직한 바탕 위에抱堅質, 바른 마음을 품었기에懷直心, 좋은 일을 많이 하고嚌嚅英華, 쉬지 않고 일을 하며周行不怠, 그는 산에서 얻는 이익을 관리하고斡摘山之利, 벼슬의 권한을 잘 다스려操漕權之重, 정상적으로 돌게 하고循環自常, 정의로운 것을 버

1) 石轉運 : 돌 재질로 만든 차마茶磨를 뜻한다. '전운轉運'은 전운사轉運使를 말하는데, 이는 각로各路 곧 각도各道의 재무, 세무를 담당하는 관리이자 지방관리의 직권을 감찰하고 관리의 위법사항 및 민생고를 상소하는 관직이다. 이후 직무가 강화되어 치안, 순찰, 출입국, 화폐까지도 관장하는 부주府州의 최고 행정장관으로 규모가 커졌다.

2) 嚌嚅英華: 단차를 갈 때 나타나는 여러 가지 마찰 소리를 비유한 표현이다. '제嚌'는 먹는다, '유嚅'는 말이 많다, '영화英華'는 아름다운 초목인 차를 가리킨다. 『흔상편무집본欣賞編戊集本』에 '제嚌'자는 '담啖'자로 되어 있다.

3) 摘山: 산을 딴다는 것은 곧 차를 딴다는 의미를 말한다.

4) 漕權: '조漕'는 전운사轉運使 관리를 말하며 곧 전운사의 권력을 뜻한다.

5) 沒齒: 이가 빠질 때까지란 뜻으로, 곧 죽을 때까지를 의미한다.

리지 않고 옳지 않은 것은 따르지 않으며不捨正而適他, 비록 이가 다하는 날에도 불평을 하지 않는다雖沒齒無怨言.

[원문]

胡員外[1]호원외

周旋[2]中規而不踰其間, 動靜有常而性苦其卓[3], 鬱結[4]之患悉能破之,

주선중규이불유기간, 동정유상이성고기탁, 울결지환실능파지,

雖中無所有而外能研究[5], 其精微不足以望圓機之士[6].

수중무소유이외능연구, 기정미부족이망원기지사.

[국역]

호원외胡員外

(호원외를 찬양하여 가로되) 어울림에 있어 규율을 따르고 선을 넘지 아니하고周旋中規而不逾其間, 일상생활에 법도가 있고 그 성격으로 인해 마음고생을 하나動靜有常而性苦其卓, (사람들이) 풀지 못하는 어려운 것을 모두 해결해 주므로鬱結之患悉能破之, 비록 속은 비어 있으나 밖으로는 많은 연구를 하며雖中無所有而外能研究, 다만 미세하고 정교한 부분은 원기지사圓機之士(金法曹)에 비해 부족하다其精微不足以望圓機之士.

---

1) 胡員外: '호胡'란 박으로 만든 물바가지를 말하며, '원외員外'란 정식 관원官員 이외의 별정직으로 관직을 돈으로 매매할 수도 있다. 원외랑員外郎이라고도 한다.

2) 周旋: 예양禮讓 등 품위를 지키고자 하는 덕목을 말한다.

3) 卓: 뛰어나다. 범상치 않다는 뜻을 지니고 있다.

4) 鬱結: 억울함과 번뇌를 풀지 못한 심정을 말한다.

5) 研究: 엄격한 방법으로 사리를 탐구하고 정확한 결과를 추구하는 자세를 말한다. 여기에서는 물에 대한 연구의 의미를 담고 있다.

6) 圓機之士: 금법조金法曹를 뜻한다.

[원문]

羅樞密[1]나추밀

幾事[2]不密則害成，今高者抑之，下者揚之，使精粗不致於混淆，人

기사불밀즉해성, 금고자억지, 하자양지, 사정조불치어혼효, 인

其難諸，奈何矜細行[3]而事諠譁[4]，惜之.

기난제, 내하긍세행이사훤화, 석지.

[국역]

나추밀羅樞密

(나추밀을 찬양하여 가로되) 사소한 일이라도 비밀을 지키지 못하면 큰일을 그르치는데幾事不密則害成, 오늘날 (선생은) 위로는 거친 것을 누르고今高者抑之, 아래로는 고운 것을 거두어下者揚之, 고운 것과 거친 것을 서로 섞이지 않도록 하니使精粗不致於混淆, 이것은 사람이라도 하기가 어려운 일인데人其難諸, 다만 어찌 섬세한 일에 매달린 (라추밀) 것에 시끄러운 (석전운) 것과 함께 일을 해야 한다는 것인지奈何矜細行而事諠嘩, 못내 아쉽도다惜之.

---

1) 羅樞密: 차체를 말한다. 추밀樞密은 중서中書와 함께 나라의 군정軍政을 관장하는 최고의 국무기관으로서 이부[二府]라고도 일컫는다. 나라의 국무, 병력, 방위, 군수, 출납 및 기밀명령을 다루는 최고기관이다.

2) 幾事: 미세한 일을 뜻한다.

3) 矜細行: '긍矜'은 아끼다, '세행細行'은 섬세한 작은 일들을 말한다. 곧 차를 아끼면서 섬세하게 체질하는 것을 말한다.

4) 事諠譁: '사事'란 일을 도와준다, '훤화諠譁'는 시끄럽게 떠든다는 뜻이다. 여기에서는 차체인 라추밀이 차마茶磨인 석전운을 도와 찻가루를 추리는 작업을 일으킨다는 말이다.

[원문]

宗從事[1]종종사

孔門高弟[2], 當灑掃應對事之末者, 亦所不棄, 又況能萃[3]其旣散, 拾
공문고제, 당쇄소응대사지말자, 역소불기, 우황능췌기기산, 십
其已遺, 運寸毫[4]而使邊塵不飛, 功亦善哉.
기이유, 운촌호이사변진불비, 공역선재.

[국역]

종종사宗從事

(종종사를 찬양하여 가로되) 공자의 큰 제자는孔門高弟, 쓸고 닦는 작은 일도當灑掃應對事之末者, 마다하지 않고亦所不棄, 또한 하물며 흩어진 것을 모으고又況能萃其旣散, 버려진 것까지 다시 줍고자 하는데拾其已遺, 가는 털을 최대한 운용하여 먼지가 날리지 않도록 힘쓰니運寸毫而使邊塵不飛, (이러한) 공로는 실로 찬양할 만하다功亦善哉.

---

1) 宗從事: 종려나무 줄로 만든 차 빗자루. '종宗'자는 '종棕'자와 소리가 같기에 뜻을 빌려 종려나무를 말한다. 한漢나라 때 신설된 관직이며, 자사刺史를 보필하는 자리다. 별가別駕, 치중治中, 주박主薄, 공조功曹 등 관직을 종사從事라고 부른다. 송나라 이후 폐지되었다.

2) 高弟: 품행, 덕행, 식견이 높은 제자를 뜻하며, 여기에서는 자하子夏를 가리킨다.

3) 萃: 모이다는 뜻이 있다.

4) 寸毫: 빗자루의 가는 털을 말한다.

[원문]

漆雕秘閣칠조비각[1)]

危而不持, 顚而不扶,[2)] 則吾斯之未能信. 以其弭執熱之患,[3)] 無坳

위이부지, 전이불부, 즉오사지미능신. 이기미집열지환, 무요

堂之覆,[4)] 故宜輔以寶文, 而親近君子.

당지복, 고의보이보문, 이친근군자.

[국역]

칠조비각漆雕秘閣

(칠조비각을 찬양하여 가로되) 어려움을 겪더라도 도움을 원치 않으며危而不持, 쓰러져도 일으킴을 원치 않아顚而不扶, (처음에) 나는 이것이 믿기지 않았다則吾斯之未能信. 그가 있기에 뜨거움에 대한 걱정은 사라지고以其弭執熱之患, 유당坳堂도 뒤집힐 염려가 없으니無坳堂之覆, 고로 보문寶文선생을 보필하는데 가장 적합하기에故宜輔以寶文, 군자와도 친하게 어울린다而親近君子.

---

1) 漆雕秘閣: 나무로 만든 차탁茶托을 말한다. '칠조漆雕'는 목제木製의 뜻을 지닌다. '비각秘閣'은 왕실의 도서 및 어서御書를 관장하는 기관을 말하며, 관직은 직비각直秘閣, 비각교리秘閣校理를 두었다. 또한 비각秘閣은 당송唐宋 때 상서성尙書省이라고도 하였으며, 중서中書, 문하門下와 함께 삼성三省이라 불렸다.

2) 危而不持, 顚而不扶: 차탁의 구조가 합리적이기에 찻상 위에 놓일 때 쓰러질 위험이 없다는 뜻을 지닌다.

3) 弭執熱之患: 차탁이 있으므로 뜨거운 찻잔 잡는 걱정을 덜게 되었다는 뜻이다. '미弭'는 중지하다, 소멸하다의 뜻을 지닌다.

4) 坳堂: 물이 모이는 작은 웅덩이를 뜻하나, 여기에서는 찻잔 속의 물을 뜻한다.

[원문]

陶寶文[1]도보문

出河濱而無苦窳[2], 經緯之象[3], 剛柔之理[4], 炳其綳中[5], 虛己待物,

출하빈이무고유, 경위지상, 강유지리, 병기봉중, 허기대물,

不飾外貌, 位高秘閣,· 宜無愧焉.

불식외모, 위고비각, 의무괴언.

[국역]

도보문陶寶文

(도보문을 찬양하여 가로되) 강가에서 낳아 그 품격이 뛰어나며出河濱而無苦窳, 씨줄과 날줄 같은 문양이 있고經緯之象, 강유剛柔의 이치를 겸하니剛柔之理, 봉綳 속에서도 그 빛을 더 하는데炳其綳中, 자신은 겸허하게 만물을 대하고虛己待物, 외모도 치장하지 않으니不飾外貌, 비각秘閣보다 높은 자리에 앉더라도位高秘閣, 한 점 부끄러움이 없도다宜無愧焉.

1) 陶寶文: '도陶'는 도기로 만든 찻잔을 말한다. '보문寶文'이란 송나라 궁궐의 관부이름이다.『송사宋史』「신종기神宗紀」에 "보문각에 학사, 직학사, 대제관을 설치하였다(寶文閣置學士, 直學士, 侍制官.)"고 기록하고 있다.

2) 苦窳: 조잡하고 비뚤어진 기물, 곧 하자가 많은 기물을 말한다.

3) 經緯之象: '경위經緯'란 씨줄, 날줄이 엉켜진 모습을 말하며, 여기에서는 찻잔 외관에 나타난 문양을 말한다.

4) 剛柔之理: 연질의 태토로 단단한 찻잔을 만들 수 있다는 이치의 의미를 지니고 있다.

5) 炳其綳: '병炳'은 빛나다. '봉綳'은 등나무 껍질 혹은 새줄 · 면줄 등으로 대나무광주리를 묶는 것을 뜻한다. 여기서는 상봉床綳 · 등봉藤綳 · 수봉綉綳 등을 말한다.

[원문]

湯提點[1]탕제점

養浩然之氣, 發沸騰之聲, 以執中之能[2], 輔成湯[3]之德, 斟酌[4]賓主

양호연지기, 발비등지성, 이집중지능, 보성탕지덕, 짐작빈주

間, 功邁仲叔圉[5]. 然未免外爍之憂, 復有內熱之患, 奈何?

간, 공매중숙어. 연미면외삭지우, 복유내열지환, 내하?

[국역]

탕제점湯提點

(탕제점을 찬양하여 가로되) 호연지기浩然之氣를 기르고養浩然之氣, 비등沸騰한 소리를 내어發沸騰之聲, 능히 중용의 도를 지키며中執中之能, 탕왕湯王을 보필한 덕을 지녀輔成湯之德, 주객 사이에서 잔을 주고받으며斟酌賓主間, (주인을 섬긴) 공로는 중숙어仲叔圉를 능가한다功邁仲叔圉. 허나 밖으로 뜨거움에 대한 근심이 있고然未免外爍之憂, 안으로는 열의 우환이 있으니復有內熱之患, 어찌하랴奈何?

---

1) 湯提點: 탕병을 말한다. '제점提點'이란 제거提擧 점검點檢의 뜻을 지니고 있다. 송나라 때 각 지방에 제점提點이란 옥관獄官 벼슬을 설치하여 사법 · 형옥 · 하거河渠 등 공사를 담당케 했다.

2) 執中之能: '집중執中'이란 중정, 중용의 도리를 지킨다는 의미로, 물 끓이는데도 능히 중정의 도를 지킬 수 있다는 뜻이다.

3) 成湯: 은殷의 개국 임금인 탕왕湯王을 말한다. 하夏의 17대 걸왕桀王이 백성의 지지를 잃자 탕왕이 걸왕을 쳐서 멸하였다. 상商 곧 은殷을 세워 중국을 통치했다.

4) 斟酌: 술잔을 주고받는다는 뜻을 지니고 있으나, 여기에서는 술잔보다는 찻잔을 의미한다.

5) 輔成湯之德…功邁仲叔圉: 중숙어仲叔圉는 춘추 위衛나라 공어孔圉를 말하며 위령공衛靈公을 도와 나라를 다스렸는데, 특히 손님들의 의전에 능했다. 여기에서 "輔成湯之德…功邁仲叔圉"의 뜻은 탕제점은 대국大國인 은殷의 탕왕을 보좌하였으나 중숙어는 기껏 소국小國인 위衛의 영공靈公을 보좌했기에 탕제점의 공로가 중숙어를 능가함을 말하는 것이다.

[원문]

竺副帥[1]축부수

首陽餓夫[2], 毅諫於兵沸[3]之時, 方金[4]鼎揚湯, 能探其沸[5]者, 幾稀[6]!

수양아부, 의간어병비지시, 방금정양탕, 능탐기비자, 기희!

子之淸節, 獨以身試, 非臨難不顧者疇[7]見爾.

자지청절, 독이신시, 비임난불고자주견이.

[국역]

축부수竺副帥

(축부수를 찬양하여 가로되) 백이숙제는首陽餓夫, (주무왕周武王이 은殷나라를 토벌하여) 전쟁이 한창일 때도 과감하게 간언하였는데毅諫於兵沸之時, (전쟁과 같이) 솥에 물이 펄펄 끓을 때方金鼎揚湯, 그 뜨거움을 가늠 간언한 자가能探其沸者, 몇 명이나 될까幾稀? 자네의 청절淸節 (우러러 보아)子之淸節, 홀로 몸소 실천을 하니獨以身試, 위급에 처하여도 자신의 안위를 돌보지 아니한 자의 뜻이 보이는구나非臨難不顧者疇見爾.

1) 竺副帥: 대나무로 만든 차선茶筅을 말한다. '부수副帥'란 관직은 중장主將을 보좌하는 부관을 말한다. 차선茶筅을 부수로 칭한 것은 탕병인 탕제점湯提點을 주수主帥로 보기 때문이다.

2) 首陽餓夫: 백이伯夷, 숙제叔齊를 가리킨다. '수양'은 수양산首陽山을 말하며 지금의 산서山西 영제현永濟縣 남쪽에 위치하고 있다. 수산首山 또는 뇌수산雷首山이라고도 한다. 백이, 숙제가 이곳에서 정절을 지켜 아사餓死한 곳으로 전해지고 있다.

3) 兵沸: 극렬한 전쟁을 뜻하다.

4) 金: 『경도서사본京都書肆本』에는 '금今'자로 되어 있다.

5) 探其沸: 손으로 뜨거운 물을 가늠한다는 뜻을 지니고 있으나, 여기에서는 손이 아닌 차선을 가리킨다.

6) 稀: 드물다, 성기다.

7) 疇: 누가의 뜻을 지니고 있다.

[원문]

司職方[1]사직방

互鄕[2]童子, 聖人猶且與其進, 況瑞方質素, 經緯有理[3], 終身涅而不

호향동자, 성인유차여기진, 황서방질소, 경위유리, 종신열이불

緇[4]者, 此孔子之所以與潔[5]也.

치자, 차공자지소이여결야.

[국역]

사직방司職方

(사직방을 찬양하여 가로되) 나쁜 고을 출신의 동자들은互鄕童子, (마땅히) 성인들과 정진하며 도움을 받아야 하는데聖人猶且與其進, 하물며 (사직방은) 품행이 방정方正하고 소양이 갖춰져 있어況瑞方質素, 씨줄과 날줄 같이 조리가 정연하니經緯有理, 평생 청백하고 오염되지 않은 것이終身涅而不緇者, 이는 공자가 청렴과 함께 살아온 것과도 같다此孔子之所以與潔也.

---

1) 司職方: 차건茶巾을 말한다. '사직방司職方'이란 송나라 때 상서성尙書省 4사[四司] 중에 속한 관직이다. 주로 나라의 지리를 관장하는 지도地圖를 담당하였다. '사司'자는 '사絲'자와 소리가 같기에 음을 빌려 쓴 것이며, 명주실을 말하고 있다.

2) 互鄕: 옛 고을의 이름이며, 합향合鄕이라고도 한다. 이곳에 사는 사람들의 습성이 좋지 않아 주로 나쁜 고을을 표현할 때 사용하곤 한다. 어원은『논어論語』「술이述而」편에서 보인다. "호향 사람들과는 대화하기가 어렵다(互鄕難與言.)"

3) 經緯有理: 씨줄, 날줄과 같이 조리가 정연한 차건茶巾을 뜻한다.

4) 涅而不緇: '열치涅緇'란 검게 염색한 것으로 곧 아무리 검게 물들여도 검지 않다는 뜻이다. 어원은『논어論語』「양화陽貨」편에서 보인다. "그렇다. 그런 말을 한 적이 있느니라. 단단하다고 하지 않겠는가. 갈아도 얇아지지 않느니라. 희다고 하지 않겠는가. 물들여도 검어지지 않느니라(然有是言也. 不曰堅乎, 磨而不磷, 不曰白乎, 涅而不緇.)"

5) 與潔: '여與'는 따르다, '결潔'은 사람의 청렴결백한 품행을 말한다. 어원은『정씨경설程氏經說』에서 보인다. "사람들은 내가 품행이 단정하기에 나에게 오는 것이기에 응당 그들과 청렴함을 같이 따른다(人潔己而來, 當與其潔也.)"

[원문]

明茅一相[1]『茶具引[2]』명모일상『다구인』

余性不能飮酒，間與客對春苑之葩[3]，泛秋湖之月，則客未嘗不飮，
여성불능음주, 간여객대춘원지파, 범추호지월, 즉객미상불음,
飮未嘗不醉，予顧而樂之．一染指[4]，顔且酡[5]矣，兩眸子懵懵然矣．
음미상불취, 여고이낙지. 일염지, 안차타의, 양모자몽몽연의.
而獨耽味[6]於茗，淸泉白石[7]，可以濯五臟之汚，可以澄心氣之哲[8]．
이독탐미어명, 청천백석, 가이탁오장지오, 가이징심기지철.
服之不已，覺兩腋習習淸風自生，視客之沈酣酩酊[9]，久而忘倦，庶
복지불이, 각양액습습청풍자생, 시객지침감명정, 구이망권, 서
亦可以相當之．嗟呼! 吾讀『醉鄕記[10]』，未嘗不神遊[11]焉，而間與陸
역가이상당지. 차호! 오독『취향기』, 미상불신유언, 이간여육

---

1) 茅一相: 자는 강백康伯, 명나라 귀안歸安(지금의 浙江 吳興) 사람이다. 호는 지원외사芝園外史・동해생東海生・오흥일인吳興逸人 등이다. 만력萬曆 연간 왕세진王世眞(1526~1590), 고원경顧元慶(1487~1565)과 같은 시대의 사람이다.

2) 引: 인引의 형식은 대체로 서문序文의 내용보다 짧은 것을 말한다.

3) 葩: 진秦나라 사람들이 꽃을 가리켜 파葩라고 한다.

4) 染指: 취해서는 안 될 이득을 취한 것을 말한다.

5) 酡: 취기가 올라 얼굴이 불그레한 것을 말한다.

6) 耽味: 깊은 맛을 뜻한다.

7) 白石: 청천淸泉에 백석이 있으며, 그 물은 변하지 않는다고 한다.

8) 哲: 총명하다는 뜻이다.

9) 沉酣酩酊: '침감沉酣'이란 술을 먹고 향락을 즐기는 것, '명정酩酊'이란 인사불성 으로 취한 것을 말한다.

10) 醉鄕記: 수말隋末 당초唐初에 왕적王績(585~644)이 지은 문장이다.

11) 神游: 몸은 가지 않았으나 정신적 또는 마음으로 그 곳에 날아가 즐기는 것을 말한다.

鴻漸，蔡君謨上下其議，則又爽然自釋矣[1]. 乃書此以博十二先生[2]一
홍점, 채군모상하기의, 즉우상연자석의. 내서차이박십이선생일
鼓掌云. 庚辰[3]秋七月旣望[4]，花溪里芝園主人茅一相撰並書.
고장운. 경진추칠월기망, 화계리지원주인모일상찬병서.

[국역]

명나라明 모일상茅一相의 『다구인茶具引』

나는 본래 술을 마시지 못하나余性不能飮酒, 근래 손님과 춘원春苑에 들러 꽃을 감상하고間與客對春苑之葩, 추호秋湖에 달을 감상하는데泛秋湖之月, (이곳에) 술을 마시지 않는 손님이 없고則客未嘗不飮, 마셨다면 취하지 않는 이가 없으니飮未嘗不醉, 나도 그 모습을 보고 흥이 이는구나予顧而樂之. 손가락으로 (술을) 적셔 맛을 보았더니一染指, 취기가 올라 얼굴이 불그레하고顔且酡矣, 두 눈동자는 희미해진다兩眸子懵懵然矣. 내 홀로이 즐기고 좋아하는 것은 차[茗]며而獨耽味於茗, 백석이 가득한 샘물로淸泉白石 (달인 차를 마시니), 오장의 묵은 때가 깨끗이 씻기고可以濯五臟之汚, 심기心氣에 담긴 총명을 맑게 해주는구나可以澄心氣之哲. 이어 쉬지 않고 마셨더니服之不已, 두 겨드랑이에 맑은 바람이 솔솔 일어나는 듯하여覺兩腋習習淸風自生, 손님의 만취한 모습을 보고視客之沉酣酩酊, 오랜 시간 지내며 피곤함을 잊는데久而忘倦, 생각건대 (차

---

1) 爽然自釋: '상연爽然'이란 마음이 상쾌하고 가뿐하다는 뜻이며, '자석自釋'은 스스로 자신을 편안하게 하는 것을 말한다.

2) 十二先生: 곧 위홍로·목대제·금법조·석전운·호원외·라추밀·종종사·칠조비각·도보문·탕제점·축부수·사직방 등 12개의 차구를 말한다.

3) 庚辰: 만력萬曆 8년 곧 1580년을 가리킨다.

4) 旣望: 음력 매월 16일을 말한다. 어원은 『채전蔡傳』에서 보인다. "일월日月이 서로 맞보는 것을 망望이라 한다, 기망旣望이란 16일이다(日月相望謂之望, 旣望, 十六日也.)"

와 술이 취하는 것은) 역시 매한가지로구나庶亦可以相當之. 오호嗟呼! 나는『취향기醉鄕記』를 읽으며吾讀醉鄕記, 신선들이 노니는 경지를 느껴보곤 하는데未嘗不神遊焉, 근자에 육우[陸鴻漸]와 채군모蔡君謨가 (차사에 대해) 모든 것을 논의 한 것을 보고而間與陸鴻漸蔡君謨上下其議, 그 뜻을 헤아려보니 마음이 황홀하다則又爽然自釋矣. 이에 서를 실어 십이선생十二先生에게 바쳐 그들로부터 갈채를 받고자 한다乃書此以博十二先生一鼓掌云. 경진庚辰 가을 7월 16일庚辰秋七月旣望, 화계리花溪里 지원 주인芝園主人 모일상茅一相 찬撰하여 쓰다花溪里芝園主人茅一相撰幷書.

[원문]

朱存理[1]後序주존리후서

飮之用, 必先茶, 而茶不見於『禹貢[2]』, 蓋全民用而不爲利, 後世榷

음지용, 필선다, 이다불견어『우공』, 개전민용이불위리, 후세각

茶[3], 立爲制, 非古聖意也. 陸鴻漸著『茶經』, 蔡君謨著『茶錄』,

다, 입위제, 비고성의야. 육홍점저『다경』, 채군모저『다록』,

孟諫議寄盧玉川三百月團, 後侈至龍鳳之飾, 責當備於君謨. 製茶

맹간의기노옥천삼백월단, 후치지용봉지식, 책당비어군모. 제다

---

1) 朱存理: 자는 성보性甫(1444~1513)이며, 명나라 장주長洲(지금의 江蘇 吳縣) 사람이다. 호는 야항도인野航道人이며 문장에 능한 박식한 사람이라 정평이 나있다. 정덕正德 연간에 평범한 백성의 신분으로 죽었다. 대표작은『산호목난珊瑚木難』8권、『야항시고野航詩稿』1권、『야항서고野航書稿』1권、『야항만록野航漫錄』이 있다.

2) 禹貢:『상서尙書』중의 한 편으로 작자는 미상이다. 대략 전국시대에 만든 것으로 추정하며 우제禹帝의 치수治水를 의탁하여 나라를 9등분으로 나눠 '구주九州'라 하였다. 중국 최초의 지리책이다.

3) 榷茶: '각榷'은 원래 외나무다리의 뜻을 지니고 있으나, 후일 전매의 뜻으로 쓰고 있다. 각차법은 관이 생산자에게 생산자금을 먼저 지급하고 생산자는 생산된 차로 세금과 자금의 일부를 상환하며 남은 차는 다시 돈을 받고 관에 매도하는 '차 전매제도'를 말한다. 생산된 모든 차를 매집한 관리는 매차장賣茶場 또는 각화무榷貨務라는 장소에서 상인에게 차를 매도하도록 되어 있는데, 이것을 '각차법榷茶法'이라고 한다.

必有其具，錫[1]具姓而繫名，寵以爵，加以號，季宋之彌文[2]．然淸逸

필유기구, 석구성이계명, 총이작, 가이호, 계송지미문. 연청일

高遠，上通王公，下逮[3]林野，亦雅道也．贊法遷固[4]，經世康國，斯

고원, 상통왕공, 하체임야, 역아도야. 찬법천고, 경세강국, 사

焉攸寓[5]，乃所願與十二先生周旋[6]，嘗山泉極品以終身，此閒富貴

언유우, 내소고여십이선생주선, 상산천극품이종신, 차한부귀

也，天豈靳[7]乎哉? 野航道人長洲朱存理題．

야, 천기근호재? 야항도인장주주존리제.

[국역]

주존리후서朱存理後序

(사람들이) 마시는 것을 얘기하면飮之用, 필히 차를 먼저 언급하나必先茶, 그 옛날 문헌인『우공禹貢』에서는 차가 보이지 않았는데而茶不見於禹貢, 이는 (그 당시 차는) 온 백성의 마실 거리이지 이익을 추구하는 것이 아니었기 때문이며蓋全民用而不爲利, 후세에 각차榷茶가 생겨後世榷茶, 이를 제도화하였으나立爲制, (이는) 옛 성인의 본래 뜻과는 다

1) 錫具: '석錫'은 '사賜'와 뜻이 같고, 하사를 의미한다. '구具'는 차구를 뜻한다.『집운集韻』을 보면 "사는 주다의 뜻이다. 혹은 석이라고도 한다(賜, 說文, 予也, 或作錫)" 고 기록하고 있다.

2) 季宋之彌文: '계송季宋'은 송나라 말기를 뜻하며, '미문彌文'이란 뜻이 깊고 심오한 문장을 말한다.

3) 下逮: 아래까지 미치다.

4) 贊法遷固: '찬贊'은 다구도찬의 찬에 대한 것이고, '법法'은 모방이라는 뜻이다. '천遷'은 사마천司馬遷, '고固'는 반고班固를 말한다.

5) 攸寓: '유攸'는 어조사이며, '우寓'는 기탁 또는 이입을 뜻한다.

6) 周旋: 고대에 예를 행할 때 진퇴 읍양揖讓에 대한 기거동작을 말하며, 여기에서는 응접, 교제의 뜻을 지닌다.

7) 靳: 인색하다의 뜻이다.

르다非古聖意也. 육우[陸鴻漸]는 『다경茶經』 陸鴻漸著茶經, 채군모蔡君謨는 『다록茶錄』을 저술하였고蔡君謨著茶錄, 맹간의孟諫議는 노동[盧玉川]에게 월단 300개를 부쳤으며孟諫議寄盧玉川三百月團, 후일 (차가) 사치스러워져 용봉단차를 장식할 정도가 되었으니後侈至龍鳳之飾, 이는 응당 채군모를 책망해야 한다責當備於君謨. 차를 만드는데 필히 차구가 필요하기에製茶必有其具, 그 차구에 알맞은 이름을 연결하여 지었고錫具姓而系名, 관직도 봉하여寵以爵, 호까지 지었으니加以號, (『다구도찬』은) 송나라 말기에 심도 있는 문장이로다季宋之彌文. 또한 (내용이) 맑고 유유하며 깊이가 있어然清逸高遠, 위로는 왕공上通王公, 아래로는 백성들과 함께 감상할 수 있으니下逮林野, 이 또한 아취의 길이다亦雅道也. (『다구도찬』은) 사마천司馬遷의 『사기史記』, 반고班固의 『한서漢書』 중 찬贊에 관한 문필을 모방하여 썼으며贊法遷固, 경세나 강국의 뜻을經世康國, 이 (문장)에 이입시켰고斯焉攸寓, 12선생[十二先生]과 교분을 맺고자 원하여乃所願與十二先生周旋, 좋은 샘물과 좋은 것(차)과 한평생을 함께 하고자 하는데嘗山泉極品以終身, 이 또한 한가로운 부귀의 삶이니此閒富貴也, 하늘이 어찌 이에 인색할 수 있겠는가天豈靳乎哉? 야항도인野航道人인 주존리朱存理가 장주長洲에서 제문을 쓰다野航道人長洲朱存理題.

茶具圖贊

茶具十二先生姓名字號

韋鴻臚	文鼎	景暘	四窗閒叟
木待制	利濟	忘機	隔竹居人
金法曹	研古 轢古	元鍇 仲鏗	雍之舊民 和琴先生
石轉運	鑿齒	遄行	香屋隱君
胡員外	惟一	宗許	貯月僊翁
羅樞密	若藥	傳師	思隱寮長

茶具十二先生

[宋] 建盞-兎毫盞 짱유화 소장

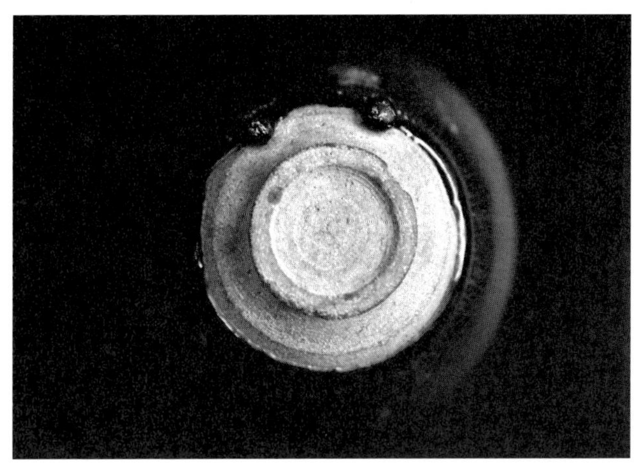

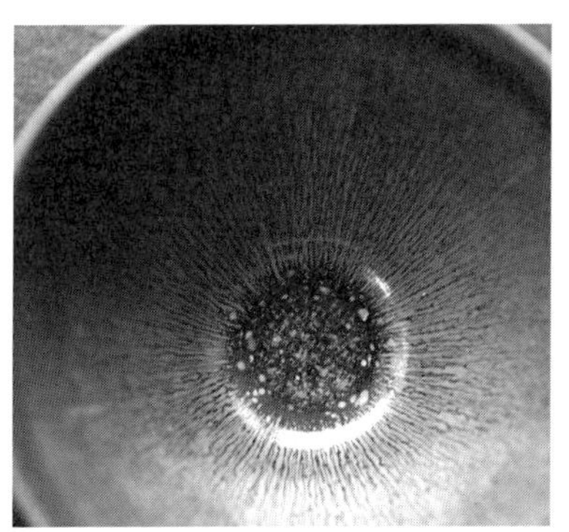

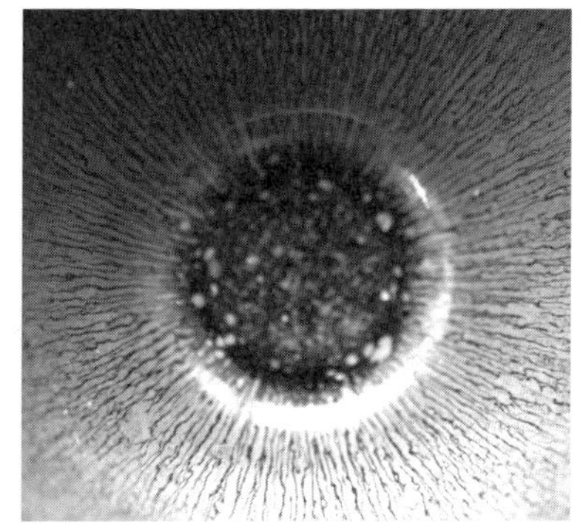

[宋] 建盞-兎毫盞 짱유화 소장

[宋] 兎毫盞 進盞-供御-刀刻款 짱유화 소장

[宋] 茶托 漆雕秘閣

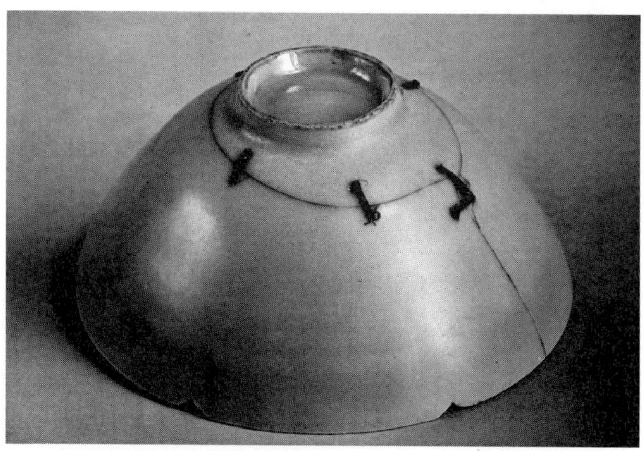

[宋] 螞蝗拌技法修理 青瓷茶碗

[高麗] 青瓷盞

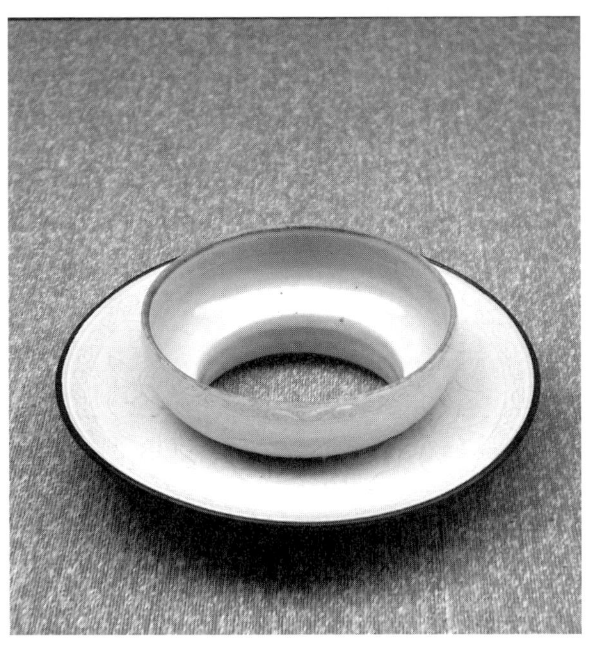

[宋] 白瓷茶托

自生視客之沉酣酩酊久而忘倦庶亦可以相當之嗟乎吾讀醉鄉記未嘗不神遊焉而間與陸鴻漸蔡君謨上下其議則又爽然自釋矣乃書此以傳十二先生一鼓掌云

庚辰秋七月既望花溪里芝園主人芥一相撰并書

茶具引　　欣賞編戊集

余性不能飲酒間與客對春苑之葩泛秋湖之月則客未嘗不飲飲未嘗不醉予領而樂之一染指顏且酡矣兩眸子懵上然矣而獨耽味於茗清泉白石可以濯五臟之污可以澄心氣之哲服之不已覺兩腋習習清風

宗從事 子弗 不遺 掃雲溪友

漆雕秘閣 承之 易持 古臺老人

陶寶文 去越 自厚 兎園上客

湯提點 發新 一鳴 温谷遺老

竺副帥 善調 希點 雪濤公子

司職方 成式 如素 潔齋居士

咸淳己巳五月夏至後五日審安老人書

茶具圖贊

茶具十二先生姓名字號

韋鴻臚　文鼎　景暘　四窯閒叟

木待制　利濟　忘機　隔竹居人

金法曹　研古　元鍇　雍之舊民
　　　　轢古　仲鑒　和琴先生

石轉運　鑿齒　遄行　香屋隱君

胡員外　惟一　宗許　貯月僊翁

羅樞密　若藥　傳師　思隱寮長

贊曰祝融司夏萬物焦爍火炎昆岡玉石俱焚爾無與焉乃若不使山谷之英墮於塗炭子與有力矣上卿之號頗著微稱

韋鴻臚

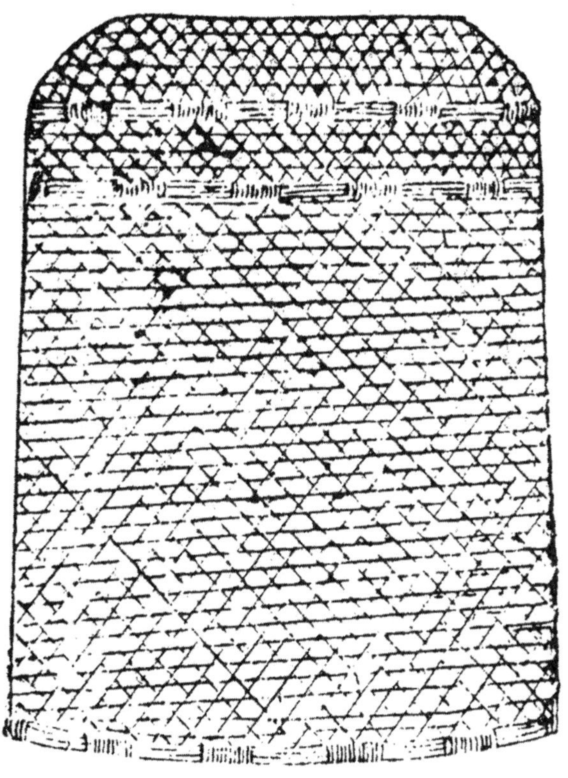

上應列宿萬民以濟稟性剛直摧折彊梗使隨方逐圓之徒不能保其身善則善矣然非佐以法曹資之樞密亦莫能成厥功

木待制

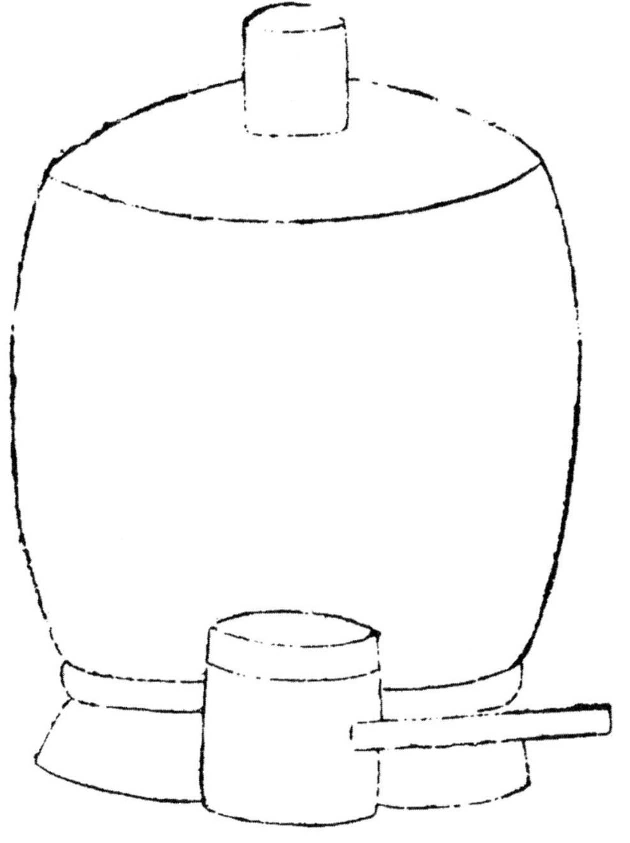

柔亦不茹剛亦不吐圓
機運用一皆有法使強
梗者不得殊軌亂轍豈
不避與

金灋曹

抱堅質懷直心啖嚅英華
周行不怠斡摘山之利操
沛權之重循環自常不捨
正而適他雖沒齒無怨言

石轉運

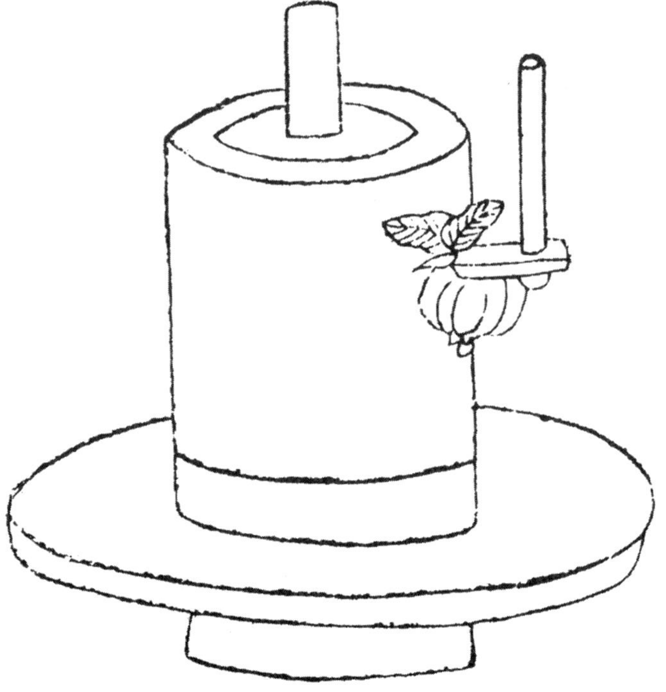

周旋中覩而不踰其間動靜有
常而性苦其卓鬱結之患悉能
破之雖中無所有而外能研究
其精微不足以望圓機之士

胡員外

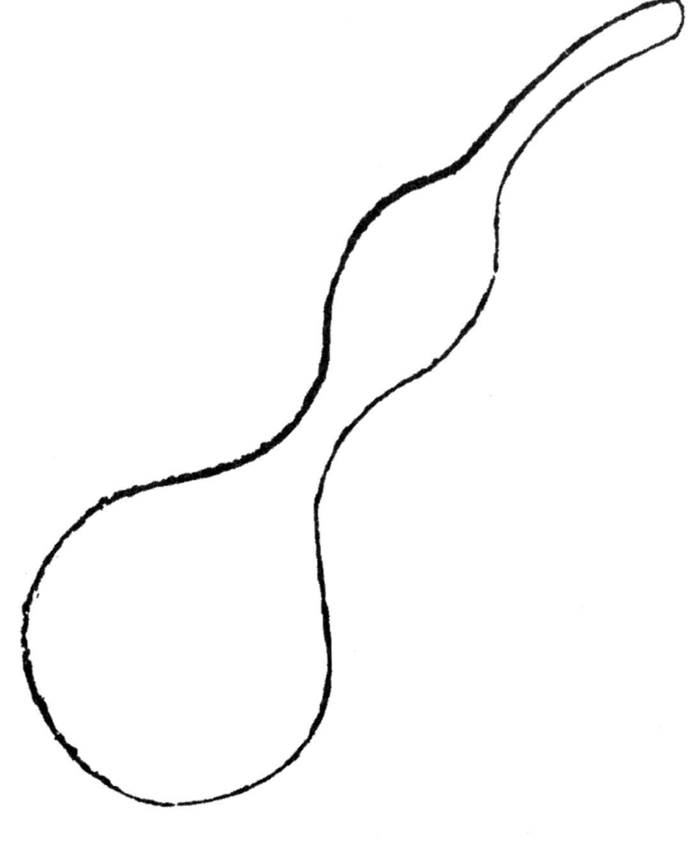

幾事不密則害成今高者
抑之下者揚之使精粗不
致於混殽人其難諸奈何
矜細行而事諠譁惜之

羅樞密

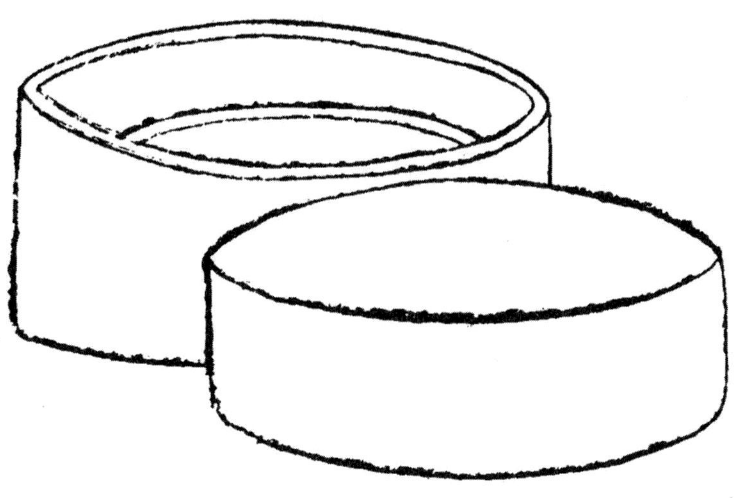

孔門高弟當洒掃應對事之末者亦所不棄又況能萃其旣散拾其已遺運寸毫而使邉塵不飛功亦善哉

宗從事

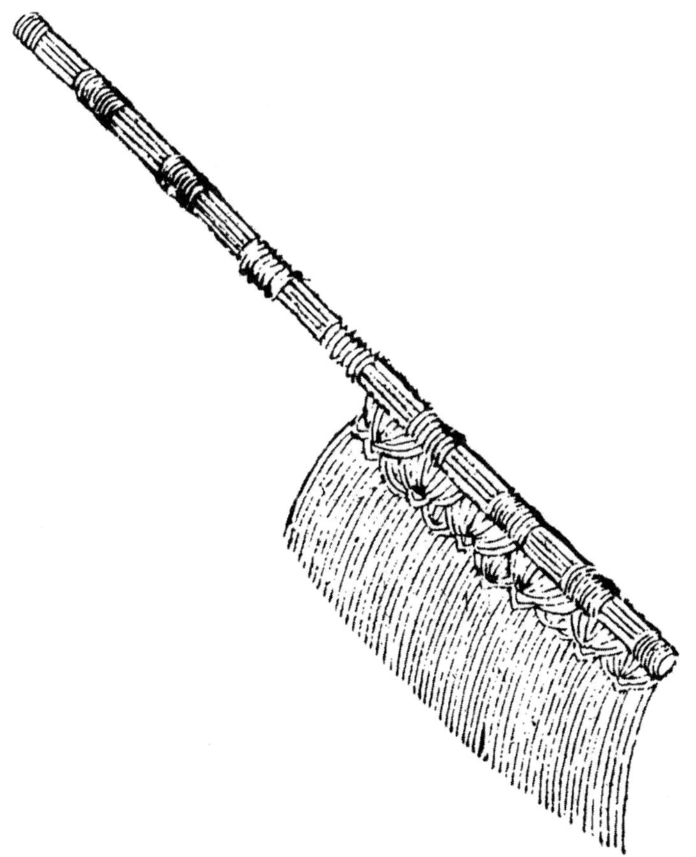

危而不持顛而不扶則吾
斯之未能信以其弭執熱
之患無坳堂之覆故宜輔
以寶文而親近君子

漆雕秘閣

出河濱而無苦窳經緯之
象剛柔之理炳其綳中虛
已待物不飾外貌位高秘
閣宜無愧焉

陶寶文

養浩然之氣發沸騰之聲以
執中之能輔成湯之德斟酌
賓主間功邁仲秌圍然未免
外爍之憂復有內熱之患奈何

湯提點

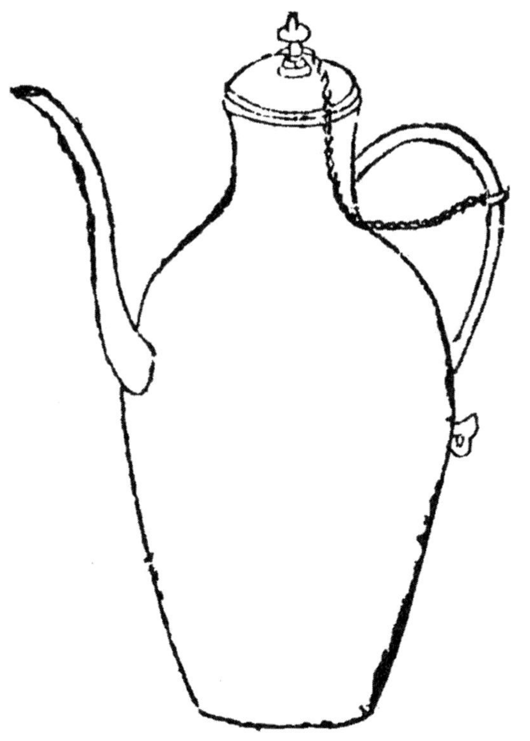

首陽餓夫毅諫於兵沸之
時方金鼎揚湯能探其沸
者幾希子之清節獨以身
試非臨難不顧者疇見爾

竺副帥

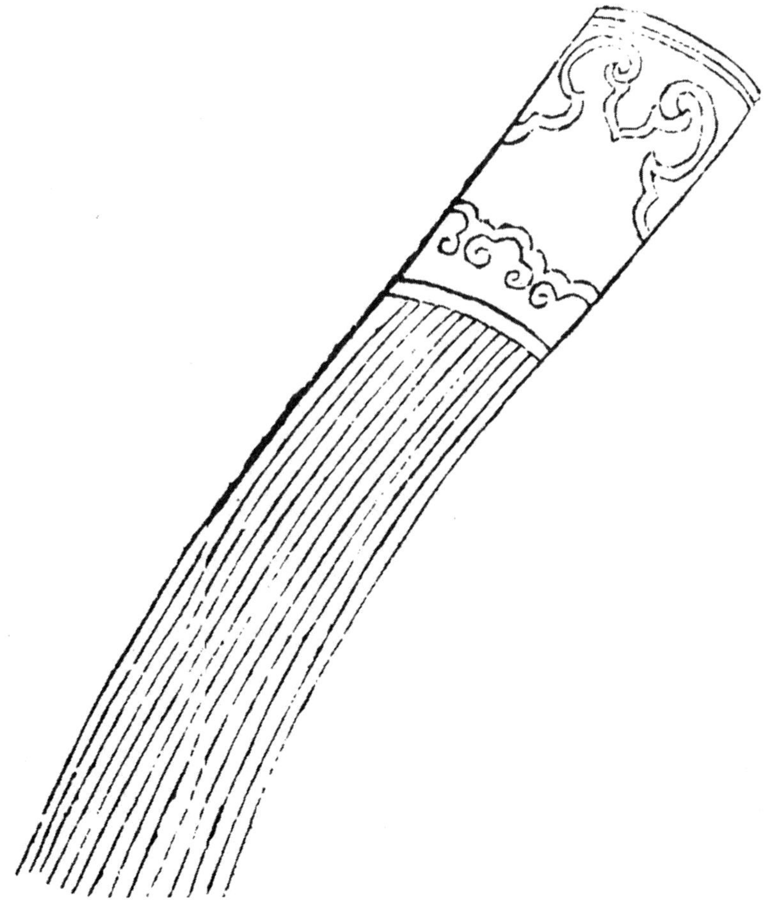

互鄉童子聖人猶且與其
進況端方質素經緯有理
終身涅而不緇者乎孔子
之所以與潔也

司職方

文然清逸高遠上通王公下逮林野亦雅道也贊法遷固經世康國斯焉攸寓乃所願與十二先生周旋嘗山泉極品以終身此閑富貴也天豈靳乎哉野航道人長洲朱存理題

飲之用必先茶而茶不見於禹貢
蓋全民用而不爲利後世榷茶立
爲制非古聖意也陸鴻漸著茶經
蔡君謨著茶譜孟諫議寄盧玉川
三百月團後後至龍鳳之飾責當
備於君謨制茶必有其具錫具姓
而繫名寵以爵加以號季宋之彌

당나라 황실 사원 법문사法門寺(섬서성陝西省 보계시寶鷄市 부풍현扶風縣)

1700여 년전 세운 법문사法門寺가 1981년의 지진과 1987년의 낙뢰로 탑이 반으로 갈라졌다. 1987년 4월 3일 처음으로 지하궁전이 발견되었는데, 발굴된 유물 2000여 점 가운데 수많은 불교유물이 출토되었고, 불지사리佛指舍利도 있었다. 특히 완전한 형태를 갖춘 당나라 황실의 차기茶器가 대량으로 발견되었다

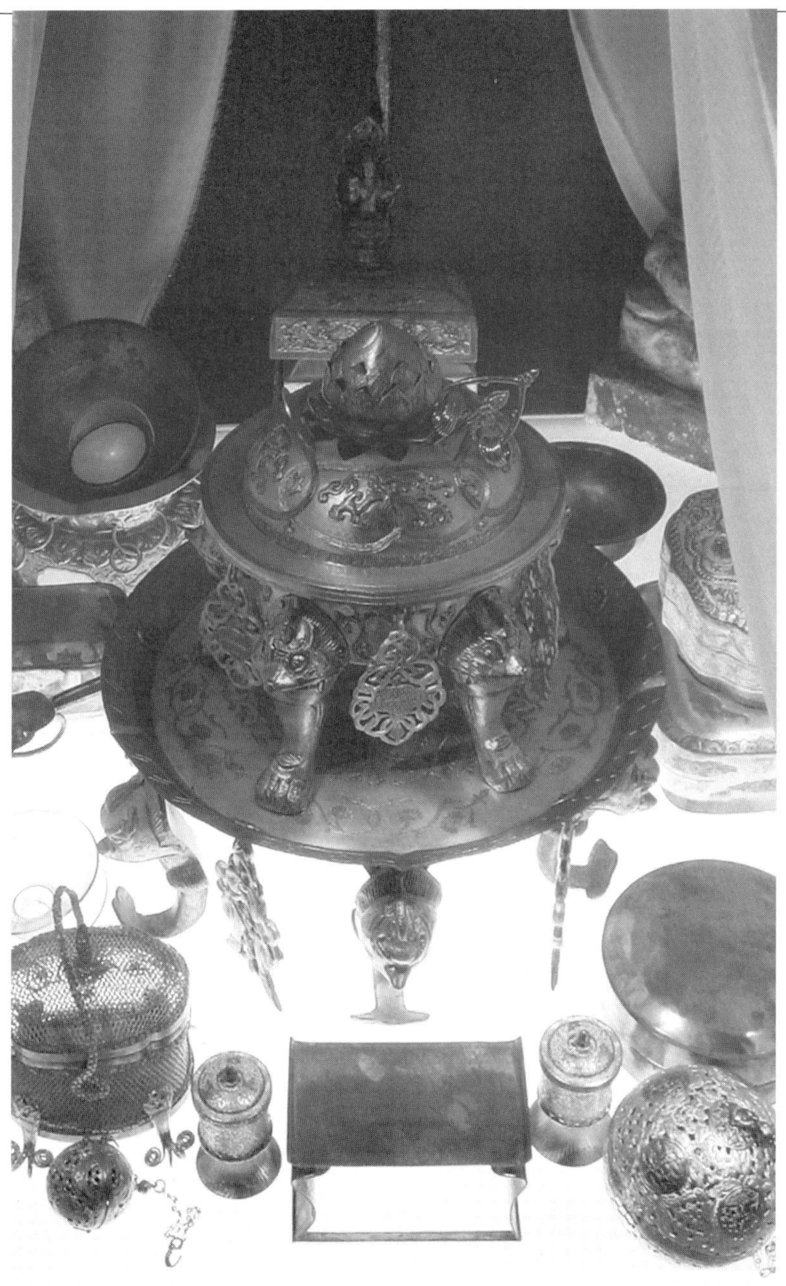

법문사法門寺 당시 한진커韓金科 관장이 지하궁전에서 수많은 궁중 차기茶器를 발견했는데 모두 유금鎏金(도금)으로 만들어진 것이다

차연茶碾

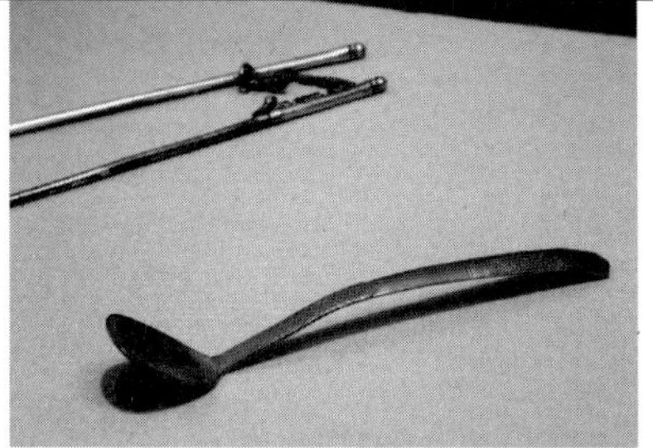

차칙茶則과 차협茶筴

중동산中東産으로 추정되는 유리 재질 찻잔

거북 모양의 차합-차호茶壺

차라합茶羅合

병차를 담는 차롱茶籠

법문사 지하궁전에서 출토된 소금을 담는 당나라 차궤鹾簋
당나라 자차법煮茶法에서는 차의 쓴맛을 상쇄하기 위해 소금을 넣어 맛을 돋우었다. 송나라에 들어와 자완에서 바로 풀어 마시는 고급 찻가루의 점차법點茶法이 발전되자 더 이상 가루차에는 소금을 넣지 않게 되었다

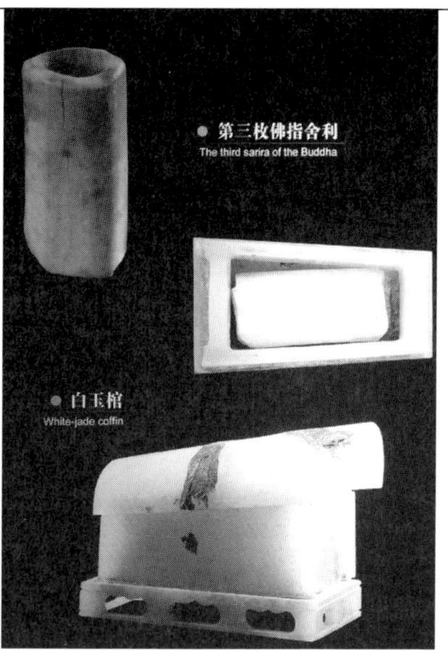

법문사 지하궁전에서 발견된 부처님의 불지사리佛指舍利와 사리를 보관하는 백옥관白玉棺

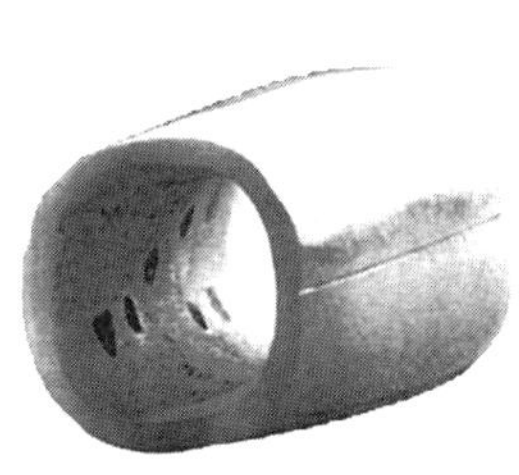

부처님의 엄지 손가락뼈 마디 불지사리

부처님의 중지 손가락뼈 마디 불지사리

법문사 2002년 성신 석사학생들의 '한재 이목' 추모제

韓金科 법문사 박물관장에게 증정한 '청정한파'

명明나라의 역사 이해

중국사에서 농민 출신으로 왕조를 개창한 사람은 한漢(BC 206~AD 220)나라를 세운 유방劉邦(재위 BC 206~BC 195)과 명明(1368~1644)나라를 건국한 주원장朱元璋(재위 1368~1398) 두 사람뿐이다.

주원장은 강남지방의 가난한 떠돌이 소작농의 막내아들로 태어나, 17세 때 부모형제 잃고 황각사皇覺寺라는 절에 의탁하여 생활하였다. 절의 끼니가 충분하지 않게 되자, 25세 되던 해에 안휘성安徽省에서 봉기한 홍건적紅巾賊 반란군을 따라 곽자흥郭子興(?~1355)의 수하로 들어갔다. 곽자흥이 죽은 후, 1367년 강남을 평정하는데 성공한 주원장은 1368년 지금의 남경南京(난징)에 나라를 세워 황제에 즉위하고 국호를 '대명大明', 연호는 '홍무洪武'라 했다. 이후부터 중국의 황제는 자신의 재위기간 동안 하나의 연호만을 사용하였는데, 이를 '일세일원一世一元'이라 한다. 예를 들어 명태조明太祖 주원장은 '홍무제洪武帝', 다음 왕조인 청나라 청성조淸聖祖 애신각라현엽愛新覺羅玄燁은 '강희제康熙帝', 청고조淸高祖 애신각라홍력愛新覺羅弘曆은 '건륭제乾隆帝'라고 부르는 것도 이러한 연유에서다.

16세기 말, 명나라 14대 황제가 된 만력제萬曆帝(재위 1572~1620)는 세 번의 반란을 진압했는데, 이 '만력삼정萬曆三征'으로 정부는 재정 적자에 허덕이게 되었다. 이와 더불어 1627년부터 1628년에 걸쳐 발생한 대기근은 백성의 삶을 더욱 피폐하게 만들었다.

1616년 여진족(후의 만주족)인 누르하치努爾哈赤(재위 1616~1626)가 만주를 통일하고 국호를 '후금後金'으로 정하였다. 후계자 홍타이지皇太極(재위 1626~1643)는 국호를 '청淸'으로 고치고 다음에 즉위한 순치제順治帝(재위 1644~1661) 때 명나라의 수도였던 지금의 베이징을 점령하였다. 1644년 명나라 마지막 황제인 숭정제崇禎帝(재위 1627~1644)가 소복 차림으로 경산에서 목매 자살하므로 써 명나라는 277년의 역사 속에 16명의 황제가 집권하면서 종지부를 찍었다.

明太祖 朱元璋 肖像

1368년 주원장이 한족왕조부활운동의 기치를 내세워 몽골족을 북쪽으로 추출하고 명나라를 건국하였다

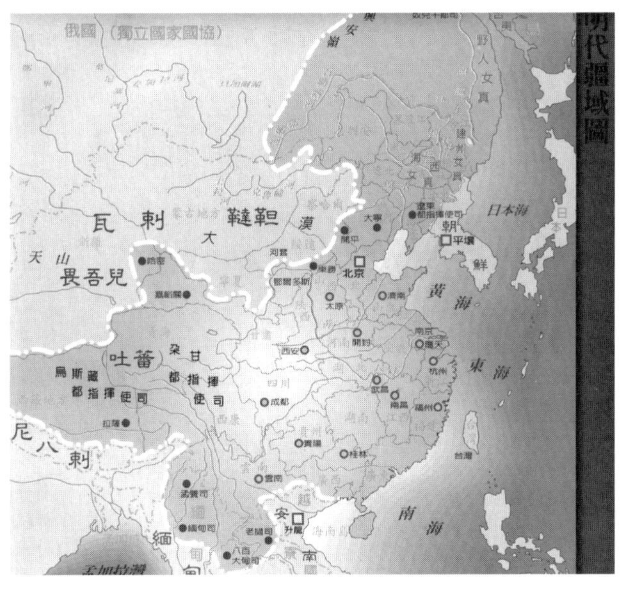

명明나라의 차문화

송宋(960~1279)나라 때의 단차團茶가 명明(1368~1644)나라에 이르러 잎차로 바뀐 데엔 여러 가지 배경이 있다. 하나는 유목민족인 몽고족은 번거로운 것을 싫어해 주로 간단히 마실 수 있는 잎차인 산차散茶를 즐겼던 것이 주된 이유였으나, 명나라의 개국 황제인 주원장朱元璋(재위 1368~1398)의 삶과도 무관치 않다.

평민 출신인 주원장은 고난 했던 시절에 차농茶農들의 어려움을 옆에서 느끼고 지켜보았다. 그가 황제로 등극한 후, 이러한 차농들의 고역을 덜어주고자 내렸던 조치가 바로 홍무洪武 24년(1391) 9월 16일의 단차폐지 칙령이었다. 이 칙령으로 근 400년 동안 중국 차문화를 이끌어왔던 단차의 점차법點茶法은 중국 차역사에서 영원히 사라지고 잎차를 우려 마시는 이른바 포차법泡茶法시대가 열린 것이다.

명나라의 심덕부沈德符가 저술한 『야획편野獲篇』 「공어다조供御茶條」에서는 다음과 같이 기술하고 있다. "건국 초기에 조정으로 바친 공차貢茶는 건녕建寧(지금의 복건성福建省 건구建甌)과 양선陽羨(지금의 강소성江蘇省 의흥宜興) 등지의 차 품질이 가장 좋다. 홍무 24년 6월에 이르러 황제는 백성들의 수고를 덜어주고자 용단차龍團茶를 폐지하고, 공차도 오직 싹을 따 가공한 잎차를 진상케 하였다"고 했다. 『명태조실록明太祖實錄』제 212 권에는 "경자庚子년에 고하기를 용단을 만드는 것을 폐지하고, 찻잎 원형대로 가공한 것을 제창한다. 이러한 잎차류는 네 가지가 있다. 탐춘探春 · 선춘先春 · 차춘次春 · 자순紫筍이라 부른다"고 했다.

한편 주원장이 내렸던 '단차폐지칙령團茶廢止勅令'은 지금의 복건성福建省에서 만든 '편차片茶' 즉 '건차建茶'인 고형 단차團茶를 가리킨 것이다. 강남지역의 가루차인 '강남차江南茶' 즉 '초차草茶'는 송나라 때 일본 유학승留學僧들이 일본으로 전해져 오늘날 가루차인 말차抹茶의 원형으로 그대로 이어지고 있다.

茶譜

[明] 朱權 撰

해제

주권朱權(1378~1448)은 명나라 개국 황제인 태조太祖 주원장朱元璋의 17번째 아들로서 호는 구선臞仙 · 함허자涵虛子 · 단구선생丹丘先生 등이 있다. 홍무洪武 24년(1391)에 영왕寧王으로 봉해졌으며 영헌왕寧獻王이라고도 불린다. 저서로는 『통감박론通鑒博論』 · 『가훈家訓』 · 『영국예범寧國禮范』 · 『한당비사漢唐秘史』 · 『사단史斷』 · 『문보文譜』 · 『시보詩譜』 등을 남겼다.

『천경당서목千頃堂書目』을 보면 "영헌왕寧獻王 권구선權臞仙이 『다보茶譜』 한 권을 만들었다"는 기록이 있다. 청淸나라 『예해회함藝海滙函』 초본 속에 '다보'를 수록했는데, 서제序題는 '함허자구선서涵虛子臞仙書'라고 되어 있다. 『명사明史』 권 1에 "선덕宣德 3년(1428)경 주권이 조정의 정책에 대해 여러 불평을 내놓자 황제(주원장)가 진노하여 그를 크게 나무랐다. 그는 상서上書로써 사죄하였다. 연로한 후에 문인, 학사들과 어울려 도교의 뜻을 폈는데, 자신의 호를 구선臞仙이라 불렀다." 말년에 자신을 구선이라 부르는 것으로 보아 『다보』의 저작 연도를 선덕宣德 5년(1430)부터 정통正統 13년(1448)사이로 보는 학자들도 있다. 또한 만국정萬國鼎의 『다서총목제요茶書總目提要』에는 정통 5년(1440) 전후에 저술한 것으로 되어 있다.

이 책의 내용이 약 2천 여자에 불과하지만 주권의『다보』는 명·청시대 수많은 차서 중에서 학문적·사실적 측면을 두루 갖춘 독특한 차서라 할 수 있다. 차를 마시는 방법 즉 오늘날 말하는 행차법行茶法에 관한 행동이나, 방법들에 대해 상세하게 서술하고 있어 음차의 예절과 의미에 대한 자료를 후세들에게 명확하게 제시하고 있다. 또한 중국 차문화의 역사에 대해『명태조실록明太祖實錄』권 212에서 "경자庚子년에 고하기를 용단龍團 만드는 것을 폐지하고, 찻잎을 원형 그대로 가공하는 것을 제창한다"고 기록하고 있는데, 이는 곧 홍무洪武 24년(1391)에「단차폐지칙령團茶廢止勅令」을 내려 덩어리차인 단병차團餠茶가 중국 차역사에서 사라졌다는 것을 보여주고 있다.

그럼에도 불구하고 1430년부터 1448년 사이에 저술한 것으로 보이는『다보』의 내용에는 아직까지 가루차로 마시는 것을 기록하고 있다. 다만 단차가 아닌 잎차 즉 초차草茶로 가루를 내어 풀어 마시는 것이 다를 뿐이다. 이를 미루어「단차폐지칙령」은 단차를 가루 내어 풀어 마시는 가루차만 금지할 뿐 잎차를 가루 내어 풀어 마시는 초차에 대한 폐지령이 아니라는 것을 말해주고 있어, 중국 말차 역사의 성쇠를 연구하는데『다보』의 내용이 가치 있는 자료로 활용하고 있다.

[원문]

茶譜序다보서

挺然而秀[1], 鬱然而茂, 森然而列者, 北園[2]之茶也. 冷然而淸, 鏘然

정연이수, 울연이무, 삼연이열자, 북원지다야. 냉연이청, 장연

而聲[3], 涓然而流[4]者, 南澗之水也. 塊然而立, 睟然而溫[5], 鏗然而

이성, 연연이유자, 남간지수야. 괴연이립, 수연이온, 갱연이

鳴者, 東山之石也. 癯然而酸[6], 兀然而傲[7], 擴然而狂者, 渠也.

명자, 동산지석야. 구연이산, 올연이오, 확연이광자, 거야.

渠[8]以東山之石, 擊灼燃之火, 以南澗之水, 烹北園之茶, 自非喫

거이동산지석, 격작연지화, 이남간지수, 팽북원지다, 자비끽

茶漢. 則當握拳布袖, 莫敢伸也. 本是林下一家[9]生活, 傲物翫世[10]之

다한. 즉당악권포수, 막감신야. 본시임하일가생활, 오물완세지

事, 豈白丁[11]可共語哉? 予嘗擧白眼而望青天, 汲淸泉而烹活火, 自

---

1) 挺然而秀: '정수挺秀'란 홀로이 우뚝하고 수려함을 말한다.

2) 北園: 북원北苑을 말한다. 송나라의 공차 산지며, 지금의 복건성福建省 건안建安지역이다.

3) 鏘然而聲: '장성鏘聲'이란 금석에서 나는 소리를 말한다.

4) 涓然而流: '연류涓流'란 유유히 흐르는 세류細流를 말한다.

5) 睟然而溫: '수연睟然'은 윤택한 모습을 말한다.

6) 癯然而酸: '구癯'는 여위다는 뜻을 갖고 있으며, '산酸'은 가련하다는 뜻을 지닌다.

7) 兀然而傲: '올오兀傲'란 주장이 강해 세속과는 어울리지 않는다는 뜻이다.

8) 渠: 구선臞仙인 주권朱權 자신을 가리킨다.

9) 林下一家: '임하林下'란 임목林木 아래 곧 전야田野의 생활을 말하며, 이는 관직에서 물러나 산중초야에서 생활하는 것을 말한다. '일가一家'는 자성일가自成一家의 뜻으로, 곧 스스로 만든 일종의 차생활 방식이다. 아래의 "차 끓이는 법과 말차의 차구를 새로이 바꾸어 내 나름의 차 생활 방식을 이루었다(烹茶之法, 末茶之具, 崇新改易, 自成一家.)"의 뜻과 일맥상통한다.

10) 傲物翫世: '오물傲物'은 고고하며 도도한 것을 말하며, '완세翫世'란 세상의 모든 것을 무시하는 태도를 뜻하나 여기에서는 예법에 얽매이지 않는 삶을 뜻한다.

11) 白丁: 무식한 사람의 뜻을 지니고 있으나 여기에서는 차에 대한 맞울림 즉 공명共鳴

사, 기백정가공어재? 여상거백안이망청천, 급청천이팽활화, 자

謂與天語以擴心志之大, 符水火以副內煉之功, 得非遊心[1]於茶竈,

위여천어이확심지지대, 부수화이부내련지공, 득비유심어다조,

又將有裨於修養之道矣. 其惟清[2]哉. 涵虛子臞仙書.

우장유비어수양지도의. 기유청재. 함허자구선서.

[국역]

다보서茶譜序

빼어나고 수려하며挺然而秀, 울창하고 무성하며鬱然而茂, 장중하고 가지런한 것이森然而列者, 북원北園의 차다北園之茶也. 차갑고 맑으며冷然而淸, 부딪치는 물소리에鏘然而聲, 유유히 흐르는 것은涓然而流者, 남간南澗의 물이다南澗之水也. 홀로 세워져 있으며塊然而立, 바라보면 따뜻하고睟然而溫, 두드리면 울리는 것은鏗然而鳴者, 동산東山의 돌이다東山之石也. 여위고 가련하여癯然而酸, 우뚝하며 거만하고兀然而傲, 사나우며 광기어린 자는擴然而狂者, 거渠로다渠也. (나) 거渠는 동산東山의 돌로渠以東山之石, 부딪치며 불을 일으키고擊灼燃之火, 남간南澗의 물로以南澗之水, 북원北園의 차를 달이지만烹北園之茶, 내가 차에 대해 잘 아는 사람이라고는 할 수 없다自非喫茶漢. 이에 응당 주먹으로 소매를 쥐고則當握拳布袖, (안다고) 감히 손을 내밀지는 못한다莫敢伸也. 원래 은퇴한 후에 내 나름의 차 생활 방식은本是林下一家生活, 고고하고 도도한 것인데傲物翫世之事, 어찌 무식한 백정(차의 깊이를 모르는 사람)과 함

이 없고 차의 깊이가 없는 사람을 말한다.

1) 遊心: 한적한 마음으로 낙을 즐기면서 몰입하는 마음을 뜻한다.

2) 淸: 여기에서의 '청淸'이란 맑음, 깨끗함, 밝음, 조용함, 탐욕이 없는 마음 그리고 텅 빈 순백과도 같은 마음인 '허백지심虛白之心'을 뜻한다.

께 대화를 나눌 수 있으랴豈白丁可共語哉? 나는 일찍이 백안白眼으로 청천을 바라보고予嘗擧白眼而望靑天, 맑은 샘물을 길어 불길을 다스려汲淸泉而烹活火, 내 스스로 하늘과 대화를 나눠 마음의 큰 뜻을 넓히려 했고自謂與天語以擴心志之大, 차 달이는 불길을 헤아려 내공을 수련하며符水火以副內煉之功, 차 부뚜막에 몰입하여得非遊心於茶竈, (얻은 차의 철학은) 또한 수양의 길을 닦는데 도움을 주었다又將有裨於修養之道矣. 맑고 또 맑은 것이(오직 차로)다其惟淸哉. 함허자涵虛子 구선臞仙이 글을 쓰다涵虛子臞仙書.

[원문]

茶譜다보

茶之爲物, 可以助詩興, 而雲山頓色[1], 可以伏睡魔, 而天地忘形,
다지위물, 가이조시흥, 이운산돈색, 가이복수마, 이천지망형,
可以倍[2]淸談, 而萬象驚寒[3], 茶之功大矣. 其名有五, 曰茶、曰檟、
가이배청담, 이만상경한, 다지공대의. 기명유오, 왈다、왈가、
曰蔎、曰茗、曰荈. 一云早取爲茶, 晩取爲茗. 食之能利大腸, 去
왈설、왈명、왈천. 일운조취위다, 만취위명. 식지능리대장, 거
積熱, 化痰下氣. 醒睡、解酒、消食, 除煩去膩, 助興爽神.
적열, 화담하기. 성수、해주、소식, 제번거니, 조흥상신.

---

1) 頓色: '돈頓'이란 갑자기, 홀연히의 뜻을 지니고 있으며, '색色'은 경치, 경색景色을 말한다.

2) 倍: '배倍'는 '배陪'와 같다. 곧 보태다, 늘어나다는 뜻이다.

3) 萬象驚寒: 청량세계를 가리킨다. '만상萬象'은 삼라만상森羅萬象의 뜻이며, '경한驚寒'은 추위에 놀란다는 뜻이다.

[국역]

다보茶譜

차라고 하는 것은茶之爲物, 시상의 흥을 돋워可以助詩興, 구름이 가득한 산세를 홀연히 맑게 하고而雲山頓色, 수마睡魔(우매함)를 쫓아可以伏睡魔, 천지의 형상을 잊은 듯 사람을 황홀하게 하며而天地忘形, 청아한 담소를 높여줄 수 있으며可以倍淸談, 삼라만상森羅萬象의 모든 것을 청량한 세계로 이끄니而萬象驚寒, 차의 공로는 실로 크다茶之功大矣. (찻잎을 이르는) 이름이 다섯인데其名有五, 차茶 · 가檟 · 설蔎 · 명茗 · 천荈이다. 혹은 일찍 딴 것을 차茶라 말하고一云早取爲茶, 늦게 딴 찻잎을 명茗이라 한다晩取爲茗. 이를 취하면 대장을 이롭게 하고食之能利大腸, 쌓인 열을 없애며去積熱, 가래를 삭여 탁한 기운을 내린다化痰下氣. 또한 정신을 맑게 하여 잠을 쫓아주고醒睡, 숙취를 제거하며解酒, 소화를 도우며消食, 몸에 해로운 기름기를 녹여 답답함을 제거하고除煩去膩, 흥을 돋워 정신을 맑게 한다助興爽神.

[원문]

得春陽之首, 占萬木之魁. 始於晉, 興於宋. 惟陸羽得品茶之妙,
득춘양지수, 점만목지괴. 시어진, 흥어송. 유육우득품다지묘,
著『茶經』三篇, 蔡襄著『茶錄』二篇. 蓋羽多尙奇古, 製之爲末,
저『다경』삼편, 채양저『다록』이편. 개우다상기고, 제지위말,
以膏爲餠[1]. 至仁宗時, 而立龍團、鳳團、月團[2]之名, 雜以諸香, 飾
이고위병. 지인종시, 이립용단、봉단、월단지명, 잡이제향, 식

1) 以膏爲餠: 송나라의 제차법으로, 찻잎을 갈아 반고체 형태를 만들어 압제하여 단병차團餠茶 모양을 낸다.

2) 月團: '용단', '봉단'은 용과 봉황의 무늬가 새겨진 단병차를 말하며, '월단'은 문학적 시각으로 단병차를 비유해서 표현한 어사語詞다.

以金彩，不無奪其眞味．然天地生物，各遂其性，若莫葉茶；烹而
이금채, 불무탈기진미. 연천지생물, 각수기성, 약막엽다; 팽이
啜之，以遂其自然之性[1]也．予故取烹茶之法，末茶之具，崇新改
철지, 이수기자연지성야. 여고취팽다지법, 말다지구, 숭신개
易，自成一家．爲雲海餐霞服日[2]之士，共樂斯事也．雖然會茶而立
역, 자성일가. 위운해찬하복일지사, 공락사사야. 수연회다이립
器具，不過延客款話[3]而已，大抵亦有其說[4]焉．
기구, 불과연객관화이이, 대저역유기설언.

[국역]

(차나무는) 봄의 양기를 먼저 얻어得春陽之首, 뭇나무의 수장으로 우뚝 선다占萬木之魁. 진晉나라 때 비롯되어始於晉, 송宋나라에 이르러 흥하였다興於宋. 오직 육우陸羽가 차의 묘미를 알고惟陸羽得品茶之妙, 『다경茶經』 3편을 저술하였고著茶經三篇, 채양蔡襄은 『다록茶錄』 2편을 저술하였다蔡襄著茶錄二篇. 무릇 육우는 옛 것(차법茶法)에 대해 많이 언급하였으나蓋羽多尙奇古, 찻잎을 가루로 만들어製之爲末, 이를 고膏로 만들고 병차를 만들었다以膏爲餠. 송나라 인종仁宗에 이르러至仁宗時, 용단 · 봉단 · 월단과 같은 단차를 만들어 이름이 생겼고而立龍團鳳團月團之名, (이들 단차는) 여러 향료를 섞어雜以諸香, 금박으로 장식하여

1) 自然之性: 찻잎을 단차로 만들지 않고, 자연의 본성을 그대로 따르는 잎차를 말한다.

2) 雲海餐霞服日: 도가道家를 지칭하는 문구다. '운해雲海'란 드높고 광활한 경지, '찬하餐霞'는 도가 수련의 일종인 식하食霞를 말하며, '복일服日'은 도가에서 수양을 기르는 방법을 말한다.

3) 延客款話: '연객延客'이란 손님을 초청한 것을 뜻하며, '관화款話'란 오늘날의 차담茶啖을 뜻한다.

4) 說: 도리를 뜻한다.

飾以金彩, 차의 진미를 뺏기지 않은 것이 없었다不無奪其眞味. 무릇 천지의 생물들은然天地生物, 각기 그 본성에 순응하는 것으로써各遂其性, 그에 잎차만한 것이 없다若莫葉茶. (이러한 잎차를 가루 내어) 점차點茶하여 풀어 마시면烹而啜之, 곧 자연의 본성을 따르는 것이다以遂其自然之性也. 나는 이에 차 끓이는 법과予故取烹茶之法, 말차의 차구茶具를末茶之具, 새로이 바꾸어崇新改易, 내 나름의 차 생활 방식을 이루어 냈다自成一家. (이 또한) 도가道家 수련에 심취한 자들과爲雲海餐霞服日之士, 더불어 즐기고자 하는 바이다共樂斯事也. 비록 찻자리에서 차구茶具를 준비하는 일이雖然會茶而立器具, 손님을 맞이하여 차담茶啖을 나눈 것에 불과하나不過延客款話而已, 대체로 다른 깊은 뜻도 담고 있는 것이다大抵亦有其說焉.

[원문]

凡鸞儔鶴侶[1], 騷人羽客, 皆能志絶塵境[2], 棲神物外. 不伍於世流,
범란주학려, 소인우객, 개능지절진경, 서신물외. 불오어세류,
不汚於時俗. 或會於泉石之間, 或處於松竹之下, 或對皓月淸風,
불오어시속. 혹회어천석지간, 혹처어송죽지하, 혹대호월청풍,
或坐明窗靜牖. 乃與客淸談款話, 探虛玄而參造化, 淸心神而出塵
혹좌명창정유. 내여객청담관화, 탐허현이참조화, 청심신이출진
表[3]. 命一童子設香案, 攜茶爐於前, 一童子出茶具, 以瓢汲淸泉注
표. 명일동자설향안, 휴다로어전, 일동자출다구, 이표급청천주

---

1) 鸞儔鶴侶: '란주鸞儔'는 천자의 짝 곧 벼슬아치를 말하며, '학려鶴侶'는 학처럼 고귀한 사람의 벗, 곧 선비를 뜻한다.

2) 塵境: 속세를 뜻한다.

3) 淸心神而出塵表: '청심신淸心神'이란 심신을 맑게 한다는 뜻이며, '출진표出塵表'란 마음의 먼지를 밖으로 털어낸다는 뜻이다.

於甁而炊之. 然後碾茶爲末, 置於磨令細, 以羅羅之, 候湯將如蟹
어병이취지. 연후연다위말, 치어마령세, 이라라지, 후탕장여해
眼, 量客衆寡, 投數匕[1]入於巨甌. 候茶出相宜, 以茶筅摔令沫[2]不
안, 양객중과, 투수비입어거구. 후다출상의, 이다선솔령말불
浮, 乃成雲頭雨脚, 分於啜甌, 置之竹架, 童子捧獻於前. 主起,
부, 내성운두우각, 분어철구, 치지죽가, 동자봉헌어전. 주기,
擧甌奉客曰 "爲君以瀉淸臆." 客起接. 擧甌曰 "非此不足以破孤
거구봉객왈 "위군이사청억." 객기접. 거구왈 "비차부족이파고
悶." 乃復坐. 飮畢, 童子接甌而退.
민." 내복좌. 음필, 동자접구이퇴.

[국역]

무릇 벼슬아치나 선비凡鸞儔鶴侶, 문사文士 혹은 도인들이騷人羽客, (차를 매개삼아) 속세의 모든 먼지들을 잊고皆能忘絶塵境, 정신세계로 들어가 외적인 것을 초연하게 한다棲神物外. (그들은) 세류와 어울리지 아니하고不伍於世流, 세속에 물들지 않으려 한다不汚於時俗. 혹은 석천石泉 간에 모임을 갖고或會於泉石之間, 혹은 송죽松竹 아래 모여들기도 하며或處於松竹之下, 혹은 명월에 청풍을 대하고或對皓月淸風, 혹은 고요한 밝은 창가에 앉기도 한다或坐明窗靜牖. 손님과 정담을 나누며乃與客淸談款話, 도의 현묘한 이치를 탐닉하여 자연과 조화를 이루게 하고探虛玄而參造化, 심신을 맑게 하여 마음의 먼지를 털어낸다淸心神而出塵表. (차 내는 법은) 한 동자에게 명하여 차로茶爐 앞에 향안香案을 놓게

---

1) 匕: '칙則'이라고도 하며, 찻가루의 양을 헤아리는 수저 또는 구기를 말한다.
2) 沫: '말沫'은 '말末'과 같다. 곧 찻가루를 말한다.

하고命一童子設香案携茶爐於前, 또 다른 한 동자는 차구茶具를 꺼내어一童子出茶具, 바가지에 샘물을 담아 찻병에 넣어 끓이게 한다以瓢汲淸泉注於甁而炊之. 이어 연[茶碾]에 잎차를 갈아 가루를 만들고然後碾茶爲末, 마[茶磨]에 넣어 곱게 연마하여置於磨令細, 체[茶羅]를 쳐서以羅羅之, 물이 끓기를 기다려 해안蟹眼이 되면候湯將如蟹眼, 손님의 수를 헤아려量客衆寡, 찻가루를 세어 큰 사발에 넣는다投數匕入於巨甌. 차 내놓기가 적당할 때면候茶出相宜, 차선茶筅으로 격불하여 가루가 뜨지 않게 하고以茶筅摔令沫不浮, 운두雲頭와 우각雨脚 같은 유화가 만들어지면乃成雲頭雨脚, 나눔 차기에 담아分於啜甌, 대나무 시렁에 올려놓아置之竹架, 동자는 주인 앞에 나아가 (차를) 바친다童子捧獻於前. 주인은 일어나主起, 이를 받들고 손님에게 권하여 말하기를擧甌奉客曰 "이것이 그대의 묵은 때를 씻어 주기를 바라오爲君以瀉淸臆"하면 손님은 자리에서 일어나 이를 받는다客起接. (손님은) 찻그릇을 받들고擧甌曰 "이것이야 말로 나의 고민을 풀어주는데 부족함이 없소非此不足以破孤悶"하고, (화답한 후) 자리에 앉는다乃復坐. 다 마시고 나면飮畢, 동자는 찻그릇을 되받아 물러난다童子接甌而退.

[원문]

話久情長, 禮陳再三, 遂出琴棋, 陳筆硏. 或賡歌, 或鼓琴, 或奕
화구정장, 예진재삼, 수출금기, 진필연. 혹갱가, 혹고금, 혹혁
棋, 寄形物外, 與世相忘. 斯則知茶之爲物, 可謂神矣. 然而啜茶
기, 기형물외, 여세상망. 사즉지다지위물, 가위신의. 연이철다
大忌白丁, 故山谷曰 "著茶須是吃茶人." 更不宜花下啜, 故山谷
대기백정, 고산곡왈 "저다수시흘다인." 경불의화하철, 고산곡

[1]曰 "金谷[2]看花莫謾煎" 是也. 盧仝喫七碗, 老蘇不禁三碗[3], 予以

왈 "금곡간화막만전" 시야. 노동끽칠완, 노소불금삼완, 여이

一甌, 足可通仙靈矣. 使二老有知, 亦爲之大笑, 其他聞之, 莫不

일구, 족가통선령의. 사이로유지, 역위지대소, 기타문지, 막불

謂之迂闊.

위지우활.

[국역]

긴 차담으로 정이 깊어가고話久情長, (주객은) 재삼 예를 갖추며禮陳再三, 이어 거문고와 바둑을 꺼내고遂出琴棋, 붓을 준비하여 먹을 갈기도 한다陳筆研. 혹은 노래를 부르고或賡歌, 혹은 북을 치거나 거문고를 타고或鼓琴, 혹은 바둑 · 장기를 두어或奕棋, 이러한 사물(풍류)을 (차의 세계에) 이입하여寄形物外, 세속의 일을 잊도록 한다與世相忘. 이는 곧 차라는 것이斯則知茶之爲物, 가히 신령스럽다고 말할 수 있는 것이다可謂神矣. 따라서 차를 마시는데 있어 가장 기피해야 할 사람은 차의 의미를 모르는 백정白丁이며然而啜茶大忌白丁[4], 고로 황산곡黃山谷 이르길故山谷曰 "차를 마시는 일은 모름지기 (진정한) 차인이 해야 할 것이다著茶須是吃茶人"라고 말했고, 또한 꽃밭 아래서 차를 마시는 것은 더

---

1) 山谷: 황정견黃庭堅의 호다.

2) 金谷: 화사한 계곡을 말한다.

3) 老蘇不禁三碗: 어원은 소동파의 시「급강전다汲江煎茶」에서 보인다. "마른 창자는 3잔 차에도 풀리지 않고, 황량한 성읍의 밤에 경을 알리는 소리 듣노라(枯腸未易禁三碗, 坐聽荒城長短更.)"

4) 명明나라 전자예田子藝「자천소품煮泉小品」"알맞게 차를 끓였는데, 격이 안된 사람이 이를 마시면 마치 샘물로 쑥갓이나 누린내 풀에 물을 주는 것과 같아 그 죄가 실로 크다(煮茶得宜, 而飮非其人, 猶汲乳泉以灌蒿蕕, 罪莫大焉.) 마신 자가 차의 참맛을 모른체 겨를도 없이 한 모금으로 다 비우면 이보다 더 속된 것은 없다(飮之者一吸而盡, 不暇辨味, 俗莫甚焉.)"

욱 마땅치 않다 하여更不宜花下啜, 이에 황산곡이故山谷曰 “산골짜기의 꽃을 감상할 때 차를 달이지 말라金谷看花莫謾煎[1]”고 했는데, 실로 맞는 말이다是也. 노동盧仝은 칠완차七碗茶를 마셨고盧仝喫七碗, 소동파蘇東坡는 마른 창자는 3잔에도 풀리지 않는다고 했는데老蘇不禁三碗, 나는 1잔의 차로予以一甌, 족히 선령을 통한다足可通仙靈矣. 만약 두 노인이 이를 알았다면使二老有知, 파안대소破顔大笑했을 것이며亦爲之大笑, 다른 사람 이를 들었다면其他聞之, 현실에도 맞지 않는 말이라고 할 것이다莫不謂之迂闊.

[원문]

品茶품다

於穀雨前, 採一槍一葉者製之爲末, 無得膏爲餠. 雜以諸香, 失其
어곡우전, 채일창일엽자제지위말, 무득고위병. 잡이제향, 실기
自然之性, 奪其眞味; 大抵味淸甘而香, 久而回味, 能爽神者爲上.
자연지성, 탈기진미; 대저미청감이향, 구이회미, 능상신자위상.
獨山東蒙山石蘚茶[2], 味入仙品, 不入凡卉[3]. 雖世固不可無茶, 然茶
독산동몽산석선차, 미입선품, 불입범훼. 수세고불가무다, 연다
性涼, 有疾者不宜多食.
성량, 유질자불의다식.

1) 王介甫(王安石왕안석) 詩 : “金谷千花莫漫煎”. ‘산골짜기 만개한 꽃무리 속에 찻자리를 펴면 마음의 뜻이 꽃에 가고, 차에 있지 않는다의 풀이다其意在花, 非在茶也’.

2) 石蘚茶: 몽차蒙茶라고도 한다. ‘몽차’는 돌 위에 나는 일종의 이끼로 만든 대용차다. 산동山東 몽음현蒙陰縣 몽산蒙山에서 난다. 내용은『여지輿志』에서 보인다. “蒙山一名東山, 上有白雲巖産茶, 亦稱蒙頂. 原注 王草堂云 ‘乃石上之苔爲之, 非茶類也.’ ”

3) 不入凡卉: 평범한 차에 속하지 않는다는 뜻이다.

[국역]

차의 품질 및 감별品茶

곡우 전於穀雨前, 일창일기의 잎을 따서 가루를 내며採一槍一葉者製之爲末, 고膏를 만드는 공정으로 병차餅茶를 만들지 않는다無得膏爲餠. (또한) 잡다한 향료를 섞으면雜以諸香, 자연적 본성을 잃어失其自然之性, 차의 진미를 빼앗긴다奪其眞味. (잎으로 만든 말차는) 대체로 차맛이 맑고 감미로우며 향기롭고大抵味淸甘而香, 뒷맛이 오랫동안 감돌고久而回味, 능히 정신을 상쾌하게 하는 것이 상품이다能爽神者爲上. 유독 산동山東 몽산蒙山 석선차石蘚茶(대용차)獨山東蒙山石蘚茶, 맛이 선품仙品에 들어 갈만 하나味入仙品, 초목에서 얻어지는 일반 것(차)에는 속하지 않는다不凡入卉. 비록 세상에 차가 없어서는 안 되나雖世固不可無茶, 그 성미가 냉하므로然茶性凉, 질환이 있는 자들이 많이 마시기에는 마땅치가 않다有疾者不宜多食.

[원문]

收茶수다

茶宜蒻葉而收，喜溫燥而忌濕冷．入於焙中．焙用木爲之，上隔盛
다의약엽이수, 희온조이기습랭. 입어배중. 배용목위지, 상격성
茶，下隔置火．仍用蒻葉蓋其上，以收火氣．兩三日一次，常如人
다, 하격치화. 잉용약엽개기상, 이수화기. 양삼일일차, 상여인
體溫溫，則禦濕潤以養茶，若火多則茶焦．不入焙者，宜以蒻籠密
체온온, 즉어습윤이양다, 약화다즉다초. 불입배자, 의이약롱밀
封之，盛置高處．或經年，則香味皆陳，宜以沸湯漬之，而香味愈
봉지, 성치고처. 혹경년, 즉향미개진, 의이비탕지지, 이향미유
佳．凡收天香茶，於桂花盛開時，天色晴明，日午取收，不奪茶味．

가. 범수천향다, 어계화성개시, 천색청명, 일오취수, 부탈다미.

然收有法, 非法則不宜.

연수유법, 비법즉불의.

[국역]

차의 저장 및 거두기收茶

차는 부들잎과 궁합이 맞으며茶宜蒻葉而收, 따뜻하고 건조한 것을 좋아하고 습하고 차가운 것을 싫어한다喜溫燥而忌濕冷. 차는 차배茶焙 속에 넣는다入於焙中. 차배는 나무로 만들고焙用木爲之, 위 칸에는 차를 담고上隔盛茶, 아래 칸에는 불을 두는데下隔置火, 재차 부들잎으로 (차배) 위를 덮어仍用蒻葉蓋其上, 불기운을 받도록 한다以收火氣. 2~3일에 한 차례씩兩三日一次, 사람의 체온과 같은 은은한 불기운으로常如人體溫溫, 차에 습기를 막아 품질을 기르도록 하는데則禦濕潤以養茶, 만약 화력이 지나치면 곧 차가 그을려진다若火多則茶焦. 배로에 넣지 않는 차는不入焙者, 바구니에 부들잎을 담아 밀봉하여宜以蒻籠密封之, 높은 곳에 두어 습기가 차지 않도록 한다盛置高處. 혹 차가 해를 넘기면或經年, 곧 색향미를 모두 묵히게 되는데則香味皆陳, (이러한 차는) 의당 끓는 물에 적셔宜以沸湯漬之, (말려야) 향과 맛이 한층 좋을 것이다而香味愈佳. 무릇 천향차天香茶를 거두는 법은凡收天香茶, 계화가 만발할 때於桂花盛開時, 날씨가 청명하고天色晴明, 대낮에 거두어야日午取收, 차맛을 빼앗기지 않는다不奪茶味. 허나 거두는 것에도 법도가 있으므로然收有法, 이 법도를 따르지 않으면 마땅치가 않다非法則不宜.

[원문]

點茶점다

凡欲點茶，先須熁盞，盞冷則茶沉，茶少則雲脚散，湯多則粥面聚．
범욕점다, 선수협잔, 잔랭즉다침, 다소즉운각산, 탕다즉죽면취.
以一匕投盞內，先注湯少許，調勻，旋添入，環廻擊拂．湯上盞可
이일비투잔내, 선주탕소허, 조균, 선첨입, 환회격불. 탕상잔가
七分則止，著盞無水痕爲妙．今人以果品爲換茶，莫若梅、桂、茉
칠분즉지, 저잔무수흔위묘. 금인이과품위환다, 막약매、계、말
莉三花最佳．可將蓓蕾數枚投於甌內罨之[1)]，少頃，其花自開，甌未
리삼화최가. 가장배뢰수매투어구내엄지, 소경, 기화자개, 구미
至脣，香氣盈鼻矣．
지순, 향기영비의.

[국역]

점차點茶

무릇 점차點茶를 할 때는凡欲點茶, 먼저 찻잔을 따뜻하게 데워야 하며先須熁盞, 찻잔이 차가우면 곧 차[乳花]가 (일어나지 않고) 가라앉으며盞冷則茶沉, 찻가루가 적으면 곧 엷은 유화인 운각雲脚이 쉽게 흩어지고茶少則雲脚散, 물이 많으면 곧 걸쭉한 유화인 죽면粥面이 뭉쳐버린다湯多則粥面聚. 찻가루를 한 숟가락 떠내어 잔에 넣고以一匕投盞內, 먼저 알맞게 탕수를 붓고先注湯少許, 잘 섞어調勻, 재차 탕수를 빨리 부어旋添入, 돌려가면서 격불擊拂을 한다環廻擊拂. (이때) 다시 부은 탕수는 찻잔의 7부쯤 차면 곧 멈추고湯上盞可七分則止, (포말이) 잔에 달라붙고[著盞] 갈라진 수흔水痕이 없는 것을 좋은 것으로 여긴다著盞無水痕爲妙.

---

1) 罨之: '엄罨'은 '엄淹'과 같으며 곧 담근다는 뜻이다.

오늘날 사람들이 (말차 속에) 여러 과실을 넣어 차의 풍미를 바꾸려 하는데今人以果品爲換茶, 매화 · 계화 · 쟈스민 등 세 가지 꽃만 한 것이 없다莫若梅桂茉莉三花最佳. 꽃망울 몇 개를 찻그릇 속에 담그면可將蓓蕾數枚投於甌內罨之, 잠시 후少頃, 그 꽃이 자연히 피게 되어其花自開, 찻잔이 입가에 닿지 않아도甌未至脣, 그 향기가 코끝에 가득히 품어진다香氣盈鼻矣.

[원문]

熏香茶法훈향다법

百花有香者皆可. 當花盛開時, 以紙糊竹籠兩隔, 上層置茶, 下層
백화유향자개가. 당화성개시, 이지호죽롱양격, 상층치다, 하층
置花. 宜密封固, 經宿開換舊花; 如此數日, 其茶自有香味可愛.
치화. 의밀봉고, 경숙개환구화; 여차수일, 기다자유향미가애.
有不用花, 用龍腦熏者亦可.
유불용화, 용용뇌훈자역가.

[국역]

차에 꽃향을 스미게 하는 법熏香茶法

향기가 있는 꽃은 (훈향熏香에) 모두 사용할 수가 있다百花有香者皆可. 꽃이 만발할 때當花盛開時, 종이로 대바구니에 발라 두 칸을 만들어以紙糊竹籠兩隔, 위 칸은 차를 두고上層置茶, 아래 칸은 꽃을 둔다下層置花. 바구니를 새지 않도록 밀봉하여宜密封固, 하룻밤이 지나면 이를 열어 새 꽃으로 바꾼다經宿開換舊花. 이러한 방법으로 며칠을 하면如此數日, 그 차에 향미가 있어 사랑스럽게 느껴진다其茶自有香味可愛. 꽃을 쓰지 않으면有不用花, 용뇌향으로 훈향을 해도 된다用龍腦熏者亦可.

[원문]

茶爐다로

與煉丹神鼎同製, 通高七寸, 徑四寸, 脚高三寸, 風穴高一寸. 上
여연단신정동제, 통고칠촌, 경사촌, 각고삼촌, 풍혈고일촌. 상
用鐵隔, 腹深三寸五分, 瀉銅爲之. 近世罕得. 予以瀉銀坩鍋瓷爲
용철격, 복심삼촌오분, 사동위지. 근세한득. 여이사은감과자위
之, 尤妙. 襻高一尺七寸半, 把手用藤扎, 兩傍用鈎, 掛以茶帚,
지, 우묘. 반고일척칠촌반, 파수용등찰, 양방용구, 괘이다추,
茶筅, 炊筒, 水濾於上.
다선, 취통, 수려어상.

[국역]

차로茶爐

(차로는) 단약丹藥을 제조하는 신솥[神鼎]과 같이 만들며與煉丹神鼎同製, 전체 높이는 7치通高七寸, 지름은 4치徑四寸, 다리 높이는 3치脚高三寸, 바람 입구의 높이는 1치다風穴高一寸. 위 부분에는 쇠로 된 칸이 있고上用鐵隔, 배 부분의 깊이는 3치 5푼腹深三寸五分, (재질은) 사동瀉銅으로 한다瀉銅爲之. 근래 얻기 힘든 물건이다近世罕得. 나는 사은瀉銀으로 만든 솥에 자기瓷器 재질로 모양을 냈는데予以瀉銀坩鍋瓷爲之, 아주 오묘하다尤妙. 높이는 1자 7치 5푼이며襻高一尺七寸半, 손잡이는 등나무로 짰고把手用藤扎, 양쪽 고리에兩傍用鈎, 차 빗자루인 차추茶帚를 걸어掛以茶帚, 유화를 만들어 내는 차선茶筅, 물 끓이는 취통炊筒, 물 거르는 수려水濾를 위에 걸어 놓았다水濾於上.

[원문]

茶竈다조

古無此製，予於林下置之．燒成瓦器如竈樣，下層高尺五，爲竈臺，
고무차제, 여어임하치지. 소성와기여조양, 하층고척오, 위조대,
上層高九寸，長尺五，寬一尺，傍刊以詩詞詠茶之語．前開二火門，
상층고구촌, 장척오, 관일척, 방간이시사영다지어. 전개이화문,
竈面開二穴以置瓶．頑石置前，便炊者[1]之坐．予得一翁，年八十
조면개이혈이치병. 완석치전, 편취자지좌. 여득일옹, 연팔십
猶童，痴憨[2]奇古，不知其姓名，亦不知何許人也．衣以鶴氅[3]，繫以
유동, 치감기고, 부지기성명, 역부지하허인야. 의이학창, 계이
麻絛，履以草屨．背駝而頸跧，有雙髻於頂，其形類一菊字，遂以
마조, 이이초구. 배타이경전, 유쌍계어정, 기형류일국자, 수이
'菊翁'名之．每令炊竈以供茶，其淸致倍宜．
'국옹'명지. 매령취조이공다, 기청치배의.

[국역]

차 부뚜막茶竈

옛 사람들은 이 것(차 부뚜막)을 만들지 않았으나古無此製, 나는 숲 아래에 이것을 설치하였다予於林下置之. 구운 토기로 부뚜막 모양처럼 만들었고燒成瓦器如竈樣, 아래층은 1자 5치의 높이로下層高尺五, 부뚜막의 대臺를 만들었으며爲竈臺, (대) 위의 높이는 9치上層高九寸, 길

1) 炊者: 불을 지피고 차를 만드는 사람을 말한다.

2) 痴憨: 바보스럽고 멍청하다.

3) 鶴氅: 새의 깃털로 만든 가죽 옷을 말한다.

이는 1자 5치長尺五, 넓이는 1자이며寬一尺, 옆쪽에 차를 읊은 시구詩句를 새겨놓았다傍刊以詩詞詠茶之語. (부뚜막) 앞쪽에는 화문火門을 2개 열어 (불을 지필 수 있도록 하고)前開二火門, 부뚜막 위쪽에는 찻병[茶甁]을 놓을 수 있도록 구멍 2개를 내었다竈面開二穴以置甁. (부뚜막) 앞에 큰 돌을 두고頑石置前, 불 피는 사람이 앉도록 했다便炊者之坐. 나는 한 노인을 알았는데予得一翁, 나이는 80세이지만 마치 어린애와 같으며年八十猶童, 멍하고 어리석게 보이나 특이하고 고풍적이며痴憨奇古, 나는 그의 이름도 모르고不知其姓名, 또한 어디 사람인지도 모른다亦不知何許人也. (그는) 새의 깃털로 지은 옷을 입고衣以鶴氅, 허리에는 마로 만든 띠를 매었으며繫以麻條, 짚신을 신었다履以草屨. 허리는 굽어져 있고 목은 비뚤어져 있으며背駝而頸跧, 머리 양쪽에 상투를 매었는데有雙髻於頂, 그 모양이 국菊자와 같기에其形類一菊字, 그를 '국옹菊翁'이라고 불렀다遂以菊翁名之. 매번 부뚜막의 불을 지피게 하여 마셨던 차는每令炊竈以供茶, 그 청아한 운치가 곱절로 좋았다其淸致倍宜.

[원문]

茶磨다마

磨以靑礞石爲之, 取其化痰去熱故也. 其他石則無益於茶.

마이청몽석위지, 취기화담거열고야. 기타석즉무익어다.

[국역]

차 맷돌茶磨

차 맷돌은 청몽석으로 만들었으며磨以靑礞石爲之, 가래를 삭이고 열을 제거해 주기에 이를 취한다取其化痰去熱故也. 다른 돌 재질은 차에 무익하다其他石則無益於茶.

[원문]

茶碾다연

茶碾, 古以金, 銀, 銅, 鐵爲之, 皆能生鉎. 今以青礞石最佳.

다연, 고이금, 은, 동, 철위지, 개능생생. 금이청몽석최가.

[국역]

차연茶碾

차연茶碾, 옛사람들이 금 · 은 · 동 · 철로 만들었으나古以金銀銅鐵爲之, 모두 쇠 비린내가 난다皆能生鉎. 오늘날 청몽석으로 만든 것이 최고다今以青礞石最佳.

[원문]

茶羅다라

茶羅, 徑五寸, 以紗爲之. 細則茶浮, 麤則水浮.

다라, 경오촌, 이사위지. 세즉다부, 추즉수부.

[국역]

차체茶羅

차라茶羅, 지름이 5치이며徑五寸, 사견紗絹으로 만든다以紗爲之. 곱게 체질을 하면 곧 (찻가루를 풀었을 때) 차[乳花]가 뜨고細則茶浮, 거칠게 체질을 하면 곧 (찻가루가 가라앉기에) 물이 뜬다麤則水浮(유화가 일어나지 않는다).

[원문]

茶架다가

茶架，今人多用木，雕鏤藻飾，尙於華麗．予製以斑竹、紫竹，最
다가, 금인다용목, 조루조식, 상어화려. 여제이반죽、자죽, 최
淸．
청.

[국역]

차 시렁茶架

차 시렁茶架, 오늘날 대부분 나무로 만들며今人多用木, 조각을 내어 쇠붙이 장식을 하는데雕鏤藻飾, 지나치게 화려하다尙於華麗. 나는 반죽斑竹이나 자죽紫竹으로 만드니予製以斑竹紫竹, 매우 청아하다最淸.

[원문]

茶匙다시

茶匙要用擊拂有力，古人以黃金爲上，今人以銀、銅爲之，竹者輕．
다시요용격불유력, 고인이황금위상, 금인이은、동위지, 죽자경.
予嘗以椰殼爲之，最佳．後得一瞽者[1]，無雙目，善能以竹爲匙，
여상이야각위지, 최가. 후득일고자, 무쌍목, 선능이죽위시,
凡數百枚，其大小則一，可以爲奇．特取異於凡匙，雖黃金亦不爲
범수백매, 기대소즉일, 가이위기. 특취이어범시, 수황금역불위
貴也．
귀야.

1) 瞽者: 고목瞽目의 뜻을 지니며, 곧 맹인을 뜻한다.

[국역]

차 수저茶匙

차시茶匙는 격불擊拂을 할 때 힘이 있어야 하며茶匙要用擊拂有力, 옛 사람은 황금 재질을 으뜸으로 삼았으나古人以黃金爲上, 오늘날 사람들은 은이나 구리 재질로 쓰며今人以銀銅爲之, 대로 만든 것은 가볍다竹者輕. 나는 일찍이 야자 껍질로 만들었더니予嘗以椰殼爲之, 가장 좋았다最佳. 훗날 한 장님을 만났는데後得一瞽者, 두 눈을 실명했는데도無雙目, 능숙하게 대나무로 차시를 만들며善能以竹爲匙, 무릇 수백 개를 만들어도凡數百枚, 그 크기가 똑같은 것이其大小則一, 기이하기도 하다可以爲奇. 특히 그의 차시는 일반 것과 달라特取其異於凡匙, 비록 황금을 주어도 비싸지가 않다雖黃金亦不爲貴也.

[원문]

茶筅다선

茶筅, 截竹爲之. 廣, 贛製作最佳. 長五寸許, 匙茶入甌, 注湯筅

다선, 절죽위지. 광, 공제작최가. 장오촌허, 시다입구, 주탕선

之, 候浪花浮成雲頭雨脚乃止.

지, 후랑화부성운두우각내지.

[국역]

차솔茶筅

차선茶筅, 대를 잘라 만든다截竹爲之. 광동廣東이나 귀주貴州지역에서 만든 것이 가장 좋다廣贛製作最佳. 길이는 5촌 정도이며長五寸許, 차시에 찻가루를 담아 찻그릇에 넣고匙茶入甌, 탕수를 따라 차선으로 격불擊拂을 하며注湯筅之, 파도가 부딪쳐 포말이 하얗게 피어오르듯 운두

雲頭와 우각雨脚 같은 유화가 만들어지면 멈춘다候浪花浮成雲頭雨脚乃止.

[원문]

茶甌다구

茶甌，古人多用建安所出者，取其松紋兎毫爲奇．今淦窯所出者，
다구, 고인다용건안소출자, 취기송문토호위기. 금감요소출자,
與建盞同，但注茶，色不淸亮，莫若饒瓷爲上，注茶則淸白可愛．
여건잔동, 단주다, 색불청량, 막약요자위상, 주다즉청백가애.

[국역]

찻그릇茶甌

차구茶甌, 옛사람들은 대부분 건안의 것을 쓰는데古人多用建安所出者, (이는) 솔잎 또는 토끼털과 같은 특이한 무늬를 취한 것이다取其松紋兎毫爲奇. 오늘날 감요淦窯에서 나온 것이今淦窯所出者, 건잔建盞과 같다고는 하나與建盞同, 다만 만들어진 차색을但注茶, 맑게 받쳐주지 못하기에色不淸亮, 요요饒窯의 자기보다 못하며莫若饒瓷爲上, (요요 자기에) 차를 담으면 곧 희고 맑기 때문에 사랑스럽다注茶則淸白可愛.

[원문]

茶甁다병

甁要小者，易候湯，又點茶注湯有準．古人多用鐵，謂之‘罌’．罌，
병요소자, 이후탕, 우점다주탕유준. 고인다용철, 위지‘앵’. 앵,
宋人惡其生鉎，以黃金爲上，以銀次之．今予以瓷石爲之，通高五
송인오기생생, 이황금위상, 이은차지. 금여이자석위지, 통고오
寸，腹高三寸，項長二寸，嘴長七寸．凡候湯不可太過，未熟則沫

촌, 복고삼촌, 항장이촌, 취장칠촌. 범후탕불가태과, 미숙즉말

浮, 過熟則茶沉.

부, 과숙즉다침.

[국역]

찻병茶甁

찻병[茶甁]은 작아야甁要小者, 끓는 물의 상태를 살피기가 쉽고易候湯, 또한 점차點茶할 때 원하는 물의 양을 정확하게 따를 수 있다又點茶注湯有準. 옛사람들은 대부분 쇠 재질로 만들어古人多用鐵, 이를 '영罌'이라 부른다謂之罌. (쇠 찻병인) 영罌, 송나라 사람들은 그 비린내가 싫어宋人惡其生鉎, 황금 재질을 최고로 삼고以黃金爲上, 은 재질을 그 다음으로 쳤다以銀次之. 오늘날 나는 자기돌 재질로 만들어 쓰는데今予以瓷石爲之, 전체 높이는 5치通高五寸, 배 부분 높이는 3치腹高三寸, 목 길이는 2치項長二寸, 부리 길이는 7치다嘴長七寸. 무릇 탕수를 살피는데 있어 지나치면 안 되는데凡候湯不可太過, (이는) 탕수가 덜 끓으면 곧 찻가루가 뜨고未熟則沫浮 (찻가루가 풀어지지 않고 뜨며), 지나치게 끓으면 곧 찻가루가 가라앉기 때문이다過熟則茶沉. (유화가 생기지 않는다)

[원문]

煎湯法전탕법

用炭火之有熖者, 謂之'活火', 當使湯無妄沸. 初如魚眼散佈, 中如

용탄화지유염자, 위지'활화', 당사탕무망비. 초여어안산포, 중여

泉湧連珠, 終則騰波鼓浪, 水氣全消. 此三沸之法, 非活火不能成

천용연주, 종즉등파고랑, 수기전소. 차삼비지법, 비활화불능성

也.

야.

[국역]

전탕법煎湯法

숯불에 불꽃 즉 화력이 있는 것을 가리켜用炭火之有焰者, '활화活火' 곧 살아있는 불이라 하는데謂之活火, 물을 끓이는데에 있어 지나치게 끓으면 안 된다當使湯無妄沸. 초기에 어안魚眼과 같은 물기포가 여러 곳에서 피어나고初如魚眼散布, 중간쯤 끓음이 마치 용천연주湧泉連珠의 모습과 같고中如泉湧連珠, 마지막으로 곧 등파고랑騰波鼓浪과 같이 끓고 나면終則騰波鼓浪, 수기水氣가 완전히 없어진다水氣全消. 이러한 삼비三沸의 끓임 법도는此三沸之法, 활화活火가 아니면 이루어내지 못한다非活火不能成也.

[원문]

品水품수

臞仙曰 "靑城山老人村杞泉水第一, 鍾山八功德水第二, 洪崖[1]丹潭
구선왈 "청성산노인촌기천수제일, 종산팔공덕수제이, 홍애단담
水第三, 竹根泉水第四." 或云 "山水上, 江水次, 井水下." 伯蒭
수제삼, 죽근천수제사." 혹운 "산수상, 강수차, 정수하." 백추
[2]以揚子江水第一, 惠山石泉第二, 虎丘石泉第三, 丹陽井第四, 大
이양자강수제일, 혜산석천제이, 호구석천제삼, 단양정제사, 대
明井第五, 松江第六, 淮水第七. 又曰 "廬山康王洞簾水第一, 常
명정제오, 송강제륙, 회수제칠. 우왈 "여산강왕동렴수제일, 상

1) 洪崖: 복호산伏虎山이라고도 하며 지금의 강서성江西省 신건현新建縣 서쪽 20리에 있다. 산 아래에 연단정煉丹井이 있는데 홍정洪井이라고도 한다. 전하는 바로는 홍애洪崖라는 사람이 이곳에서 도를 얻었다고 하기에 붙여진 이름이다.

2) 伯蒭: 유백추劉伯芻를 말한다.

州無錫惠山石泉第二，蘄州蘭溪石下水第三，硤州扇子硤下石窟洩
주무석혜산석천제이, 기주난계석하수제삼, 협주선자협하석굴설
水第四，蘇州虎丘山下水第五，廬山石橋潭水第六，揚子江中泠水
수제사, 소주호구산하수제오, 여산석교담수제륙, 양자강중령수
第七，洪州西山瀑布第八，唐州桐柏山淮水源第九，廬山頂天池之
제칠, 홍주서산폭포제팔, 당주동백산회수원제구, 여산정천지지
水第十，潤州丹陽井第十一，揚州大明井第十二，漢江金州上流中
수제십, 윤주단양정제십일, 양주대명정제십이, 한강금주상류중
泠水第十三，歸州玉虛洞香溪第十四，商州武關西谷水第十五，蘇
령수제십삼, 귀주옥허동향계제십사, 상주무관서곡수제십오, 소
州吳松江第十六，天台西南峰瀑布水第十七，郴州圓泉第十八，嚴
주오송강제십륙, 천태서남봉폭포수제십칠, 빈주원천제십팔, 엄
州桐廬江嚴陵灘水第十九，雪水第二十."
주동여강엄릉탄수제십구, 설수제이십."

[국역]

물에 대한 품평品水

(나) 구선臞仙이 말하기를臞仙曰 "청성산青城山 노인촌老人村의 기천수杞泉水가 첫째요青城山老人村杞泉水第一, 종산鍾山의 팔공덕수八功德水가 둘째요鍾山八功德水第二, 홍애洪崖의 단담수丹潭水가 셋째요洪崖丹潭水第三, 죽근천수竹根泉水가 넷째다竹根泉水第四"라고 한다. 혹 말하기를或云 "산수가 상품이요山水上, 강물은 중품이요江水次, 우물물은 하품이다井水下"라고 한다. 유백추劉伯芻는 양자강揚子江의 물을 첫째伯芻以揚子江水第一, 혜산석천惠山石泉을 둘째惠山石泉第二, 호구석천虎丘石泉을 셋째虎丘石泉第三, 단양정丹陽井을 넷째丹陽井第四, 대명정大明井

을 다섯째大明井第五, 송강松江을 여섯째松江第六, 회수淮水를 일곱째라고 했다淮水第七. 또 말하기를又曰 "여산廬山의 강왕동렴수康王洞簾水가 첫째廬山康王洞簾水第一, 상주常州 무석無錫의 혜산석천惠山石泉이 둘째常州無錫惠山石泉第二, 기주蘄州의 난계석蘭溪石 아래의 샘물이 셋째蘄州蘭溪石下水第三, 협주硤州의 선자협扇子硤 아래 석굴설수石窟洩水가 넷째硤州扇子硤下石窟洩水第四, 소주蘇州의 호구산虎丘山 아래의 샘물이 다섯째蘇州虎丘山下水第五, 여산廬山의 석교담수石橋潭水가 여섯째廬山石橋潭水第六, 양자강揚子江의 중령수中泠水가 일곱째揚子江中泠水第七, 홍주洪州의 서산폭포西山瀑布가 여덟째洪州西山瀑布第八, 당주唐州 동백산桐柏山의 회수원淮水源이 아홉째唐州桐柏山淮水源第九, 여산廬山 정천지頂天池의 샘물이 열 번째廬山頂天池之水第十, 윤주潤州의 단양정丹陽井이 열한 번째潤州丹陽井第十一, 양주揚州의 대명정大明井이 열두 번째揚州大明井第十二, 한강漢江 금주金州 상류의 중령수中泠水가 열세 번째漢江金州上流中泠水第十三, 귀주歸州 옥허동玉虛洞의 향계香溪가 열네 번째歸州玉虛洞香溪第十四, 상주商州 무관武關의 서곡수西谷水가 열다섯 번째商州武關西谷水第十五, 소주蘇州의 오송강吳松江이 열여섯 번째蘇州吳松江第十六, 천태天台 서남봉西南峰의 폭포수瀑布水가 열일곱 번째天台西南峰瀑布水第十七, 빈주彬州의 원천圓泉이 열여덟 번째彬州圓泉第十八, 엄주嚴州 동려강桐廬江의 엄릉탄수嚴陵灘水가 열아홉 번째嚴州桐廬江嚴陵灘水第十九, 설수雪水가 스무 번째다雪水第二十"라고 하였다.

영왕寧王 주권朱權이 정치에서 밀려나 도교道敎를 심취하였고 연로한 후의 은둔 생활에서는 많은 문인, 도인들과 어울려 그의 뜻을 펼쳤다. 자신의 호를 구선臞仙이라 지었다

명明나라 고원경顧元慶(1487~1565)의 자字는 대유大有, 호號는 대석산인大石山人이며, 장주長洲(지금의 강소江蘇 소주蘇州) 사람이다. 78세에 생을 마감했지만 77세까지 저술 활동했던 서예가書藝家이자 전각가篆刻家이며 차학가茶學家다. 차사茶史에 대해 남달리 관심 많아 명나라 가정嘉靖 9년(1530) 경 전춘년錢椿年이 저술한 『다보茶譜』를 재편집하여 가정嘉靖 20년(1541)에 자신의 이름으로 『다보茶譜』를 다시 간본刊本을 했다.

고원경의 『다보茶譜』는 그림으로 명나라 차기茶器 8개를 그렸는데, 송나라 심안노인審安老人이 지은 『다구도찬茶具圖讚』에서 그린 12개의 송나라 차기와 더불어 명나라 차기의 실물을 그림으로 기록한 유일한 책이다. 오늘날 이 2권의 차서茶書에서 나온 차기의 그림은 차학문을 연구하는데 지대한 영향을 주었기에 이 책의 말미에 실었다.

한편 『다보』의 8개 차기 가운데 도람都籃을 두 개를 그렸는데, 하나는 '고절군행성苦節君行省'이고, 또 하나는 '기국器局'이다.

茶譜

商象 古石鼎也

遞火 銅火斗也

團風 湘竹扇也

注春 磁壺也

啜香 建盞也

受汚 拭抹布也

歸潔 竹筅箒也

降紅 銅火箸也

漉塵 洗茶籃也

運鋒 劖果刀也

撩雲 竹茶匙也

分盈 杓也即茶經水則每二升計茶一兩

執權 準茶秤也每茶一兩計水二升

靜沸 竹架即茶經支腹也

甘鈍 木碪墩也

納敬 竹茶櫜也

右茶具十六事收貯于器局供役苦節君者故立名管之蓋欲統歸於一以其素有貞心雅操而自能守之也

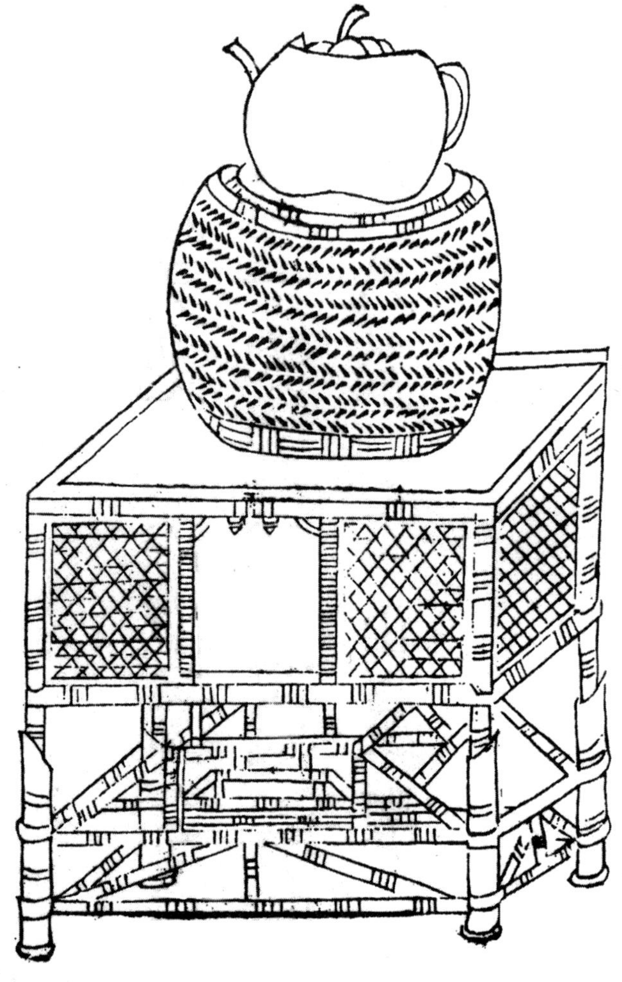

苦節君像

肖形天地，匪冶匪陶. 心存活火，聲帶湘濤. 一滴甘露，滌我詩腸. 清風兩腋，洞然八荒.

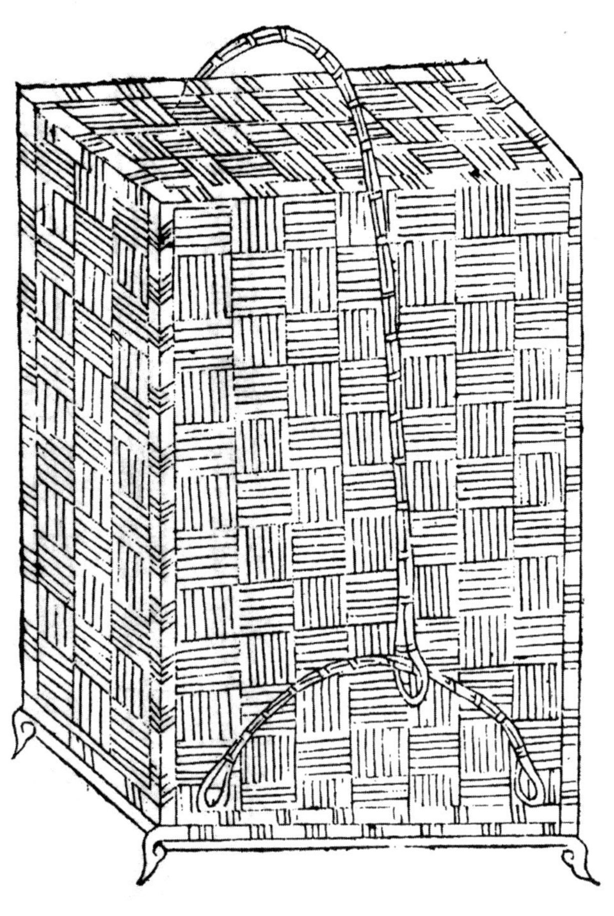

苦節君行省

茶具六事，分封悉貯於此，侍從苦節君于泉石山齋亭館間．執事者故以行省名之．按茶經有一源、二具、三造、四器、五煮、六飲、七事、八出、九略、十圖之說，夫器雖居四，不可以不備．闕之則九者皆荒，而茶廢矣．得是以管攝衆器固無一闕．况兼以惠麓之泉，陽羡之茶烏乎廢哉．陸鴻漸所謂都籃者，此其是與款識．以湘筠編製，因見圖譜故不暇論．惠麓茶僊盛虞識．六事分封見後．

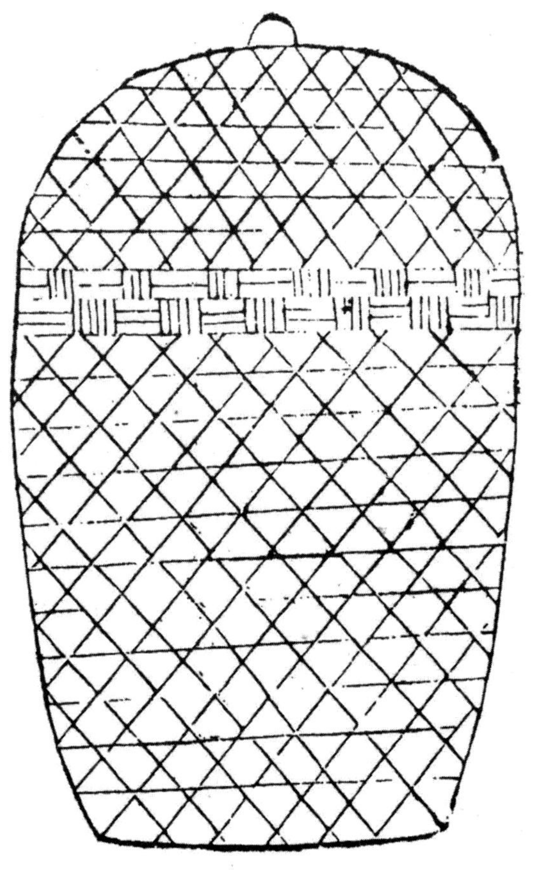

建城

茶宜密裹，故以篛籠盛之，宜於高閣，不宜濕氣，恐失真味也．古人因以用火，依時焙之．常如人體溫，溫則禦濕潤，今稱建城．按茶錄云，建安民間以茶爲尙，故 地以城封之．

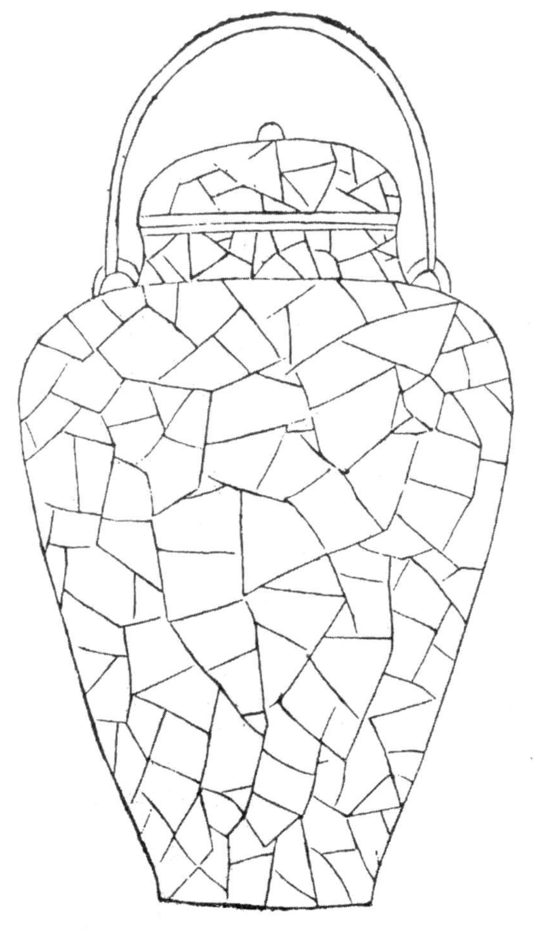

雲屯

泉汲於雲根，取其潔也．欲全香液之腴，故以石子同貯瓶缶中，用供烹煮．水泉不甘者能損茶味，前世之論，必以惠山泉宜之．今名雲屯，蓋雲即泉也．得貯其所，雖與列職諸君同事而獨屯於斯，豈不清高絕俗而自貴哉．

烏府
炭之爲物，貌玄性剛．遇火則威靈氣燄，赫然可畏．觸之者腐，犯之者焦，殆猶憲司行部，而奸宄無狀者，望風自靡．苦節君得此，甚利於用也，况其別號烏銀，故特表章其所藏之具．曰烏府不亦宜哉．

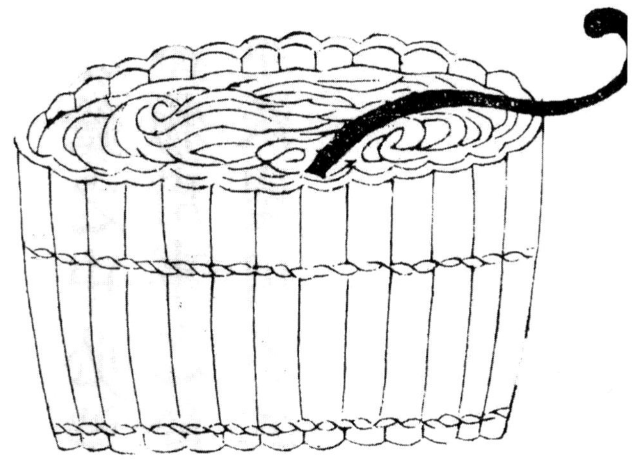

水曹

茶之真味蘊諸錚旗之中，必浣之以水而後發也，既復加之以水，投之以泉，則陽噓陰翕，自然交姤，而馨香之氣溢於鼎矣. 故凡苦節君器物，用事之餘，未免有殘瀝微垢，皆賴水沃盥. 名其器曰水曹，如人之濯於盤水，則垢除體潔，而有日新之功，豈不有關於世教也耶.

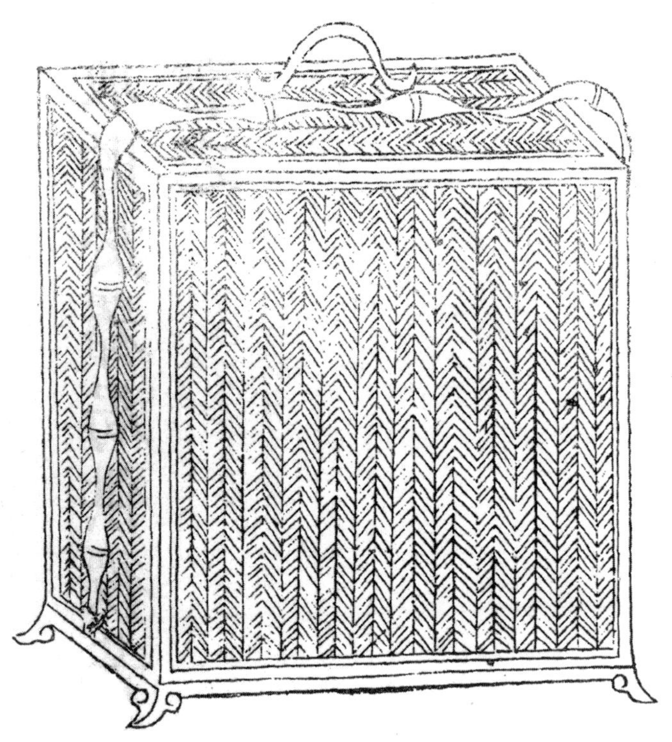

器局

商象、古石鼎也. 歸潔、竹筅 箒也. 分盈、杓也. 即茶經水則, 每二升計茶一兩. 遞火、銅火斗也. 降紅、銅火箸也. 執權、準茶秤也, 每茶一兩計水二升. 團風、湘竹扇也. 漉塵、洗茶籃也. 靜沸、竹架, 即茶經支腹也. 注春、磁壺也. 運鋒、劖果刀也. 甘鈍、木碪墩也. 啜香、建盞也. 撩雲、竹茶匙也. 納敬、竹茶櫜也. 受污、拭抹布也. 右茶具十六事, 收貯於器局, 供役苦節君者, 故立名管之. 蓋欲統歸於一, 以其素有貞雅操而自能守之也.

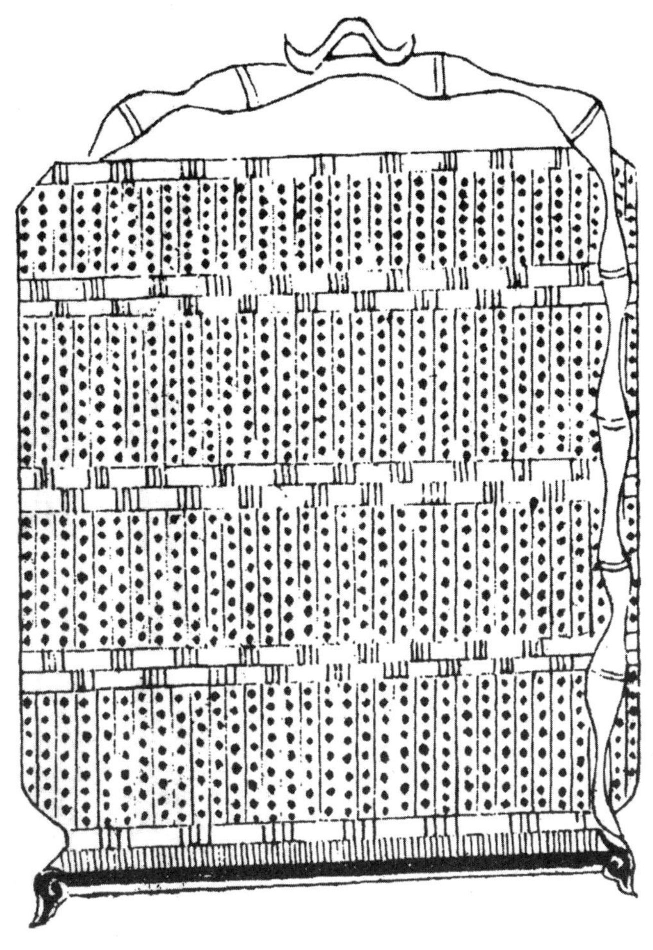

品司

古者茶有品香而入貢者，微以龍腦和膏．欲助其香，反失其真．煮而羶鼎腥甌，點雜棗橘葱薑，奪其真味者尤甚．今茶產於陽羨，山中珍重一時，煎法又得趙州之傳．雖欲啜時入以筍欖瓜仁芹蒿之屬，則清而且佳．因命湘君設司檢束而前之，所忌亂真味者，不敢窺其門矣．

|참|고|문|헌|

- 중국中國 -

(唐) 李肇撰,『唐國史補』, 上海古籍出版社, 1979.

(唐) 趙璘撰,『唐因話錄』, 上海古籍出版社, 1979.

(唐) 房玄齡等撰,『晉書』, 中華書局, 1974.

(唐) 裴文撰,『茶述』, 浙江撮影出版社, 1999.

(唐) 楊曄撰,『膳夫經手錄』, 毛氏汲古閣抄本(淸).

(唐五代) 韓鄂撰,『四時纂要』, 農業出版社, 1981.

(五代) 毛文錫撰,『茶譜』, 浙江撮影出版社, 1999.

(宋) 蔡襄撰,『蔡襄全集』, 福建人民出版社, 1999.

(宋) 樂史撰,『太平寰宇記』, 中華書局, 2000.

(宋) 李昉等撰,『太平御覽』, 影印本, 中華書局, 1960.

(宋) 李昉等撰,『文苑英華』, 影印本, 中華書局, 1966.

(宋) 吳淑撰,『事類賦注』, 中華書局, 1989.

(宋) 丁度等編,『集韻』, 中華書局, 2005.

(宋) 歐陽修、宋祁撰,『新唐書』, 中華書局, 1975.

(宋) 王溥撰,『唐會要』, 中華書局, 1955.

(宋) 王象之撰,『輿地紀勝』, 中華書局, 1992.

(宋) 鄭樵撰,『通志』, 中華書局, 1987.

(宋) 趙令畤撰,『侯鯖錄』, 中華書局, 2002.

(宋) 張舜民撰,『畵墁錄』, 中華書局, 1991.

(宋) 祝穆撰,『方輿勝覽』, 中華書局, 2003.

(宋) 朱熹集注,『楚辭集注』, 中華書局, 叢書集成初編本, 1991.

(元) 脫脫等撰,『宋史』, 中華書局, 1997.

(明) 徐獻忠撰,『吳興掌故集』, 上海書店, 1986.

『四庫全書總目』, 中華書局 , 1965.

范文瀾等撰,『中國通史』, 人民出版社, 1978.

陳文華編,『長江流域茶文化』, 湖北教育出版社, 2004.

白政民著,『黃庭堅詩歌研究』, 寧夏人民出版社, 2001.

錢時霖,『中國古代茶詩選』, 浙江古籍出版社, 1989.

陳龍編,『閩茶說』, 福建人民出版社, 2006.

張海鷗著,『宋代茶文化與文學研究』, 中國社會科學出版社, 2002.

鄒勁風著,『南唐國史』, 南京大學出版社, 2000.

孫洪升著,『唐宋茶業經濟』, 社會科學文獻出版社, 2001.

鞏志著,『中國貢茶』, 浙江撮影出版社, 2003.

裘紀平著,『宋茶圖典』, 浙江撮影出版社, 2004.

蔣珊著,『宋徽宗傳』, 中國戲劇出版社, 2004.

何玉蘭著,『宋人賦論及作品散論』, 巴蜀書社, 2002.

華林甫著,『中國地名學史考論』, 社會科學文獻出版社, 2002.

朱自振等撰,『中國茶葉歷史資料選輯』, 東南大學出版發行, 1981.

沈冬梅等點校,『中國古代茶葉全書』, 浙江撮影出版社, 1999.

張堂恒主編,『中國茶學辭典』, 上海科學技術出版社, 1995.
王平川編,『宋徽宗書法全集』, 朝華出版社, 2002.
余悅等撰,『中國茶文化經典』, 光明日報出版社出版發行, 1999.
陳宗懋主編,『中國茶經』, 上海文化出版社, 1992.
陳宗懋主編,『中國茶葉大辭典』, 中國輕工業出版社, 2000.
中華茶人聯誼會,『中華茶葉五千年』, 人民出版社, 2001.
中國茶葉博物館,『品茶・說茶』, 浙江人民美術出版社, 1999.
姜育發、姚國坤、陳佩珍共著,『中國茶文化遺蹟』, 浙江撮影出版社, 2005.

- 한국韓國 -

짱유화姜育發신역,『다경茶經』, 남탑산방, 2000.
짱유화姜育發찬,『중국고대다서정화中國古代茶書精華』, 남탑산방, 2000.
짱유화姜育發,『자다학煮茶學』, 국차공사, 2011.
짱유화姜育發,『차과학茶科學 길라잡이 2015』, 삼녕당, 2014.
짱유화姜育發신역,『도다변증설荼茶辨證說』, 삼녕당, 2017.
짱유화姜育發강설,『다경강설茶經講說 2023』, 삼녕당, 2023.

- 홍콩香港 -

朱自振、鄭培凱等撰,『中國歷代茶書匯編校註本』, 香港商務印書館, 2007.

- 타이완臺灣 -

沈冬梅著, 『宋代茶文化』, 臺灣學生書局, 1999.
秀寶廖著, 『宋代喫茶法與茶器之研究』, 國立故宮博物院, 1996.
秀寶廖, 『也可以淸心 - 茶器 · 茶事 · 茶畵』, 國立故宮博物院, 2002.
吳哲夫著, 『四庫全書纂修之硏究』, 國立故宮博物館, 1990.
林莉娜, 『畵中家具特展』, 國立故宮博物館, 1996.

- 일본日本 -

池澤滋子著, 『丁謂硏究』, 日本平凡社, 1998.
林屋辰三郞, 熊倉功夫等, 『角川茶道大事典』, 角川書店, 2004.

- 사전辭典 -

『漢語大字典』, 湖北辭書出版社, 1996.
『康熙字典』, 上海漢語大詞典出版社, 2005.
『中國歷代帝王年號』, 北京燕山出版社, 2000.
『中國歷代年代簡表』, 文物出版社, 1994.
『中國歷代官制』, 齊魯書社, 1993.
『宋福建路郡守年表』, 巴蜀書社, 2001.

* 이 책에 실린 그림의 일부는 타이완 國立故宮博物院 『茶器 · 茶事 · 茶畵』, 중국 中國茶葉博物館 『品茶 · 說茶』에서 인용하였다.

2023 三寧堂製作